只告诉你一个人

2015典藏短篇小说

THE EXCELLENT
CHINESE LITERATURE

中国好文学

总主编●李敬泽　主编●张学昕

江苏凤凰文艺出版社
JIANGSU PHOENIX LITERATURE AND
ART PUBLISHING, LTD

图书在版编目（CIP）数据

只告诉你一个人 / 张学昕编. — 南京：江苏凤凰文艺出版社，2016
（中国好文学）
ISBN 978-7-5399-9536-6

Ⅰ. ①只… Ⅱ. ①张… Ⅲ. ①短篇小说—小说集—中国—当代 Ⅳ. ① I247.7

中国版本图书馆 CIP 数据核字（2016）第 175635 号

书　　名	只告诉你一个人
编　　者	张学昕
责任编辑	王一冰
出版发行	凤凰出版传媒股份有限公司 江苏凤凰文艺出版社
出版社地址	南京市中央路 165 号，邮编：210009
出版社网址	http: //www.jswenyi.com
经　　销	凤凰出版传媒股份有限公司
印　　刷	三河市华东印刷有限公司
开　　本	880 × 1230 毫米　1/32
印　　张	11.25
字　　数	319 千字
版　　次	2016 年 9 月第 1 版　2022 年 1 月第 2 次印刷
标准书号	ISBN 978-7-5399-9536-6
定　　价	32.00 元

目 录

致音乐

叶　弥

音乐家流浪到了吴郭市的花码头镇，进了村子，站在村口的廊桥里，扶栏眺望远处的香炉山，胳膊朝风头略偏一下，袖子里便灌满春风。古人有诗：

著酒行行满袂风，草枯霜鹘落晴空。

这两句诗，当年最欣赏他的赵老校长常常吟诵。这样一想，他就起了喝酒念头，且要一醉方休。

从村子里过来四个有说有笑的男人，其中一个经过他身边时问道，你是什么人？

音乐家翻了个白眼没说话。

于是另外一个人便站下来，对他用着呵斥的语调问，你，从什么地方来？他以为音乐家是叫花子了。他们是一群有身份的人，不方便平等对待叫花。

音乐家说，我是老师。你也配问我这种话？

这些人便不客气地哄笑起来，互相使眼色，做鬼脸，并且乱嚷嚷，说，哎呀，仔细看像老师的。时代不同了，臭老九也神气起来了。

音乐家说，你们这些愚民，也懂得时代两个字？

说到"时代"二字，音乐家把喝酒的念头暂时搁下，拿出他的小提琴，拉起了门德尔松的乐曲，往常他乞食时，只拉《满怀深情望北京》。正满腹忿忿不平地拉着，过来一个垂头丧气的年轻人，朝他脚下放了一张纸币，音乐家眼睛一瞟，一张五元币。捡起来一看，是一九七四年的版本，四年前发行的，正好是他开始流浪的那年。施舍人的衣服上，拦腰扎了一根宽宽的皮带，愈显得宽肩窄腰，背影很是英武挺拔。音乐家叫喊，哎，你这人。五块钱，太多啦。这人头也不回地朝他摆摆手，说，我没小票子给你。你不要啰嗦，我要上班。音乐家问，你上夜班啊？没听到回答，又问，镇子里有没有旅馆？

这人听到旅馆两个字就回头了，瘦白的小脸，两手插在裤袋里，向前倾着身体，很郑重地说，镇子里只有一家旅馆——其实也不能说是正式的旅馆，但也不是黑旅馆。人家光明正大地开着，就是当地政府还不肯批私人营业执照。我就不相信……到底最后政府还是要给人家营业执照的。听说吴郭市里有人开了旅馆，拿到执照啦，和国营的唱对台戏。

音乐家说，哦，镇里这家旅馆叫什么？

他眼里就放出光来，江山多娇，他说，叫江山多娇。四个字是镇里中学校长写的，好笔力。旅馆里面干干净净，每个房里放一搪瓷茶杯，杯子里插应景的花，今天插的是黄颜色和蓝颜色的小野菊花。真正与众不同。我也住里面，开店三个月，我就住了三个月，每天心情都是暖洋洋的。

音乐家七四年开始流浪，那时候他还是北京一所音乐学院的教师，因为受他的校长连累，开除了职位，下放到边疆去劳动。他不服分配，从此就流落在外了。现在，他要一路北上回到北京，他在江湖上早就听说小泽征尔来中国了，下个月要在首都体育馆指挥中央乐团演出。听了施舍人的一番话，他知道这位年轻人充满感情的话另有着落处，于是虚应了一句：

是啊，打倒四人帮，人民暖洋洋。

“江山多娇”就在眼前。

一所小院子，里面一幢二层木楼。左右是吃饭的厨房和柴房。他走进院子，坐在院子里抽烟袋的一位老者说，去，到别处去要饭。他还没说话呢，厨房里飘出来一位高个儿女子，说，爹爹，人家不是要饭的，你看人家这派头，是个知识分子呀。进来呀，正好赶上晚饭哦。

看她这利索的说一不二的劲头，音乐家知道这女子就是这旅馆的当家人了。乍一看她眉眼生动，风情外露，仔细一看，见她肤色黑黄，又有点龅牙,说话的时候牙齿露得太多。音乐家是个极爱美的人,见她这样,盯着看了两眼,心中生出嫌弃,脸上不由得就表现出来,倒吸了一口冷气。这女子看得懂他的表情,也不生气,拿了他的包便上了二楼中间的房间,放好东西,站在二楼走廊上,一手托着脸颊,朝楼下呆若木鸡的音乐家说,同志,你怎么痴呆呆的?音乐家说,大嫂,你干吗把我的包拿上去了?我吃饭之前要洗个脸。女子说,我像结了婚的?音乐家没有理她,上楼进了中间的房间,从包里翻出自己的破毛巾。一出房门,看见女子一张笑盈盈的脸,他就想,她这种人,天生心情好,跟打倒“四人帮”没关系。

走廊很窄,他经过女子身边时飞快地擦身而过。没想到女子暗暗地伸出一腿,原意是互碰一下大腿,没想到绊倒了他,毛巾脱手飞出老远,挂到了屋檐下吊着的一块咸肉上。女子的笑很有特色,下唇不动,上唇通电般狂抖,无声地疯笑。

音乐家爬起来说,你为什么这样泼辣?

女子说,我爷爷……

“咯”地笑出一声——我爷爷以前是蓝湖里的湖匪头子。

音乐家问道,蓝湖,在哪里?

女子说,就在边上,走二十几分钟就到了。你要去的话,吃过晚饭,我陪你去,饭后散步哦。哈哈。

音乐家说,你陪我散步?你配吗?

爹在楼下扯直了嗓子怒喊,你们吃不吃?

音乐家吃了晚饭,回房整理大包,从大包里拿出一个绿色帆布挎包,把所有的钱和一张写着两个电话号码的纸条放进小挎包里,走下楼来,看见一楼有一个房间里放着一辆“永久”牌自行车,这种笨重的车载重两百公斤没问题,这是音乐家不喜欢“永久”的理由。另外,“永久”的挡泥板的式样像乡下人的手,又大又粗,也是他极不喜欢的。音乐家喜欢轻捷的“凤凰”牌自行车,骑在路上,就像掉在地上的一个音符。

音乐家虽说不喜欢这辆“永久”,还是偷偷地把它骑出来了。两个小时不到,他就骑到了吴郭市的邮电局。全市只有这一个邮局,日夜开着的，大街上早就空荡荡了，邮局的大厅里却挤着众人，打电话的，发电报的，问询的。在这里，我们知道有人去世了，有人得子了；有人要去远方，有人从远方要来；有人找失散的亲人，有人需要马上离婚；有一个人去年冬天参加了十年“文革”过后的首次高考，没考上，现在在电话里信誓旦旦地跟对方说要参加今年的夏季高考，一准儿考上清华。突然进来一个戴着进口蛤蟆镜的男子，镜面上贴着崭新的外国商标，这准是他的外国亲戚给他带来的。一屋子的人都回头看这夜间戴墨镜的时尚青年。

音乐家打完电话，他那纸条上又多了几个电话号码。他眼角湿润着，把写着电话号码的纸条看了又看，并且趁人不注意时亲了纸条一下，然后把它放回帆布挎包里，顺着来时的路往回骑。农历四月中旬，又是晴朗的夜，月亮的光华照彻大地。音乐家骑到村口的廊桥上又碰到了施给他五元钱的年轻人，瘦腰窄臀，轻捷地走在月光里。两个人一打照面，年轻人就急了，说，喂，这辆车子你怎么骑了？这是我送给她的。

音乐家下车，故意逗他，她？她叫什么名字？

年轻人老实回答，她叫黄万朵。

那么你呢？

普大。姓普。我是孤儿院出来的，从小跟着养父母在外面飘，他们死了，我落不下脚跟，继续飘。我到这里三个月了，来的那天正好黄万朵开旅店。

音乐家气派十足地说，普大，你听着，我叫江河风。

普大虚心地说，光听这名字，就知道你家里是有学问的。

普大说得真情真意，倒把江河风逼得低下了头，他考虑片刻，觉得骗人良心不安，也不符合自己的身份。英雄不论出身么，于是他说，其实呢我也是村里人。我是云南曲靖市独山村的，因为从小考上了音乐学院，一直在北京。

普大还是虚心地说，呀，那你就是北京人了。北京人是值得骄傲的。

江河风一听就笑了，对他说，走，你也下班了，我们回去喝一杯。

普大也笑，说，我觉得我今天手气不好，提早下班了。幸亏提早回来，要不还碰不到你。

他从口袋里掏出一对银耳环，说，今天上班就弄到这个，等会儿去换酒喝。

原来普大是个梁上君子。

江河风走南闯北，知道眼前是什么形势，他站住了脚，对普大说，这么说，你真是个偷东西的？

普大看着脚下的泥土说，我是孤儿院出来的，从小跟着养父母在外面到处跑，我要是不偷，怎么养活我自己？

江河风说，我也在外面流浪的，我就是饿死了也不偷。

普大一把上前抓住江河风的领口，刚想发作，江河风来了气，指着普大的脸骂，你知道吧，你是一个脑袋不开窍的愚民。你偷东西，是一个贱民。有错不改，是个刁民。愚民、贱民，加上刁民，你死到临头了。黄万朵？别说万朵，就是一朵、半朵也看不上你。你瞧你偷的自行车都这么难看。

普大放开他，拍着手叫，你又好在哪里呢？你长得像个老头子，她看上你什么呢？

江河风说，我是一个音乐家。

普大说，你拉的那两手儿，不就是讨钱要饭的调子吗？

说到这里，他从口袋里扯出一根油条吃起来。敢情吵得肚饿了。香喷喷的油味传来，江河风的嘴里渗出了口水。他便翻翻眼珠子，摊开手说，拿来，给我半根，反正你是偷来的。普大说，你这人，让我说什么好呢？话虽这么说，普大还是扯了小半根给了江河风。

普大接过江河风手里的自行车，嘴里咬着油条，车后面带着音乐家，风驰电掣一般回到“江山多娇”。一到门口停下，普大猛然抖了一下，江河风问道，你冷吗？普大说，不冷。我一看见她就会发抖的。

门开了，黄万朵披着床单出现在他们面前。床单一直拖到地上，飘在风里，让她无端地感到飘飘欲仙，她唱歌一样地问，谁看见我就发抖啊？

三个人站在那里谁都不动。

后来，江河风指指普大，指指黄万朵，笑了一声，先进屋里。

片刻工夫，厨房里摆上酒席，桌子上一只黄酒坛，三碗黄酒放边上，一小箩花生，一大盆咸菜炒猪肉。江河风吃得最多，喝得也最多，他流浪四年，今天隐隐约约有了寻到归宿的温暖感觉，这种感觉让他害怕。为了压制这种感觉，他不停地说话。当他喝得上半身和下半身似乎分属不同空间时，他提议讲故事。别人还没响应，他就开始讲一个又一个故事。他的故事都是在流浪途中听来的，实在下流，听得普大拿下了腰里的皮带，不住地吸气，吐舌头，说，哟呵，哟呵……但是黄万朵不在乎，她不停地给江河风倒酒，与江河风还越坐越近，快要坐到他的大腿上去了，嘴里还批驳普大，一个人在外面苦着，当然要有一点润滑油来提精神，不然早就活不下去了。为了表达同情，她顺手揪了揪江河风的大腿。江河风这才有点醒过来，觉得自己的润滑油也许抹得有些过分。

于是，他开始讲他的音乐了，勃拉姆斯、门德尔松、帕格尼尼、海菲茨……讲着讲着，讲到了今天去邮局的事，这也有音乐有关的，和一个叫小泽征尔的有关。这样，普大也大致弄明白了江河风去邮局的用意。这是一个充满期待和追求的时代，这是普大不明白的，但他明白一件事，江河风们崇拜的小泽征尔，是个日本人。音乐无国界，他普大是有国界的。

他浑身陡然生了煞气，举起桌上的酒坛子，朝江河风兜头磕过去。他看见江河风威风尽失地瘫倒在地，一脸的血，赶快上前探探他的鼻息，一丝儿气都没有，这才想起这坛子也会要人的命。

他指着地上的江河风对黄万朵说，我搞不清他为什么喜欢日本人！我爷爷就是被日本人打死的。游击队在我们村口的桥上打死了日本人的一个军曹，结果日本人就血洗了我们的村子。

这个理由，黄万朵竟是认可了。她把大拇指塞进嘴巴里，想了一想，点点头。她本来马上就要叫喊的，现在决定缓一步再喊。她是个厉害女人，她只看重眼前的，既然江河风死了，她该珍惜的人就是普大。她说，罢咧，他是什么都敢说，你是什么都敢做。人死不能复活，你走吧，这里我来应付。

她把自己身上的钱掏出来给了普大，把江河风的小挎包塞到普大手里，一把把他推出门外，普大摸到自行车，不管三七二十一，逃离了花码头镇，朝着有火车出现的地方骑去，他很快就看到一列火车慢悠悠地从远方过来了，他把自行车扔进水塘，扒上火车。

这是一列去北京的火车，虽说慢得像一头老牛，叫声倒是无比雄壮，呼出来的气也是粗壮有力的。

普大在第一个停靠站外跳下了车，这也是南方的一座城市。夜色已薄，从遥远的地方渗进日光，他这时才流下了眼泪。他本来以为黄万朵就是他的归宿了，没料到为了一个不认识的日本人，又把这个希望打破了，他再次成为一个无家可归的人。

他在渐渐打开来的晨光里四顾彷徨，最终决定去北京。他走进车站里买了张第二天的黑市票，坐在车站广场的长椅上定下神，觉得自己是替江河风去的北京，遂去厕所水龙头那里清理头脸，然后去了市中心，在一家大商店外面的角落里找到一个黑市换票人，换了布票，到商店里，依着江河风的打扮，买了一件上衣——两个口袋的中山装。

普大就这样文质彬彬地到了北京。

江河风的小挎包里，有那张写有四个电话号码的纸条，他随便找了一个号码打过去。接电话的是一个女人，她问，你找谁？普大抖着声音说自己是江河风。他听到那女人说，赵老，有一个姓江的找你。

赵老在漫长的时间后接电话了，他说，哎呀，小江啊，你来了呀？我还以为你不来了呢。小泽征尔在首都体育馆指挥演奏，他们好多人都从外地赶过来了，住在靠近首体的××旅馆呢。你也去吧，大家聚聚，再结伴一起去听演奏。我腿不好，走路不方便，不去瞧你们了。这些年你为我吃了不少苦头的，我向你道歉。不过这都是“四人帮”祸害我们的。我明天上午让小保姆送你三十块钱哦，你在门口等着，她不认识你，你就手里拿本毛主席的著作。到时候，你就跟着大家去排队买票进场吧。

普大想，哦，这就是江河风说的那个校长了，江河风真的死了，他没死的话，会打电话给他的。这个校长也不太厚道，人家为你吃了苦头，怎么也得请人家到家里去住几天，再狠狠吃喝几顿，不至于只给三十块钱。这么没人情，难怪“四人帮”要整他。

普大说，不用书吧。我手里拿串冰糖葫芦。

冰糖葫芦换了三十块钱。现在它不是暗号了，它在赵老的小保姆嘴里慢慢消失。

路上那个卖冰糖葫芦的，无所事事地站着看普大和那小保姆接头。他是个回城知青，没有活干，只得卖冰糖葫芦。他必定是迫于生计，初次做小买卖，脸上的神色也是窘迫和鬼祟的，冰糖葫芦们受到他的不良影响，一个个也都摆出暗号的样子。

普大拿了三十块钱站在赵老指定的旅馆前，并不知道接下来要干什么，见到这个卖冰糖葫芦的，他想起江河风骂自己的那些话，他不是愚民、贱民、刁民，他是一个有思想的人。

他以这样的方式完成了对于自尊的需求，显得潦草马虎，但又无比神秘。这是他进入崭新世界的第一步。

他没有身份证明，当他试着说出中央音乐学院的赵老时，服务员——一个中年妇女，居然扔给了他一把钥匙，并说，地下室吧？你们一来，我就知道要住地下室的。去吧去吧，多么热情洋溢的一帮青年人，国家和民族的希望就在你们身上——向赵老师问好。

普大听她如此说，心中十分不安，他的内心中，有一样什么东西开始模糊，使得他既悲又喜，悲欣交集，仿佛生死边缘，又如看见彼岸。

他跟着另一个服务员，七拐八拐地来到地下室，这地下室是防空建筑改造成的，里面很大。他一走进入口，就被地下室传来的声浪震得后退了一步。每一扇房门都是打开着的，每一个人的脸上都荡漾着笑意，每一种笑容都是健康向上的。三五成群，要么大声讨论，要么在一起摆弄各种乐器，有香烟，有酒，有音乐，有朋友……普大，这是你的彼岸吗？

他找到自己的房间，是个大房间，里面放着六张硬板床，另外五张床有人了，五个人围着一个十一二岁的小男孩看他拉小提琴，七嘴八舌地发表看法，口音南腔北调。

普大倒头就睡。

他醒来时，眼前一片漆黑，黑暗里有人打鼾，外面不知什么地方一只公鸡打鸣了，他暗暗笑起来，北京城里也有公鸡？他安心地闭上眼睛继续睡。早上，他被音乐声吵醒片刻，张了张眼，还是睡。后来他被人猛力摇醒，灯泡亮堂堂，照着床前几张关切的俯视他的脸。一个人说，朋友，你有问题吧？你睡了两天一夜了。

后来,他跟着这些人去排队买票。排了一夜。售票处人山人海,在他前面排队的是一位北京本地的工人,他拿着票说,这张票,花了他差不多一个月的工资。

普大拿着票进了场,他可能是全场唯一不懂音乐的。他对江河风说会吹笛子,那是吹牛。他一定还是全场唯一一个小偷,虽说他今天不想偷任何东西。他来听音乐,勇气可嘉。

那个叫小泽征尔的指挥家走上台,当弦乐合奏《二泉映月》响起,普大惊奇地发现前排的中年男人头上掉下了一样东西,原来是他的假发掉了下来。大家都全神贯注地听着,谁也没有发现假发的事,中年男人自己也没有发现,顶着一个秃头听得津津有味。这是一件多么丢脸的事,这件事要是放在别的场合,普大会笑昏过去。今天他没笑,他死死地盯着假发看,在全场近乎神圣的音乐气氛里,他心里有一样东西彻底模糊了,他忘了自己的过去,或者说,他重新组合了自己的过去。他记得自己是没有童年的,现在他在这里填补了童年的美好时光。他记得自己是没有少年的,现在他的少代时代连接着美好的童年,微妙地丰满地驶过,突然滑过一个大瀑布,青春的声音如战车一样轰鸣,时间在这里头晕目眩地旋转。他感觉不到作为一个贱民的悲哀了。他从此岸到了彼岸,在这里,没有小偷,没有小泽征尔,没有失去,没有死亡,只有音乐。

这是他进入新世界的第二步。

他摸摸自己的中山装,挺直腰杆子,和大家一起聆听。他的面目也模糊起来,显得与这里的人都差不多了,他平等了。

他不知道的是,江河风又复活了。他是在黄万朵的怀里醒过来的,医院里的人说,黄万朵一直抱着他,也不怕羞。他得了短暂性的失忆,两个月后才恢复。这两个月里,每天他都在黄万朵的怀里醒过来,每天他都要感谢她一番。他忘了他那沉重的骄傲,他看所有的人是一样的好,一尘不染,身心轻松。两个月里事情不少,他和黄万朵结了婚,黄万朵怀了孩子。这天,他高高兴兴地唱着歌,手里切着青菜,为了干活利索,他腰里扎着普大留下的皮带。他的手,没留神让刀划了一下,突然他就把所有的事记起来了。

他愣在那里。

记忆里所有的岁月，最幸福的就是这两个月。他从小学音乐，也许就是为了在某一天到达这个地方，找到如此归宿。

他想通了这个道理，继续切菜，继续唱歌。

黄万朵过来了，拿起他的手指察看，把他受伤的手指放在嘴里吸吮。他对她说，咱们家，买辆"凤凰"牌自行车吧。

音乐会结束。普大的人生才开始。

他在潮水一般的人群里像模像样地走着。是的，他得保持这个姿势走下去，必须继续走下去，不然的话，他还是一个小偷，是江河风嘴里的贱民、愚民和刁民了。

过了一年吧，他找到江河风的村子了。村子口有一座小山包，独山。他躺在山坡上睡着了。醒来后，他开始从口袋里拿出一管笛子吹起来，他学会了吹笛子。小时候放牛的时候，也胡乱吹过几声笛子。这回是拜师的，真的会吹了。

这里也分田到户了，天已黑了，田里还有不少人在干活。他吹响笛子，干活的人个个屏声细听。

吹完一曲，一位小男孩过来在他脚下放了一块钱。

普大拉住他说，我不是要饭的。我是一个音乐家。

小男孩朝远处喊，妈，他是音乐家。

男孩的妈没有回答，路上走过的一个男人，显得颇有兴趣说话。他说，音乐家？我们村里也出过一个音乐家。从小就走了，从来没回过家。他家里现在没人了，全死光了。前几年他爹妈过世，给他的学校发过信，回信说，没人知道他的死活，可能是自绝于人民。

男人的话刚说完，大家就哈哈大笑起来。

普大一听就哭起来。他本来想见见江河风的父母亲，没想到这家人全死光了。这家人看来全是犟种，是绝户的腔调。

忽然一位农妇喊起来，你不是江河风吗？对，就是你，你和小时候长得一个模样，没啥变化。不要哭了，要哭，去你爹妈坟上哭。

他也有归宿了，尽管归宿如此沉重。

普大，他现在真正是个知识分子了。他顶着江河风的名字，堂而皇之地在村里小学当音乐老师，他水平不高，但有的是一腔认真，谁要是马虎，他瘦白的小脸就急成猪肝色，大骂，你们不好好学习，将来想去要饭，还是做小偷？

说过这话，他经常会自言自语，哼，要饭和小偷也不错，很轻松的。

学生们以为他说着讽刺的话。

他教出的学生里，出过几个有本事的，有的竟然考到了省城，去了北京，还在首都体育馆里办过个人独奏，就在小泽征尔站过的台上。

2014 年 12 月 8 日—12 月 15 日

（原载《作家》2015 年第 1 期）

只告诉你一个人

刘庆邦

单位今年组织春游，也开始打人性牌。往年单位组织春游或秋游，只限本单位的职工参加。今年人性牌一打，职工出游可以带上自己的家人。带妻子，带丈夫，带孩子，单身职工带上父母，都行，都欢迎。平日里，他们偶尔也会说到人性，但要问人性是什么，恐怕谁都说不出一二三来。每个人都是实在物，有头有脸，有手有脚，看得见，摸得着。而人性不知依附在人的什么地方，有些玄，有些虚，既看不到，也摸不着。好比人的灵魂，人活着时，灵魂应该是有的。至于人的灵魂是圆是方，是轻是重，是黑是白，真的很难说清楚。把人性与春游可以带家人联系起来呢，似乎有那么一点意思了，人性的指向比较具体了。噢，人性原来是这么个玩意儿！以前出去玩不让带家人，是不太讲人性。这次到郊外去玩，丈夫可以牵着妻子的手，妈妈可以把孩子抱在怀里，是开始讲人性了。如此算下来，人性不再是虚妄的东西，也是可以牵可以抱的。

潘雯是一个单身女职工，这次春游，她不打算告诉父母。父母老是催她抓紧时间找对象，她躲避老爷子、老太太唯恐不及，才不愿招他们给自己添麻烦呢！她只想带上她的草莓，问春游的组织者是否可以。她所说的草莓，不是那种红糜糜可啖的水果，是一条她豢养的宠物狗。组织者的答复是，最好不要带"草莓"，万一"草莓"咬了人就不好了。她说"草莓"很乖，不咬人。组织者还是不松口。潘雯提出了质疑：这次春游不是人性化了嘛？组织者说：人性化是不错，但不是狗性化，你要求带的是狗，而不是你的家人。潘雯表示了不满，认为人性化还是化得不够彻底。如果不让她带"草莓"，这次春游她就不去了。

为了联系安排出游车辆，单位要求各部室统计上报所带家人的人数。组织者估计，这次参加春游的人数大约是本单位职工总人数的两倍到三倍。往年春游，租一辆大巴车和一辆中巴车就够了。这次春游，恐怕至少要从首都汽车公司租三辆大巴车才坐得下。各部室的统计人数报上来了，汇总情况大大出乎组织者预料，这次参加春游的人数比往年不但没有成倍增加，反而有所减少。一些类似“驴友”的出游积极分子，一听说可以带家人，他们不带家人不说，连自己也不去了。一些女职工的丈夫，大概出于自尊，不愿参加老婆单位的活动。一些男职工的妻子呢，心理更复杂一些，各有各的不愿参加丈夫单位集体活动的理由。统计来统计去，只有几个当妈妈的愿意带孩子参加春游。你看这事儿闹的，单位打了人性牌，初衷是好好和一把，其结果不但和不成，好像连点炮儿的效果都没有。看来人性这玩意儿飘忽不定，的确很难把握。你想讲点人性，人性可能偏偏不买你的账。单位领导吃不准了，他们做出的春游可以带家人的决定，是离人性近了呢？还是离人性远了呢？

每年的春天只有一个，单位组织春游每年也只有一次。参加春游者坐车不花钱，参观景点不花钱，中午还有一顿免费的午餐，带有集体性福利性质。福利关乎幸福，单位领导要求各部室的主任还是再动员一下，能去参加春游的尽量去。

这一动员，有意思的事儿就出来了。

第三编辑室的室主任姓秦，叫秦风。秦主任手下有七个编辑，四个男编辑，三个女编辑。男编辑当中，齐国良岁数大一些，他比秦风还要大好几岁。秦风是原来的副主任，正主任退休后，他才替补上去，当了正主任。目前室里空缺一个副主任，齐国良是备选人之一。秦风隐约觉出，齐国良的夫妻关系不太好，至少不那么和谐。平日里同事们说家常话，齐国良说到过他的女儿，他的母亲，极少提到他妻子。好像他妻子很难言说，一说到妻子那里，他不知不觉就打住了。还有，三编室所有结婚成家的男女编辑，秦风差不多都看见过他们的配偶，唯一没见过的，就是齐国良的。年复一年，日复一日，编辑们几乎把编辑室坐成了家，谁的家人不到编辑室里看一看呢！然而多少年过去了，齐国良从不带妻子到编辑室里来，齐国良的妻子也从未主动踏过编辑室的门槛。齐国良的夫妻关系，构成了秦风心中的一道谜语，谜底在齐国良的妻子那里。秦风可以把谜语猜一猜，往哪个方面猜都行，只是不能直接向齐国良打听谜底。因为谜底属于齐国良的隐私，隐私的特点是隐蔽，别人还是别触及好一些。都是知识分子嘛，谁能没有一点隐私呢！自己也有隐私，就得学会尊重别人的隐私。秦风虽无意打探齐国良的隐私，但他有动员本室的同事参加带家人春游的任务。他对齐国良说：老齐，你可以带夫人出来游游嘛。

我才不带她呢！

秦风没问为什么，他有他的说话艺术，他说：反正是周六，在家里待着也是待着，为何不到郊区呼吸一下新鲜空气呢！

没法儿说。有些事情不是一句话两句话能够说清。齐国良说着，扭过头朝另两个编辑看了一眼。一个办公室坐四个人，另两个编辑，一个是潘雯，还有一个编辑姓刘。在五楼的办公室，大窗户朝南开。窗外立着一棵高高的杨树，树杈上有一篷废弃的喜鹊窝。秦风和齐国良的办公桌放在靠窗的位置，自然光线比较充足。潘雯和老刘的办公桌没有跟在他们的办公桌后面，而是把桌子一竖，各面向一面墙。

潘雯说：老齐是不是有什么悄悄话要跟主任说，如果嫌不方便，我和老刘可以回避一下。

齐国良脸上红了一下，笑着说：哪里有什么悄悄话，我说话光明正大，从来不说什么悄悄话。

潘雯说：那不见得吧，你和你夫人谈恋爱的时候也不说悄悄话吗？哎，老齐，你说实话，你夫人是不是长得特别漂亮？

怎么说呢，特别漂亮说不上，不过长得还可以。她上大学的时候，当过文艺演出的节目主持。齐国良说着，眼皮一通乱眨。这是他的习惯，只要跟人说话，就不自觉地乱眨眼皮。他的眼皮不是照相机的快门，快门眨得快了，可以多拍一些照片，他乱眨眼皮，像是自我遮蔽，自我保护，免得别人通过他的眼睛看到他心中的秘密。

仿佛已经得到了齐国良的秘密，潘雯笑得很得意，她说：怎么样，我一猜你的夫人就很漂亮，不然的话，你不会一直把夫人藏在金屋里。漂亮不能一人独享，哪天把尊夫人带来，也让我们瞻仰一下嘛！

齐国良不眨眼皮了，他说：小潘，你这话我不爱听，我老婆还不到让人瞻仰的时候。

潘雯说:老齐,你这话我也不爱听,瞻仰怎么了,作为一个老编辑,我觉得你对瞻仰的理解受思维定势所限,是不全面的。我建议你查一下词典,把瞻仰的词义弄清楚再说。

你最好不要跟我说这个,我背词典的时候,你可能还没出生。对每个词的理解,都不能死搬教条,对公众的约定俗成也要给予足够的尊重。

秦风让他们打住,说不要跑题,不要争论。又说春游自愿,想去就去,不想去就不去。

齐国良给秦风递了一个纸条,上面写的是:主任,您下班后能否晚走一会儿,我向您汇报点事儿。这是齐国良与人处事的一个特点。他的椅子和秦风虽说相距不到两米,但需要和秦风交流时,他更愿意动笔,不愿动嘴。好在当编辑的一天到晚不离笔和纸,写个纸条方便得很。办公室里支楞着那么多耳朵,动嘴容易被别人听去,并容易引起别人的猜忌。他给秦风递纸条,也有可能被别的编辑看见。看见怎么了,他跟主任请示的是业务上的事,是关于一个动词的用法,谁都无权干涉,谁想递纸条,你们也递呗。

秦风把纸条看了一眼,拉开抽屉,随手一扒拉,把纸条扒拉到抽屉里去了。他没有看齐国良,他知道齐国良这会儿正装作着埋头编稿子,他看齐国良,齐国良也不会看他。他没有给齐国良回纸条,没有答复是能还是否。在一个办公室里互相递纸条,他认为是可笑的。又不是做地下工作,又不是对暗号传递情报,有啥话当面不能说呢!他离座起身,到厕所去了。他一边撒尿一边想,这个神神道道的齐国良,会跟他说什么事儿呢?他是不是又要打别人的小报告呢?是不是还是急着当副主任的事呢?齐国良曾向他打过潘雯的小报告,说潘雯和一个出租车司机勾勾搭搭,很不像话。齐国良曾让他到社领导那里帮齐美言,推荐齐当副主任。齐国良信誓旦旦,说他要是当了副主任,一定和秦主任好好配合,肝脑涂地,在所不惜。秦风不爱听小报告。潘雯爱和谁勾搭就勾搭去,那是她的自由。秦风也不愿推荐齐国良当副主任,不说别的,仅齐国良跟他许诺的过头话,就让他感到别扭。秦风还想到,齐国良会不会跟他说说自己夫妻关系方面的事呢,因为他们刚才几乎涉及这个话题。齐国良说不是一句话两句话能够说清,齐国良约他晚走,是不是想和他多说几句呢！他对这个话题略微感兴趣一些，但也不是太想听。他业余时间又不写小说，知道那么多家庭琐事干什么！每个家庭有每个家庭的地道，每条地道都会有弯弯绕，绕来绕去，还能绕出什么花样儿呢！

每天下班，秦风差不多都是最后一个离开办公室。假如办公室是一条船，不管船遇没遇到风浪和危险，作为“船长”，他都坚持最后一个撤离。到了下班时间，齐国良穿上风衣，背上背包，也走了。秦风相信，齐国良还会回来，他做出按时下班的样子，是给别的同事看的。果然，不知齐国良在哪里转了一圈，他又回到了办公室。他买了一纸袋带皮的炒花生，不由分说，在秦风的桌角放了两把，说是大锅炒花生，原味儿，挺好吃的。秦风没有马上吃，他说谢谢！齐国良把办公室的门关上了。

齐国良的“汇报”让秦风有些感动，并对齐国良心生同情。秦风没有想到，事情怎么会是这个样子呢？不应该是这个样子嘛！齐国良谈到，他跟妻子的关系不太好，他跟妻子已经分居三年多。妻子是一家标准件厂医务室的主任，经常住在医务室里不回家。他们两口子虽说没办离婚手续，但婚姻生活已经名存实亡。谈起造成这种状况的原因，齐国良脸色发红，眼皮眨得飞快，显得很是窘迫。他说，这不能怨他妻子，真的，他妻子人挺好的。要怨，只能怨他自己，怨他的性功能出现了障碍，不能满足妻子的要求，不能让妻子幸福。齐国良有些自我感动似的，不把秦风叫主任了，叫成了哥们儿，说哥们儿，这是我身体的阴暗面，也是我最大的隐私。这些事情我以前从没有跟别人说过，连我妈都不知道真相。这些年我觉得你对我不错，我才告诉你。我只告诉你一个人，请哥们儿千万替我保密。这些事儿说起来挺丑的，让哥们儿见笑了。

秦风当然不会笑，也不会表现出惊奇，他说：谢谢老兄对我的信任！请放心，什么话到了我这里，就等于装进了瓶子里，我不会对任何人把瓶盖儿打开。秦风做出这事儿很平常的样子，说其实也没什么，据调查城里百分二十以上的男性有性功能障碍。这也不是什么大碍，现在医疗技术这么发达，是可以治愈的。你治过吗？

一直在治。

效果如何？

不知道。医生说，男人的这种病，得有女人帮着治。如果没有女人的积极配合,男人吃再多药也无用。

磨刀离不开磨刀水,好像是这么个理儿。

秦风没捡到金子,也没捡到玉石,但他像是得到了很宝贵的东西,心情有些兴奋。进门对妻子说:亲爱的,我回来了!

妻子正在厨房里做晚饭,问他:有什么好事儿吗?

好事儿,什么好事儿?没有呀!秦风想,齐国良有性功能障碍,自己没有,这不能算什么好事儿吧,顶多算是正常。

那你为啥这么高兴呢?

我高兴了吗?我天天都是这样嘛!

吃饭时筷子夹起虾仁,一个念头噌地跳上秦风的脑际。吃完饭看电视里的动物世界,还是那个相当活跃的念头,又噌地一下跃上秦风的脑海。念头所重复的是同一个意思,那就是,齐国良是个没用的软家伙。念头一露头,秦风就按住念头的头皮,把念头压制下去,没有对妻子提及。直到和妻子一块儿躺到大床上,接触到妻子的身体,他有些管不住自己似的,还是把齐国良的事儿说了出来。他是对齐国良承诺过,一定替齐国良保守秘密,不会对别的任何人说起。但自己的妻子,不能算是别人吧。再说,谈谈别人的夫妻生活,跟自家的夫妻生活作一番对比,正好可以给自家的夫妻生活添一点不错的佐料。他问妻子:你知道我们单位的齐国良吗?

知道呀,不就是那个大高个子嘛,他怎么了?

没错儿,就是他。齐国良不但个子高,还是高鼻梁,大眼睛,红脸膛,称得上仪表堂堂。但这个人徒有其表。

怎么说?

他有性功能障碍,不能和老婆做爱。

你怎么知道?

齐国良亲口跟我说的。因他下面疲软,他老婆不堪忍受,住在单位不回家,已和他分居好几年。

他跟你说这些干什么?

他愿意跟我说,我就听听呗。我问一个问题,我要是得了性功能障碍,你会嫌弃我吗?会和我分居吗?

你一直这么厉害，哪里会有什么障碍！

咱就是假设一下嘛，好玩儿呗！

就算你有了障碍，我也不会和你分开。我不觉得那事儿有多么重要。

你是饱妇不知饿妇饥，要是我有了障碍，不知你有多着急呢！好了，趁我现在能干，今天我好好喂喂你。

喂完后，秦风才把单位组织春游可以带家人的事跟妻子说了一句，他给妻子的建议是，不要去，没啥意思。有那个钱还不如发给大家呢！

妻子赞成他的观点，说就是。

在办公室再见到齐国良，秦风所看到的就不只是齐国良的表象，仿佛透过表象看到了齐国良的身体内部，看到了齐国良的本质。齐国良的本质是虚弱的，他不再具备一个男人应有的性质。在秦风的想象里，齐国良在老婆面前低声下气，百般讨好，一再要求再试一次，说这一次他保证能进去。结果呢，他的手硬起来了，脚硬起来了，那地方还是软的。他头上流汗了，脊梁沟里流汗了，下面却什么都流不出来。他几乎发出乞求：门啊，我的门啊，你放我进去好不好！可门无动于衷，对他还是关闭着，他只能吃闭门羹。他老婆忍无可忍，再次把他斥为无用的东西，让他滚开！齐国良垂头丧气，只得把无用的东西收起来。一个男人，小头和大头是相通的，是联系在一起的。如果小头抬不起来，让他昂首挺胸做人，恐怕不那么容易。不管怎么说，男人出现这种状况是可怜的。把男人和女人相比，人们通常认为，男人是强者，女人是弱者。岂不知，事情有时会发生转换。一旦河东转河西，男人就成了弱者。

秦风无法安慰齐国良，也不能给予齐国良过多关注，他只能像以前那样，装作齐国良什么话都没跟他说过，他对齐国良的隐私一无所知。秦风用眼角的余光瞥了齐国良一眼，发现齐国良今天的情绪不大对劲，像是在和谁赌气。往日，齐国良会拿抹布擦一下自己的桌子，再泡一杯花茶，然后才开始看稿子，或者编稿子。这天他既没有擦桌子，也没有泡茶，一坐下就拿过一摞稿子看。秦风相信，齐国良看稿子并没有看进去，他的眼睛虽然看着稿子，心思不知钻进那个牛角尖里去了。齐国良对他讲了自己的隐私，是不是意识到自己遭受了重大损失，而有些后悔呢！齐国良是不是故意给他脸子看，进一步警告他，防止他泄露隐私呢！秦风认为齐国良大可不必这样使小性子，你的事儿是你自己愿意给我讲的，我又没让你讲。你让我给你保密，我给你保着密呢，你还有什么不放心的！我只对我老婆说了说，我老婆又不会对别人说，你拉着个脸子给谁看呢！

潘雯也觉出办公室里的气氛有些压抑，大概想放松一下气氛，就讲了她在报上看到的一则新闻，是发生在办公室里的性骚扰。一个男的在办公室里撩了女同事的裙子，摸了女同事的屁股。女同事认为自己受到了骚扰，就告给了领导。领导找那个男的谈话，男的不承认，说：我老婆比她漂亮得多，我连我老婆都不想骚扰，谁去骚扰她！潘雯讲罢，兀自在那里笑。

这个话题是敏感的。这间办公室里有女性，也有男性。有三个男性，只有一个女性。三个男性难免有所联想，联想到自己和潘雯。潘雯也是常穿裙子的人，连冬天都穿裙子。他们会不会撩潘雯的裙子呢？三个男性都没说话，一时间，他们不知道说什么。

潘雯问：你们为什么都不说话？你们是男人吗？你们是不是在联想？

刘编辑答话，你让我们说什么，我们不管说什么，都会掉进你预设的陷阱。小潘你放心，我们都不会骚扰你。

陷阱？我有陷阱吗？

有没有你自己知道。

齐国良说：无聊！

老齐，你说谁呢？潘雯问。

谁无聊，我说谁。

我看无聊的是你自己。我说的是报纸上的新闻，你瞎对号干什么，这么吃心干什么！

你以为只有男的骚扰女的才是性骚扰吗？性骚扰除了身体上的，还有语言上的。你在办公室里谈性骚扰，实际上就是在对我们进行性骚扰。

潘雯认为可笑，太可笑了。她笑得有些夸张，还有些尖锐，笑完对齐国良说：我骚扰你，你哪里值得我骚扰！有骚扰你的工夫，还不如骚扰我的“草莓”呢！

话越说越多，眼看两个人要吵起来，秦风只得出面制止：现在是工作时间，你们都少说两句好不好。他特别对潘雯说：小潘你要学会尊重老同志，和老同志说话要讲分寸。

潘雯嘁了一下，表示不服。

秦风知道，潘雯对齐国良看不惯不是一日两日。一有机会，潘雯总是愿意捎带齐国良两句。潘雯私下里跟秦风说过，她最看不惯齐国良的娘娘腔和娘娘做派，要是齐国良当了副主任，她就要求调到别的编辑室去。从潘雯的话里话外听出来，潘雯好像也知道齐国良的身体有毛病。所谓娘娘做派，就是说齐国良不像个男人嘛。别看女人对有性能力的男人保持着警惕，而一旦知道有的男人丧失了性能力，她们就会嫌弃那样的男人。让秦风不明白的是，潘雯是怎么知道齐国良是个不行的男人呢？齐国良跟秦风说过，那个“最大的隐私”齐国良以前没跟任何人说过，只告诉他一个人。按齐国良的说法，潘雯不可能知道。难道物质决定精神的法则在齐国良身上起了作用，齐国良的雄性能力不行了，不知不觉间就反映在他的精神上，体现在他为人处世的方方面面？齐国良精神上一带样儿，就被比较敏感的潘雯觉察出来。可能是这样。

有一天，一位副社长找秦风到他办公室谈工作上的事。两个人谈了一会儿，不知怎么就说到了齐国良。副社长说：齐国良是一个性无能患者，你知道吗？

秦风摇头，说不知道。

看来你对你的部下不够关心呀！

不是，这事儿，这个，您是怎么知道的呢？

当然是齐国良本人跟我说的。他跟我说得神神秘秘，好像事情本身有多么宝贵似的。性无能已经是一种常见病，多发病，城市病，一点儿都不稀罕。每个男人最终都会性无能，只不过时间上有早有晚。

齐国良才四十多岁，正当壮年，时间上是早了点儿。

他也不见得就不行，他老婆不配合他，他也不知道自己到底行不行。

齐国良跟您说他的隐私，他没要求您替他保密吗？

要求了。他说他只跟我一个人说，要我一定要替他保密。他说是这样说，我才不相信他只跟我一个人说呢。据我所知，他至少跟社长和总编都说过。

秦风长长噢了一声，心说：原来是这样，真是匪夷所思。

人们在生活中需要谈资，没有谈资的日子是平淡的，好比朋友聚会没有酒喝。得谈资如得美酒，几杯美酒下肚，人们脸热心跳，便会兴奋起来。而美酒容易买到，高质量的谈资却不是想有就有。秦风多次参加朋友聚会，把酒喝了一会儿，就有人提议，说点儿好玩的事吧。好玩儿的事就是谈资，谈资有时候有，有时候没有。在没有谈资的情况下，人们你看我，我看他，那是相当无趣。在随后的日子里，秦风注意到，社里的人差不多都知道了齐国良是一个失去了性行为能力的人，愿意把齐国良的事作为一个谈资，一份笑料。见齐国良走过，有人在背后把齐国良指了指，说这家伙厉害。如果说这家伙不厉害，别人不会觉得可乐。一说齐国良厉害，听话的人会意，都禁不住乐起来。有人说人不能十全，每个人都有缺憾。你看有的人表面长得很排场，实际上是个银样蜡枪头。他这么一说，别人就知道这个说法是以齐国良为例。有人甚至得出一个大胆的判断，说凡是长得漂亮的男人，其性能力大约都值得怀疑。有人不避讳说出齐国良的名字，说像齐大编辑这样的人也很好，哪里发生了强奸案，不会怀疑到他头上。一次聚会喝酒，齐国良不在场，有人讲了齐国良一个段子。说齐国良治疗一段时间之后，向老婆报告，说感觉可以了，保证可以给老婆一个惊喜。进入具体操作阶段，他让老婆闭上眼睛，把所有感觉都集中在下面，好好享受。老婆这次没有失望，感觉齐国良揳入她身体里的东西是挺棒的，长度、硬度、直径都非同以往。老婆正要把齐国良表扬一下，一看，齐国良使用的原来是一支代用品，假性器，便一脚将齐国良蹬开了。这个段子让喝酒的人乐得喷酒，至少多下了一瓶酒。

潘雯和齐国良到底还是吵了起来。他们本来是对某个作者的写作水平有不同看法，二人争论了几句，就抛开了作者，互相开始了人身攻击。一个人知道了另一个人的隐私，大概不说出来也难受，不能明指，也得暗指。潘雯对齐国良说：就你那点水儿，其实跟没水儿也差不多。连你老婆都不买你的账，你还想指点我，没门儿，一边凉快去！

齐国良涨红了脸，说：我有水儿没水儿，你怎么会知道呢？我不明白，你怎么会知道我没水儿呢？

你不明白的多着呢，不明白我正好告诉你，一个人一个地方没了水儿,脑子里就没了水儿,嘴里就没了水儿,全身都是干的。

齐国良也握有潘雯的隐私,他说:什么有水儿没水儿,在你眼里,只有开出租车的司机最有水儿对不对!

潘雯急了,说姓齐的,你胡说什么呢!再胡说八道我拽你,你信不信?说着抓起放在桌角的半瓶饮料。

这天秦风外出开会,没在办公室。刘编辑见状站了起来,他说哎,哎,要冷静,不要冲动,冲动对谁都没好处。

齐国良说:君子动口不动手,我不会跟你一般见识。

潘雯的样子很不屑,说:什么君子不君子,我看你就是一个小人,最小的小人。

齐国良没能当上第三编辑室的副主任,出版社任命的副主任是刘编辑。

一天,齐国良瞅准只有他和秦风在办公室里时,齐国良对秦风说:你不够意思!齐国良的脸子拉得老长,一开口就没好气。

秦风问:你什么意思?秦风以为,齐国良没当上副主任,对他有意见。

齐国良说:那个事儿我只跟你一个人说过,社里的人怎么都知道了!

什么事儿?

你明白。

我不明白,我也不想明白。秦风的口气一点儿也不弱,他又说:要问最好问你自己。你跟每一位社领导都说你有多么痛苦,多么值得同情,然后让人家替你保密。你这样做,没觉得自己太聪明了吗!

齐国良辩解,他确实没跟别人说过,只告诉了秦风一个人。

秦风说:你拉倒吧你!

过了一段时间,齐国良到外地出差时嫖娼被人捉住了。他乖乖地交了五千元罚金,要求当地派出所的人为他保密,不要告诉他所在的单位。派出所没有为他保密的义务,还是通知了齐国良所供职的出版社。

2014 年 5 月 13 日至 25 日于北京和平里

(原载《上海文学》2015 年第 4 期)

设计者

范小青

我上大学的时候，我爹娘含辛茹苦，养鸡养猪，给我提供学费，我哥知道了，就给我发了短信，说他从工地的脚手架上摔下来，腿断了，他给断腿拍了照片从手机上发给我，我看到那条腿，想起兄弟手足情，心酸了，就把爹娘给我的钱给了他。

我没钱交学费了，赶紧勤工俭学，我去家装公司讨生活，因为我学的专业是室内设计，经理告诉我，现在学室内设计的，比造房子的还多，所以我不能搞设计，我只能干粗活，我也爬上了脚手架。可我不是我哥，我从小到大一直念书，念得细皮嫩肉，经不起风吹雨打，我还恐高症呢，虽然我很努力，也很小心，可结果我还是从脚手架上掉下来，好在我爬上去的那个脚手架没有我哥的那个高，我掉下来时接触地皮的身体部位也比较理想，那是全身上肉最多的地方，所以我只是摔了一个坐墩。可即使只是屁股着地，那也疼呀，疼得我忘记应该抱住屁股，却抱住了脑袋。这个错误的动作可把我包工头吓了半死，我要是摔着了脑袋，他惨了。

我从地上爬起来的时候，手机短信来了，又是我哥，我哥告诉我，我上次给他的钱，不仅没有治好他的腿，反而越治越严重了，现在他的腿不仅断了，还烂了，随后他又附来一张烂腿的照片，我很内疚，因为我的学费把他的腿害成这样，我只得把打工挣来的钱，又给了他。

你们知道我犯傻了吧。

可惜我比你们慢了半拍，等钱汇走了，我才依稀想起两张照片上的两条腿长得并不像，我再仔细核对，其实根本不用怎么仔细，明眼人一下子就能看出来，那是两条完全不一样的腿，我哥就拿着两条长得如此不像的腿来骗我，竟然还得手了。

我瞎了眼呀。

我哥是个骗子。

所以我现在不叫他哥,我只叫他狗日的。

狗日的绝对比我精明,因为他没念那么多书嘛。他知道我早晚会发现两条腿并不是一条腿,我早晚会找他算账,所以他骗了我第二笔血汗钱以后,手机就停机了。

我再也没有联系上狗日的。

后来我才知道,狗日的并没有停止行骗。他又以我的名义骗到我爹娘那儿去,我爹娘可是偏心眼,一听说是为了我的事情,就闭目塞听任凭宰割了。

最后,狗日的终于把自己给骗没了。

他不能再在我们面前出现了。

我咽不下这口气,在校读书的最后一年,我几乎都用来打探狗日的行踪,我知道一般的手段肯定是搞不定,狗日的既然打算当骗子,而且成功地当上了骗子,他必定早已有了背水一战以后完全消失的设计。

不过,他虽然有他的设计,我从失败中吸取教训,我也有我的擅长,我专门组建了好几个 QQ 群,并且通知了目前还和我有联系的所有有关人员。我建的群,有小学同学的,有中学同学的,有以我家乡那个镇的镇名开设的,还专门为我们那个没名堂的村也搞了一个群,我这是病急乱投医,死马当做活马医,我完全没有指望村群也会有人上来,可出乎意料的,村里居然也有人上 QQ 聊天,时代真是大不一样了呵。

有一次一个叫某某某的同村老乡居然在群里跟我聊天说,iPhone 怎么怎么怎么,我还没来得及吃惊呢,他就跟我从 iPhone 初代一直聊到 iPhone 六代,并开始憧憬七代,聊了 iPhone,又聊苹果的其他系列产品,了如指掌,头头是道。他简直,简直把我聊醉了。这老乡某某某和我年纪差不多,小时候家里穷,孩子多,连个大名都没有,更没轮得上他念书,是个文盲。

让我直是怀疑他到底是哪个某某某。

虽然那狗日的一直没有出现,但我有信心,我有信念,我一边主动追击,一边耐心等待。

果然，在我大学即将毕业的时候，有好消息在群里出现了，我初中同学某某某告诉我，他听说我高中同学某某某曾经告诉我老乡某某某，在南州市见到过我哥，他在做泥水匠。

这么说起来，那两条腿虽然不是他的，但当泥水匠爬脚手架似乎不假，我看到了希望，至少，我缩小了寻找的范围。

于是，你们现在就在南州市见到我了，我带着我的简历来到南州市，我得先安营扎寨。

可是简历有什么用呢，在人头攒动的人才招聘市场，我的简历根本就是石沉大海。可明明知道石沉大海，我也得投，否则我要哪样呢？难道梦想有人介绍我直接到公司去面试吗？我不想让自己抓狂，所以我也不做那样的梦。

不是你们猜想的那样，奇迹并没有发生。

记得那一天我爹长长地舒了一口气，他弓身腰，却硬挺着胸，满脸骄傲地跟我娘说，好了，儿子成功了，我们终于苦出头了，从今往后我们就等着过好日子啦。

我亲爹，你真以为你儿这就"成功"了？你这是在说哪朝的事呢？多多少少像我一样的毕业者，来自乡村或来自边远地区，每天晚上做着在大城市落脚生根的梦，每天早晨醒来面对的是三高一低的现实，高房价高消费再加父母亲朋的高期望，配以连自己都难养活的低收入，就这样，理想和现实，像两条长短不一的腿，支撑着瘸子们奋勇前行。

当然，我连瘸子都不是，我没有资格嘲笑他们瘸，如果他们是三高一低，我就是三高一无，我还没有找到给我发工资的地方，我不是低收入，我是无收入。如果我有理想，我的理想是一条腿，我的另一条腿，还没有长出来呢。

我在南州市住什么吃什么，我就不说了，说出来丢我母校的脸，我母校可是全国甚至在世界上都有名望的高等学府呵。

幸好先前我有些眼光，我建的那几个群，帮上我忙了，有一个自称老乡的人在群里跟我说，你到菱塘工地找我吧，我有活给你干。

我一激动说，哥，你终于出现了。

你就知道我有多脆弱，一激动，就忘了他的名字已经不叫哥了，一失口,我又叫回了哥。

显然你们还知道,他不会是我哥。

菱塘工地并没有实现我的理想,那是一个在建的经适房小区,我老乡所谓的“有活”,就是泥水匠,我掉头就走。我不是泥水匠,我是设计师,我怎么落魄也不能落到我哥一样的结局。我掉头走的时候,我老乡在背后嘲笑我,你还挑肥拣瘦,什么什么什么。

和人才招聘市场不同,网上招聘可是客气多了,看起来满眼都是机会,我挑选了一家名叫“宏大”的室内设计公司,该公司因业务扩大,急招室内设计人才。我开始是留个小心眼的,担心遇上骗子,可是人家有图有真相,而且也不像骗子那样让你从网上汇报名费,直接按照他提供的地址上门去就是,我思来想去,觉得如果按这样的程序走,他也骗不了我什么,我就上门去了。

我要进门的时候,恰好有一个人出门了,身高和我差不多,虽然也戴着眼镜,眼光却锐利,一眼就看出我的意图,就直截了当劝阻我说,我已经上了当出来了,你别再进去上当了,给你三个月的见习期,不开工资,只有五百元伙食交通补贴,让你白天下工地,晚上画图纸,完了就叫你开路,他是变相剥——不是变相,就是直接剥削。

我的天,我要的就是剥削。

我赶紧一头栽进去。

就这样我当上了宏大公司的见习设计师,果然是每月给五百元补贴,让我喜出望外的是,公司有一顿免费的午餐,还有地方可供我住宿,宿舍就是公司的办公室,白天办公,晚上把行军床拉出来就是宿舍,即便这样,我都感激涕零了。

我暂时安顿下来了。

你们知道的,我安顿下来第一件事,就是找我哥。

虽然我先前建了好些群,但现在我的身份发生变化了,所以我随手又建了一个,叫设计者群。我把 QQ 群号送给同事,我同事没有理我。群里没有人,我就到一个“设计者吧”的贴吧里,不断地发贴,活跃得像个脑残粉,我发一条,请大家帮助我找到我哥。

我再发一条。

我又发一条。

开始没什么人理睬我，后来终于有人来了，都是来跟我捣乱的，有的说他就是我哥，有的说我哥死了，有说我哥被中央情报局招去了，又有说我哥和外星合作做生意。

就这样，我把工作之余的所有时间，都放在这里，我设计着，我守候着，一心要逮住我哥。

其实你们肯定知道我是气糊涂了，我哥又不是我，他没有上过大学，也没有上过高中，初中还是辍学的，他就算玩大发了，有钱上网，他也不会像知识分子似的和人聊天，互诉衷肠，争短论长，他只会，只会，只会怎么样，我也说不清，但至少要看看美女吧，或者看看有没有可乘之机让他继续扇动行骗的翅膀，再或者，再或者他要干什么我也不想知道。

没时间再细说我哥了，因为我的工作已经忙起来了，我老板接了一单活，合同已经签了，现场却还没看，我老板把房主的QQ号给了我，让我和房主联系拿钥匙。我不知道我老板不看现场是怎么签下装修合同的，但这不关我事，我只按我老板的吩咐做。我一上线，果然很快找到了“无处逃遁”，我都没来得及跟他套个近乎，问问他真名字叫什么，他看我打出“宏大”两个字，立刻回答我说，正是我。并没有要想告诉我更多信息的意思，我也就省略了不必要的寒暄，直接问他什么时候拿钥匙看现场。他给了我一个电话，让我联系这个人，说钥匙在他那儿。我看他给的只是一串号码，没有人名，我说，这人的名字呢？他说，名字很重要吗？你找人就行了，找名字干什么。

他说得真不错，我就不找名字找人，电话通了，我说了取钥匙的事，果然无误，他只是说他很忙，麻烦我到他公司去拿钥匙。

我到那儿一看，才知道是一个房屋中介公司，我在门口一探头，还误以为我错回到我家宏大公司了呢，两家公司真是半斤八两的样子，狭小的空间，还搞得像个大公司似的，一小格一小格分开，总共大约有三五个人分在不同的小格子里，都埋着头，也不看我，我不知道哪一个是我联系过的，只得再打一遍手机，有一个小格子里响了起来，我走过去，他也知道是我，两下就对上号了。

这中介和我差不多年纪，我第一眼看到他，就觉得在哪里见过似的，想不起来了，我问他有没有这种感觉，他说，你想多了，你又不是贾宝玉。他居然知道贾宝玉。

交谈了一两句后，我们都听出对方的口音有点像，攀了一下老乡，老家果然离得不是很远，我且算他是某个未曾谋过面的远亲吧。人在异乡，有远亲总比没远亲为强，哪怕只是心里有这么个远亲也是好的。

远亲打开抽屉，里边有几个信封袋子，他从中挑了一个，就把里边的钥匙拿出来交到我的手里，我说，你们连钥匙都没有交接，他就让人装修房子了，这户主也忒性急了吧。我远亲说，他不是性急不性急的问题，他是无所谓。我不知道什么叫无所谓，我远亲告诉我，户主通过他们中介公司买这间房子，根本就没有到过现场看房，只是在网上联系后，就汇款了。我说，这倒也是，反正有图有真相。我远亲也顺着我说，是的啦，现在人都忙，看看图片，再看看价格，就行了。我又顺着我远亲说，是呀，听说有人出国坐飞机，看到飞机上的画报上有英国的古堡山庄，看了一眼就下订单了，那可是几千万美金的大单。

我们胡扯了几句，我拿着钥匙准备去现场，我远亲主动说，那房子离我们这儿不远，我陪你走一趟，免得你绕路。我心里蛮感动，到底有远亲和没远亲不一样。虽然我嘴上没有喊他远亲，也许他心里也和我一样，把我当成他的远亲呢。

我们去那个现场，是个高层，进大厅，上电梯，过走廊，走廊弯弯曲曲，绕来绕去，最后开门进去一看，简直亮瞎了眼，这是一对新婚夫妻装修的房间，房间还崭新的，人却已经分开成旧人了，所以房子也不要了。

我远亲又告诉我，这是户主为年迈的父母换的房，估计他怕我想不通，又补充说，一般人家父母年纪大了，都愿意换到低层，最好在一楼住，出行方便，他却把两老拱到蓝天白云间，主要是因为老父亲患了老年痴呆症，如果住一楼，一开门就出去了，出去就找不着了，换到高楼上，就没那么方便了，如果他走楼梯下去，出门找楼梯也不易，找到楼梯走不了几层就会被发现，被追上，如果他选择坐电梯，他也得先找到电梯，他进电梯以后常常会按错按钮，不知道他会到哪一层楼，但总之他是在电梯里，就逃不掉。

我听了，说什么呢，没什么可说的，不关我事。

我没说话，我远亲的手机响了，他没有接手机，只是掐掉了铃声，可过了一会，又响了，再掐，再过一会，再响，最后他不掐了，接起来说，哎哟我忙着呢，谈生意呢——不行不行，今天回不了公司，我得在外面忙一天。晚上？晚上也不知道几点才能结束。

躲女的吧？有个女的追追躲躲打打闹闹也算蛮幸福的日子，至少比我强哈。

我由此又想到我哥，如果这是我给我哥打电话，我哥会怎么说呢？所以在我远亲接打电话的这一瞬间，我重新拿定了主意，一旦我有了我哥的消息，我决不打草惊蛇，就算有他的联系方式，我也决不提前联系，我必须突然出现在他面前，给他个措手不及，叫他原形毕露，无处逃遁。

我远亲非常坦然地当着我的面对别人说谎，我不想让他难堪，我往旁边走走，假装没在听他说什么，可我远亲一点也不避我，挂了电话还追上来对我说，是我爹，我料到我爹会去公司找我，我就陪你过来了。我想问他躲着自己的爹干啥呢，不过话没出口就咽回去了，躲爹又怎么了呢？家家有本难念的经，我哥不也一直躲着我吗？

钥匙也交了，门也开了，房也看了，我不知道我远亲还要陪我到哪时，我并不讨厌他，何况我刚来这地方，人生地不熟悉，有个和我差不多的人伴着我，有啥不好呢？可我这是做梦呢，我远亲的电话又响了，这回我远亲没敢再掐，电话那头的声音很尖利，我远亲对我做了个嘴形，其实我不看他嘴形，看他脸色我就知道，必是他老板无疑。老板命令他立刻回去，他爹在公司闹腾呢，我远亲这下子没辙了，他敢躲他爹，却不敢躲他老板，躲老板，他不想活了。

我远亲和我道别，我送他到电梯门口，看着他进电梯，电梯门关上，留了一个背影给我。我也不要他这个背影，我自己的事还远没着落呢。我又看了一下房间，这种新婚装修确实很不适合老人居住，许多地方需要改造，比如进门就是一个玻璃材质的玄关，再比如，卫生间的地砖墙砖光洁漂亮，却不防滑，这些都是不利于老人居住的，得根据老人的特殊情况重新设计。

不过这也仍然不关我事，轮不着我来考虑设计，我只是根据老板的指示，拿钥匙开门看看有没有这回事，现在知道事实是存在的，我回去向我老板报告,我老板说,明天工程队就进场了,你就跑现场吧。我老板又给了我一个电话,是包工头的,我又和包工头约上,第二天到现场汇合。

第二天一早,我先去开了门,不一会儿,包工头就来了,我一看,这人比我长不了几岁,年纪轻轻就当包工头了,我拿他和自己比较一下,心里有点酸,也有点崇敬,赶紧尊他一声经理,他说,不是经理,就是个包工头,你喊我包大哥就行。

那我就喊他包大哥。本来我只有一个哥,他却把自己变成了狗日的,现在天下掉下个大哥,虽然不同姓,但喊上大哥,自然就有几分亲切。

包大哥打开图纸看起来,我知道图纸是我老板亲自画的,我宏大公司,也只有我老板有水平亲自画图纸。他要是不画,谁画呢,难道我吗?

包大哥把图纸颠过来倒过去地看了好一会儿,才开始干活,他拉开卷尺搞起了测量,卷尺在他手里软来软去,不怎么听话,我去帮他按住一头,我没说什么话,包大哥主动跟我说,我手下有人,他们在另外的几个工地上,我比较贪心,一下子接了几个活。

包大哥测量过后,从屁股后面的口袋里掏了一把小泥铲,朝墙壁上铲了起来,嘴上说,用这种涂料,涂也不容易,铲也难铲。他见我没有回答他,回头朝我看看,说,王设计师,你很内向。

我内向吗,包大哥哎,我不是内向,我应该是在怀疑你。

可是我才不,我没有必要怀疑包大哥,我从包大哥又联想到我哥了,我哥真是阴魂不散,让我每见到一个人都会想起他。我哥要是能混个包工头,不也和他一样吗,有什么好多说的?

过了一会儿有人敲门了,我开门一看,是个女的,一脸愤怒,令我眼花,这不是我大学时的一个学姐吗,我差点误会了,以为她是来吃回头草的。她一开口,我才知道我错了,她不是我学姐,她是来找包大哥的。我说,包大哥在。她推了推眼镜,看了我一眼,就把我扒拉到一边,往里边找包大哥去,指着说,姓包的,就算你逃到天涯海角,我也能把你追出来。

包大哥回头看看她,耸耸肩说,你真有本事,我都换了三次手机,你还能找到我。可这女的再凑近了包大哥一看,却顿时泄了气,跺脚说,又错了,又错了,不是你。包大哥说,你再仔细看看,你确定不是我吗?这女的说,怎么不确定,我要找的人,烧成灰我也认得出。包大哥说,要不你等我成了灰再来试试，看是不是我。我估计包大哥是在调侃这女的，我挺想讨好包大哥，就顺嘴说，本来嘛，包大哥又不姓包，他是包工头。这女的找错人已经很沮丧，见我多嘴，就恨起我来，责问我说，我找错人找对人关你什么事，一个小屁工，靠边站去。包大哥挺给我面子，说，他不是小工，他是公司的设计师。这女的又回头看我，可不，这已经不是看了，这是瞪，她瞪了我一会儿，问我是哪年毕业的，我说是今年的应届生。

她愣了一会儿，忽然就哭起来了，一边哭一边说，你应届生都当上设计师了，我毕业三年了，我还，我还，我还——她哭得肩膀耸动，说不下去。

包大哥朝我笑笑说，女的属猫，猫尿多。我没有笑，也没有跟她解释我不是设计师，我说什么也是多余，除非我是高富帅，而且还一见钟情地爱上她了。做梦吧我。

也没人劝，一会儿她自己平静下来，一点也不难为情，中间也没有什么过渡，就从包里拿出工装套上，准备干活了。包大哥却不干了，阻挡她说，你是谁？你干什么的？

这女的说，你不用问我是谁，你不是包工头吗，包工头不都得找人替他干活吗？包大哥说，我要找人干活不假，但得看你能干什么活呀？女生说，我是某某大学学室内设计的，我爹我哥都是泥水匠，跟你的活都沾得上。

哎哟，这还真是我嫡亲的学姐哎，我们不仅同门，我还觉得她的身世和我也挺像，她若不是个女的，我差不多以为她就是我了。我心里忽闪了一下，差一点脱口问她，你爹的腰还弓着吧，你哥的腿摔伤了没？但话到嘴边我，硬是咽下去了，因为我害怕她说是的，如果她的遭遇真和我一样，我能把她当成我自己吗？

但至少在心里我就喊上她学姐了，再也不会"这女的这女的"这么暗称她了，喊人学姐的那个感觉，真不错，我又梦回大学了。

看起来我学姐是要赖上包大哥了，她朝地上看看，皱眉说，灰太大了，洒点水吧。自说自语就到水龙头那儿去打水了。

可她才发现连水都不配合她，水龙头里不出水。她回头剜了我一眼，说，没有水怎么干活，你去问问对门的邻居，是这幢大楼或者整个小区都断水,还是这家的水管子的问题。

我不应该听她支配,但我又鬼使神差地听了她的话,我真打算去问邻居了,到门口一拉门,猛被吓一跳,一个老太太正悄没声息地站在门口偷听我们说话呢。虽然被我发现了她的行踪,她并不难为情,挺大方,索性自己进屋来了,说,你们开始装修啦?一边说一边把设计图纸拿过去看起来。我怕她看不懂,跟她说,您这样看——这个标志是代表——老太太打断我说,不用你教我,我在大学教的就是这个。原来是位老知识分子呢,难怪看图纸的样子那么内行,我很担心她太内行了不能满意我老板那点水平,不过还好,老太太并不挑剔,只提了一个要求,问能不能在家门口装个警报器。我和包大哥都说这没问题,世道不太平,防贼是必须的。老太太却说,不是那种防外贼进入的,要装在里边,防里边的人出去,只要有人出家门,它就会响起来。我说,只听说过有人非法进门才报警,没听说过有人出门也要报警。老太太说,我老伴得了老年痴呆症,我们不许他出去,他偏要出去,出去就出去罢,家里人挡住他就行了,可他还偷偷摸摸,轻手轻脚溜出去,已经几次了,出去了真不好找。

话说到这份上,我能够断定老太太就是这家的户主老太太了,我说,老人家,整个装修设计是根据您儿子的要求搞的,如果要在门口安装警报器,还得请您的儿子和我老板交待一下。

老太太朝我看看,反问我,你说我儿子?他在哪里呢?你找出来让我看看。我听她这口气,心想也许我自以为是了,可能委托人是个女的吧,我改口说,那是您的女儿。老太太又说,女儿?女儿在哪里呢?你找出来让我看看。我又检讨了自己,再改口说,反正,总之,是您的小辈吧?我看到老太太一张口,我以为她又要说,小辈?小辈在哪里呢?你找出来让我看看。不过老太太并没有再重复,她很瞧不上我,撇着嘴说,自作聪明。

她什么意思,是不是说她根本就没有小辈呢,我并不想弄明白,这不关我事。本来么,委托搞装修的户主连照面都不打,还真不知道那是个什么人,也真不知道那人到底在哪里,我老板接这么个活,真够省心的。不过,这仍然不关我事。

老太太还没有得到我们关于安装报警器的准确答复,她的神情却忽然变得紧张起来，似乎是门外有什么动静惊扰了她，她侧耳朝外听了一听，拉开一条门缝看了一眼，就赶紧出去了。

我和包大哥和我学姐什么都没说，这不关我们的事。

我下班时，刚开门出来，就意外地看到那老太太从对面的门里出来了，动作鬼鬼祟祟，轻手轻脚，她看到我，朝我“嘘”了一声，说，别出声，我是偷偷溜出来的，他们老是要追我，追我，追我干什么，我又不是逃犯。我心想，这老太太明明是邻居，刚才却冒充对门的房主，可是再细一想，她也没冒充呀，她又没有说自己是谁，那是我自己推测的，只能怪我逻辑推理水平太差，自己给自己上一当。

老太太警惕地看了看我，问道，我没见过你，你是新搬来的？她显然已经忘记我是谁了，忘了刚才才见过我，这样说起来，她才是患了老年痴呆症的病人呢。

电梯来了，我请老太太先进，老太太却退后一步说，我走楼梯。我问她，您到几楼？老太太警觉地朝我摇摇头，说，兵不厌诈。到底是老知识分子，说话还用成语。

电梯门关上了，电梯把我送到一楼，我走出楼道，天色将黑，又一个夜晚来临了。

就在这天晚上，我又接到一个老乡的电话，告诉我，他看到我哥了，我哥在郊区的一个工地上，老乡把工地的地址发给了我。我二话不说，出门就去找公交车，时间已经很晚了，开往郊区的车大部分都停了，但我运气好，还是搭上了一趟末班车。

上车的时候，我问司机这趟车今晚还返不返回来，司机说不回了，就停在郊区。那就是说，我去了就回不来，但我没有犹豫，直接走进车厢。

车厢里空无一人，我随便找个位子坐下，车到下一站，上来一位乘客，是位老先生，穿的衣服裤子是蓝白相间竖条纹的，像是睡衣，又像是医院的病号服。

司机好像有点犹豫，开动车子时他问那老人，你到哪一站？老人说，我儿子给我买了新房子，我要去看新房子。司机又问，新房子在哪里？老人却说不出来了，抬着手胡乱地向前边指一指，就是那里。司机回头看看我，对我说，你看看他口袋里有没有地址什么的。我听司机的话，走到老人身边，想看他的口袋，老人却紧紧地捂住口袋，说，没有口袋，没有口袋。我耐心劝他说，您捂着的不就是口袋吗？口袋里有什么呢？老人又说，没有存折，没有存折。司机一听，顿时紧张起来，他干脆停了车，走过来对老人说，老人家，是你儿子让我来接你的。老人仍然捂紧口袋说，没有儿子，没有儿子。

我和司机面面相觑，我们都是文明人，又不能硬掰开老人的手看他口袋里到底有什么，但是如果不看他口袋里的东西，我们拿他怎么办呢？

天无绝人之路，正在这时候，老人身上的手机响了起来，老人似乎一直在等着手机响呢，他不再捂住口袋，而是迅速地取出手机，没有按接听键，就对着手机说，我在家呢。我赶紧从老人手里拿过手机，想替他按一下接听键，这才发现是个假手机，根本不能用。

老人高兴地笑起来，说，你也上当了吧，他们想用手机定位找到我，我换了个玩具手机，跟那个手机一模一样，铃声也一模一样，他们检查的时候没有发现，嘿嘿。

司机气得“切”了一声，不再多管闲事，自顾去开车了，这时候，我的手机有动静了，来了一条短信，我希望是我哥，我希望我哥知道我去找他，主动给我发信了。

我想多了。

短信内容是这样的：哥，我是小妹，好久没有联系了，这是我的新手机，记得找我哦。

（原载《花城》2015 年第 3 期）

劳马小说

劳　马

改不掉的毛病

“二姐这个人哪儿都好，就是喜欢偷东西!”大朱就是这样评价她老婆的。

大朱管她的老婆叫二姐，听起来既亲昵又别扭。

据大朱说，他家里日常用品基本不用花钱，全是“二姐”顺手牵羊弄回来的。

他说，不管是床上铺的，身上盖的，这些被褥枕头，统统都是她在外地被服厂打工时寄回来的，包括我们全家人一年四季穿的衣裤鞋袜。

你再看看这厨房，锅碗瓢盆，油盐酱醋，瓜果蔬菜没一样是买来的。

还有洗手间里的五颜六色的化妆品，够十个女人用一辈子了。

我们家根本不缺钱，她压根就犯不上做这些不干不净的事情。没办法，她就这么个爱好。有人说她这是得了一种病，偷东西上瘾，不偷不行！她妈妈也就是我的丈母娘告诉我，二姐从小就有小偷小摸的天分，笔墨纸张装了好几大箱子，光文具盒就有一百多个。

二姐做过许多职业，幸亏没在银行干过。结婚后大朱把她强行留在家里，不准她外出工作，甚至限制她到亲戚朋友或街坊邻居家串门。“但她总得买菜做饭吧!”大朱无奈地摇着头，自言自语道，“二姐生性就是个闲不住的人！她空手去菜市场或是小超市，回来时大包小包一大堆，外加满面笑容，从米面鱼肉到香皂手纸牙膏牙刷样样俱全，如果你翻翻她的衣兜，针头线脑又能掏出一大把，连高筒靴里都塞满了餐巾纸。”

常在河边走，哪能不湿鞋？有一次二姐怀里抱着孩子去超市买奶粉，结果被弄到了派出所。隔了两天才回家，孩子饿得哇哇叫，她没有一丁点愧疚，竟笑嘻嘻地从棉袄里拿出了三副手铐和两根警棍。

“唉”，大朱叹口长气说：“我有七八年没敢和她亲过嘴了，生怕丢颗牙！”

二姐出事后，大朱跟警察交代：“我本以为她生了孩子当了母亲后能改掉这些坏毛病，至少别给孩子树立坏榜样。她口口声声答应着，却不按我说的去做。从妇产医院出院时，家里又多了七个听诊器，五根压舌板、四件白大褂、五六顶护士帽，还有十几支体温计和病房里用的床单、枕巾等等。这些我都认了，可以出庭作证，但警察同志，我做梦也没想到连这孩子也是偷的。她是抱回了两个孩子，一男一女，她告诉我是双胞胎，而且是龙凤胎，我一兴奋，就没往别处想，这种事情谁敢想呢？是的，这对孩子越长越不像，可二姐说世上哪有一模一样的双胞胎呢？既然你们证据确凿，该抓就抓，该关就关吧，那是她罪有应得。但是这回你们千万可得给她看住了，别再让她偷两个犯人带回家！”

朝向未来的回忆

虚岁二十九那年，小周写完了回忆录，详详细细地追忆了自己短暂而又平淡的一生。他的父母均没过活过三十岁，祖父祖母也很短寿。这是他早早地撰写回忆录的主要原因。爷爷奶奶他未见过面。童年时父亲好像跟他提到过爷爷奶奶的故事，但在他的脑海里没有存下任何印记。就连自己的爸爸妈妈，小周回想起来也很吃力，他们的形象遥远而飘忽，像褪了颜色的一块破布。他甚至把电影电视中的某些男女主人公和在街上遇到的某对三十岁左右的夫妻想象成父母当年的模样，这些联想最终导致了他对父母形象的彻底遗忘。

小周三四岁时，父母相继病故。他若能清晰地记住父母的音容笑貌简直是白日说梦。

然而在他那长达五十万字的回忆录中，有相当长的篇幅描述了自己在母亲怀抱中吃奶撒娇的幸福时光，以及与爸爸朝夕相处嬉戏玩闹的美好瞬间。显然，小周丰富的想象力弥补了他记忆中的所有空白。

小周年纪轻轻就着手撰写回忆录的另一个原因是因为他听到了一位算命大师的不详预言。那位自谦为“半仙”的大师在他人的口中是一个地地道道的“神人”。在一个阴雨绵绵的傍晚时分，他只斜着眼睛打量了一下小周，便斩钉截铁地下了断言：“你没有老年和晚年！”小周从此深信不疑，他自认为父母的寿命就已从遗传学的角度确定了儿女生命的长短。所以，当听到来自非科学的著名大师预判时，他并未感到多少意外和惊愕，内心反而更加淡定平静了。这个预言是超自然的声音，与他自己源于基因科学的推断叠加印证。

于是，小周决定写一本回忆录，记下自己短促而平凡的生命历程。

他集中精力，花了整整两年时间，写出了洋洋五十多万言的长篇回忆。据他说，当他拿起笔时，埋藏于记忆深处的点点滴滴都清清晰晰浮现在眼前，就像电影画面一样逼真鲜活。他还说，回忆和书写的过程，犹如自己重新活过一遍那样，生命得到了加倍的延长。

回忆录的最后一句是：“今天，也就是此时此刻，公元二〇一〇年十一月十四日下午五点三十二分，我正在写回忆录的最后一句。结束了，再画个圈儿，就是句号。生命也随之结束了！”有电视新闻现场直播的感觉。

当然，小周的生命并未与他在稿纸上画上句号时同步结束。他至今仍健健康康地活着。

在完成了前二十八九年的回忆之后，小周一连三天穿戴整齐平平静静地躺在床上，祈求那个神圣时刻的到来。强烈的饥饿感把他从逐渐的昏迷中唤醒，他拖着虚弱的身躯艰难地挪到街边一家小吃店狼吞虎咽，暴饮暴食，试图当场撑死，却自决未遂。

经过了一段时间的放松和调整，小周的身体和精神状况得到了恢复和好转。他又做出了惊人之举，继续撰写回忆录。他感觉自己已回忆成瘾，一天不把脑子里的“记忆”写在纸上，就痛苦难忍。于是，他就重新拿出笔来，朝着另一个方向“回忆”，也就是朝着明天和未来“回忆”。他坚称：前世已把来世的所有一切都嵌入每个人的灵魂深处。回忆就是呈现，回忆的指向不仅是过去，而且也能指向未来。

所以，目前在小周已完稿的回忆录里，他已变成了老周和周老，并刚刚过完八十大寿。在他的记忆中，他是三十三岁那年结的婚，妻子是某电视台的一位二十一岁的著名美女主持人，出身于“嫩模”。三十五岁时生了一对龙凤胎，金童玉女。当年，他还买彩票中了大奖，得奖金八亿元整，且免税。三十八岁那年，发生了中日战争，美国坚定地站在中国一边，联合国一致决定把日本划归中国，称为东洋自治区。同时，金正恩就任美联储主席。四十岁时，中国进行了前所未有政治体制改革……，再往后，老周还用几年前彩票中奖的钱买了张去月球旅游的飞船票，去广寒宫里住了三个晚上。四十三岁那年，他还当上了中央委员……五十岁生日时，他站在天安门城楼上向广场上欢庆的人群挥手致意……至于接下去的三十年，中国和世界发生了许许多多惊心动魄和匪夷所思的大事，至少他在六十岁那年的八月，在第三世界大战后就任了美国国防部部长并授予五星上将……回忆录中涉及的许多事件现在还不能“解密”，有些细节简直太吓人啦，跟真的一样！

嗓　音

忘不了她，完全是因为她独特的嗓音。

当年在开往东北的火车上，我一下子迷上了她。

十六七岁的模样，脑后扎着一束翘起的马尾辫，侧着脸望着窗外，夏日迟归的余晖抹在红扑扑的脸上，像化了妆等候上场的演员。她对着车外疾速后退的树林，不合时宜地唱起了《让我们荡起双桨》。

兴奋颠簸了一整天的青年男女，开始有些打焉了。她的歌唱声音不高，却驱走了车厢里的渐渐浮起的沉闷。大伙儿不由自主地随声唱着同一首歌，一遍又一遍，从低到高。有几位活跃分子跑到过道中间，又蹦又跳，挥舞着双手向前后左右转着圈儿充当指挥，整齐的合唱又被口哨声、起哄声和口号声撕裂成了乱糟糟的碎片。不知哪个女生先哭了，接着又有人哭了，哭声好惨，压过了歌声。男生也开始哭了，甚至抱在了一起，最后整个车厢哭成了一团。

她被带队的领导叫走了，遭到了严厉训斥。因为她是第一个开口唱歌的，是肇事者，是罪魁祸首，当然应该受到惩罚。领导责成她站在车厢的过道上做检讨，她委屈地流着泪，抽抽嗒嗒地做了自我批评。尽管带着哭腔，但嗓音确实很特别，音色音质很美，一副天生的好嗓子。她叫韦虹，很多男生都记住了她，包括我。后来听说，她小学时是市少年宫合唱团的领唱，参加过在人民大会堂举行的大型音乐舞蹈史诗《东方红》的演出。

在星凯湖附近我们安营扎寨，我一路上都渴盼着能与她分在同一个连队里。我知道，其他男生也有同样的心理。我的同学亮子就两眼紧闭双手合十地向伟大领袖祈求帮他满足这一小小的愿望，并唠唠叨叨地向毛主席保证，只要能与韦虹分在一起，就永远扎根北大荒，洒尽鲜血干一场，一生一世不彷徨。

韦虹没有下连队，她被直接留到了团部。团里组建了业余文艺宣传队，吸收一些擅长吹拉弹唱的文艺骨干隔三差五地集中排练和演出。韦虹天赋的优美嗓音让火车上训斥她的领导过耳难忘，他推荐她进了宣传队的合唱团。

韦虹不满足于当个合唱演员，尽管她有过多次领唱和独唱的机会。她更喜欢朗诵和报幕。队里和团里的领导一致认定她的声音条件具备很大的艺术潜力，稍加训练便能成为舞台上的女一号，她却哭着鼻子坚持认为自己更适合朗诵充满革命英雄主义的诗篇。于是，在她获得建设兵团汇演女声独唱一等奖之后，便改任宣传队的报幕员(相当于主持人)。此后的每场演出，不论观众用多么热烈的掌声，多么强烈的呼喊(韦虹，唱一个！韦虹，唱一个！)，她都没有再唱过，而是雄纠纠气昂昂地走上舞台，朗诵一段毛主席语录或是诗词，甚至会背诵一段报刊上新发表的言辞激烈的大批判文章。

韦虹的声音渐渐发生了变化，不再如过去唱歌时那般甜美、圆润、细腻，而是由银铃演变为战鼓，从百灵鸟的清脆婉转到狮吼般的声震山林。团领导认为她的声音更适合担当广播站的播音员，播报一些充满火药味和威慑力的战斗檄文。韦虹兴奋地接受了组织安排，决心用她那坚定正确的、体现时代风貌和进步力量的、极具战斗力的声音为批判和摧毁一切反动势力、粉碎敌人的猖狂进攻，为誓死捍卫毛主席的革命路线而呐喊助威！

通过高音喇叭，韦虹的声音传遍了整个兵团农场。经她播报的新闻显得格外重要，犹如中华民族又到了最危险的时刻；通过她传达的上级精神透着无可争辩的真理性，仿佛一句顶一万句；由她发布的各项决定公告传递着不容置疑的权威性，好像人人都只能老老实实，不敢乱说乱动。尤其是她朗读大批判文章时，声音中透出与生俱来的正义感和摧枯拉朽、排山倒海、刺破青天的巨大力量，谁听到那声音，都会不寒而栗。用她那经过扩音喇叭提高了若干个分贝的话说，“让那些瞎了狗眼的反革命跳梁小丑们躲在阴暗的角落里瑟瑟发抖屁滚尿流吧！”除了播音，韦虹还经常出现在兵团频繁举行的一些誓师大会、批斗大会和公审大会的现场，坐在主席台左侧下方为她单独摆放的一张小方桌旁，面前摆放着一只用红绸布包裹的话筒，每到关键时刻，她那恐怖凛然的声音便会突然高调响起：“将反革命分子某某某押上来！”“把苏修坏分子某某某押下去！”更多的时候她充当口号的领呼者，会场上不时回荡着“打倒某某某”“砸烂某某某的狗头”“打倒美帝国主义及其一切走狗”等一波高过一波的声浪。就连一直暗恋她的亮子此时也会感到“腚沟子发麻，大小便失禁”。韦虹从领唱变成领喊，脸上洋溢着无法掩饰的成就感。

正因为韦虹的声音体现了时代的强音，折射着她内心坚定的阶级立场和鲜明的政治态度，所以，她多次立功受奖，并被提拔为团部宣传组副组长，其间还被借调到福建厦门某地隔海喊话，动员海峡对岸的“台湾同胞们，放下武器投诚起义”。到知青返城时，兵团正酝酿把她提拔到更高的位置上发挥其独特的作用。

回城以后，知青们为了生计，各自奔波，找不到固定职业，我们变成了这座城市里的“多余人”，成了家庭的包袱和累赘。韦虹凭借着在兵团的优异表现和天生的一副好嗓子，在区里的一家少年宫谋得了一份教孩子唱歌的美差，而我等不少同学却揽点粗活，蹬蹬三轮车，打打零工。不知是何缘由，韦虹在少年宫只干了两年，便离开了哪里，独自一人在动物园附近摆了个服装摊，很多兵团战友都曾在那里碰见过她，因为她的叫卖声高亢而尖亮，距离很远就能听到她那“时代的强音”。

韦虹过了三十岁才结婚，半年后又离婚了。据说她老公无法忍受她那充满敌意的“高音”。这位曾经一度以相貌和歌喉几乎迷倒我们所有男同胞的著名美女，长时间孤身独处，引起了当年朝思暮想渴望得到她的许多战友的猜测和议论。每当聚会的时候，已界中年的团友们常常提到她并相互开着玩笑，但没有哪个人敢往前走一步。他们把韦虹的声音视为那个时代最悲怆最恐怖的记忆之一，称她的声音像鲁迅的杂文一样是匕首，是投枪，是长矛！与拥有这种嗓子的女人相伴，无疑是自虐，自残，自杀！大伙儿常常在“妖魔化”韦虹声音的玩笑中获得某种解脱和满足。

一个月前，我们团的少数积极分子张罗着搞了一次大规模的聚会。在那里，一家叫作“知青之家”的中档饭馆里，我见到了已分别三十多年的韦虹，她显然老了，齐刷刷的运动员发型已经花白，嗓音却依然尖锐，只要她一开口，高音立即压过会场的喧哗。有人告诉我，她五十岁那年又结了婚，嫁给了当年为她整夜整夜睡不着觉的亮子，这让我很惊讶。因为亮子确实私下里评价过她，说一听到她的声音就“腚沟子发麻，大小便失禁!”后来有人解释说，他俩走在一起，是天配地造的一对儿。为什么？那人牵强附会地分析道：“亮子原先是搞书法的，写一手漂亮的毛笔字，到了建设兵团后，上级领导发现了他的特长，便抽调他到团部去，专门写标语、口号、公告，最后写废了，那些用排笔、粗笔写在墙上、布上、纸上的字越来越空洞、残忍，看上去触目惊心，杀气腾腾。他回城后也想重新拣起他的书法，却总也找不回来那种艺术感。他也是二婚，跟韦虹合伙过日子最合适不过看，一个喊口号的，一个写标语的，都错用了天赋，凑在一起谁也不嫌弃谁……”

那次聚会持续了大半天，像以往的相聚一样，总是在大伙儿嘻嘻哈哈高歌一曲“红色经典”的欢笑声中结束。由于韦虹的到来，那天唱的歌格外多，从《革命者永远是年轻》一直到《毛主席走遍祖国大地》一首连着一首。除了个别同学要急着回家接孙子孙女放学外，绝大多数到了深夜还在兴致勃勃地闹腾着。韦虹突然尖声喊到：“静一静，静一静，让我们最后一起高唱《文化大革命就是好》。”场内的喧闹声戛然而止，大伙儿愣愣地相互呆视着，不知是谁打破了沉寂，先咳了一下，然后说，太晚来，今天就散了吧！大家这才缓过神来，纷纷起身收拾东西呼呼啦啦地往外走。韦虹又喊了几嗓子，动员战友们与她一起唱，但没人附和。我趁机离开座位，蹦跳着蹿出大门。歌声从身后传来，但不是合唱，而是韦虹一个人的独唱……

无语的荣耀

他身体歪斜着坐在轮椅上，被孙子推到了舞台中央，追光灯随即亮起，聚焦在祖孙二人身上。台下同时爆发出震耳欲聋的掌声和事先录制完成的欢呼声。在场的嘉宾和观众全体起立，以热烈鼓掌的方式向台上强光照射下的这位百岁老人致敬：老人一动不动地呆笑着，他的孙子紧挨着他，挥手向大家致意。

掌声经久不息，女主持人示意了三次，观众们才坐下。主持人被这开场的气氛感动得热泪盈眶，以至于开头的几句话明显地带着浓浓的鼻音和哭腔。

她说，坐在我们面前的这位长者，让我想起了已离世多年的祖父。我小时候，他总是格外的宠爱我，不仅给我好吃的，还把我抱在膝盖上给我讲那动人的故事和美丽的传说，我甚至会调皮地抠出他的假牙去挖花盆里的土……说到这里，她噗的一声笑了，竟鼓起了一个不大不小的鼻涕泡。观众起哄地笑着，她满脸羞红，赶紧掏出面巾纸擦了擦鼻子，连声说，对不起，不好意思，我太激动了。然后，又从口袋里掏出了两张扑克牌大小的卡片，看了一眼，向观众介绍说："坐在舞台中间的这位长者，是一位值得我们无限尊敬和永远铭记的大师，他是文化天空下的一颗璀璨夺目的明星，犹如北极星一样指引着我们前行的路"，她又低头瞄了一眼手上的提示卡片，"他几乎代表了先进文化的前进方向，他对我们民族的贡献比山高，比水长。"耀眼灯光下的老人发出"嗷嗷"声，怪异而尖亮。他的孙子用手轻轻地推了几下他的肩膀，老人安静了下来。

女主持人接着说，今天我们在大师百岁诞辰之际，在这里隆重举行庆祝仪式并向他颁发终身成就奖，以表达我们对他的仰慕之情和真诚的敬意。现在，有请全国科学、哲学、文学、艺术终身成就奖评奖委员会主席万先生宣读授奖辞，大家鼓掌欢迎！

万主席在掌声中走到台上，先向老者深深地鞠躬，再慢慢地移步至话筒前，从怀里掏出一张打印稿，戴上老花镜，用混合着江浙、岭南和胶东等多地口音的普通话宣读了授奖致辞。观众们交头接耳，相互求证，试图搞清主席先生到底说了什么。经多人解读，大体弄懂了他讲话的主要内容，大意是：某某大师在其八十余年的学术苦旅上，筚路蓝缕（听起来是男女），以启山林。逢山开路，遇水架桥。上下求索，不屈不挠。战天斗地，可歌可泣。继往圣之绝学，树后生之楷模。愚公精神，永放光芒……

在主席宣读授奖辞的短短几分钟内，老人的嘴巴不时发出各种怪声，引发了场内观众的几次嬉笑。接下来，有两位穿戴靓丽的礼仪小姐向大师献花。当鲜花被放到老人怀里时，他惊愕地用手推挡，把花束扔到了舞台上，口中又发出一阵刺耳的怪叫。

颁奖典礼的最后一个环节，是请大师发表获奖感言。女主持人将话筒递给大师，老人受了惊吓似的尽量把身子紧紧地靠在他孙子胳臂上。他那已是中年模样的孙子，慢慢掰开祖父紧抓轮椅扶手的左手，在他的手掌上反复写着一个"讲"字，又把话筒递到了他的嘴边。老人终于张开了嘴巴，大声喊道："我有罪；我该死！请不要再骂我了！"

全场的气氛突然紧张，出现了短时的沉寂。

"对不起，请允许我代表我爷爷讲几句话。"那位中年男子，从老人手里拿过话筒，向观众席鞠躬致谢，又向女主持人点了点头。

"是这样的，我爷爷早已双目失明，两耳也完全听不见声音了。八年前，他借助助听器还能断断续续地听到一点外界的声响，现在他完全生活在一个黑暗无声的世界。在他耳聪目明的年代里，他看到和听到的几乎全是对他的辱骂与诅咒，他接受了一场又一场批斗与清算。他曾经为自己变得又聋又瞎而感到庆幸，只是觉得自己活得太长了，认为这是上帝对他的惩罚。我记得十年前，当记者执意采访他时，告诉他——您的文集出版了。他十分惶恐地回答说：'同志，您认错人了！我是个文盲，从来没写过东西！'所以，今天的颁奖典礼和对他的赞扬与表彰只是主办者的自我安慰和自娱自乐而已，我替他谢谢各位……"

老人的喉咙里又发出了一连串的怪声，刺耳又瘆人。

聚光灯突然熄灭了,会场内顿时闹闹哄哄……

演　员

他住在公寓楼的一套两居室里,面积不足一百平米。

从客厅、卧室到厨房、厕所,四周的墙壁上都挤满了照片,或贴或挂,密密麻麻,就连天棚上也几乎被照片覆盖了。大大小小,有横有竖,有黑有白,有彩色,全是剧照,是他大半辈子在电影、电视剧和舞台上扮演的各种角色的集中展示。

他年过七十,满头白发,不久前他还应邀在社区业余演出中扮演了《白毛女》片段中的杨白劳一角。老人从童年开始就演戏,迄今出演的剧中人物超过了数百人,扮主角少,演配角也不多,更多的时候只充当跑龙套的"群众演员"。许多剧中,他并无台词或仅有一两句"废话"。

从照片上看,他演过农民、村长、地主、屠夫、司机、医生、警察、土匪、法官、小偷、老板、嫖客、行长、骗子、教师、流氓、将军、特工、皇帝、奴才等等等等,五花八门,形形色色。

即使是假扮皇帝、将军,也是剧中的陪衬,戏份很轻,只有几个镜头,甚至是一闪而过。他作为大清帝国的最高统治者,只对大臣们说过一句话:"退朝!"因为那是部武侠剧,皇帝只是个点缀,相当于路边的一块石头或一棵树。他当将军最长的一句台词是:"拉出去给我毙了!"就为这句台词,他练了足有十天时间,还给导演搓了一个月的澡。

尽管他演的都是不起眼的小角色,但他相当认真,从表情神态、穿着打扮、举手投足,到仅有一句话的台词对白都反复琢磨,勤学苦练,非常投入。他能够用数十种方言说出"狗日的"和"请上茶"。他在扮演一个嫖客时,光"来呀"两字,就练了不少一万遍。他甚至在一部电影中分身为好几个人物,一会儿充当八路军战士,换下服装化化妆,又成了国民党士兵和土匪喽啰。不管演什么不起眼的角色,他都能演得惟妙惟肖,贴切到位。

他演了一辈子的戏,很少当过主角。演得再像再逼真,也是转瞬即逝,很难让观众记住。他认识很多明星大腕,并与他们合影留念。所以在他家里的墙上,你能看到一些家喻户晓妇孺皆知的熟悉面孔,从厨房、厕所到客厅、卧室,沿着墙壁一路瞄过去,再仰面朝天看看棚顶,基本上就是一部六十年的中国影视史。

据说他曾经有过三次婚姻,均以失败告终,生有一儿一女。婚姻破裂的主要原因,在于他不能扮演好现实生活中的丈夫角色。他也始终搞不懂作为父亲和儿子究竟该说些什么和做些什么,因此,他的儿女和父母都先后与他断绝了来往。

如今,他仍孤身一人住在公寓楼里,整天对着墙上的照片,比比划划,嘴里叨叨咕咕地重复着几个短句子,都是剧中的台词。

有一次,他拽着我到他家的住处参观了他的"个人演艺展"。他眉飞色舞地给我表演当年剧中的人物,一连转换了二十几个角色,累得气喘吁吁。

趁着他喝茶休息的间隙,我很随意地问他:"在您一生扮演的各种角色中,哪个最不成功?"

他沉吟了好一会儿,脸上的表情变得有些沮丧暗淡,眼眶里溢出了泪水。他的嘴唇开始颤抖,欲说又止的样子。我给他递过一张餐巾纸,他擦了擦眼睛和嘴角,终于说出了一句让我吃惊的话:"我自己!"他喝了口茶,补充说:"我演了一辈子别人,却不会演我自己!"

走遍世界

有一种旅游叫足不出户,有一种交往叫一人独处。

——题记

老朱在自家的客厅里支起了一个小帐篷,每晚蜷缩其中,自称是野外宿营。

三年前,他在地板上铺了一层厚厚的塑料布,上面印有世界地图,从此便开始了他足不出户的周游世界计划。

客厅虽说不小,但相对于地球而言则微不足道。用地图铺成的地面,比例再大,也经不起脚的丈量。即使老朱脱了拖鞋,踮起脚尖小心翼翼地在上面跳来跳去,就像在地雷阵中逃生似的,也难免一脚踩上若干个小国。每到此时,他都会产生极端的负面情绪,如同踩到地雷、针尖或狗屎的感觉,会脱口而出:"靠,又偷越国境了。"

出国需要签证,尽管在地图上行走没有海关的盘问,但老朱的心里还是有阴影,每当他想眺望地中海的迷人风景时,大脚指伸到了乌克兰,小指头却碰到了罗马尼亚,脚掌的重心十有八九地压在了白俄罗斯、波兰和立陶宛,这让他很不安。如果他脚踩西欧某些国家时,心情就会好一些,因为毕竟加入了申根协定,国与国之间游客可以自由往来,无须签证。

为了避免此类麻烦的发生并消除对自己的旅游心情的不良影响,老朱会尽量在大国之间跳来跳去。他每天穿梭于俄罗斯、美国、加拿大、巴西、澳大利亚,偶尔也会去阿尔及利亚或南非,因为他把一个衣帽架塞到了墙角,那儿离南非很近。对面的墙角则竖立着一个小酒柜,那是阿根廷的地盘。

小帐篷当然支在中国的境内,老朱每晚都睡在祖国母亲的怀抱,他说:"睡在这里,关键是没有时差。"

他把茶几摆放在澳大利亚,据说喝茶时能闻到从四面弥漫过来的海水味儿。小书桌安静地待在美国东部与加拿大交界处,在没有雾霾的日子,窗外的阳光会同时照到纽约和渥太华以及大西洋北部海岸。

伞状小帐篷的北方,中间隔着蒙古,跨过这片淡蓝色的疆域时,老朱常常吸吸鼻子,说那股羊膻味让他想吐。要去俄罗斯广袤的大地上散步,每次都必须经过蒙古地带,淡蓝色遮掩了沙漠,也分不清森林、草原和河流,只有难以忍受的膻味儿刺激着老朱那敏感的嗅觉。他几乎每天一早都到西伯利亚地区打套太极拳,脚踩俄罗斯肥沃的土地,双手在半空中比比划划,不时会侵犯到他国领空。打完拳,老朱边擦汗边凝视窗外,伫立片刻,眺望北冰洋。然后一转身,奔向澳大利亚,在那里泡上一杯酽茶,再端着茶杯跨过印度洋或太平洋到非洲或拉丁美洲转转。杯中的茶水有时会一不小心洒到地上,老朱十分紧张,赶紧蹲下身子察看哪个国家因他遭了水灾。若洒到非洲,他便嘿嘿地笑几声,情不自禁地喊道:"靠!又为沙漠地区解除了旱情!"若溅到了低洼之国荷兰,他便惊叫起来,立马找块抹布,擦干那水渍,生怕那里的人民遭受灭顶之灾。

尽管当做地毯的世界地图巨大，但老朱的游览仍然受到限制，除了时时有偷越国境之嫌外，各国的名胜景观挤在一起不能一一驻足观赏。于是他又有了新的举措，他把每个国家的地图都放大至客厅地板的面积，逐一铺到地上，再根据他对这个国家的喜好程度，每过一周或十天半月换一次，这样便实现了他的"深度游"计划。

老朱对自己的创意相当着迷，又添置了一把前后摇晃的躺椅和一把左右震动的按摩椅，分别摆放于所在国家或地区的机场和火车站，经常躺坐在上面微闭双眼体验飞机头等舱和高速铁路飞驰的旅途快感。

如今，老朱除了几个仍处于乱战状态的国家外，他差不多游遍了全球。下一步他准备把放大的月球和火星图铺在客厅里，实现他太空旅行的新打算。当然，他说，这可不是闹着玩的，先得进行一番高强度的体能训练。

尾随跟踪管理法

师傅们说，大余原先是个傻子，当了干部之后就变成了疯子。

大余是一名小车司机，也会开货车，据说当兵时还开过坦克。

机关的小车班共有七辆车八个人，人人都会开车。班长负责日常管理和车辆调度，主要职责是给其他司机派活儿，但并不完全"脱产"，若有司机生病或因事请假时，班长要顶班，跟别的师傅一样出车上路。

小车班归局里行政处总务科交通股领导，专门负责局领导公务用车，其他普通干部坐通勤车上下班，由"大车班"负责。像所有单位的司机一样，由于在大机关待久了，难免染上官僚主义和衙门作风。一般看来，官僚主义总是发生在自己的上司身上，官越大架子越大，官僚主义的毛病越严重。其实仔细想想，小老百姓也能染上这种毛病，尤其是大机关里的小职员，有时病得更重，就连看门扫地的都会打官腔，摆架子，俨然一副大干部嘴脸。在这方面，给领导开车的司机格外明显。

局里决定对小车班进行一次革命性的彻底改革，从体制、机制上动大手术。局长说再不改革不行了，到了非改革不可的程度了。小车班的司机们都成了"大爷"了，上班时间打牌搓麻，用公车干私活儿，修车拿回扣……更为严重的是嘴上没个把门的，经常背后说领导的闲话儿，散布各种“小道消息”，跑风漏气，从人事变动、干部调整、分房涨工资一直到宴请吃喝、开会见人和桃色绯闻无所不谈，已经成为全局的信息集散地和谣言源了……所以，局里批准了行政处的改革方案——将小车班改名为小车服务队，实行承包责任制，除保留一辆奥迪归局长一人专用外，其他六辆均向全局干部职工开放，即局领导用车时优先保证，领导不用时允许他人使用，但需参考市场价格（出租车价格）收取费用，以车养车，以弥补行政经费之不足。

大余主动要求承包车队，挨个儿做工作，说服司机同事们投他一票，让他当队长。大余请他们吃饭喝酒，递烟端茶，前后花了一千多块钱。大伙儿嘻嘻哈哈连讽刺带挖苦地选他当了队长。其实，除了大余，谁也不想承包这个烂摊子，更不想当队长操这份闲心，因为这些年，人人都轮流当过小车班班长，只有大余没做过，大伙儿平时都喊他叫余傻子，埋汰他“一根筋”“少根筋”“二百五”，说他开车“手潮”，“路盲加路痴”。“只要前面有一辆车，他就说堵车了”，“只要路一顺，肯定是跑错了方向”，让他送王局长开会，他没准就把张局长送到火车站，结果是王局长没开成会，而张局长耽误了飞机。

大余终于做了队长，管上了六辆车，兴奋得一个礼拜都没睡好觉，连夜制定“余氏管理模式”，并让读初中的儿子帮他画了各种“余式改革示意图”张贴于车队办公室。同事们笑喷了，夸余队长有魄力，相当于中国改革的“副总设计师”，嘲弄他不出一年半载准能坐上局长宝座。

为检验自己的新措施是否有成效，在大余上班的第三天就这么调度车辆：早晨八点整，派小胡开车送某副局长去机场，八点十分再派老丁开车跟踪小胡以防止他到机场后干私活；八点二十分他又交代老马开车盯住老丁，看他是否真的去跟踪小胡了；八点三十分又命令新司机小高去追上老马，弄清他是否与老丁串通，一起去郊区游玩了；八点四十，他给因事请假准备参加侄子婚礼的大赵打电话，通知他立马归队加个班儿，让他撵上小高，阻止他和老马去郊游。大赵刚走，大余就在办公室急躁地来回踱步，然后一跺脚，骂了句“他妈的”，就开上因挡风玻璃破碎而停驰的那辆“桑塔纳”冲出了大门，他狠踩油门，生怕大赵一转眼就跑出了自己的视线外。他断定，大赵追上小高、老马、老丁和小胡后，肯定会拉他们一起去参加他侄子的婚礼，喝醉了喜酒，再送家人们回家。

大余因驾驶破损车辆上路，被交警扣下，他除了交罚款外，还写了份书面检查。警察从中了解了他的“尾随跟踪管理法”。

枯树记

一棵大槐树在村东头屹立了数百年。

《村志》里虽未给这棵树专门立传，却在多处提到它。

如，“民国初年，杀猪庄更名为大槐树庄，据称以村东一老槐树而得名。”

“民国十八年(一九二九年)正月，全村村民齐聚大槐树下，由村长马怀义宣读南京中央政府颁布之《禁止妇女缠足条例》，主要内容为：解放妇女缠足应分期办理，以三个月为劝导期，三个月为解放期；劝导期设置劝导员，解放期设置女检查员，协同村长、街长及警察执行之。未满十五岁之幼女，已缠足者应立即解放，未缠足者禁止再缠，劝导期满而仍未解放者，罚其家长一元以上十元以下之罚金……三十岁以上之缠足妇女，劝令解放，不加强制。”后推行缓慢，两年后仍未全数放足，村长“因奉行不力而受处罚”。村民王金标带头编唱顺口溜：“小小金莲一把抓，上面绣着喇叭花，等到明年庄稼好，哥哥把你娶回家，夜夜搂着笑哈哈。”遭到村长痛骂。

一九四三年秋季，日本侵略者两次骚扰村庄。其中一次由三名日军士兵将村子包围，用刺刀驱赶全村百姓于大槐树下集合，逼迫交出家中存粮。伪村长马怀义向日军翻译反复求情，答应将其家中所有余粮及两头母猪悉数“孝敬”皇军，并变卖三间房，所获现金由翻译官转交日军少佐。

一九四八年，村长马怀义因征收税款不力，在变卖部分家产替村中贫苦村民补齐欠款后，主动辞去村长一职，并于阴历五月初六在村东大槐树下与前来送行的村民作辑辞别。马村长投奔邻县的二哥家，临行时赠送全村每户一瓶酱油(当时属稀罕物)，王金标误认是酒，仰脖猛灌，齁呛喷吐，落下了终生咳嗽的毛病。

一九五一年冬，新任村长王金标于大槐树下主持公审大会，将逃至邻县的伪村长、大地主、反革命分子马怀义缉拿归案并判处其死刑且立即执行。马被反绑双手，王金标令人将其裤带抽下，套在他的脖子上，直接吊死在大槐树下。全村男女老少大多目睹了整个过程，马怀义的双腿在离地一米左右的半空中使劲儿蹬踹，裤子褪到了脚踝处，两脚被裤子缠盖住了，人们只看到他赤裸的双腿和屁股蛋上的白肉在颤抖抽搐。第二天，大槐树下再次召开群众大会，村里七名男青年胸佩大红花，在鞭炮和口号声中参军入伍，准备奔赴朝鲜，狠狠打击美国主义及其一切走狗。

一九五八年，村里多次于大槐树下召开誓师大会，垒起了小高炉昼夜大炼钢铁，并把挂在大树上的一口水缸大小的铁铸老钟卸下砸烂，扔进熊熊烈火中融成铁碇，支援国家建设。从此，替代铁钟的是一块破木板，挂在树上用铁锹拍打同样能起到召集村民上工和开会的作用。

一九六〇年夏天的某个晌午，阴云密布、电闪雷鸣，随着一声惊天动地的炸雷响过，大槐树上方腾空蹿起一团巨大的火球。雨过天晴后，村民们发现老槐树树干中间现出一个缸口大的黑洞，发出尸体焦糊的臭味。有老人说，这棵老槐树树干里早先就盘踞着一条大蟒蛇，也就是蟒仙，如今变成一条火龙，重归天国。当晚，村长王金标暴死，有村民看见他头一天夜里，醉醺醺地将马怀义的外甥女抱至大槐树下实施了强奸。

次年，槐树枝叶繁茂，并未因雷电劈打而枯死。

一九六六年至一九七六年间，村东大槐树下举行过五百余场批判会、动员会、批斗会、学习会、庆祝会、文艺演出等，《村志》中均有记载。斗争过地、富、反、坏等四类分子七十多人，每次批斗时均有人被绑在槐树干上，当众示罪。那些年，树底下还举办过青年男女的集体婚礼，当初因雷击而留下的黑洞被填充了麦桔，再糊上大红的双喜字，树枝上挂满小红花，倒像是给大槐树办喜事似的，羞得枝叶直摇晃。

生产大队解体时，集体土地包给了农民，承包协议的签约大会也在大槐树下召开。

后来，老村长马怀义的儿子从海外回乡祭祖、投资，又专门在大槐树下为父亲搭起了灵堂，村民们抹着眼泪凭吊了七天，每天都绕着大树走三圈。仪式结束时，树干上重新钉了块黄铜牌牌，上书“著名乡绅马怀义先生永垂不朽！”

又过了几年，大槐树庄划入经济开发区，村子改成了街道建制，村民就地上楼，摇身一变就成了城市市民。但在村庄整体规划时，那棵一百多岁的老槐树却成了个大麻烦，让它不当不正地立在高速路上显然不妥，绕过它成本太高，移走它必然死亡，砍掉它村民又不答应。时间从冬耗到春，又从春拖到了夏，最后还是老槐树自己知趣儿，夏至刚过绿油油的叶子突然变黄，没过十几天，巨大的树冠只剩下了光秃秃的枝枝杈杈，一身浓密的叶子全掉没了。有人说，这棵老树成精了，能替政府子孙着想，不给后人添麻烦。也有人说，这棵老寿星树是被人害死的，如果不是人为投毒，往它身上扎毒针，它至少还能活上几百年。

树死了，树干全枯了，只好伐掉当柴禾烧。很多村民把树皮、树枝剥落下来，带回家里收藏纪念，也有人说那树一身是宝，树皮泡水能治腰酸腿疼和产后不适。刨出的树根药效更好，碾成粉末贴敷于肚脐处既能治愈便秘又能止住拉稀还能医好不孕不育。

平坦宽阔笔直的高速路从大槐树庄穿过，通向遥远的外部世界。通车没出两个月，原先老槐树占据的地方塌陷出了个直径四米深两米的大坑，施工方承担了责任，又重新填埋夯实，再铺沥青。刚刚恢复通车没几天，路面再次突然沉降，疾驶中的一辆法院警车深陷其中，两名法警和一名犯人以及司机均受重伤。

迷信传言先于科学勘探结论散布开来并影响了官方决策，道路不得不改变了路线而绕开了大槐树留下的诡异大坑。此后，街道干部们认为那个大坑不能永远敞着口——一是危险，担心过往行人误跌其中，二是不少村民们逢年过节或隔三差五跪在坑边燎纸烧香，破坏市容环境和祥和气氛，于是街道办事处请来当初修路的施工单位，让他们在大槐树原址用钢筋水泥浇筑了一棵坚不可摧的新的大树，树干比原先那棵还粗，树冠也更大，树叶用塑料制成，翠绿鲜亮，四季长青。树底下还专门修了一圈水泥座椅。巨大浓绿的一团在寒风中瑟瑟发抖，并发出残忍的怪叫声。

树刚栽上不久，就有一对外乡的青年男女吊死在坚硬的树枝上。

村民们再也不去树下聚集聊天了，即便是炎热的三伏天，也没人在树荫下纳凉。只有行驶途中的司机和野狗野猫偶尔会跑到树下拉屎撒尿。

（原载《人民文学》2015 年第 5 期）

棋语·靠

储福金

棋盘上才放了几个子,还是布局阶段,张好行便啪地"靠"了一子。

棋语:靠。便是贴着对方的子下一手棋,立时与对方的棋纠缠起来,那架式摆明了要进行肉搏战。

观棋的北巷小王短短地笑了一声。他看惯了张好行的"靠"。有时张好行在一盘棋中,一连下出几个"靠"来。他上一"靠",对手脱开走在下面,张好行跟着再到下一"靠",对手还是不理,接着去左空上下了一步,张好行还是不依不饶,又是左一"靠",待到对手行棋到右边,张好行便毫不犹豫地随手右一"靠"。

张好行在棋界的绰号就是:张靠。这个绰号上的"张",有胡乱的意思。张靠便是乱靠、瞎靠。

张好行对自己的"靠"却很得意。他说:靠,就是将棋盘扩大。

围棋有十九道经纬线,三百六十一点,落子的取舍面很大,但搏杀起来,每一颗子都纠缠在了一起,在盘上都至关重要,显现着各自的力量,盘面精彩而丰富。北巷小王却认为缠棋的境界不宽,高手还在于空,兵不血刃嘛,热点之外,更显大片天地。

都说棋若其人,熟悉张好行的朋友,却感觉张好行的处世大不同他的棋风。他外表温谦,话语平和,极难得和人有所争执。他与朋友之间,无事不走动,相见最多的是与棋友下棋,正如君子之交淡如水。

运动期间,社会的政治气氛浓,人与人交往也随政治气候变化而波动,往往一言不合,连夫妻父子都会起矛盾。张好行是那种逍遥派,从不问政事,从不谈政事,也许是因为他的成分高了一点,其实小业主不同于地富反外,第二代革命造反的大有人在。

这一天张好行正下着棋，对手是一位由北巷小王约来的城南好手。张好行这一盘棋下得紧，对手强，也只有放手一搏。行到中盘，张好行的棋局面偏好，只见他手捏一子，缓缓落下，动作轻盈，虽少不了缠靠，却又显成竹在胸。待对方走下一步，头微微一点，似乎是赞赏对方，又似乎一切正在预料之中。

在城北棋坛，张好行棋力并不突出，北巷小王却常约他下棋，一来，张好行喜欢棋又有时间，二来，北巷小王与张好行同住一条巷子，是谈得来的朋友。

北巷小王约战的棋局，往往早早定下，传开后多有棋手来观战。这天不是星期日，来观战的是几位中年的棋友。一旦盘上的棋势确定，观战的人便随便聊开了。都是熟悉了多少年的朋友，不免会谈到社会现象。运动有了几年光景，不再是一开始那么热血了，批斗啊武斗啊也少了，当时运动的先锋红卫兵，走上了上山下乡的路。只是运动还在，口号还在，辩论的习惯还在，有两个棋友正因为熟，便也谈得熟，都是下棋的人，往往书看得也多，谈到了历史事件与政治人物，激动起来便口没遮拦和忌讳。

那位称作阴算的棋友，说到林副统帅时有点走调，说他是个人物，只是从面相来看嘛……直摇着头。

不知谁插了一句：他的面相像奸臣。

另一位杨斌平素便喜欢抬扛，说林彪很会打仗的，三大战役打了两个，不像古代的奸臣没有本事。

阴算说古代的奸臣也许都是有本事的，只是被后代定作了奸臣，便连他们的本事也被抹杀了。现在不就是这样嘛，元帅被批斗的时候，什么本事也不提了，只是草包元帅了。看来本事与奸不奸无关。

张好行的对手停下来听，张好行催了他一下，对手的神情依然显着不在棋局上。张好行便站起身来，说一句有事，走了。围观的棋友再看棋局，明显这盘棋张好行是优势，不免诧异张好行一向迷棋，宁丢一只鸡，不失一好局，怎么可能棋要胜了还会弃局？是不是他没看清楚棋？

刚才的闲聊虽然是朋友间的议论，在政治气息很浓的社会运动中，却是有危险的。应该说，远离危险，张好行还是有头脑的。但危险不久下来了，偏偏落到了张好行头上。

当时在场的几位棋友都清楚，犯了事的应该是阴算，还有那位插嘴的。张好行本是没沾边的，但事情却落到了他的身上。讯问在一间暗暗的大房间里，早年这里曾关过“牛鬼蛇神”。讯问者的口气特别严厉，仿佛对着的是一个罪大恶极的反革命。张好行本以为这根本没有他的事，心里庆幸自己走得及时，脱口便说，他就是不想听他们说的事，棋没下完就离开了。

讯问者立刻发问：那么你是听到了他们说的，他们到底说了什么让你离开的？

张好行一下子发现坏了，他离开棋局，是不想惹事，但反而惹上了事。如果他没离开棋局，他可以说他全神贯注在棋上，根本没有在意别人在议论什么。现在他想完全撇清自己，已经解脱不了了。

讯问者的神情轻松下来，像是看着深陷在一盘坏棋局中的对手，只为长出一口气而挣扎着。

讯问者的口气却越发紧逼：推推推！你推你没听清，你推你没看清，才几天的事？一个下围棋的头脑，居然还推你忘了。你当我们是什么？告诉你，这不是一件小案子，是反革命大案，

张好行被隔离在这个房间好几天，慢慢地，他感受到自己的情景不妙。他能判断这件事肯定是有人告发的，大概告发者并非是棋友，只是在旁边偶尔听到了，也许还不完全认识所有在场的棋友，告发只是孤证，有人棋局未终了起身走开，便是实在的佐证。

张好行估计真正当事的阴算他们，也许还没被查到，就算如讯问者警告的，已经掌控了一切，阴算他们也不会承认这一切的，因为他们知道那后果会是什么，面对他们的将是一盘死棋。

讯问者的紧逼一天胜过一天，从立场问题到包庇同罪，从揭发他人到交代团伙，有一刻张好行感到自己扛不住了，就想完全交代出来，以求轻松。他的记性特别好，肯定还能说出告发者没有说清的点点滴滴。然而，张好行有一点意识是清醒的，要是他指证了他们，不仅仅他们之间的友情是完了，他更要担负他们被处理的后果，愧疚将是终身的。更有一种恐惧乃是他被隔离肯定众所皆知，一旦查到他们头上，谁都知道他张

好行便是出卖者，也许他们会众口一辞，把一切推到他的头上，对出卖者是没有什么可顾忌的。

幸好，后来“九一三”事件的文件传达了，这个案子才偃旗息鼓。要不这类事可大可小，大到案中人被枪决也是有先例的。

有人评论张好行是太聪明了。聪明反被聪明累。

张好行确实聪明。

张好行会做的事很多。那个年代自行车还只有少数家庭有，星期天，他常常会蹲在门口，将哪家邻居坏了的自行车翻转着，座垫和车头朝下，卸了车轮做维修。他家没缝纫机，偶尔朋友家的缝纫机有问题，他看几眼，动动手也就修好了。更多的时间，他是修收音机，满桌都是拆的零件，最后又一个一个组成整体，红灯亮起来，声音响起来。

从收音机到半导体，再到八十年代流行的录音机，似乎修理这类物件是张好行的拿手好戏，其实每一件物品坏的原因有共通性，但也有个体性，张好行到底在这上面费了多少时间，谁也说不清，名声在外，要解脱也难。

北巷小王引几个棋友到东岛上去玩，那时的东岛还显荒凉，海城曾有大批知青去下放在岛上的农场。邀请者便是留在农场当办公室主任的棋友。

接待他们的办公室人员小颜，是一位年轻的女人，给人最明显的印象，就是她的肤色，白得如瓷。小颜还兼管着广播，声音当然好听，糯糯的。一个女人给人有声色两重感觉，让人耳目清新。再有就是她打扮的不同，宽袖窄腰套衫，及小腿的中短裤，要在多少年后，这样的打扮是很正常的，而在几年前，这便称作奇装异服了。

那个年代社会风气还延续着正统，宴席上有说笑，气氛热烈但轻松。听介绍，小颜的丈夫是新加坡华人，又有两三年，一直说着要办出国手续。那个时候，原来人所顾忌的海外社会关系，已开始令人羡慕，大家觉得小颜有这层关系，也自然。

饭桌上聊得高兴，饭后小颜就邀大家到她的广播室去坐坐。农场就是房子多，广播室里足够众人坐下。农场的工作人员都回家了，棋友与小颜谈得更热络。小颜用录音机放邓丽君的歌给大家听，不知怎么的，录音机有点卡带，放一段时间就有点声音变调，随后又正常。小颜换了几盘带子，依然是这个样子。

棋友们朝张好行望，张好行只是身子不动，神情不变。小颜并没有意识到什么，她一开始就对张好行投缘，饭桌上总是向他敬酒，与他搭话。

录音机里的歌声又有点卡，小颜起身换带时，张好行也起身，说酒喝多了点，要入房间休息了。他走到招待所走廊的时候，听到棋友们的声音也都在广播室外了。

后来，小颜便提着录音机来敲张好行的门。农场招待所的房子简陋宽敞，相隔只是薄薄砖墙，住两边的棋友能听到小颜带笑的声音，那声音大大方方的，又毫无顾忌的，到底是出过国的。

那一晚，小颜在张好行房间里好几个小时，有时能听到说话声，有时能听到小颜的笑声，那笑声咯脆脆的，有时又能听到录音机的音乐声响。正是社会开放之际，人们的意识也有变化，下棋的人接受新事物也快，明白男女只要自愿在一起，就不关别人的事。不过虽说张好行是个正常的单身男人，但小颜毕竟是个有丈夫的女人，还是第一次见面，便单独共处一室，那小颜广播员的声音也实在恼人。

在农场的两日，一直到回市里的船上，张好行总感到棋友们在议论第一晚的事，张好行年近三十还是单身，棋友中还曾有帮他做介绍的，现在显出是多此一举，偶尔说到看不出他挺有女人缘的，虽然不声不响，男女方面也很有本事的。

对这一切，张好行处之泰然，其实他心里有点冤，在那晚的饭桌上，他就注意到小颜对他比对别人多了一点殷勤，他没忘记她是一个并不熟悉的女人，一个有丈夫的女人，正因为这种对危险的敏感，在广播室里数次录音机生出卡声，他才起身离开。然而他没想到事情还是落到他的身上，她来敲门了。不知小颜是听同行的谁，提到他有修电子产品的本事的。

小颜在他房间的几小时，他都在忙着捣弄那台机子，小颜不时会找出话题来说，他当然也必须礼貌地回答。不过，要说实话，他也对她的声音，特别是她的笑声，有点恼意。这使他不像平时面对一堆电子原件那么冷静，他几乎有点头手不合，意行不融，有一次还将一颗电阻擦落到地上，他弯腰去捡时，眼光瞟到了小颜穿着拖鞋而裸露着的脚，还有裤下的一截小腿。宽宽的房间中，一盏发着黄光的灯泡，在桌脚的阴影中，她那裸露的肤色，白净透亮得如有磁力。也许只有两三秒的时间，然而他特别意识到，自己眼光停留得那么长，仿佛被她一串咯笑声惊回。

似乎有了这次市岛艳遇，张好行在熟人之中便有了搭靠女人有一套的名声。张好行没作解释，也无可解释。确实众友发现，总有女人来他的小家，他就是告诉大家那都是让他修东西的，别人会相信吗？再说，男女之事不断随社会的开放而自由，还需要解释做什么？

张好行还是与北巷小王深谈过一次，他与北巷小王是无话不说的朋友。那次，张好行随北巷小王下了一盘约棋，这段时间张好行棋力看涨，缠靠搏杀，吃了对手一大块棋，中盘获胜。两人在回家的路上，找了一家饮食店，在偏角的座位，要了两瓶啤酒，几个小菜，一边吃喝一边聊天。北巷小王便提到小颜，北巷小王告诉张好行，小颜对他张好行是存念的，多次有棋友去岛上时，她都会问到他的情况。

最后，小颜丈夫帮她办好了出国手续，她还是去新加坡定居了。北巷小王笑说：传说，小颜临出国前，朝着西北城市的方向，长叹了一声。

张好行清楚，这是一句玩笑话。他也知道，这不是北巷小王编的，乃是棋友中某人的戏谑之语，下棋的朋友间少不了有作家之才的。

张好行摇摇头，北巷小王感觉他在心中长叹了一声。

张好行说：男人与女人，一旦有了关系，靠到近得不能再近，是那么容易的吗？

北巷小王说：那又有什么，不过就是男人与女人那点事嘛。

张好行还是摇头，他觉得北巷小王只是嘴上说说而已，也并非是那么放得开的。

北巷小王对张好行分析，说他是不是怕一旦被女人靠上便会被缠上了？

张好行还是摇头。

北巷小王继续分析，说张好行不是不喜欢女人，而是对女人有恐惧。

继而北巷小王认为张好行有孤独症。

张好行只管摇头。

张好行当然没有孤独症，没多久，他有了固定的女朋友，并很快结了婚。

张好行的女人杜纯玉常说不用计较，他们在婚事上也没过多计较，没请朋友喝喜酒，就在海边城市旅行了一圈。

旅行回来后两天，张好行与北巷小王在车站遇到了，听说张好行已结了婚，北巷小王当然想看看新娘子，便跟张好行到了他的家。张好行的房子不大，只是粉刷了一下，也没作太多的布置。新娘五官端正，小小巧巧，属江南秀气女子。

北巷小王显着与张好行是发小，关系不一般的，向杜纯玉介绍张好行的事，特别提到张好行的棋很有力量，最常走的棋便是靠，张靠嘛。

女人根本不懂棋的语言，不理解地睁圆眼看北巷小王说着笑。北巷小王继续介绍，张好行下棋行靠，但为人是烦事的，就怕事来靠。

女人说：是吗？我觉得他很黏人的嘛。

张好行朝女人挤眼色，似乎知道她会说什么样的话，怕她再说出什么来。

只是女人并不在意张好行的眼色，她很自然地说想说的话。

张好行送北巷小王出门的时候，眼光中带着询问。北巷小王当然知道他的意思，便说：她相貌不能与小颜比，但她年轻。

张好行说：她的年龄比我小不了多少，但她看上去显小，因为她的心是单纯的，我看中的就是她没有心思，从来不说张家长李家短的。

北巷小王笑问张好行，你与小颜的事向她交代过了？

张好行说：我有什么要向她交代的？

接着张好行告诉北巷小王，她对这类事也根本不关心，就是有人告诉她，她也不会相信。

杜纯玉不会缠靠人，她每天上班，工作期间很少打电话给张好行，下班回家后，静静地做家务，上床之前，也很少与张好行有肉体接触，她文静而独立。

她并非无情，有时从鞋盒里翻出一双看上去是几年前买的鞋，塑料制品有了年代就会脆化，着劲的地方有裂缝，实在无法再穿，她准备扔了时候，会朝它看一会儿，说一声再见了。

张好行便发现自己的心脆化了一片，又有一点断裂的感觉。

他们就这么生活着。那个年代社会在变化，生活其间，感觉变化是缓慢的。

常常是张好行在外屋修东西，杜纯玉在里屋改报表的数字。

有时张好行进里屋与女人搭话，她有一句没一句地应着。

张好行不免会说：工作的事何必带回家来？

杜纯玉说：我做工作还拿工资，你做的事呢？

张好行说：我替人家修东西，人家会承我的情，公家的事，单位又看不到你在家辛苦。

杜纯玉说：你就是太计较。你做你的事，我做我的事。少来烦扰我。

张好行看女人瞪圆着眼睛，心想，她也是热爱工作，不过现下人们都开始为自己着想，只有单纯的她还会想着工作。然而调转头想，单纯也是一种善良，要是她整天像别的女人一样计较着钱，盘算着修饰打扮，也许他实在无法接受。

杜纯玉瞪眼的时候，像个孩子，一脸无辜受害的样子，仿佛真是痛心了。张好行很想抚一抚她，帮她做一点什么。他懂得太多，而她又什么都不想懂。

一个想得太多，另一个什么都不想。张好行有时觉得因为想多，却一说就错。她所有的道理都简单，社会上的一切都在变，道德伦理都在变，但在她的道理面前似乎那是在变坏，而她一点没有坏心。他怕她会在社会上吃亏，杜纯玉对张好行说：你不要以为别人是傻子。她确实有点傻，可是相比张好行的聪明，到底傻好还是聪明好？还是别再比较了，用北巷小王的话说，反正一块馒头搭一块糕。

他们没有孩子，开始张好行还没觉得什么，杜纯玉身体弱，不好性事，似乎还像个孩子。张好行偶尔想到，她这样的女人会怎么做母亲呢？又会生一个怎么样的孩子呢？

后来杜纯玉开始往医院里跑,张好行告诉她是心态问题,不用急。杜纯玉说:我知道你急了,你想要传宗接代。张好行想想,自己确实有这样的感觉。

就这样,几年过下来了,张好行从不提及孩子这个话题,只是女人有时会在饭桌上说,我就想着要一个孩子,我好好把他养大。一旦这个话题靠上来,张好行就避开去,这也成了一种习惯。

而上床后,张好行触碰到她的身子,自然会有男人的反应。

别靠我。杜纯玉说着扭过身去。

张好行知道,那意思是不在那个期间,都是封山的。

张好行带杜纯玉去堂兄家,听说乡下老家来了人。同在一座城市,张好行知道杜纯玉不喜欢走亲戚,也从不勉强她同行,这一次是她突然有兴趣,张好行也不知她是如何有的兴趣。

杜纯玉说:就和你走一走吧,你不要提孩子的事。

张好行心想,我避开还来不及呢。

到了堂兄家,发现他家里多了一个一岁左右的孩子,独自玩的孩子,走得摇摇晃晃,穿得花花绿绿。听说孩子是老家表弟带出来的,表弟出去办事,就把孩子丢在了这里。听说表弟家孩子多,有合适的城里人家,想送掉一个。

杜纯玉一见孩子就过去逗他玩。一会儿抱在怀里,一会儿搀着手转圈,一会儿蹲下身子,朝着孩子看来看去。那孩子倒是不认生,在杜纯玉的怀里扭来扭去,还朝着她笑,只是见了张好行就避开眼光。张好行感到奇怪,一见这孩子就有一种奇怪的感觉,说不上讨厌,但绝不会是喜欢。

杜纯玉朝张好行说:这个孩子蛮可怜的,我们把他带回吧。

张好行发现那种奇怪的感觉直往心里靠,说:我们还是回去吧。

杜纯玉说:我们刚来怎么回去呢?我就看着这孩子好玩,与我投缘。

堂兄注意到张好行的神情,便说:你们还年轻,当然还是有自己的孩子好。

杜纯玉说:我们要能生得出来呢。

张好行就站起身来:还是回去吧。他意识到她的话贴得很近,一种习惯的感觉升起来了,好像好长好长时间都浸透在这个感觉中,又有着一种莫名的东西嵌在里面。

她却依然逗着孩子,两个人的眼神交融着。张好行根本没有想要领一个孩子的需要,他不想家中添一个他人的孩子。他的声音尖了一点:我要走了。自己也觉得情绪不正常,对堂兄来说也是无礼的。

杜纯玉说:我要带走孩子。

那个孩子看看杜纯玉,又看看张好行。张好行发现那孩子两只睁得很大的眼,有点像杜纯玉。

张好行声音大起来,说:我们难道不会生吗?

张好行说着就往外走。女人跟着,怀中还抱着孩子,到出门的时候,叫孩子一声宝宝,才放手了。

路上,她一直说着那个孩子,说一见那个孩子就感到亲近,说那个孩子的眼睛像自己。

张好行说:你生个孩子会更像你。她就不说话了。

到了家里,她什么也不做,靠在床头柜边说:你说那个孩子是不是和我有缘?我就想着那个孩子。

张好行说:你就早点休息吧,我们来做孩子。

女人推开他说:我们做了那么长时间,做出什么来了没有?我就想要一个孩子。

张好行声音大了起来:我就要一个自己的孩子。

女人不说话了。半夜里,张好行一觉醒来,看到女人像失了神似的坐在床上。

睡吧。张好行咕哝了一声。

那个孩子眼睛就像对我说话。我睡不了,一闭眼全是那孩子的模样。

张好行不想应她,躺了一会儿,也睡不着了,上了一次卫生间,回头来看到她在流泪。

女人说:我就要一个孩子,我丢不下他。临走的时候,心里就对孩子说,我们再见了,却是再也见不着了。我一辈子都会想着他的眼睛,我没办法不想着他的样子。

有几天，张好行下班回家，看到女人在做事情。做一会儿，她就会坐到床上去，哀伤地低着头。张好行想着她心里肯定在说着那句话：我再也看不到那孩子了。

张好行硬起心肠来想，怎么可能因一个孩子合缘，就带回来养一辈子？但他看到她的样子，心里不免悲哀，想自己怎么落到这般的境地。本来没有孩子也并不太重要，现在孩子粘着她的所有感觉，她将会一直这样想下去，那个孩子的模样大概落进她的内心，他能看到她的内心里的影子，无法消除，无尽悲哀。

这一个星期天，张好行怕在家里待着，出门去找北巷小王，见着了，不由分说拉着他下棋。北巷小王平素只约人下棋，自己很少下棋，他看棋看空，有着境界，但一入棋局便实，躲不开缠绕。

北巷小王注意到张好行的神情，便陪他坐下来，一边下棋，一边说话。

张好行和北巷小王回顾了自己的人生，说到他初涉社会时也曾雄心万丈，跌过几个跟斗，在棋上悟空，于是怕靠怕缠，不属于自己的不想沾染，原以为能活得自在，又何曾想到最后还是落到无可躲避的实，缠入无谓的人生。云空又如何空，自己低头看看内心，发现无数难以摆脱的暗影。

两人虽然无话不谈，北巷小王还是难得听到张好行如此喟叹，不由说：人都有宿命的无奈吧。

是啊，想躲避如何躲避，想脱开又如何脱开？

北巷小王清楚张好行一旦遇事，退避三舍，他退无可退，肯定是家事，家事是外人无法置喙的，便说：只把烦恼作道场吧。

张好行念了两声：道场烦恼，烦恼道场……随后就起身出门，对北巷小王说声：去了去了……

张好行去了堂兄家里，他想去带回那个孩子。带回孩子以后怎么样，他没想好，他想解脱，又只能迎着。

在堂兄家没有看到孩子，听说那个孩子被接回去了，还听说乡里有好家景的人要收养。张好行一时有点欢喜，又感觉空落落的。不过他很快就想到了女人，仿佛那个孩子本就是自己家的，现在被丢失了。他想到劝解女人，要孩子可以到孤儿所去领养，而女人捶着床沿哀哀地说着，只有这一个孩子在她心里，孩子睁大眼睛看着她。我要的就是这一个，我就喜欢这一个，我就想着这一个。

张好行就走上了前往家乡的路。他从来没去过老家。上山下乡的年代，他曾有过去那里投亲插队的打算，但后来解脱了。他坐长途车来到了县城，老家在几十里外的山村。张好行就坐了一辆拖拉机往山里去。很快，颠着的感觉习惯了，看乡村的田野与村落，还有点空旷的清新感。这里是他父亲出生并成长的地方，父亲去城市后成家有了他，他的人生一直在城市。为一个孩子来到山村，虽说只是偶尔到此，心里还有一块实实的东西硌着，似乎这里给他的感觉，早在心里，比城市的现实还要熟悉，他的人生仿佛是注定要来这里，这是靠紧了的宿命，也只有从这里解脱。

那个孩子会不会已经被人领走了？他又想着她躺在床上的样子，她默默地流泪，睁圆的眼里红红的。孩子的眼光也在他的心中活动起来，他的感觉向那孩子飞去，想尽快把孩子抱到手上。此时，拖拉机上一个坡子的时候，颠了一下，他便颠飞起来，颠下了拖拉机，滚落到旁边的土沟里，头一扭，颈骨断了，就断了气。

逝者已矣，生者还存。过了两年，北巷小王搬了家，听说原住的巷子要拆迁了，回巷子来看看，同时想到这天正是张好行的忌日，他就走到了张好行的旧房子，门正开着，北巷小王就进去看一看。他还记得，张好行的女人很柔弱的样子，不知道张好行去世后，她会如何地哀伤。

北巷小王看到了女人，女人眉眼全是笑意地对着一个在床上爬着的孩子。北巷小王知道因为想领孩子，张好行才死在山路上的。当然不会是眼前的孩子。

女人的身边有着另外一个男人，一个粗壮的男人。

女人见有人来，便把孩子搂到了怀里，她感觉北巷小王脸熟，但大概不记得他是张好行的朋友了，她对北巷小王说着她的孩子，说她的男人让她有了一个孩子，说生这个孩子真难，说难产时孩子被脐带绕颈险些死了。女人把孩子抱紧了，说孩子就是她的命，要是孩子没了，她也不想再活了。

女人睁大了眼说着。孩子一点不认生，也睁圆着眼看着北巷小王。

（原载《作家》2015年第10期）

云淡风轻

方　方

风大得似乎要席卷整个世界。呼啸自上而下,又由下而上,四处乱蹿。门窗都发出自己的声音。仿佛地球都在颤抖。

小驴说,2012,这就是传说中的2012!慧明说,早着哩,别神经兮兮的。小驴说,这就是前兆。是先头部队。慧明便笑,说先头部队都是不动声色的。小驴说,那是你们年代的先头部队,小气鬼一样,探头探脑地侦察情况,然后再出手。我们不一样啦。轰一下,给你颗原子弹,哪儿都炸没了,然后才派出小部队探头探脑地收拾战场。慧明说,收拾局面吧?小驴也笑,说这么讲也行。反正我们先跟你来狠的,其他再慢慢说。试探二字,跟我们的时代无关。小驴说时,一脸得意。

慧明心里笑了笑,脸上却摆出凶样,说好好写作业,别瞎胡扯了。小驴一低头,说一想到2012正在行动,哪里还需要做作业?妈,2012来的时候,你肯定害怕。到时候我会陪着你进去,替你壮胆。嗯——,不如你现在让我玩一夜游戏,巴结我一下?他说完斜眼望了慧明一眼。慧明伸出巴掌,佯装要打,说休想!说完手又缩回了。

小驴低着头,一边写字一边嗤嗤地笑,说,妈,以后我打儿子,先一棍子把他打翻,然后扔下棍子,才说:休想!妈,这样才管用。妈的这一套,哪里有效?看看我的骨头,跟着胡大壮学游泳,骨头长得多结实呀。妈一巴掌打下去,还不知道谁更疼哩。

小驴说着哈哈大笑。慧明无奈,她放下手,说了句,等你有了儿子,看你舍得打?好好写作业!

说完她回到自己的卧室,躺在床上,找了一本书,在淡黄的灯下,慢慢读着。

外面的风呼啸依然，家里却是云淡风轻的感觉。洁净的床铺，微黄的灯光，明媚的书柜，还有跟远在他乡的丈夫一线相连的电脑。慧明丈夫是做工程的，为了赚钱，他去埃塞俄比亚当监理，薪水自然比在国内多。房贷压头，只能如此。但这没关系，生活就得慢慢来。重要的是，他们俩感情好，又有一个聪明淘气的儿子。所以慧明觉得她的生活十分幸福。

慧明最喜欢跟小驴有一句没一句地闲扯。小驴十三岁，像无数孩子那样，是一定跟父母反着说话的。反着说，自己很得意，却也让慧明开心。因为小驴跟大人想得不一样。慧明想，想得不一样才会有出息。

门外有嗒的开门声，想来是对面老太太出门了。小驴在慧明房间探了个头，说隔壁老头大概又发病了。慧明便叹息了一声，说真辛苦。小驴又探了一下头，说，妈你说，这样的天，奶奶能找得来医生？慧明说，也许他们有医生朋友。小驴的头刚缩回去，蓦然又伸出，说打电话让朋友来不就可以了吗？还用得着奶奶专门跑出去？是不是有些奇怪？慧明叱了他一句，说做作业！不要管闲事。也许是买药哩。

慧明搬来有一年了，但与对面人家始终不熟。她知道那里住着两个老人。老头久病在床，全靠老太太照顾，似乎没见有儿女上门。有两次慧明回家，恰逢老太太出门倒垃圾，她想跟老太太搭讪两句，比方有什么事需要她帮忙什么的。但老太太冷若冰霜的表情，让她心生畏惧，她的话也就吞了回去。

风太大了，慧明有点想出门问问，是否她可以帮上忙。脚刚落地，老太太拒人于千里之外的样子又浮了出来，慧明莫名地害怕。她想，老太太如不愿他人帮忙，必然有她自己的理由。有时候，热心可能坏事。对方既不曾求助，还是不管为好。这么想过，她便重新躺到了床上。

大风嚣张了一夜，早晨起来，已是一派的天清气朗。慧明忙碌地做完早点，叫醒小驴起床，待小驴背了书包出门后，她才收拣一番，匆匆上班。

走到小区大门口，见沿路停了一溜车。有几个人站在那里跟物业的保安争吵，围观者一大堆。慧明信口问人出了什么事。对方答说，小区的汽车又被人用利器划伤了，大概有十几辆。慧明说，什么人这么无聊呀。对方说，就是查不出来，特别莫名其妙。慧明因是无车一族，急着上班，便也懒得打听这些闲事。

这个小区叫北泉小区，号称高尚小区，慧明之所以掏尽家底选择这里，完全是为了小驴上个好的中学。北泉中学升学率很高，家长们都挤着把孩子往这里送。慧明自然也不例外。

慧明搬来不久，就听说汽车被利器划伤的事。一年住下来，几乎隔月都有类似事情发生。小驴在家曾跟她笑谈，说他第一次觉得家里没车真是太好了。慧明也说可不是？少操好多心啦。

这话真不错。小区的车主们为此事闹得沸沸扬扬，但似乎全无解决之法。车主们联手调查多次，仍是查不出个所以然。他们跟物业也吵闹过许久，结果也是不了了之。

这事不能怪物业。小区面积太大。北面有一片树林，林木稀疏，以前就是给大家歇凉散步的。初始大家也都颇喜欢这片林子。后来车多了，路边或门前的停车位完全不够用，于是有人将自己的车停到了树下。有第一人，便有第二人。久之，这片树林便成了停车场。物业开始管管，后来管不住，便也罢了。毕竟这么多车要停，停车场不够也是问题。忽有一天，停在树林的汽车被利器划伤，不是一辆，而是十几辆。车上的深痕就是车主心上的深痕。受害车主们便联合去找物业扯皮。但物业明确说这里本就不是停车场，你们要停是你们自己的事。车主们自然理亏，又提出希望能够安装监控。物业又表示树林里没有电源，无法安装。实在要安装，从配电房拉线下埋，安装摄像头，以及施工诸类，这些笔费用均由业主们自出。有车业主便希望全小区分担，无车业主们则表示此事与己无关，绝对不出。另有车主回家较早，小区内车位足可停车，多数时间并非停在树林里，也不想出钱。这样扯来扯去，长期在树林停车的车主人数便有限。均摊到自家头上，费用不小。关键是，即令自己花了钱，车位也并非专属自己。万一回来太晚，车停满了，照样还得到处寻找车位。这样想过，又觉得自己未免太不合算。如此，此事扯来扯去，便成死结。不安装摄像头，物业倒也省心。一纸通知下达各户，云树林不是停车场，但凡停在那里的汽车如有损伤或丢失，均与物业无关。车业们便只有抱着侥幸心理,期望自己的车运气好。但是,那个出手伤车的人,却不让他们有如此好运气。有一个姓朱的车主最是倒霉,因为谈生意回来得晚,总是停在树林最暗处,结果他的车已经被划伤过三次。所以,每每跟物业吵闹,他都是最凶的一个。破口大骂的各种脏话,也让听者惊心。

划车的人也是颇让人费解。人们不知道他何时出现,何时潜伏。有时候,一两个月都没动静,大家便弹冠相庆,说这家伙多半被抓进了局子,又有说狗日的没准窜到别省作案不回了。好一点的则说,或许搬了家。可就在大家兴高采烈时,他却又冒了出来,一次划它十几辆车,刀口又深又重。气得车主们几欲发疯。有一天,朱姓车主的车早上又被划伤,他下午提前回来,站在树林边叫骂。世上所有脏话,几乎都被他轮番骂出。骂得树林边的人家,忙不迭关窗,怕孩子听了不妥。另有两个车主也上去帮腔。三个人你来我往,高一声,低一句,像演大戏。但没有被骂对象在场,骂也白骂,连观众都没几个。

到底是谁呢?他为什么这么做?出于什么样的心理?有着怎样的规律?人们分析来分析去,却连边都摸不着。物业的保安部也算尽职,还找来了片区警察,叫上诸多车主,联合开了几次会,请大家提供线索,共同分析。把小区里有案底的或是那些看上去不正经的,都逐个进行了排查,最终也没查出个名堂。

没车的人都是看热闹的。这事已成他们茶余饭后的笑话。还有玩笑说,小车经常在小区里横冲直闯,出过不少事故,停车也极不文明,大家散步的树林也被占用。无车人家都讨厌得他们要死,没准有个无车主联合会,专门整他们这些有车者的。

这当然就只是个玩笑话。

小驴有一天还故意神秘兮兮地对慧明说:这事好玄,我猜可能是鬼做的。说得慧明汗毛耸起。这时候,慧明觉得没车真是一种幸福。

慧明一般下班都晚。她在南泉中学教高中数学,又兼着班主任。学生不走完,她便不回家。多年来,都是如此。这天也是。

但这天却是慧明人生中一个最黑暗的日子。六点左右,她正待收拾东西回家，突然校长和副校长一起来找她。两人的脸色都很严肃，慧明不知道出了什么事，心里有几分紧张。

校长欲言又止，副校长唉声叹气。慧明急了，说有什么事，你们尽管说嘛。校长说，我真不敢说，但如果我说了，希望你能挺住。慧明说，你们别吓我。出了什么事？

校长说，你儿子可能出事了，现在正在医院。

慧明几乎瞬间崩溃。她原本站着跟两个校长说话，听到这话，没问什么，人便直接软倒在地。俩校长同时伸出手，连拖带拎地把她弄到椅子上坐着。慧明已然说不出话来，她浑身发抖。她知道，不是严重到一定地步，不会两个校长同时来找她。

校长说，车在门口，我们陪你一起去医院。

慧明全无意识，不知道自己应该做什么和怎么做。她几乎是被人连扶带架地弄到了医院。

她的儿子，她最心爱的小驴，并不在病房。他躺在停尸间。他死了。没有询问，也没有任何理由，慧明甚至连小驴的脸都没有看到，走到那房间门口，她就倒了下去。

慧明就一直住在医院里。她的天塌了。她完全麻木着，知道有医生在忙碌，知道有人在她身边哭，有一个是她的妹妹慧雯。还有些面孔换来换去地晃动，她完全不知道都是些谁。直到她丈夫从国外赶回来，一句话都没有说，扑到她的床边，抱着她的头就哭。慧明心疼丈夫，她说，你不要哭，你不要哭坏了身体。

这是慧明几天来说的第一句话。她的这句话说出口，旁边几个人都松了一口气。一个老人家说，她总算回过神来了。慧明的第二句话还是对丈夫说的，她说，我该怎么活下去呢？

丈夫到底是男人，意志力强硬许多。他虽然满面泪水，嘴上却说，你还有我，我还有你。你得撑着我，不然我怎么办？

慧雯说，姐，姐夫说得对，你得撑他一把。你要有事，姐夫该怎么活呢？再说我也只有你一个姐姐哩。

慧明自是爱她丈夫的。仿佛因他的出现，她心里生长出勇气。她终于从床上坐了起来。她说，我要去看看小驴。

在她下地时，一个孩子走到她跟前跪了下来，这是胡大壮。他哭着，甚至在地上磕头。他的身边站着一男一女，慧明觉出那似是胡大壮的父母。胡大壮说，叔叔阿姨，对不起，对不起，对不起。

慧明茫然地望着他，胡大壮的父母也纷然说，对不起，对不起。慧明的丈夫板着脸，很不客气地说，你们先走吧，我们现在不想见你们。慧明并没有理解丈夫何故如此。她什么都没有去想。

几个人将他们三人拉出了房间。慧明在丈夫和妹妹的搀扶下，见到了小驴。他脸色苍白，闭着眼睛，一动不动。慧明说，儿子，你不是要陪妈妈一起进2012的吗？你怎么能自己先进去了呢？你不是说你以后要用棍子打你的儿子吗？看你怎么兑现你的话！

小驴自然是无声无息的，他的面孔苍白，表情生冷。搀扶慧明的人都哭得抽搐。一个生命，与他最亲的人们永别时，就是这样冷酷无情。

第二天，小驴便火化安葬了。慧明把他葬在自己父母的坟墓附近。她种了一棵树在小驴的墓旁。她说，这么近，你闲时，就去看看外公外婆吧。你先替妈妈照顾他们哦。这事就拜托给你了。告诉外公外婆，爸妈和小姨，还有小姨父他们都挺好，要晚些时来跟他们团聚。你还是个小孩子，需要陪伴，妈妈让这棵树陪着你。如果起风了，树叶哗啦啦的声音，你要记得，这就是妈妈托它在跟你讲话。

慧明说这些话的时候，已经没有了眼泪。她慢条斯理地一句句叮嘱小驴，倒让旁边的人哭得稀里哗啦。尤其她的丈夫，哭得在小树旁蹲了下去。

慧明一步三回头地离开小驴的墓地，仿佛这时候才是永诀。最后一次回头时，她看到有三个人在小驴的墓边。两个大人低头站着，一个孩子趴在墓碑上，他的姿态呈现出他在痛哭。慧明认出了那孩子就是小驴的好朋友胡大壮。慧明的心动了一下。

警察是在小驴安葬后的第二天上午到的慧明家。在慧明惊讶的目光中，他们详细讲述了小驴溺水的全过程。

像往常一样，小驴和胡大壮到胡大壮居住的小区游泳池游泳。

这一点，慧明是知道的。小驴上初中后，胡大壮是他认识的第一个朋友。小驴的语文弱而数学强，胡大壮则恰恰相反。于是两个人经常一起做作业，相互帮助，自然也常在一起玩。这是慧明很希望看到的。胡大壮比小驴大半岁，个头也高出一截，他很自然地担负起保护小驴的义务。小驴则承诺他，一定帮他把数学冲进班上前十名。小驴有这样的想法，慧明从心里感到高兴，她希望小驴有好朋友。胡大壮特别喜欢游泳，他所居住的小区有游泳池。小驴也想学，征得慧明同意后，便每周跟着胡大壮一起游泳两三次。两个男孩都好动，经常在游泳池打打闹闹。那些玩乐的细节，小驴回来也经常跟慧明说起。

这天胡大壮要小驴跳进深水池。小驴不敢，胡大壮便自己跳了进去。他游了一圈爬出来时，见小驴还在犹豫，便绕到小驴身后，一巴掌将小驴推了下去。随后自己也跳进泳池。他游了一圈起来找小驴，发现他不在。于是高声喊，喊了半天，没听到回应。他潜到水里，突然看到水下有人，吓坏了，浮出水来，乱喊乱叫。救生员跑了过来，跳进水里捞出人来。这人正是小驴。救生员急救半天，没有成功。110赶来，又急救，仍然无用。就这样，小驴溺水而亡。胡大壮如实向救生员讲了自己推小驴下水的事，他不说，没人知道。但他却没有推卸自己的责任。在警方调查询问时，他放声大哭，坚决要求警察枪毙他。因为是他害死了小驴。

慧明终于听明白了。胡大壮显然对小驴的死负有过失之责。但胡大壮也未满十四岁，属未成年人，免于刑事处罚。鉴于已出人命，受害家属如果强烈要求，或可能对他有所责罚。同时，他的家庭也须对此进行经济赔偿。所有这些，都取决于慧明夫妇的决定。胡家带话表示，宁可卖房子对慧明夫妇尽可能进行经济赔偿，也不希望儿子再受到责罚。小驴的死，已经使那孩子为自己的过失而备受打击，成天茶饭不思，见到老师或警察，就要求枪毙自己。毕竟他还小，自己也难以承受这样人命关天的负担。

慧明想起趴在小驴墓上的那个孩子，想起他和小驴在一起玩耍时天真烂漫的神情，听到他一再要求枪毙自己，她的心也狠狠地抽搐了一下。

丈夫自然听慧明的。他望着她，见她未语，便对警察说，我们要商量一下。警察表示了同意。说过两天会再来，或许带着律师一起过来。

此时慧明突然说，我们原谅他。不要责罚那孩子，也不需要他家赔偿。

刚起身的两个警察都怔住了。一会儿望望慧明，一会儿望望慧明的丈夫，半天才说，你们想清楚了？确定吗？

慧明坚定地说，这个不用想。我认识那孩子，他是我儿子的好朋友。他不是故意的。我们小驴已经没了，我不能让小驴的好朋友再受伤，这可能影响他的一辈子。我相信我儿子一定会这样想。

慧明丈夫点点头，走过去握着慧明的手。接着说，我也相信我儿子是这样想的，他母亲是最理解他的人。慧明的手被丈夫紧紧地抓着，她能感觉他在发抖。这份颤抖，让她觉得自己突然有了力量。

警察们显然有些感动。一个警察轻声说，谢谢。他们再没多说一句话，就出去了。

家里很安静。慧明对丈夫说，小驴肯定会这样想，对不对？丈夫说，当然。

整个房间里，到处都是小驴的气息。虽然他们平静地告诉了警察他们的决定，而他们的心却没有一点平静。他们一直相拥而坐，几乎没有吃一点点东西。他们心底的悲伤沉重得压迫了他们的胃。没有饿感，只有无尽的痛苦。这种丧子之痛，旁人无法理解它的剜心刻骨。就好像，小驴是他们生命中最重要的部分，而现在他们的生命已然残缺。以后的日子要怎样过下去，他们都很茫然无措。

天已经黑了下来。有人轻轻敲门。慧明丈夫前去开门，进来的是胡大壮和他的父母。两个大人一进门就向他们跪了下来。慧明站起来，走过去对胡大壮说，叫你爸妈起来吧。胡大壮说，爸妈，你们起来吧。

慧明说，你这几天上学了吗？数学做得怎么样？胡大壮呆呆地望了望慧明，突然放声大哭，一边哭一边说，没有做。以前都是跟小驴一起做的。阿姨对不起。我好想小驴。

慧明过去搂着他的头说，你要想念小驴，就按小驴的要求，把数学学好。小驴说过，你总是保护他，他一定要把你的数学成绩顶进前十。胡大壮咬着牙说，我一定。阿姨，我一定。谢谢阿姨原谅我。慧明说，你也没做错什么。真的，你们俩都没有错，这只是一个偶然。

胡大壮夫妇站在一边，他们一直窸窸窣窣地流着眼泪。胡大壮的父亲说，以后我们大壮，也是你们的儿子。慧明丈夫说，你们不要给孩子压力。他是个好孩子，欢迎他以后常来玩。小驴妈妈教数学很厉害，大壮数学有问题，就来请教她。慧明说，是呀，小驴数学好，就是我教给他的方法。

胡家人带来一些营养补品，慧明留下了，她也不愿意他们太难堪。在胡大壮父母千恩万谢一阵后，屋里又静了下来。这个时候，慧明感到了饿。她说，你也饿了吧？我下面条给你吃？慧明丈夫说，我来吧。我现在会做意大利面了。在埃塞俄比亚时，我的同事教我的。

这是痛苦而漫长的夜晚，但他们到底熬过去了。

小驴的意外死亡和慧明原谅肇事孩子，并且不要对方分文赔偿，这样的事，自然比风更快就传遍了整个北泉小区。慧明进出时，能感受到邻居们异样的目光。不少人主动跟她搭讪，有人问她为什么。也有人说她这样做怎么对得起儿子的一条命？更有人说没必要装吧，想当雷锋？当然，更多的人是向她表达敬意。

慧明无所谓人家怎么说。她想，我能怎么做？我怎么做也要不回我的小驴呀。重要的是，胡大壮是小驴的朋友。我怎么能伤害小驴的朋友呢？

因为海外工程未完，慧明的丈夫只待了几天，便回去了。慧明送他到机场，上飞机前，他跟慧明说，这个工程一完，我就回来，再不出国了。就守着你。我们两个人，一定要好好过下半辈子。慧明忍着眼泪，不敢说话，只是拼命地点头。到了安检口，走了半截，他又转回来到慧明眼前，说你一定好好照顾自己。另外还要养好身体，等我回来。我们再生一个孩子，还叫他小驴。慧明依然拼命地点头。

晚上，慧明的妹妹慧雯过来陪慧明。她答应过姐夫，至少陪姐姐住一个月，直到她情绪稳定。

有慧雯作伴，两姐妹一起上网，又一起聊天。慧雯时尚，不时拉着慧明逛街或是去夜市吃东西，周末了，还要看场电影。如此，慧明有如一团浓墨的痛苦，便在轻松散漫的生活中慢慢稀释。

半个月后，慧明心情业已缓解，失子的事实，她也能接受了。慧明对慧雯说，你长久这样陪我，也不是个事。毕竟妹夫和你家豆豆还要人照顾。现在我可以独自面对了。你还是回家吧。慧雯想了想，说你迟早也得这样。那么以后，周末周日，你就来我家过吧。那天两姐妹一起看了场话剧，然后各自回家。

慧明刚进门，便听到有人敲门。她想这个慧雯，说好了各自回家，怎么又跑来了？想罢，便转身拉开门，说你怎么？话没说完，她发现来者竟是对面的老太太。老太太手上端着一碗汤，严肃地望着慧明。

慧明吓了一跳，忙让她进屋，嘴上说，不好意思，我以为是我妹妹。老太太便说，没关系，我知道，我见过你妹妹。你们姐妹长得很像。

慧明请她沙发上就座。老太太却说，这是碗土鸡汤，我亲手饨的。味道应该很不错。慧明说，那怎么好意思。老太太说，我都端来了，难道让我端回去？慧明忙又接过碗。

鸡汤还热着，老太太说，喝吧。现在喝，味道正好。慧明不愿拂了她的好意，便进厨房找出勺，喝了一口。慧明说，真是太好喝了。老太太说，我知道，伤心人自伤身，你需要补。我在里面放了西洋参。你一定要好好喝。

慧明又忙不迭地道谢，当着她的面，连连地喝着。老太太方说，你搬来这么久，我一直没有跟你打招呼。那是因为我心情一直不好，心里的伤痛一直放不下。

慧明望着她，觉得她的眼睛里有一种深切的悲伤。她想，老太太家发生了什么事呢？

老太太仿佛知道她心里的问，便说，难道你没有听小区的人说过？慧明摇摇头，说我一直忙忙碌碌，跟其他人几乎没有交流。真不知道您有什么事。

老太太说，你们搬来之前，我家是五口人。我儿子媳妇和孙子跟我们住在一起。那时候，我们三代同堂，是一个多么美好幸福的家庭呀。慧明说，哦。现在他们搬走了吗？老太太苦笑一声，说是呀，走了。是永远走了。慧明有些不解，心里却“咚”了一下。

老太太继续道，每天晚上，我儿子都会陪我一起散步。孙子十二岁，跟你儿子差不多大，也经常跟着我们一起走。有天晚上，我跟儿子、孙子晚饭后又出来散步。就在小区树林旁边那条道，一辆小车，开得飞快，呼一下开过去，直接……直接就把我孙子撞倒了。那车连停都没停，飞快就不见了。我在避让时，跌坐在地上。我儿子扶起我，再奔过去看我孙子，结果那孩子……

慧明听到这里，心口撕裂似的疼。老太太的眼泪出来了。她哽咽着说，孩子被撞飞，脑袋磕在石坎上，头骨碎了，当场死亡。我儿子有心脏病，见到他的孩子一地是血，立即昏了过去。我也一样呀。急救车把我们三个人一起拖到医院。就我一个人活着出来。所以……所以，你的痛，我能懂……

慧明立即哭出声来。老太太也抹着眼泪。

好一会儿，两人才缓解。老太太说，肇事司机没有找到。路太黑，也没有监控，更没有人出来承认。而那天不是只有我一家人散步，有不少人见过那车，但却没人愿意出来指认。没有人愿意出面帮助我们，因为这事与他们无关，他们怕给自己添加麻烦。我家老头子当初还能行走，他天天跑公安跑物业跑政府，又在小区四处央求那些知情人提供线索，但都无济于事。终于，把自己给气得瘫倒在床。媳妇接受不了亡夫亡子的变故，无论如何不愿意再住这里。她有个哥哥在美国，她就投奔哥哥去了。好好的一个家，就这样只剩下我们两个孤老。

慧明哽咽着，半天才说，真想不到。您二老真不容易。以后有什么需要帮忙，您就叫我一声。

老太太说，我现在身体还好。只是一直以来，我心里怀着很深的怨恨。痛恨那个在小区开快车的司机，怨恨这个不负责任的物业，还恨警察无能居然找不到肇事车，更恨那些不提供线索的知情者自私冷漠。对一个家庭来说，这就是天塌了的事，但我们却倍感无助，也倍觉孤单。

慧明心里落下一派苍凉。她想，其实就算有人帮忙，有人关心，依然也会倍觉无助和孤单。而无人帮忙的两个老人呢？她心里打起了寒战。慧明说，确实太可恨。我没办法用语言表达，也很难想象您是怎么熬过来的。

老太太说，就像你现在这样熬。所以我知道你心里该有多么难过。孩子就是我们的命，现在命没了，我们活着的只是行尸走肉而已。不是吗？

慧明沉默了。她真这样想过。她想过自己剩下的半生无非苟延残喘。一切都已经失去了意义。

老太太说，而我感到意外的是，你居然原谅了肇事孩子和他的一家。这事甚至让我很震惊。你知道我老头子怎么说？他说，你去跟她聊聊，怎么样才能做到。

慧明有些茫然地望着她。她甚至有些惶惑。不知道这个问题该如何回答。原谅对方，她似乎很轻松就做到了。但这轻松的背后是另一层意思，那就是，不原谅又能怎样呢？小驴回得来吗？

老太太直视她的眼睛，又问了一句：你是怎么样做到的呢？慧明半天才说，不知道。那孩子是我儿子的朋友。我儿子说过，一定要帮他把数学冲进班上前十名，我得帮他做完这件事。老太太说，就这样？

慧明又想了想，方点点头。她说，因为恨没有意义。我儿子是个善良的小孩。我知道他一定不乐意我怀着怨恨去生活。他更不会愿意他的好朋友因他而倒霉。我不想违背他的想法。我这么做，都是为了他。您看，我家里，到处是我儿子的照片。他每天都在看着我，我能感觉得到他的目光。

老太太默然片刻，方说，嗯，我知道了。然后她起身告辞。走到门口，她又回过头说，同是天涯伤心人。你的话，我听进去了。谢谢你。

慧明忙说，我是教数学的，不太会说话。而且，我家跟您家不一样。您面对的，真的就是坏人，而我面对的是个无意犯错的孩子。我觉得，您可以怨恨。如果是我，也会有恨。这是常情。

老太太出了门，走到自家门口，又掉过头，说我知道了。我还是要谢谢你的善解人意。对了，我姓徐，退休前是歌舞剧院弹钢琴的。今年已经过了八十，你叫我徐老师就好。

慧明忙点头说，徐老师慢走。重新回到沙发上，慧明捂着自己的胸口，心想，天啦，她竟然这样悲惨，但她可比我坚强多了。

第三天，慧明去老太太家还碗。她在碗里放了四个韭菜盒子，递给老太太时说，不好意思，我不会做食物。就只会做这个韭菜盒子。老太太笑了，说这就很好了。

慧明第一次看到老太太的笑容,她想,她笑起来真是又好看又优雅。

日子就这样慢慢地往下过了。慧明的悲伤渐渐不似先前那样沉重。她的脸上时而也会有笑容。时间在慢慢理疗她的伤痛。晚上,老太太偶尔过来小坐,她们一边喝茶一边聊天。彼此也都聊自己的儿子。在聊他们时,两人都不流泪,倒是经常大笑。因为每一个儿子小的时候都有许多糗事。这些糗事是母亲们永远的快乐。

2012年元旦前夕,慧明得知丈夫春节会回来,而且回来后就再也不去了。她觉得十分开心。但这天晚上,她却没有睡好。她一直坐在小驴的照片面前。她说,小驴,你说话不算话哦,说好了陪妈妈一起进2012的呢?如果2012发生什么大事,就没有人能帮到我了。她絮叨了大半夜,说得累了,才迷糊了一会儿。

起床时已是中午。家里没什么吃的,慧明准备去小区旁边的面馆吃碗面条。走出门洞,路过隔壁一幢楼,见一辆车堵在了单元门口。行人侧着身,倒能进出,仅仅如此。可此时,门口有一老头推了张轮椅,轮椅上坐着一个老太太。他们怎么也进不了楼里,急得乱喊乱叫着。

慧明忙上前打问怎么回事,老头说老伴瘫痪多年了,早上有点感冒,便推她到附近医院去看了医生。不过两个钟头的事,这就回不去了。

天气寒冷,慧明觉得老头老太长时间在户外显然不行,便帮着喊叫:谁家的车?请过来挪一下好不好?

老头指着斜对面一栋楼上的窗口说,就那栋六楼家的。他常这样。慧明便说,您再坚持一会儿,我上去帮你叫。老头说,他们听到了,说吃了饭马上走,让等一会儿。说话间,老头又叫了起来,喂,六楼的,你快点好不好?积点德呀。慧明也冲着那窗口叫着:楼上的,能不能赶紧下来?老人家有病,要回家哩。

突然楼上一个男人的头从窗口伸出来,他说道,大过节的,号丧呀!

慧明认了出来,这就是经常在树林或是小区门口骂人的姓朱的车主。慧明于是喊道,是朱先生吗?您能不能下来先挪一下车?天太冷,两个老人吃不消了。

听到喊叫,一个保安跑了过来。他亦帮着喊,快点下来好不好?乱停车本来就不对，挡人回家路，还不赶紧下来？

几分钟后，那位朱姓业主剔着牙下来了。对着保安吼了一句，车被人划的时候，没见你们来关心一下我的车。这回都露脸了？

慧明忙上前说，主要是天太冷了，老人又生了病，不能在户外待太久。车挡在这里，他们完全进不了屋子。

朱姓业主看了慧明一眼，说哦，原来是那个让儿子白死的好心人呀。这关你什么事？真当你是雷锋呀。

慧明心里立即不悦了，她说，你没看到两个老人回不了家吗？朱姓业主说，不是你爹不是你娘，你操哪门子心呀？我都说了一会儿下来。慧明说，可是你并没有马上下来呀。没见是两个老人家吗？保安息事宁人道，已经都下来了，赶紧挪车吧，好让老人家进屋哩。

朱姓业主嘴上嘟噜着，进到驾驶室，把车开走了。慧明便和保安一起，忙陪着两个老人，把他们送进家里。好在老人就住一楼，进了门洞，倒也方便。

慧明和保安帮忙安顿好老人，走出来时，朱姓业主已经停好车返回来了。见到他俩，他突然站下来说，我好奇怪一件事。保安说，什么事？朱姓业主说，你有没有觉得，那个划车的杂种好像消失了。这几个月都没出现。保安说，真的哩，这是好事呀。

慧明见此话与她无关，便自顾自朝小区大门走。朱姓业主似乎故意提高了声音说，我奇怪的是，汽车被划，正是某家人搬进小区开始的，而汽车不再被划，是这家死了人之后。保安你不觉得这事很奇怪吗？前几天大家都在议论哩。保安说，咦，真有点奇怪。

慧明心里咚了一下。她觉得这话好像是针对她。她刚想站住回话，又转了念，心道这种人，就是烂人。跟他说话只会自取其辱，便头也没回径直而去。

这天慧明的心情非常不好。那句阴阳怪气的话，一直在她耳边萦绕，就像苍蝇嗡嗡地贴在耳膜上挥之不去的感觉。晚上她在电话里跟丈夫说到这事，说的时候，不禁哭了起来。丈夫安慰她说，这世上总是有些人，生来就是混账。他们到这世上，就是来搅事的。他们的市场，就是大家都介意他们所说。只要不理他们，这种人就会自己灭了自己。

慧明想想也是。哪里能指望这世上都是好人呢？只不过，自己刚好就遇到了人渣罢了。他们的话，就当大粪好了。这样想过后，慧明的心情也就平复了一些。

日子又这样继续过着。大概元旦过后十天左右，这天是周日。物业公司突然通知慧明，请她去物业办公楼保安部一趟。没说具体事，只说业主委员会有个会议需要她参加。慧明不明缘故，就去了。

保安部办公室里坐了不少人，都是小区的业主。在人群中，慧明看到了朱姓车主也在其间，便挑了一个离他远一点的位置准备坐下。哪知慧明还没有落座，保安部长便请她到前排就座。慧明没在意，听从了他的安排，坐到了前面。

这时候，一个业主开始说话。他望着慧明开门见山地说，这是业主委员会应许多业主要求，请你过来询问一件事。这件事就是：小区盛传当初划车的人是你儿子，大家想了解一下，你是否知道这件事。

慧明怔住了。她气得手足冰凉。眼睛直接扫向朱姓业主。朱姓业主一脸似笑非笑的神情，他并未回避慧明的目光。

另一个业主说，你儿子死了，我们也很同情你家的遭遇，现在也并不是要追责，只是想知道，这件事是不是你儿子做的。

慧明斩钉截铁地说，简直荒唐！亏你们敢想并且敢说。这明摆着是有人造谣中伤。我儿子绝对没有做这种事。

一个女业主说，或许他做了，你并不知道？

慧明严厉地回答她说，他没有做。他只是一个初中生，每天有做不完的作业。他天天晚上在家写作业。试问你们有中学生的家长，家里的小孩子会放下作业，半夜出去划车吗？

朱姓车主说，谁知道呢？十几岁小孩子，混球一个，如果家教不严，父母溺爱，什么事做不出来？喂，大家说说，这种熊孩子，大家见得还少吗？

慧明盯着朱姓业主怒道，无论他是活着还是死了，他都不会成为像你这样的混球。就你这样的人渣，有人划你的车，也是你活该。

朱姓业主说，你这算是承认了吗？居然还骂人。你不是活雷锋吗？怎么是这种素质？那女业主也跟着说，现在也并不是想要找你家索赔。

只是大家知道是谁做的,好放心呀。问你就是图个以后安心呀。

另一些七嘴八舌的声音也在说。是呀,我们只想以后可以安心停车了。不会找你们索赔的。为什么不索赔?子债父母还,该赔的也得赔。这事也太巧了。你们搬来,车就开始被划。你儿子一死,就平安无事了。你自已也想想呀。

所有的声音,杂乱无章,像旋风一样,在慧明耳边旋转。越来越嘈杂,越来越快速。慧明觉得自己的心在滴血。她眼前浮出小驴的面容。那张充满阳光和纯真的脸,正在被无数人泼着污秽。

保安部长说,小区很多人都在传,说这事是你儿子做的。既然大家都这样推测,想来也有一定的道理。或许你不知道你儿子的举动,建议你不妨再想想你儿子当初有没有什么异常行为?

慧明站了起来,她一字一顿地说,我要告诉大家的是,第一,我儿子是个善良纯真的小孩,他从来没有划过任何车辆。这种没有根据的怀疑和推测,是对我儿子以及我们全家的污辱。第二,这个谣言是谁造出来的,我也知道。大家都听过此人在树林叫骂。能骂出那些污言秽语的人会做怎样的龌龊事,大家自去判断。如果大家偏要相信此人,我无话可说。有人来这世上,就是当人渣的。第三,如果我再听到有人造这样的谣言,我将通过法律为我儿子讨公道,也为我的家讨清白。包括物业公司,你没有根据,不作调查,仅凭猜测,居然召我来这里听候审问,居然跟着业主起哄,我将连你们一起告上法庭。第四,如果你们拿出证据,证明你们的车正是我儿子所划,我愿意赔偿。我将变卖我的房子和所有财产,赔偿各位。我家住在十六楼,我本人将从十六楼跳下,以死谢罪。你们都听好了。我说到做到。

慧明说完,愤然而去。她听到身后一片议论和喊叫之声,以及朱姓业主的破口大骂。

她的心痛得厉害,仿佛在一群人撕扯和戮杀下,一点点破碎。她走到自家单元门口,撑不住了,一口血吐在墙上,昏倒在地。

慧明醒来时,已在医院打着点滴。她的妹妹慧雯正和她的妹夫一起大骂小区的那些车主。见慧明醒来,立即上前说,姐,你醒了。吓死我们了。我听你们邻居讲了事情经过。真是一群混账!

慧明想起自己经历的场面,点着头说,是的,就是一群混账。

打完点滴,慧明又在医院休息两三个钟头,在医生确认她是急火攻心,没太大问题后,她便让妹妹和妹夫送自己回了家。

刚进门,对面老太太便敲门过来。老太太又是一脸的严肃。慧明忙向老太太介绍妹妹和妹夫。老太太说,我见过你们。慧雯也说,我也见过您呢。我还想,我如果老了,能像您这样有风度就好了。

老太太勉强笑了笑,然后转向慧明说,今天我下楼买菜,听楼下邻居在议论你。说你昏倒在门口了。我很吃惊,问是怎么回事。他们告诉了我业主委员会找你的事。真叫人生气。

慧雯立即附和道,可不是?简直是欺负人。我家小驴都去世了,姐姐够伤心的,他们居然还能朝这方面想。居然开会来质问姐姐,诬陷孩子。基本人性都没有了。我要在场,就会说,划得好。真是太气人了。慧明说,也怪不了大家,都是那个姓朱的挑唆。因为他的车挡了两个老人回家,我去管了这档闲事,他就这样报复我。慧雯说,难道其他人没脑子?难道他们不知道这样做有多么伤害人?老太太说,他们不会。他们只会站在自己角度考虑。他们只有在为自己着想时才有脑子。

慧明坚定地说,我一定要为我儿子讨个清白。不能让他们这样污蔑孩子。哪怕是猜测都不行。

老太太的脸色变得很难看。她一字一句慢慢地说,你怎么讨?你没办法讨的。就算法律认定你儿子没有问题,但小区车主们会放弃他们的看法吗?他们是众人,众口铄金。众人之恶,无人可阻。

慧雯叫了起来,难道我家孩子就该这样被冤枉?

慧明觉得老太太说得有理,一旦事情到这一步,她的小驴,她的天使一样的孩子,就注定要遭人污辱。一想到这个,慧明的痛苦无以控制。

老太太无视慧明的难受,她继续说,这世上有很多坏人,但却缺少公道来制裁他们。他们逼着你用他们的恶去对付他们。时间长了,渐渐你会习惯自己作恶。甚至你会为自己以恶制恶的方式而兴奋。你觉得,虽然不对,但对付这样的人只能如此。慧雯咬牙切齿附和道,可不是,我都想去划他们的车了。

老太太突然说，对不起，你好好休息。我该回去了。但是，这一次，我相信你儿子的清白一定能讨回来。

老太太说完便走了出去。她的离开像她的到来一样，都让慧明姐妹觉得突然。慧雯说，这老太太好像有点怪怪的。慧明说，是呀，我一直有些怕她，不敢跟她说话。后来小驴死了，她到我家来安慰我，其实她家也是很惨的。慧雯说，她的话讲得好有哲理。慧明说，可不是，恶念就是这样生长并且蓬勃起来的。

慧雯因为要上班，她丈夫晚间亦有工作要做。两人见慧明情况尚好，又劝慰了慧明几句，便匆匆而去。

这天的夜晚，云淡风轻。慧明睡不着，她的心里愤怒、难过、委屈、无奈，可谓五味杂陈。她坐在客厅里，拿着小驴的照片，手抚儿子灿烂的笑容，说儿子，妈妈一定要想办法，绝对不能让你有半点委屈。绝对不能让你的名字被人污辱。

她就这样慢慢地说着，似乎是安慰小驴，也似乎是在平复自己的心情。突然她听到对面轻微的开门声。慧明想，这么晚了，老太太还要出门吗？她老伴又犯病了？她刚想起身，去问问她是否需要帮助。走到门口，便听到老太太的脚步已经下去了。

慧明又退了回来，重新坐下。她在思索，她要怎样做，才能为儿子讨回公道？是写一封公开信，或是干脆在小区开场辩论会？更或是……她想了许多办法，都没有一个更合适的。她用笔一条条拟出，又一条条划掉。一张纸被划烂，仍然没有好办法。

几乎不到一小时，慧明听到老太太返回的声音。非常轻微的脚步，慧明如果不是坐在客厅里，几乎都听不到。她不由又站起身，想开门过问可需要帮助，但她还没走到门口，就听到对面的门“嗒”地关上了。慧明想，或许就只是买药吧。

第二天慧明没有出门。她向学校请了假。头晚上没有睡好，凌晨时，她吃了一粒安眠药，结果一直睡到中午才起床。

下午，她的头依然昏沉。突然小区保安部长领着业主委员会的两个人前来找她，说是代表那天的所有业主过来向她道歉，请她谅解。因为他们的妄自推测，伤害了她，也伤害了她去世的儿子。现在已有事实证明，绝不是小驴划的车。

慧明一脸病容，她有些糊涂，她没有让他们进家门，只是反问道怎么回事。保安部长说，昨晚小区的车，又被人划了。这次划了将近十辆车。根据利器的痕迹和深浅，可以判断出跟以前是同一人所为。由此也可断定，这件事跟小驴毫无关系。

慧明长松了一口气，心底有一种欢喜涌出。但她仍然板着面孔，说这件事当然跟我儿子没有半点关系。我接受你们的道歉，但我很难原谅你们。你们可以那样轻易地伤害他人，怎么就觉得又可以轻易地得到谅解呢？请回吧，我不想谈这事。

慧明说完，便将门关上了。她不想理这些人，她想她的宽容真的有限。再望着小驴照片时，突然间，她特别想要感谢那个划车的人。慧明想，谢谢你的及时出现。谢谢你让我儿子讨回了清白。

这天的半夜，慧明梦见了小驴。小驴从她卧室的门边，露出半个脸来，说你不觉得奇怪吗？而对面老太太一脸严肃地走到她的床边，站在那里，一句话也不说。之后，老太太关门的“嗒”声，反反复复地出现。

慧明遽然而醒。她坐了起来，一直在想。想得自己十分惶然。

（原载《长江文艺》2015 年第 12 期）

疯　迷

裘山山

1

冉仕科跟在母亲后面，往山上走。雨还在下，虽然不大，也架不住持续时间长，把一条山路泡得稀烂。尽管他特意换了双运动鞋，还是哧溜哧溜滑了好几下，小腿肚子不由得发紧。他看了眼走在前面的母亲，手上提溜着一个大编织袋，一走一碰腿，但依然很稳当。这让他不好意思，看来自己的确是在城里待得太久了，久到不会走山路了。

母亲忽然说，你把伞拿出来打起吧。他说，打伞更不好走了。母亲不高兴地说，不打伞我脑壳淋了雨就发痒，我才洗过没两天。冉仕科才知是母亲需要打伞。他不敢再违抗。今天上山扫墓是他坚持的，母亲说又不是祭日又不是清明，扫个啥子墓嘛。他说好不容易有空回老家，怎么也得去祭拜一下父亲嘛。他不敢说他就是为了扫墓才回来的，怕母亲心寒。母亲说那就等雨停了再去嘛。他说不行，他只有三天时间。母亲这才很不情愿地陪他上山来。

冉仕科侧身，斜过背后的背囊取雨伞，不料雨伞拿出来的同时，插在背囊旁边的水杯滑了出来，那是他临出门前泡好的一杯热茶，热茶咚的一声，不偏不倚地砸在了母亲的脚背上，母亲哎哟哟地蹲下去。

冉仕科连忙弯腰问，怎么了怎么了？母亲没好气地说，怎么了？你砸到我脚杆了，唉哟哟，痛死我了！

冉仕科不吭声，只能让母亲抱怨。因为下雨，母亲穿了双很旧很旧的胶鞋，鞋面薄得快成网了，一点儿保护作用都没有。不想母亲没抱怨他，转而抱怨起死去的丈夫来：你个死鬼，冤家，死了那么多年了还不让我安生！我到底是哪一点欠了你嘛？你要折磨我到啥子时候嘛！我硬是霉到头了。

冉仕科很意外，不知母亲这思路是怎么走的，转眼拐到父亲那儿去了。而且，他一直以为，母亲和父亲感情很好。他几次提出接孤身一人的母亲进城去住，母亲都拒绝，拒绝的理由就是，我走了哪个守你老汉？不承想她会说出这样的话。听那语气，是真抱怨，真生气。看来，母亲和父亲感情好，是自己一厢情愿臆想出来的。

到了父亲坟前，荒凉的程度超出冉仕科的想象，如果不是母亲指认，冉仕科肯定找不到。野草茂密高深，几乎遮挡住了坟头。显然，母亲已经很久没来扫墓了。现在是七月，若清明扫过，也不至于如此。

母亲一句话不说，开始蹲下去薅草，冉仕科收起雨伞，也跟着一起薅，很快，手心就有了血丝。冉仕科暗想，算是一种弥补吧，父亲走了三四年了，下葬之后，他还是第一次回来扫墓。

清理干净坟头，雨也停了。冉仕科拿出热茶，很惬意地喝了几大口。母亲则从拎着的编织袋里，拿出塑料袋。塑料袋里装着纸钱。又取出个旧脸盆。旧脸盆旧得不能再旧了，底子锈得洞洞眼眼的，还有火烧火燎的痕迹。还在冉仕科很小的时候，就见母亲用它给爷爷奶奶烧纸钱了，感觉那盆子从出世起就是用来烧纸钱的。

母亲又拿出几个橘子，两块豆腐干，一一摆在坟前。再拿出一瓶酒和一个杯子。冉仕科接过来，把酒杯倒满放在坟前，又点了两支烟插在土里。然后两个人默契地蹲下去，把叠好的纸钱拆散松开，再点火烧。尽管空气湿度很大，纸钱也极易点燃，一串串的，十串纸钱很快就烧完了。

冉仕科在飘荡的烟灰前，很认真地跪下去给父亲磕头，心里默念叨：老汉，你在那边还好吗？我那天梦到你，说没钱花了，今天我跟妈来给你烧了钱，你尽管用就是了。喝点儿酒，割点儿肉，再找个婆娘，好生自在地享受……老汉，跟你说点儿实在话嘛，我这一年很不顺，公司做不起走，屋头也不顺，你见过的那个媳妇儿，跟我吵了两句就带起娃娃回娘家了。不是你儿无能，是那个女人欲望太强烈，我没办法满足她。她看我挣不到钱了,就拍拍屁股走人了。老汉,你在天上要保佑我哟。你跟爷祖爷爷都说一下嘛,保佑一下你们的后人嘛,保佑一下你的孙子,你的儿挣到钱了,孙儿的日子才好过,还可以再找个媳妇生两个……

父亲在世时,冉仕科很少跟他说话,现在却好像有说不完的话,其实他心里明白,他不是在跟爹说话,是在跟祖坟说话,跟冥冥之中的命运之神说话,真希望能把祖坟说得冒青烟。

冉仕科在那里念念叨叨时,母亲一直蹲在一边儿,跟墓地旁那些大石头一样无声无息。风吹过她满是皱褶的脸庞,头发扫在眼睛上,她也没去捋一下。冉仕科念叨完了,起身,让到一边,意思是该母亲拜了。母亲还是蹲着不动,一只手在脚背上默默地揉着。

冉仕科很奇怪,只好喊了一声,妈。

母亲忽然说,我不想拜,我不想搞这个假。

冉仕科问,你啥子意思呢?

母亲突然大怒:啥子意思?就是这个意思!我不想给他磕头!他在的时候对我就不好,好吃懒做的,害我做牛做马,还要被他打,他走了我还要拜他吗?懒得!我才不想假模假式地给他烧香磕头。今天只是陪你来,给你带路,以后找得到了你自己来,我不来。

冉仕科大惊,简直无法相信这是自己母亲说出来的话。如果刚才母亲抱怨父亲,还可以理解是一时有气,现在这番话,就完全是字字血声声泪的控诉了。

他结结巴巴地说,咋个这样说呢?我觉得我们老汉对我们还可以的嘛。

母亲说,你晓得个屁,你就晓得读书,找家里要学费。学费是咋个抠出来的你根本不管,我做了田头做屋头,腰杆累断几回了!你老汉逮到机会就溜到镇上打麻将,还把你学费拿来输光。好不容易把你和你妹儿供大了,他就病了,还得个富贵病,啥子活路都不能做,还吃那么贵的药,生生把家里的钱全部造光了,留一屁股债。我上辈子做了啥子孽哦,嫁给这种男人……算了不说了,说起都是气!真的,说起都是气!要不是为了你和你妹妹,我早就喝耗儿药了!

母亲说的事,冉仕科倒是知道,他老婆之所以对他不满也有这个原因，工作几年好不容易攒下点儿钱，都拿回家给父亲治病了，不得已才辞职做生意的。

但冉仕科还是想不通，母亲竟然对父亲这么大怨气。父亲死的时候她哭得很伤心啊，一把鼻涕一把泪的，看来那伤心是为了她自己，为自己白白受苦那么多年。

冉仕科心里不痛快，又无法埋怨母亲。回想起小时候，的确是母亲在忙里忙外，父亲爱闲逛，还振振有词，说是要和村干部搞好关系。有一回母亲做好了饭去叫父亲，大概抱怨了几句，父亲竟勃然大怒，说母亲不给他面子，一回家就拿起手上的烟杆扔向母亲，母亲躲闪不及，打到了额头，流了好多血，吓得妹妹哇哇大哭。

可是，村里不少男人都这样，还有把老婆打断腿的，打流产的，相比之下，冉仕科也没觉得父亲特别过分。冉仕科把茶杯递给母亲，说你喝不喝？母亲一摆手，没好气地说，苦巴巴的，有啥子喝头？一会儿回去泡蜂糖水喝。

母亲一直都忍气吞声，是个不敢高声说话的人。现在好像变了，开始有脾气了。是不是那次生病，差点儿丢命那次，在昏迷中转了世？这次回来，冉仕科感觉母亲并不像他想得那么凄苦，家里也打整得干干净净。而且，并没有像以往那样，见面就问他孙子如何，而是谈起了她自己的计划。她想把家里的几棵柚子树卖了，把自留地转租出去，让儿子再赞助点儿钱，在村里开个网吧。“我做不动地里的活了，开个网吧，我可以坐着挣钱。”母亲的想法很让冉仕科吃惊。

见冉仕科在瞪他，母亲恼怒地说，你老盯着我干啥子嘛？我就不能发牢骚吗？

冉仕科没有说话，把茶杯收起来插回到背囊里，伸手扶母亲站起来。母亲却甩开他的手，自己费力地挪到坟前，将脸盆酒杯橘子豆腐干什么的，一一捡进布袋。母亲不过五十出头，但干燥花白的头发，粗糙褶皱的脸庞，还有很不灵活的腿脚，都让她看上去像个老太太。自己那个丈母娘不过比她小一两岁，看上去却像四十来岁的人，成天穿得光鲜亮丽，跳坝坝舞。

人和人，真的太不一样了。

2

就在冉仕科和母亲上山扫墓的时候，警察王小进和刘大兴冒雨来到了冉家坳。他们是骑电瓶车来的，弄得身上又是汗水又是雨水。冉家坳藏在川北的大山里，交通非常不便，幸好现在有电瓶车了。放过去的话，只能搭乘那种突突突冒着黑烟颠簸不已的火三轮。

镇派出所一早接到电话，说冉家坳的疯子死了，脑袋上有血。怀疑是非正常死亡，所长就把他们两个派过来，做现场勘查。

冉家坳很多年没出刑事案件了，偶尔有人告状，大不了就是偷鸡摸狗或者男女勾搭之事。严重的刑事案件，要倒回去几十年前才发生过。那是上个世纪70年代，乱，有外面的人跑来斗地主。不是游戏，是真斗。乱起来，打死了地主。因为乱，也就不了了之。改革开放后，家家户户都忙着发家致富，做小买卖的，出门打工的，有点儿血气的青年壮汉都去山外面了，剩下些老人孩子，村子里太平得了无生气。

这次不一样了，这次疯子忽然死在这么平静的年景里，对冉家坳这样的山村来说，是大事。冉家坳因交通不便，一直比较封闭，说得好听点儿是民风淳朴，忽然有人死于非命，惊动了众人。

两位警察到现场勘查后，初步确定死者属于非正常死亡。头部流血，倒毙户外。虽然下雨，额头上的血还是清晰可见。尸体旁的泥土里，也有血痕。

他们便开始在冉家坳走村访户，摸排线索。这样封闭的穷山村，肯定是一个摄像头都没有，查案只能靠老办法，一家家走访，查找蛛丝马迹。不料却很不顺，一向热情助人的村民都不愿协助两个警察，他们要么不说话，要么顾左右而言他。连那个三十多年的老村长都打哈哈说，不好查就不查嘛。说不定是他自己活不耐烦了，喝了耗儿药嘞。

警察很奇怪，尤其那个年轻的，刚从警校毕业没多久的刘大兴，他不解地问他师傅王小进，哎王哥，你不是说这里的村民特别淳朴，特别有正义感吗？怎么这么不配合嘞？

王哥，虽然叫王小进，却比刘大兴大个六七岁，加上常年在基层工作，长相也显老，已经像中年人了。他说，那绝对热情。上次有人在山上偷猎，全村老老少少都协助我们去围捕，那个阵仗，都让我担心他们出问题了，拦都拦不住，好家伙……

刘大兴知道师傅一说起过去的案子话就多，连忙打住他的话头：可是今天咱们连着问了几个，都不言语，要么傻笑，要么摇头。刚才那个光头老汉居然说，反正是个疯子，整那么清楚干啥子嘛？这叫啥子话哦？每个人的生命都是珍贵的，不能因为他是疯子就该死嘛。

王小进笑起来，他是笑刘大兴那个学生腔。

两人从光头老汉家出来，打算去下一户人家。雨停了，但空气依然湿热。村里的路泥泞不堪，两边的房屋也显得破烂，柴草乱七八糟地堆在墙边，不似从前那样垛得结结实实，再盖上油布，一副得过且过的样子。这十来年，村里的年轻人都进城打工去了，挣钱之后，也没人回来建新房，只是接了孩子去城里过。村子渐渐有了被遗弃的破败迹象。王小进的老家也是如此，地也成片成片地荒了。也许有一天，这样的山村会彻底消失？

刘大兴没有这样的感慨，他家在城里。他一门心思在想案情，他琢磨着说：刚才那光头老汉说，疯子一天到黑骂人，村里人个个都讨厌他，怕是被全村人咒死的。你说，人真的可以被咒死吗？意念真有那么强大吗？

王小进说，这个还没有科学证明哈。不过这个疯子的确是招人嫌，去年就有村子里的人来我们派出所告过状，说他扰民。但是我们有啥法呢？他只是骂人，又没动手，又没偷东西，够不上犯法，只能是说服教育。可是哪个会去说服教育一个疯子嘛，完全是对牛弹琴。你要是把他弄来关起，只能是自己找麻烦。

这是个地道的山村，村庄依山势而建，弯七弯八，地形复杂。到处是石块垒起的平台和阶梯。要一家家走过来，至少得两天。刘大兴说，唉，这案子要放城里，调取几个监控录像，坐屋里就能查清楚。

王小进说，越是缺少科学手段，就越能检验我们警察的侦破能力，你晓得不？靠大脑还原作案过程，晓得不？要动脑子。

刘大兴说，是不是像大侦探波罗那样，调动灰色小细胞？

王小进没理波罗，轻描淡写地说，不过也没必要太担心，因为越是落后的地方，作案手段也就越简单，我估计费不了好大个事就能查出来。

刘大兴说，为什么？

王小进说，因为社会进步了法制健全了，犯罪手段才会复杂。你想嘛，他不提升作案能力，不是太容易被抓获了吗？而这种地方，根本不用太复杂的手段。

刘大兴频频点头，很崇拜地摸出一支烟递给王小进：那这次我可得跟王哥好好学学。

他们走到一户人家，还没踏上台阶，就惹得院子里的大柴狗无比兴奋，仰天狂吠。

王小进点了烟，眯着眼说，我现在琢磨的是，这个疯子骂人已经骂了两年多了，一直平平安安的，全村人都习惯了，权当他是更夫，是个巡夜的，咋个会突然想起要弄死他呢？一个是，有人忍耐到了极限，另一个是，有人头一回听到这样骂受不了。总之，此事必有蹊跷，元芳你怎么看？

这后两句，他是用普通话念白的，把刘大兴逗得哈哈大笑。刘大兴的笑让柴狗生气，吠声更猛烈了。一个老太太开门出来，笑眯眯地迎候他们：来，进屋来。就好像有人来走亲戚般的高兴。

刘大兴压低声音说，王哥，依我的看法，是你说的前面那个原因，有人忍耐到了极限，一时间鬼火冒，恶向胆边生，果断下手！所以我敢肯定，是熟人作案。

你咋个能确定呢？王小进问。

刘大兴说，你想嘛，不是熟人的话，跟他无冤无仇的，他又无财无色的，杀他个疯子干啥子？

刘大兴为自己的总结感到得意，又复述了一遍，无冤无仇，无财无色，哪个会杀人？再说，这个村子也没有外来人嘛。

王小进说，恐怕现在还不能下结论哦。我告诉你，绝对有外人，我一进村就发现了，村子里有外人，不是我们两个，是其他人。

刘大兴吃了一惊：真的哇？是哪个？

王小进说，你说是哪个？肯定是城里人嘛。

你咋个发现的？

我看到有人拎了个家乐福的购物袋，还蛮新的。家乐福，是很大一家超市，我们县城都没有，要成都才有。

3

疯子死去的那天，村长起得特别早。他当然不是起来杀疯子的，虽然他也厌恶他，恨不能他去死（死了才会闭嘴）。村长起得早，是因为头天夜里他翻来覆去睡不着时，忽然想到要做一件事，一旦想到了就急不可耐，恨不能马上起床去找人，于是起了个大早。

村长想把自家院子到路口的那个台阶，安一个门。夜里他听见疯子在外面叫骂时，忽然有了担忧，那疯子会不会哪天突发奇想，走上台阶到他家门口来叫骂呢？即使不给他开门，也够心惊胆战的。他儿媳妇马上要生了，可不能受那种惊吓。还是拦一下为好。

这么一想，他越发地恨这个疯子，本来安安静静的一个村庄，被他搅和得夜夜不宁。而且疯子每次骂人，还从他村长起头，似乎在他那个疯颠颠的世界里，这个秩序依然要维持。

“你这个狗官，你这个流氓，你多吃多占，你霸人妻女……”

疯子骂人有唱戏的风格，押韵，尾音略微拖曳。据说他早年跟着县剧团跑过，虽不会唱戏，只是给人家搬道具拉幕布，也还是受了些熏陶。他喜欢上一个女演员，迷得不得了，每天跟在女演员屁股后面，挣的那点钱都给女演员买小吃，买花，买擦脸油了。可女演员都不正眼看他，还骂他骚扰她，找团长撒娇哭诉，剧团就把他开了。

疯子回村时还基本正常，虽然疯颠颠的，但不乱来。就是迷女人，迷女人也正常，三十多了还没老婆，见了女人肯定如饥似渴的。只是他表现出来的样子很不雅，眯着眼，流着口水傻笑，并且明目张胆地往女人身边凑。夜里还趴过人家的窗户。但女人们并不特别讨厌他，除了村里男人太少外，还有一点，他总是无条件地帮她们干活儿，脏活儿重活儿，路上遇见了，笑一笑，就能把自己肩上的重物往他肩上放。为此他总是在村里晃荡，四处献殷勤。他哥哥气死了，好好的身板，却放着家里活路不做，万般无奈，咬咬牙，给他娶了一个老婆。哪知那女人体弱多病，娶过来就病倒，三天后就呜呼哀哉。疯子受了刺激，便彻底疯了。

估计疯子把死老婆这事，怪罪到了全村人头上，从那时起就开始骂人了。他家住在山坡上，他吃过晚饭就出门，如同城里人饭后散步那样，遛着弯儿往坡下走，边走边骂，指名道姓。

你说他疯吧，他骂的还基本靠谱——哪家儿子不孝顺，给老娘吃剩饭剩菜；哪家公公欺负了儿媳妇；哪家经常把邻居的鸡捉回自己家；哪家的娃偷别人地里的菜是他妈指使的；哪家的老公出去打工，在外面采了野花；哪家媳妇喝农药寻短见，是婆婆咒的……坏人坏事一箩筐。连自己都不放过，叫着自己的名字说，你这个狗日的倒霉鬼，女人见了你都会吓死……

有时耍起横来，他还会跑到人家家门口去大小便，把尿撒到柴火堆上，把牛粪扔进做豆瓣儿腌咸菜的缸里。村里人不恨他是不可能的。有时气不过，追出来打他，他跑得飞快，转眼就不见了。脑子虽然有毛病，腿脚却来得个利落。

据好事者统计，全村没被骂的就两家，一是他嫂子（他哥哥气死之后，嫂子还是天天给他做饭送饭），二是他三叔（据说小时候父亲死了，三叔一直关照他和哥哥）。连大家公认的老实人，冉家的寡母，他都要骂，说她偷男人，装贤惠。村里人都觉得好笑，冉家大妈都五十多岁的人了，偷什么男人嘛。

虽然私底下大家承认，疯子骂的大多"事迹"是沾边儿的，靠谱的，但面子上绝对否认，一致对外。因为如果你跟他认真，就等于承认被他骂痛了（骂对了）。比如村长，他心里就明白，疯子骂他的事儿不是没影的，他挪用过几次村里的提留款，也睡过几个老公在外打工的妇女。可那都是前些年的事了，自从儿子娶了媳妇，他感觉自己是做长辈的人了，便收刀检卦，开启了稳重正派的新模式。可疯子却不依不饶，骂个没完。村长便摆出很大度的样子跟村里人说，一个疯子，狗嘴里吐不出象牙来，莫去理他。有时候又说，我们村子太安静了，他出点儿声也算添点儿人气嘛。

于是乎，疯子骂声经久不衰。

村长天不亮就起床了，匆匆吃了碗面，就去找村里的水泥匠，打算在自家台阶下面修两个墩子，然后安个门。因为没睡好，他感觉脑袋有点儿发沉，脚下有点儿轻飘。早上的村子很静，静得能听见山对面孙家村的鸡叫声，空气湿漉漉的，一点儿不像七月的天气。

刚下了个坡，就遇见一个学生娃惊诧地边跑边喊，死了死了，村长他死了！

早上的雾气罩在他流着冷汗的脸上，让这张小脸看上去像死神身边的小鬼。村长生气地拦住他，喝道，谁死了，说清楚！

学生娃一脸惊恐地说，疯子，疯子死了。

村长心里一凛，但还是很淡定地说，在哪里？带我去看。

村长的脚步越发地轻飘，下坡时有些软。怎么才想修个门拦住他他就死了？这也太奇了。莫非老天爷听见自己的祷告出面帮他了？还是媳妇肚子里的娃是个小天使，阻挡了魔鬼？不管怎么说，这事儿来得太突然，即使是件好事儿也让人惊悚。

村长跟着学生娃走了没多远，就看见三五个人围在一条坡道上，路边倒着衣衫褴褛的疯子。疯子摊手摊脚地躺着，仰面朝天。

村长走过去，围着他转了一圈儿，不能确定他是不是真死了，因为他经常很随意地躺在路边(或者地头或者树下)睡觉。他夜里骂人，白天睡觉，虽然有个家，但很多时候他找不回他的家。大部分时候村民见到他的样子，就是倒在地下的样子。他把整个村子都当他家了，想睡哪儿就睡哪儿，自在得如同天人。

可是，这么躺在湿乎乎的雨地里还是头一回。

村长蹲下去，用手在疯子鼻子底下挨了挨，果然没有气息了。村长站起来问，咋回事？

学生娃的惊恐已经散去，亢奋还在：是我发现的，我发现的。我上学晚了，架势跑，差点儿被绊倒了，我就骂他挡路，他不动。我踢了他一脚他也不动，肯定是死了嘛，我就跑去叫你了。

村长又盯着疯子看了一会儿，疯子的嘴微微张着，焦干，几颗黄牙齿露了出来。牙齿之间，曾源源不断地冒出恶言恶语，现在却被锁定了，再也不会一开一合了。就在昨天夜里他担心他上家来的时候，他死在了路上。肯定不是冻死的，现在是夏天。那么是饿死的？也不像，疯子从来不缺吃的，他嫂子总是定期地给他放一盆饭在他小屋门口。何况，前半夜他还很正常地巡夜，高声叫骂。

忽然，村长发现了血迹，在疯子蓬乱的头发下面，隐约可见。再细看，头的下面也有血，虽然被雨水冲过，还是能看出来。莫非是夜里走道不小心，摔死了？

村长开始发布指示：学生娃都赶紧上课去，不要再围着看了。你，去叫他嫂子来，你，用你那电话，给派出所报个案，就说疯子死了。

被分派报案的，是路边杂货店的女老板。女老板不动，说这个也要报案啊？他自己摔死的，寿期到了嘛。让他嫂子侄儿来收尸就行了。

村长说，那么多血，不好说嘞！前半夜我还听到他在骂人，咋说死就死了？他天天走夜路，咋个会突然绊倒？

村长说这话的时候，恍惚觉得疯子嘴巴又动了起来，心里一惊，随手从路边捡了一片编织袋，盖在疯子的脸上。

正说着，疯子的嫂子来了，毕竟是自家人，脸上的表情比众人要悲戚几分。疯子父母早亡，哥哥在他发疯那年走了，就一个嫂子，带着俩儿子住在村子下面路口上。

咋回事？疯子的嫂子惊恐地问。

村长如此这般地跟嫂子学说了一遍。然后商量地问，他家嫂子，你看，咱们给派出所报案不？

嫂子有些没主张，迟疑着说，昨天还好好的，我傍晚放在他窗台上的一大盆饭都吃光了，今天早上我去送面，屋头就没人了，咋个突然死了呢？

村长说，谁知道呢，是不是寿期到了？本来这话是学刚才杂货店女老板的，但一抬头看见疯子的嫂子正死死盯着他，心里忽地发虚，连忙说，报案。我已经让人报案了。

他指指杂货店女老板，杂货店女老板无奈地转身，去家里打电话。

村长想，如果按疯子骂人的顺序来排，他的嫌疑最大。因为每次疯子都是从“你个该死的村长，你个流氓村长”开始骂的。即使是在他疯癫癫的世界里，他的地位也是不可动摇的。但是骂了快两年了，他已经不生气了，听习惯了，肯定不会去杀他。自己心里没鬼，干吗不报案？万一是凶杀，埋了再让他们挖出来就麻烦了。这种事，他可是在电视上刚看到过的。

4

冉仕科搀扶着母亲，一瘸一拐地下山，在村口遇见一个男人。

男人是个瘸子，真瘸，不是受伤了。冉仕科当然认识他，村里人都叫他瘸子三叔，三叔不但瘸，还是个鳏夫。

几年不见，瘸子三叔老了很多，脸上的皱纹像核桃皮，面色也发黄。在冉仕科的记忆里，小时候瘸子三叔常来他们家，地里的活帮不上，但手很巧，编个篮子修个桌子椅子什么的，特别在行。还会理发，有一套理发工具，时常背着，上东家去西家的，挣点儿盐油酱醋钱。每次来他们家，母亲都要给他煮两个荷包蛋，这很让冉仕科嫉妒。母亲说，他帮我们做了那么多事，从来不要钱，吃两个鸡蛋算什么？吃一篮都不过分！哪天我还要杀只鸡给他吃呢。

说是说，母亲始终也没舍得杀鸡。但冉仕科的记忆里，瘸子三叔每次都埋头把荷包蛋吃完，从来没让过他一个。而且父亲脾气再大，对这个瘸子还是客气的，因为他的脑壳，也是指望三叔剃的。

三叔见母子二人搀扶着走过来，就问，咋个了？受伤了？

冉仕科点点头，正想说句什么，母亲却立即反问道，你咋个了，把脸盘整成那个样子？冉仕科这才注意到，三叔脸上有伤，还挺明显的，颧骨那儿蹭掉一块儿皮，发黑。

瘸子三叔摸摸脸，小声叽咕说，没有啥子，在门口绊了一跤。那个，你脚受伤了，还走啥子路呢？喊科娃背起嘛。

冉仕科说，她不让我背。

母亲说，他那个身子板儿，背我还不得一起摔地下？

三叔转脸冲着冉仕科笑，科娃，回来啦？辛苦哈。

冉仕科应付道，不辛苦不辛苦。

昨天夜里睡好没有？三叔继续问，一脸的讨好笑容。

还可以。冉仕科不想跟他多说,可三叔还是不走,他动手动脚的,想去接母亲手上的编织袋,母亲不松手,生硬地说,你不用管我们,我们一会儿就到家了。

三叔收了手,忽然对母亲说,来了两个警察,刚刚。

母亲有些诧异,咋个了?

三叔说,疯子死了。

母亲一愣,疯子死了?好久死的?

三叔说,昨天夜里。

咋个死的?母亲似乎非常在意。

嗯,可能是摔死的,他们说脑壳上有血,躺在杂货店下面那条路上,一个学生娃早上发现的。

母亲愣了一会儿,说,该遭!死疯子,天天夜里出来骂人,看来阎王爷都看不过去了,收了他。

三叔又嗫嗫地说,警察怀疑,是遭人打死的。

母亲没好气地说,哪个半夜起来打他哦?肯定是自己绊死的嘛。

冉仕科扶着母亲继续走,刚挪两步,母亲又回头对三叔说,他三叔,我们科娃从城里头带了云南白药,还有创可贴,你来家里拿嘛,那个很管用的,把你脸上的伤敷一下,不要感染了。

三叔连连点头,嘴上说谢谢喽谢谢喽!但依然站在原地没走。

冉仕科再笨拙,也看出母亲和三叔之间超出常人的关系了。他们说话的语气,他们的眼神,既有自家人的默契,又有不是自家人的暧昧。尤其是母亲,刻意用生硬的语气说话,但眼神却是关切的,甚至有少见的温柔。

冉仕科简直想不明白,他老妈怎么会跟这个瘸子好?

他忽然想起,父亲去世后的第一个春节,自己把母亲接到城里过年,母亲只住了几天,就心慌慌的要走,冉仕科怎么留也留不住。临走前的晚上,母亲吞吞吐吐地跟他说,有人要给她介绍个老伴儿,她想征求一下他的意见。冉仕科大吃一惊,死死盯着母亲,好像母亲说她打算杀个人似的。是哪个?冉仕科问。母亲眼睛看着别处说,还没说是哪个,只是问我想不想找一个,互相有个照应。冉仕科想也不想就说,不行,像啥子话嘛。过了一会儿又说，你要是孤单，就到我这儿来住。母亲说，城里我住不惯。过了一会儿母亲又说，我问了你妹妹的，她说随我的意愿。冉仕科以长子的口吻再次明确表态说，不行，我不同意。你也不想一下，全村人都认得我爸，你又去找一个，羞死先人了。母亲不再说话，从此不再提。

难道人家介绍的所谓老伴儿，就是这个瘸子三叔？幸好自己没同意，一个瘸子，怎么照顾母亲？母亲照顾他还差不多。万一以后母亲先走了，自己还得赡养这个莫名其妙的继父。

转念又想，母亲一个人确实孤单，只要不结婚，他们两个要咋样都行，自己就当不知道。

他问母亲，哪个疯子死了？我怎么不晓得村里有个疯子？

母亲没说话，冉仕科以为她不打算回答，走了两步母亲却忽然说，就是那个一天到黑骂人的疯子，昨天夜里你不是也听到他骂人了？

哦，就是那个半夜唱戏的？

母亲说，唱啥子戏哦，他是在骂人，满嘴的狗屎。

冉仕科想起了。昨天夜里，具体说是前半夜，他的确是听见外面有个男人的声音，又像唱戏曲，又像喊口号，在那么安静的山村里显得非常突兀。他很疲惫，刚想入睡，就被这个声音吵醒了。竖起耳朵听了一会儿，也没听清，四言八句的，有点儿像唱戏。

“你以为我不晓得，我啥子都晓得……”

后面的意思就听不清了，他对家乡的土话已经有些隔膜了。他好奇，起身出门想看看。刚开门，就看见母亲正站在院门口，朝外面大声呵斥，那感觉有点儿像呵斥要饭的，又有点儿像呵斥野狗。

母亲回头看到他说，你睡你的，不用管。

冉仕科太疲倦了，没心思再问，就回屋里倒头睡了。今天起来光想着扫墓的事，也忘了问。

他咋个疯的呢？为啥子要骂人呢？骂哪个呢？冉仕科按捺不住好奇，一一问道。

母亲一言不发，好像有点儿心不在焉。

回到家，冉仕科让母亲脱掉鞋袜，一看，脚背居然肿了。没想到那一杯热茶有那么大的杀伤力。冉仕科问，要不要去镇上医院看看？母亲说，二十几里路，你背我呀？冉仕科想想也是不现实，除非是搭人家的拖拉机，昨天他就是搭了一个拖拉机回来的。母亲又说，哪有那么娇气，我又不是头一回受伤。

冉仕科只好把毛巾浸了冷水，给母亲敷脚背，然后再喷了些云南白药。回来之前他打电话问母亲要带些什么，母亲说，买点儿创可贴，买点儿外伤用的药。他很意外，后来一想，在乡下劳动，肯定会经常伤到手脚的，就买了两盒创可贴，两盒百多邦膏药，两瓶云南白药的喷剂，没想到马上派上了用场。

冉仕科原计划第二天就走，现在看来只有多待两天了。虽然母亲一口一个没关系，你走你的，冉仕科还是下不了这个决心。尤其看到母亲那个苍老的样子，心里有些难过。看来那个算命先生还真是说到点子上了，自己的确是尽孝不够。“先生你要想转运，须先尽孝。不在世的长辈要经常烧香磕头，在世的长辈要好生经佑(侍候)。”

他让母亲躺床上歇着，母亲不肯，说要做饭，要洗菜，还要去杂货店买豆瓣酱。他发火说，你想当瘸子啊？这些事我不会做啊？

母亲这才靠在床上歇息，但依然是不安宁的样子，蹙眉，发愣，看着窗外。

冉仕科想，自己实在是不了解母亲。

5

村长领着两个警察到冉仕科家时，已临近黄昏。

冉仕科和母亲端起碗正要吃饭，听见外面有人招呼。他放下碗，走出门去，看见村长带着两个警察在院门口。村长说，科娃，这两位是镇派出所的王警官和刘警官，他们来调查案子。

尽管冉仕科早已是城里人了，村长还是习惯按从前的叫法叫他科娃。冉仕科只能重新习惯这叫法。村长又转头对二位说，这个是他们家儿子，刚从省城回来看他妈妈的。

刘大兴跟冉仕科握手时忍不住笑说，哦，原来你就是那位从大城市回来的外地人啊。家乐福，哈哈。

冉仕科奇怪，不明白他啥意思。

王小进连忙岔开话说，他是听村长介绍说，你在城里做生意，是个老板。

冉仕科讪笑，啥老板，就是混口饭吃。

村长说，科娃，你晓得不，我们村子那个疯子死了，昨天夜里死的，这两位警察是来查案子的。

王小进说，不要老说疯子，要说名字。死者叫冉仕祥。

村长只好说，就是，冉仕祥死了。

冉仕科想，看来这疯子还和自己同辈呢。他说，我听说了，是不是摔死的？

刘大兴说，现在还不能下结论，还要仔细调查。所以来请你们协助。不好意思耽误你们吃饭了。

冉仕科晃晃筷子说，要不，你们就将就在我们家吃点儿？

王小进说，不不，我们要抓紧时间查访，还有好几户人家没去。

刘大兴直截了当地问，你昨天什么时候到家的？夜里听到外面有什么动静吗？

冉仕科说，我下午到家的，夜里刚睡下，就听见外面有人大声喊，有点儿像唱戏。我爬起来去看，我起来的时候，我妈已经把他撵走了。我就回去睡了。所以也没听到什么。

王小进说，哦。这么说，你妈昨天夜里见到疯子了？

冉仕科说，我也不清楚，我就看到她站在院门口，好像是在撵人。

刘大兴立即说，那我们进去跟你妈聊聊吧。

冉仕科说，我妈脚受伤了，在床上睡起。

两个警官不再跟他多说，撇下他，直接进屋去了。

冉仕科只好坐在院子里陪村长。村长低声道，未必你妈昨天夜里出来骂了疯子？

冉仕科说，我妈是害怕疯子吵到我瞌睡，赶他走。也就是喊了几嗓子，不可能把他喊死嘛。再咋个怀疑也不能怀疑到我妈身上嘛。

村长说，肯定不能嘛。唉，说句不该说的话，这疯子早该死了，弄死他的谁就是为民除害,全村人都感谢他。

冉仕科说,他有那么可恶啊?

村长说,两年前他刚娶的老婆死了,病死的,也不晓得咋搞的,他给他老婆下葬后就疯了。跟着没多久,他哥哥也死了。我看是他们那家人风水不好。他疯了以后就开始骂人,每天晚上天一黑就开始骂,而且是指名道姓地骂。除了他嫂子和瘸子三叔,哪个都要骂。

冉仕科忽然问,那我妈呢?他也骂?

村长迟疑了一下,点点头。

他骂我妈啥子呢?我妈有啥子好让他骂的?冉仕科愤愤地追问。

村长说,唉,反正就是那些话,偷男人啥子啥子,都是乱说的,你不要当真,哪个当真哪个就气死。

冉仕科在一刹那想起了村口的三叔,又想起了母亲在山上对父亲的抱怨,两点连成一线,挑开了脑中的疑惑,他不再说什么。想想也是,村子里一个疯子,每天挨家挨户骂人,全村人吐吐沫都要淹死他。

那警察调查了大半天,找到啥子线索没有?

村长说,警察说,疯子是从上面那条路,就是你们家门前这条路摔下去摔死的,警察怀疑是有人故意推了他。

冉仕科说,不会吧?是不是他自己摔倒的?半夜三更,坡坡坎坎的,太容易摔倒了。

村长说,我也这样认为嘛,但警察不相信,他们围着疯子的尸体看了好长时间,坡上坡下来来回回好几遍,就跟在数蚂蚁一样。他们说坡上那条路有打斗的痕迹。就是说,疯子死的时候不是一个人,是有人跟他打架,把他推下去了。他们还把疯子的血取了样,找人送到城里头去化验了。

两个人正聊着,听见院门口有咳嗽声,抬头一看,是瘸子三叔走了进来。三叔小心翼翼地问,警察在你们屋头?

冉仕科点点头,起身招呼他,哦,三叔,你是来拿药的吧?

三叔说,嗯,我来拿药。不不,我来找警察。

这时,屋子里忽然传来母亲的声音,喉咙很响很响:是,是我打死的!你们把我起抓走嘛!

冉仕科连忙冲进屋子，见母亲正要下床，他连忙按住，然后问警察，咋个回事？咋个回事？

刘大兴也有些回不过神来的样子，他解释说，我们就是问你妈昨天夜里的情况，你妈说，她听见疯子骂人，很生气，就轰他走，轰不走，就扔了根柴棒出去。我问她打到疯子没有，你妈忽然就发火了。

冉仕科说，不可能哦，我妈哪有那么好的身手？

刘大兴说，我也没说就是她打的嘛，但我们肯定要问清情况嘛。哪里晓得她老人家突然就冒火了。

王小进接过话说，我们的确在你家门前这条路上发现了血迹。人命关天，每一个疑点都必须查清楚。

这回轮到冉仕科回不过神了，他看着母亲，希望母亲赶紧撇清自己。母亲却丝毫没有害怕的样子，继续嚷嚷说，他平时骂人都算了，我儿好不容易回来一回，也被他骂得睡不成瞌睡，老娘就是想打他。打到了正好为民除害，死疯子！

冉仕科瞬间鬼火冒，上前猛地推搡了一把母亲：你乱说啥子？在警察面前都能乱说吗？你以为警察是你儿，你随便说啥子都无所谓？我看你简直是疯了！不想过了！

瘸子三叔跨进了门，用少有的大声音说，警察，村长，不是她打的，绝对不是她打的，不要相信她乱说。

几个人又把三叔盯着，三叔顿了一下说，那个疯子，就是我那个疯侄儿，是我打死的。我来坦白。

冉仕科目瞪口呆。同时目瞪口呆的，还有村长和两个警察。

只有冉仕科的母亲，有些哀怨地看着他。

接下来，瘸子三叔一五一十地交代了案发时的情况：

昨天黑夜，我在路上遇到疯子了，他又在骂人，我好言相劝，不要再骂人了，回去睡瞌睡。疯子不但不听我劝，还突然骂起我来，从没有过的事……

王小进问，他骂你啥子？

三叔迟疑了一下，说，反正就是那些难听话嘛，我懒得学。我从小把他当儿待，他居然这样对我，我简直是气惨了，就扇了他一耳光。哪晓得这个疯子疯凶了，连我也不认了，回过头来扇了我一耳光。他力气大，一下把我打翻在地上，他也不管我，自顾自地就走了，还是边走边骂。

王小进问，又骂哪个呢？

瘸子三叔说，骂哪个？哪个都骂，反正挨着骂。我一摸，脸上都是血，老子也毛了，就爬起来去追他，揪住他，想把他拉回家。我哪里打得过他嘛，他又把我推倒在地下，我都不晓得他咋个掉到路坎下去的。黑乎乎的，我也没看见。我听没声音了，就回家去了。今天早上才听说他死了。算我倒霉。

刘大兴说，你咋个不早说？

三叔说，我一直在屋头等着，你们没来找我嘛。

王小进说，我们一家一家排查，很费时间，但肯定要问到你的。不过你主动来坦白，是对的。

其实王小进心里明白，他们的确把他排除在外了，因为想到疯子是他侄儿，疯子从来不骂他。没想到会出现这样的意外。

不过他还是有很多疑惑：据村长说，瘸子三叔住在村子上面，他为啥子要半夜走到冉仕科他们家来呢？第二，疯子从来不骂他，昨天夜里却开骂了，到底骂了他啥子把他惹火了？第三，刚才三叔进来之前，冉仕科的母亲为啥要把事情揽过来，说自己用柴棒打了疯子？

他还来不及说什么，村长就忍不住说话了：他三叔，你老人家住在上面，三更半夜的，咋个会在这里遇到疯子呢？

瘸子三叔看了一眼冉仕科的母亲，小声说，我听说科娃回来了，我想过来看看。我怕疯子吵到科娃睡觉。

冉仕科的母亲恨恨地盯着三叔说，多事！要你管！我自己晓得撵！

冉仕科也很恼火，时而盯一眼瘸子三叔，时而瞪一眼自己母亲，显然他在克制自己。

事至此，算是基本明了了。

刘大兴合上本子，关了手机录音键。他想，这案子，最多也就是个过失杀人吧，或者连过失杀人都算不上。实在是让他意外，意外中还有些小小的遗憾。真的像王哥预测的，一点儿技术含量都没有。从现场勘查的情况看,三叔所说的基本符合事实,疯子掉下去,脑袋磕在了路边的石块上。三叔自己,脸上也的确有伤。

刘大兴还是不能释怀,他跟王小进嘀咕说,王哥,你说真就这么简单吗?

王小进说,未必,你还想把它搞复杂吗?

刘大兴说,那倒不是,我只是觉得,有点儿奇怪。

王小进道,要说复杂,不是案情,是人心。先带回去,再慢慢讯问吧。

村长在一旁结结巴巴地说,王警官、刘警官,能不能宽大他三叔?他三叔肯定不是故意的,他三叔是个厚道人。

王小进说,我们会酌情考虑的。

6

所有的人都离开了。屋里归于平静。

冉仕科重新热了饭菜,端给母亲。母亲说,我吃不下。冉仕科就端着碗站在那儿不动,母亲只好接过来,扒拉了两口,嚼木头一样地嚼,就两口,又放到了床边。

冉仕科没滋没味地勉强吃了碗饭,站在院子里吸了根烟,再回到屋里时,母亲还是那个姿势靠着,眼神空空洞洞,冰冰凉凉。天黑透了,很静。冉家坳终于有了安静无比的夜晚。

冉仕科坐在母亲对面,看着母亲。母亲却不看他。

冉仕科实在忍不住了,终于说,你跟三叔,到底怎么了?

母亲眼睛盯着漆黑的窗户,很清楚地说,他是我的男人。

冉仕科虽已料到,还是有些恼火:妈,你也是,找谁不行,干吗跟他裹一起嘛?一个村里的,还是个瘸子……

母亲一字一句地说,我不跟他裹一起,我跟谁裹一起?你倒是说说看?我告诉你,这辈子对我最好的人,不是我爹妈,不是你老汉,不是你和你妹子,是他!只有他把我当个女人看,他怜惜我,对我好,他就是我男人。

冉仕科听出了母亲的哽咽,一下有些心疼,他知道母亲说的是实话。

母亲在家里是老大，又能干，外公外婆就不让她读书，八九岁开始上山下田，样样做。那次母亲跟他进城，因为一个字不识，连公交车都不敢坐，就曾经抱怨过父母，为什么不让她读书。

母亲转过脸来，眼里已经有泪水了，说起来还不是怪你！你那个时候坚决不让我再婚，如果那个时候我正大光明地跟他在一起了，就不怕疯子骂，就不会有今天这些事。

冉仕科不满地嘟囔说，咋个怪到我身上了？

母亲说，当然怪你！他还不是怕你听见疯子骂我们两个，怕你不高兴我，怕我为难，才去拦疯子的！要不哪里会有这些事！

冉仕科低头，不敢再顶撞。母亲索性哭出声来，呜呜咽咽的，透着伤心委屈难受绝望。冉仕科第一次有了深深的内疚。他起身，递了毛巾给母亲，拍拍母亲的肩膀安抚说，好好，是我不好。你还是跟我一起进城吧，以后我照顾你。

母亲擦了把眼泪说，不去。

冉仕科说，都这样了，你还要待在这里吗？

母亲说，他会回来的。他又没杀人。

停了下母亲说，真坐牢了，我就给他送牢饭。

长久的沉默。

冉仕科想到了自己的婚姻。奇怪的是，回家这三天，母亲都没问过他媳妇怎么样。母亲不喜欢这个媳妇，他早看出来了。媳妇对母亲更是过分，母亲不习惯用马桶，用了没有冲水，她居然写了个"请注意卫生"的条子贴在厕所门口，幸好母亲不识字。但还是把冉仕科气得够呛。

冉仕科忽然说，那个，宝宝他妈，回她娘家去了。你跟我去的话，就咱们俩住，你要是愿意，我就把宝宝接回来你带。

冉仕科拿出手机，翻出儿子的照片递给母亲。母亲接过去，脸上总算有了点儿笑容：乖孙儿。我的小乖孙儿。

母亲把手机还给了冉仕科，温和地说，你看你好久方便，就带他回来看看我嘛。

冉仕科再无话，只好点头。

睡吧，那么安静，可以好生睡一觉了，有啥子事都明天再说。

母亲说完，衣服也没脱，就那么侧身躺下去，闭上了眼睛。

2015 年 3 月，成都正好花

（原载《作家》2015 年第 5 期）

汉阳的蝴蝶

林　白

“明宇你会缝被子么？”王劲风的声音从头顶上方传来，夹杂着一丝细微的烟草味。有一种干燥暖和的感觉，一种异性感。

周日下午，宿舍里没有别人。十一月份，秋风乍起，干干的凉风在宿舍长窄的走廊里转来转去，明宇在宿舍里呆坐着正不知干些什么好，就听见有人从走廊的那边走来，脚步声奇怪地停在了寝室门口。王劲风。他站在门口，头差不多顶到了门框。他说：“明宇，你没出去?”明宇顿时呆了一下，大脑一片空白，一时不知如何应答。

王劲风跟女生打交道向来松弛，有的男生是见了女生就脸红，非但说不出话来，连正眼都不敢看一眼。王劲风是班长，东北人，会打篮球，也会写小说。明宇跟他几乎没有单独说过话。

“明宇你会缝被子么？”他在她头顶上方问道。嗯哦，她含糊地吱了一声，全然没有想到王劲风会找她缝被子。被子，贴身盖的，应该是由女朋友之类的人来帮忙才是。

怎么不找李小榴呢他?

李小榴当然也不是他的女朋友，但也不能说不是。两人关系令人费解。谁都看得出，李小榴迷上了王劲风，王劲风无论在哪，不出十步，你总会看到李小榴。有人曾在宿舍的后山远远看见两人拥抱，在上个世纪80年代初，学校不准学生谈恋爱，这通拥抱非同小可。王劲风打球摔折了腿骨，他拄着一支木拐杖走来走去，拐杖结实专业，很有威风，是李小榴从部队医院弄出来的。小榴每天帮王劲风打饭，据说还喂过。

但李小榴真的不是王劲风的女朋友。

他在不同的场合解释过，他不能爱李小榴，因为他有女朋友了，也可以说是未婚妻。未婚妻是公交车上的售票员，条件远不如李小榴，所以他就更不能抛弃她。那小榴呢？谁爱谁都是自由，她天天找他，怎么办？再说，剥夺一个女生爱的权利是不道德的。“爱的权利”是十年“文革”的禁欲清肃之后，当时一篇小说的题目。光这四个字就够震撼人心。班里有人有半导体，放在宿舍书桌的中央，收音机里浑厚的男中音朗读着这篇小说，人人凝神屏气。

而李小榴也够得上是英勇无畏，的确！她像日本电影《追捕》里的真由美，蔑视人间乱七八糟的栅栏。这跟她是部队子弟的身份大概也不无关系。她以她特有的娃娃音说着电影中的一句著名台词“我是你的同谋！”，一边把拐杖递给王劲风。很是有意思。

显然她周日回家去了，只有像明宇这样的外地学生还在学校里猫着。明宇心里一阵乱跳，突如其来的幸福感骤然涌上明宇的全身——她要帮王劲风缝被子了！缝被子，当然，她会，她愿意。在微微眩晕中她听见王劲风说：“那过一会儿你就到楼顶平台去，在那儿缝！”王劲风消失在走廊的那头。明宇开始找针线，她从来没有这些东西，自己缝被子是借同学的针，线是用商店里买的缝衣线，用双线缝。她老家不叫“缝”，叫“行”，把棉胎包在被面和被里中间，以行距大大的针脚固定起来。这边城市的同学是用一种专用的粗线，像细索一样，还用一种又粗又长的特大号钢针。城市生活处处不同，连行个被子都是特殊的。

找到了针线，又特意换了一条裤腿宽一点的裤子，这条裤子的裤型好，不像原来的那条，腿太瘦，看上去像个蚂蚱。她照了照镜子，把额头上的一绺头发弄下来变成刘海。她眼睛越发亮了——对镜子里的这个女生感到满意。

借来的针线装在一只扁扁的旧铁皮盒里，这盒子大概从前是装香烟的，上面有飞檐层叠的黄鹤楼图案。“昔人已乘黄鹤去，此地空余黄鹤楼。”明宇脑子里忽然冒出这两句古诗。唔，不如改成：小榴已乘公交去，此地空余……空余什么呢？空余大被子！明宇差点笑出声来。她带上门，脚步轻快，捏在手上的铁皮盒子似乎散发出某种微热，一直传到她的额头。她密着步子走过长长的走廊，像赴约会一样奔到了楼顶。

平台上没有王劲风，天阴着，灰色水泥的楼顶地面有些萧索。明宇心里一阵荒凉。她定了定神，看到十几米开外、靠近围栏矮墙处铺了一方草席，席子上胡乱堆着什么，班里年龄最小的男生正蹲在席子旁边探头探脑的。小男生从贵州农村考来，还不到十七岁，他不爱说话，还在长个，所有的裤腿都短着一截。

明宇这才明白，王劲风让她上来，是帮小男生缝被子。她却不甘心，吞吞吐吐之后凛然问道："那个，那个……王劲风呢？他叫我来缝被子，怎么不见人影？"小男生很无辜地望着她："不知道啊，他可能叫别的女生去了，还有好几个男生的被子要缝呢。"

从此罗明宇，她见了王劲风就总是眼睛看着别的地方。

过了两周，周六中午，在饭堂排队打饭的时候，王劲风排在她后面，他问："明宇，你明天有空吗？"当着这么多人，明宇感到自己的脸顷刻热起来。她受惊似的瞪大眼睛看着王劲风，嘴里却不知说些什么。只听得他在头顶上方说道："我们明天一起去看电影吧。"他说："让小榴叫上你一起去。"他说……他的每句话都把她震得不轻，以至于，他后来还说了些什么她都没听清。

星期天，明宇要和王劲风、李小榴三人到汉阳看电影《蝴蝶梦》，这使明宇那点不快烟消云散。而且是《蝴蝶梦》，外国片，虽然不知道内容，但无疑，必定会好看！更何况和王劲风李小榴一道！至于这俩人为什么要带上她，她不愿分析这个，这个懵懂的人，她很多年后才听说了"电灯泡"这个词，一对恋人的活动夹着的第三人，她得看着那两人的甜蜜而无动于衷，必要时还得充当掩护者和两人纠纷中的调解人，不过更多的时候她当个傻瓜就足够了。我们的明宇，她对自己充当的角色完全没有兴趣，令她大费脑筋的是王李两人的关系。真是让人备感困惑啊！这个王，这个李。王说自己有女朋友，不，更正规，是未婚妻；但李却又爱王，两人同进同出。这种混乱的事情明宇想不清楚，她全班第二小，刚满十八岁。

小榴明宇也是喜欢的。她仗义，喜助人，她的这些侠女气跟她奶声细气的娃娃音形成强烈反比，这使明宇更加觉得有趣了。小榴给班里弄过两次内部电影票，两次都留了一张给边远小镇来的明宇。她用她特有的娃娃腔叮嘱说："小明宇，你可别跟别人说啊，没几张票的啊。洪山礼堂你会去吗？要不要我带你？"一次是日本电影《啊，海军》，一次是苏联大片《解放》。这一次，小榴的娃娃音也是那样压得低低的：“我们十点就动身，到汉阳去，两点的电影。”明宇一时觉得，乱麻又把她缠住了——为什么要到那么远的汉阳去呢，对她来说，武汉三镇，武昌、汉口、汉阳，光武昌就够大的了，再翻山越岭过大江到汉阳去，简直跟到另一个城市没什么两样！武昌这边也有电影院，洪山礼堂难道不放《蝴蝶梦》？下午两点电影，中午在哪吃饭？小榴没容她问七问八，一闪身就不见了。

十一月底，武汉终于也有些冷了，最低有零度，最高也只有十几度，天是蓝的，太阳照在身上令人愉快。三人并排走在学校林荫道的缓坡上，阳光透过高大的悬铃木叶的缝隙落在三人身上，圆圆的光斑旋生旋灭，美好得令明宇有些感动。王劲风走在最外面，他高大地挡着从身边擦过的自行车，下坡的车总是飞一样滑下来，有的男生还双手撒把，惊险得让女生吐舌头。小榴走在中间，明宇在最里头。小榴高个、长腿，她和王劲风步幅一致，总是没走一会儿，两人就把明宇落下了，总是小榴先停下来等她两步。看上去，明宇不但像一只十足的灯泡，还像一个流鼻涕的跟屁虫。虽然她没有鼻涕，但她个矮，辫子也梳得难看，硬是就像了拖着鼻涕的小孩子。

坐公共汽车，坐了一辆又换另一辆。过长江大桥了，一边是龟山，一边是蛇山，天高江阔，火车从大桥下层隆隆开过，江面上有两只轮船，烟囱喷着烟。太阳照在江面上，江水荡着许多金箔。明宇兴奋得嘴里发出嘶嘶声。

过了江就是汉阳。三人下车，由小榴带路，她手里拿着一张纸条，看看纸条又看看街上的门牌号，嘴里嘀咕着。虽然生在武汉，其实汉阳她也没怎么来过。

他们走进了一片地形复杂的棚户区，高高低低的房子挤着，外墙肮脏，红砖裸露。路忽大忽小，窄的地方勉强能过两个人，说是路，实在像迷宫中的小道——支叉、拐弯处极多，路中间还有水坑，正赶上做饭时间，各个门口的炉子冒着烟，油烟气一阵一阵的，明宇闻到一阵腊肉的气味，她使劲吸了好几口，跟家乡腊肉一样的味道，她好久没闻到过了。她听见自己肚子咕咕叫了起来。冷不防，正在洗衣服的人家往门口泼了一盆水，三个人的裤腿都溅到了几处脏水。

电影院怎么会藏在这里？明宇忽然想起来问。她老家县城的电影院是在公园的旁边，门口是很开阔的。小榴笑道："不是啊，是先去刘铁阳家吃饭，再一起去看电影，电影院就在他家附近。"

他们有些迷路了，两次路过了同一个地方——那处矮墙画着一只令人费解的鬼脸。问了人，却又感到越走越远。一条狗垂着尾巴跟在他们身后，人走它也走，人停它也停。明宇知道这种狗最要防着，她便边走边回头看这狗。而这狗是有些狡猾的，它越发挨紧了这个慌张的女生。明宇这样一边走一边扭头，不一会儿右下腹就疼了起来。小榴说，是走岔气了，歇会儿。三人靠在裸露的砖墙上，听火车从不远处隆隆开过的声音，还有吹哨子的声音和重物撞击声。

后来他们穿过一条特别窄的墙缝，才总算找到刘家。刘铁阳正在门外伸着脖子使劲搓手，他咧着嘴，想说什么却又没有说出来。

刘家跟大多数棚户区人家一样，也是门口一小块空地上晒着几排蜂窝煤，干了之后也是垒在墙根下，上面再盖上一块脏兮兮的塑料布。也是临街放一只煤炉当街生火做饭，炉子上坐着一只砂锅，正冒着热气，明宇使劲闻了一大口，是莲藕骨头汤。

几人进了屋，屋子一下就有点挤挤挨挨的样子。进深很浅，一张方桌几乎顶到了门口。菜已经摆上，有腊肉炒红菜苔，一个珍珠丸子，一碟花生米，还有用大海碗装的炖莲藕。

刘家的女人进出几回，给每人盛了藕汤，之后她就在靠墙的一只矮凳坐下来。几个人跟她打招呼，她竟没有应声。刘铁汉说不用管，她耳朵一点都听不见的。女人也不上桌，在靠门的一只矮凳坐下来，找出一只线手套慢慢拆着，这种劳保手套是工厂发的，工人家庭谁都有，拆来织成衣服，很有用。明宇一气把热汤喝下去，肚子非但立即不疼了，且胃口大开，她像贪嘴的孩子猛猛夹菜，胳臂肘抬得老高。她的脸吃得红扑扑的，刘家的菜实在是——啊特别是那个红菜苔炒腊肉，同样是红菜苔，学校里大锅一煮，完全是猪食，刘家的红菜苔却炒得像另一个品种，紫红色的短茎一截一截亮晶晶的，既神气又端庄，仿佛有着深远的来历。腊肉虽然只有少少几片，却是肥瘦相间，肥的透明，瘦的深红，华丽而珍贵。

明宇很快吃饱了，这才扭头四处看。

这屋子看上去只有学校的半间宿舍那么大，或许经常停电，靠墙的一张旧条桌上放着一盏煤油灯，有一面旧镜子，是椭圆形的，宽宽的镶边上有凸起的云纹，很少见。最里面拉着一面蓝格子的布帘。屋子低矮，有阁楼，墙角有把活动的木梯子，用来上楼。刘家的女人一直坐在门边的矮凳上，盛汤添饭都由刘铁阳一人张罗。女人看上去只有三十多岁，皮肤白腻，眼睛细长细长的，额前别了一只白色的发卡，宛如白玉，形状有点像蝴蝶，又不太像，有一层包浆似的光泽，象牙白。整个人素净典雅，完全不像棚户区阶层。她是从哪里来的呢？

寻思间大家就都吃完了，似乎人人感到时间紧迫，谁也没有多费话，大家有些匆忙地，像一些饥饿状态的鱼，低着头，一个趋着一个出了刘家。

电影院令明宇失望，它甚至不叫电影院，而叫个工人俱乐部，跟所有会堂一样，前面有主席台兼舞台，台子上方有浮雕，中间是一轮太阳，四周长短相间的斜线代表太阳的光芒，太阳的左右都是葵花，一边五朵。舞台两侧的墙上是红色的宋体字，扁扁的，有些挤，一边是“大海航行靠舵手”，另一边，“万物生长靠太阳”。没有任何细节能显示大城市气派之处。

四个人坐成了一排。明宇的左手边是小榴，右手边是刘铁阳。电影还没开始，明宇冲右边愣然说道：“你妈妈真漂亮啊，她是干什么工作的？”这边还没接上话，左边的小榴就捅捅明宇，凑近她耳边道：“别乱打听好不好？”

片刻，刘铁阳却答道：“她是我小姨。”

仿佛暗藏了机关，话音刚落，灯光就熄灭了，空间骤然浓缩在一片黑暗中，随即，脑后的一柱强光訇地打到了正前方的银幕上。这个小姨仿佛是不同凡响的。

而电影中的黑白画面如水浪般源源淌来——烧毁后的庄园，荒凉的路，黑白片，神秘而静穆。女主角，女主角的话外音响起：“我再也没有回去过……”明宇被这些遥远的、异国的画面所席卷，她不再想起刘家那位优雅的小姨。她在电影里看到一个叫吕蓓卡的女人，这个女人始终没有出现，她长长的风衣、口袋里手绢上的口红印、她坐在那里写信的桌椅和笔和纸，还有那个处处让人难堪的女管家，吕蓓卡在每个角落里浮动，她处在黑暗中。某种凝固的黑暗。

大学毕业，很多年过去，明宇和王劲风、刘铁汉他们再也没有联系。曾经听说，李小榴将近四十岁才结婚，在这之前的十多年，她靠王劲风的信过日子，每个星期六，王劲风的信如期而至，她把信随身带着，去饭堂打饭，去商店买东西。晚上，她慢慢看信，星期日，她的回信写好了，有很多页，之后她穿戴整齐，骑上自行车到邮局寄信，她单位的大门口不远就有一只邮筒，她不爱投到那，那像一个虚无的玩意儿——这种事只有上个世纪 80 年代才会有吧。听说王劲风不断地给她介绍对象，十年之后，她终于接受了其中的一个。

奥运会那年的四月份，回校聚会，这是毕业二十多年后明宇第一次见到同班同学，不过当年的班长王劲风没有来，听说他生病住院了，在深圳。他 80 年代末就去了南方，折腾得风生水起，又到美国去了几年，又回来，他累坏了。刘铁阳呢，也没有来，说是他家里有点事，他跟好几个同学都特意打了招呼。李小榴还是当年的娃娃音，她穿着黑衣服，端庄凝重，仿佛是某位权高者的遗孀。看见她，明宇骤然心惊。

叙旧，明宇说起当年三人一起去过汉阳看《蝴蝶梦》，小榴说："是啊那次。"她想起了当年王劲风的样子。"那时候，"她说。然后她说："那次其实是，刘铁阳其实是王劲风大学里最好的朋友你知道吗？"啊，明宇不知道，她也不会观察，大学四年她基本没有成长，始终是个懵懂人。她听小榴说，那次其实是，"王劲风想撮合你和刘铁阳，想让你们俩好，所以拉你一起去汉阳看电影，还特意到他家吃了顿饭。"明宇突然记起了刘的小姨，那个皮肤白腻，眼睛细长细长的女人，她额前那只象牙白玉发卡，那层包浆似的光泽。他的小姨肯定不是一般人。明宇再一次叹道。

五月份，明宇接到手机短信，说王劲风去世，就在北京人民医院。遗体告别。事情突如其来，"五一"的时候还好好的，大家都以为不久就能出院。明宇坐地铁去，在医院外面和同学会齐，见到了二十多年没见的刘铁阳，他没去聚会原来是跟王劲风有关。告别室里黑压压的人极多，看上去都是从深圳来，男男女女衣着体面，虽是一水的黑色，却都质地优良剪裁讲究，有几款甚似高档礼服。明宇第一次见到王劲风的妻子，她大吃一惊，这位遗孀完全不像她想像中的公共汽车售票员的样子，她身材高挑气质娴雅，和她那修身的黑色裙服相得益彰。她端立在一个令人瞩目的位置，接受众人慰问，非常压得住场面。而且她显得那么年轻，简直不像是原配。同学说，就是她。这位当年的公共汽车售票员。她不但是售票员，她还是他们省重点中学的校花；不但是校花，她还是省委领导的女儿。所以。

所以，事情都是隐藏在背后的。

王劲风躺在白色的鲜花中。他胖了一点，跟当年已经不太一样了，如果在街上遇到，不会认出来。大学毕业的当年，那时候，明宇还在她的边远省份广西，王劲风和刘铁阳一起来南宁开会，三个人到南湖划船。因为王劲风，明宇特别兴奋，她把木桨拍得到处是水花，大笑不已，还大声告诉他们，岸上那棵特别高、树干灰色的树就是著名的木棉花树。后来明宇离开本专业，跟同学就再没有联系。

满大厅都是陌生面孔，每人一支白色玫瑰，是仪式主持方发给的。绕遗体一周，把鲜花放到他的身旁。明宇和李小榴排在一起，小榴步子滞重，脸上看不出悲伤，在遗孀跟前勉强握了握手，不发一言。告别之后两人越过人群，走到过道。小榴一下就靠倒在过道的墙上，她的脸扭着，哭了。明宇用一个别扭的姿势抱住小榴，她的身体跟这个她使劲抱住的身体一起抽动起来，她感到自己是那样悲伤，泪水涌出。而小榴也唔唔地小声哭出声来，紧硬的身体也随之变得舒缓一些。

又过了五年，离大学毕业过去了整整三十年。已经五十多岁的罗明宇到深圳看望在那儿工作的女儿，她已经提前退休，平日无事可做，有时候她会到图书馆翻翻报纸杂志。有一天，在图书馆阅览室里她遇见了刘铁阳。

铁阳多年前就跟着王劲风到深圳来了，一直没结婚，当然也没有孩子，现在是他在照顾王的妻子。他们在阅览室的角落里聊了一会儿。那时候真年轻啊，什么事情都是懵懂的。她回想起从高天阔江入到杂乱逼仄的棚户区那种明明暗暗的印象，狗、水坑、腊肉红菜苔、那把有宽边花纹的椭圆镜子、蓝色格子的布帘、墙角的木梯子，一个女人姣白的脸庞从这片幽暗中浮出，她眼睛细长，额头上别着一只象牙白玉发卡，她为什么始终没有说话？她从前是干什么的……

她问起这位小姨。刘铁阳沉吟良久，说："她这一辈子啊，你是不可能想像的。"再次沉吟之后他又补了一句："我这一辈子，你也是不可想像的。"明宇殷切地望着他，他却没往下说什么。明宇眼睁睁地看着这一珍贵的话题沉沉地坠入无边的黑暗中，如同一串珠宝掉进河里，你再也捞不起来了。刘铁阳最后只是说，小姨一直跟他在深圳，两年前去世了。

（原载《上海文学》2015 年第 2 期）

摩洛哥王子

徐则臣

要不是碰上个卖唱的，这辈子我都不会关心摩洛哥在哪里。那家伙唱得真不错，嗓子一会儿像刘欢一会儿像张雨生。模仿田震《自由自在》的时候我跟上他的，那种狭窄、茫然又激越的声音，可以乱真。当然，跟上之前我给了他十块钱。给钱的时候我脸是红的。我心疼，十块钱不是小数目。但已经掏出来了，哪好意思再塞回兜里呢？我明明记得兜里有张一块的，掏出来才发现三张都是十块，要命，硬着头皮也得给人一张。他以为我脸红是因为慷慨，他就对我招手：喜欢就跟着听。他看出来我喜欢田震的歌，接下来他唱的都是田震，《执着》《干杯朋友》《月牙泉》《未了情》。从地铁的这头唱到那头。地铁在西直门站停下，我得下车了。

他停下弹奏和歌唱，扭着身子指自己后背。他的夹克上印着五个字：摩洛哥王子。

回到平房，我跟行健说："见着摩洛哥王子了。摩洛哥在哪儿啊？"

行健哼了一声："我还见着西班牙王妃了呢。"

米萝已经从他的百宝箱里翻出了世界地图，旧书摊上花两块钱买的。"北非。在北非。头顶上就是西班牙。老大你太牛了，摩洛哥跟西班牙前后脚你都知道。"

"知道个屁！"行健完全是顺嘴瞎说，但误打误撞也让他的虚荣心有了点小满足。"老子看看，这摩洛哥到底在哪旮旯。"

他把地图摊在我们的小饭桌上，我把脑袋也伸过去。摩洛哥头顶上不仅有西班牙，还有葡萄牙。左边是浩瀚的大西洋，右边是阿尔及利亚。边境之南是我只在地理课本上见过的毛里塔尼亚。

我们漫无边际地谈论了一通摩洛哥。除了国名我们对这个国家一无所知,所以谈得更加充分。我们给这片抽象的国土想象出了名山大川、亭台楼阁和大得难以想象的客流量。关于摩洛哥王子,我跟行健和米萝说,真不知道他长得像不像摩洛哥人,不过鼻子倒是挺高。

聊完就洗洗睡了。很快我们就把摩洛哥和卖唱的小伙子忘到了脑后。不是记不住,是所有激动人心的事情最终跟我们都没关系。我们的生活里永远不可能出现奇迹。我们还住在北京西郊的一间平房里,过着以昼伏夜出为主的日常生活。我依然隔三差五地出没在地铁 2 号线沿线,逢人不备的时候,鬼鬼祟祟地帮我办假证的姑父洪三万打小广告。行健和米萝也是,他们帮陈兴多打小广告,偶尔我们会在同一条街或者同一条地铁线上碰头。有一天傍晚,我在西直门站地铁口的背风处吃烤红薯,行健从身后拍了我的肩膀,说:

"看见你那个摩洛哥王子了。"

"那家伙是不是只有一件衣服?"米萝说。他们看见的也是那件印有"摩洛哥王子"的夹克。"他还带着个头发乱得像草窝的小女孩。他妹妹?"他们看见他的时候,他正用从保温杯里倒水给一个脏兮兮的小姑娘喝。

我哪知道?

"我跟他说起你,"行健说,"他竟然记得。"

我继续吃烤红薯。行健的话你听一半就够了。

"不信?"米萝说,"我们真说起了你。说你给了他十块钱,他没想起来;说你跟着他听田震的歌,从车头听到车尾,他就一下子想起来了。他说,那个哥们啊,背个军用黄书包。"

看来是真的,那天我的确背着一个军用黄书包。其实那几年我背的都是这个包,就一个包。打小广告的一套家伙都装在里面:刻着洪三万电话号码的一个大印章,墨水瓶,涂墨水的板刷,印有我姑父电话的假证业务范围的名片,当然还有纸和笔,以备不时之需。能撒名片的时候撒名片,可以直接盖上个大戳的时候就盖戳,实在不行,用笔在一切可以写字的地方写上我姑父的名字和他的电话号码。

"那是他妹妹么?"米萝又问,"穿得可不如他啊。"

我真不知道。我也只见过那家伙一次。

吃完红薯，我陪他俩在路边抽了一根烟。秋风乍起，纸片和几片树叶被吹进了地铁口。一群人走出来，像这个秋天的黄昏，有种虚弱的单薄。最后出来的是一串饱满的歌声。“海面倒映着美丽的白塔，四周环绕着绿树红墙。小船儿轻轻，飘荡在水中，”对，水中，“迎面吹来了凉爽的风。”没有吉他声，但我知道“摩洛哥王子”来了。果然，摩洛哥王子和一个扎着两个蓬乱小辫的女孩从地铁站走出来。他在教那女孩唱《让我们荡起双桨》。小女孩六七岁的样子，鼻梁不高，脸有点脏，褂子还是用北方乡村里当被面的花布做的。摩洛哥王子该有二十出头，看上去比行健和米萝大。

“你们呀——”摩洛哥王子说。

“来一根不？”行健挥挥右手夹着的中南海香烟。

摩洛哥王子笑笑，从兜里掏出一把零钱递给那小女孩，说：“过马路注意安全啊。别忘了歌词。”

小女孩犹豫一下还是接着了，然后向他摆摆手：“谢谢哥哥，我记着呢。”跳过马路牙子走到对面去了。

我们凑在一起抽烟，像一群不良少年。“你妹妹？”我还是问了。

“小花？不是。”摩洛哥王子抽烟的动作很熟练。“地铁里认识的。”

“她这样——干啥的？”米萝问。

“要钱的。”

“要钱的”就是“乞讨的”。地铁里有各种各样的乞讨者：残疾人；卖艺的，像摩洛哥王子这样；老人；孩子，比如那个小姑娘，叫小花？

“最近老是遇到她。”摩洛哥王子说。

“你为啥要给她钱？”米萝问。

“她说一天下来要不够数，回到家她爸会打她。”

我们都火了，这什么畜生爹！哪天逮着狗日的好好修理他一顿。

“稍安勿躁。”摩洛哥王子劝我们，“我也想跟小花的爸爸谈谈，小花不让，怕谈过了挨的揍更多。你们是干啥的？”

我想告诉他我们是做小广告的，行健瞪了我一眼，说：“你叫啥名字？”

“王枫。”

“你衣服上印着个‘摩洛哥王子’，算啥？”

“一直想整个乐队，叫‘摩洛哥王子’，我是主唱。不过得慢慢来。还有吗？再来一根。”

明白了。他只是想象中的“摩洛哥王子”的主唱，或者说，是“摩洛哥王子”的“王子”。但他的广告做得好，八字还没一撇，他就把乐队名字印到衣服上了。

我们开始抽第二根烟。西直门的傍晚开始降临，在烟头掐灭的那一瞬间天黑了下来。

第二天下午我们出门比平时早，买了地铁票在2号线上乱坐，反正只要不出站，你坐多少站、坐多长时间都是一张票的钱。我们坐两站就下来，换乘下一班，直到遇上王枫。出门前我们达成共识，只是到地铁上听王枫卖唱；其实我们都心照不宣，我们都想到了“摩洛哥王子”乐队。实话实说，这么长时间以来，这是唯一一件让三个人都心动的事。昨天我们做了半夜的梦，梦见自己成为“摩洛哥王子”乐队的一员，我们和电视里、电影里、街头上那些乐队一样，演奏的演奏，唱的唱，跳的跳——成为乐队的一员，无论如何要比给办假证的洪三万和陈兴多打小广告要高雅和体面，这个我们都懂；可是，所有的乐器我们都不会，唱歌也只能瞎唱，跳舞嘛，只有行健会一段残缺不全的霹雳舞。昨天凌晨回到住处，行健扭了一段，跳不下去的时候他就翻来覆去地“擦玻璃”，那动作实在太像擦玻璃了。我们都想成为“摩洛哥王子”，但我们一无所长，所以我们都不吭声，只说去看王枫唱歌吧。好，同去同去。然后我们在雍和宫那一站找到了正唱梅艳芳的《女人花》的王枫。我们抓着扶手站成一排，王枫余音袅袅地唱完最后一句“女人如花花似梦”时，我们热烈地鼓起了掌，一起喊：

“好！”

乘客们开始掏钱。我咬咬牙，把钱塞到王枫斜挎的敞口人造革大皮包里，我看见行健和米萝放进去的也都是十块钱。

王枫继续往前走，边走边唱。从一班地铁的车头走唱到车尾，下车，换下一班。再从车头唱到车尾，再换下一班。我们跟着，鼓掌，叫好，偶尔投进去一两个硬币，实在没有太多的钱。在我们的想象里，这是整个“摩洛哥王子”乐队在前进中演出。

晚上七点钟，“摩洛哥王子”停下来，王枫说一块儿吃个饭吧，聊聊。我们都觉得好。王枫说，看看能不能碰上小花。主唱发话了，我们当然继续说好。那就一起去找。

在前门站的地铁里，看到了小花。她在车厢里慢慢走，端一只揉皱的“康师傅”方便面桶，一声不吭，见人就鞠躬，鞠完躬就眼巴巴地看着对方，直到对方往她的面桶里放了零钱，直到确定假寐的乘客再也不会给她钱，她才挪到下一个乘客面前弯下腰。

“小花。”王枫喊。

小花看见我们，抱着方便面桶颠儿颠儿地跑过来。“哥哥，”她在王枫身边停下，自然地抓住了王枫的手。

“今天够吗？”

小花对王枫摇摇头，委屈地撇了一下嘴，泪花子就出来了。

“没事，小花，先跟哥哥去吃饭。”

前门的那家馆子很小，只摆得下六张小桌子，但我们所有人都觉得味道好。家常菜怎么能做得那么别致呢？我们喝痛快了。当然小花没喝，她专心吃菜，单独给她又炒了一份芹菜炒肉丝。王枫酒量不错，行健数了数喝空的啤酒瓶子，决定还是不比下去了，真喝到底谁倒下去都不一定。我认为还是王枫酒量更大一点，因为最后是他把单买了。他非常清醒地说：“兄弟们能来听我唱歌，别说请顿饭，卖两次血我王枫都干。”临别时他还清醒地说，“就这么定了，过两天搬过去和兄弟们一起住。”出了门，夜风一吹，半瓶啤酒我就醉了。王枫清醒地拉着小花的手，说：

“小花，哥哥送你一段。”

回西郊平房的路上，我们一致认为这是一次圆满的聚会、胜利的聚会。虽然没有迅速解决加盟“摩洛哥王子”的问题，但意外地解决了王枫加盟我们的问题。他租的地下室到期了，再不续交房租就得被房东赶出来，他在犹豫。他想住在有阳光的地方，地下室的阴暗生活他受够了。行健敏锐地抓住这个机会，手一挥：“好办，咱们屋里空着一张床，欢迎老兄你来！”我和米萝也说：“欢迎老兄你来。”

进了房间，行健拍着宝来留下的那张空床，说："来了，就是咱们的人了。"

米萝说："来了，咱们就是他的人了。"

他们俩已经说得这么白了，我就不好再说什么了，我就笑笑，说："嘿嘿。"

三天后是周末，米萝翻出来一本算命的书，摇头摆尾地说，良辰吉日，宜乔迁、出行。外面响起了喇叭声，王枫已经坐着出租车到院门口了。

除了一个占地方的大吉他，就两件行李，一个旅行箱、一个蛇皮编织袋，编织袋里装着被褥和枕头。他把几本书摆到床头时，我们才知道他是正规音乐专业的毕业生，尽管那学校我们从来没有听说过，而且是个大专学校。有两本是他念书时的教材，此外都是影像和传记类的书，有讲猫王的，有讲后街男孩的，还有关于滚石乐队、魔岩三杰和黑豹乐队的。我们三个的心立马沉了下去。

按照计划，安顿好王枫就该进入下一个议程，准"摩洛哥王子"乐队狂欢一下，庆祝相互成了"自已人"。具体地说，就是我们来到院子里，王枫弹吉他主唱，我们仨跟着附和、伴奏、配舞。这两天我们去了动物园小商品批发市场，买了廉价的手鼓、笛子、葫芦丝、碰铃，米萝甚至还买了唢呐。这些乐器怎么玩，我们都不会，不会可以学啊，王枫也不是天生就会弹吉他唱歌的。我们一直认为王枫也是半路出家，碰巧了嗓子好，碰巧了模仿能力强，就唱上了；就跟地铁里天南海北来的卖唱的一样，胆子大点、脸皮厚点而已。但人家是科班出身。我们突然就自卑了，我们仨没一个完整地高中毕业的，更要命的是关于猫王、后街男孩、滚石乐队、魔岩三杰和黑豹乐队的那几本书，每一本书里的每一个人都那么洋气。即使只穿一条破破烂烂没有腰带的牛仔裤，赤着脚光着上身也那么洋气，他们怎么看都不像是我们的这个院子里可能走出去的。我们也可以留一头长发，也可以脱得只剩下一条到处是洞的牛仔裤，甚至脱得只剩一条内裤，但我们永远也成不了他们。这个想法让我们黯然神伤。趁着王枫没注意，行健把他的手鼓往床底踢了踢，米萝把盛葫芦丝的抽屉也推上了，我把笛子往被窝里塞时，被王枫看见了。

“你们怎么了?”他说，“有亲戚朋友要死了么?”一把掀开我的被子，把笛子攥在了手中。“啥意思?”

我抓了抓脑门，“不会吹。”

“不会吹可以学啊。”

我笑笑。行健和米萝也干巴巴地笑了。

“哪个地方不对，”王枫转着脑袋把房间看了一遍。我们租的房间不大，放两张上下铺的架子床和一张偶尔兼做饭桌的破旧写字桌，剩下的地方就不多了。他绕过几双臭鞋子走了一圈，伸手拉开抽屉，葫芦丝上的假商标都没有揭掉。“你的?”他问米萝。

米萝说：“我也不会吹。”

“我也不会。”

行健拍了一下脖子，声音很大，说：“哥们，不绕圈子了，哥几个就想跟你凑个热闹。”他弯腰从床底下捞出手鼓，扔给了王枫。“你不是想弄一个乐队么，哥几个给你打下手。音乐啥的咱不懂，但要出苦力的，哥们没问题。”

“有什么懂不懂的，凑一块儿玩呗。”王枫坐下来，把手鼓放在膝盖上，嘭嘭嘭敲了一阵，站起来说，“要不现在就整一场?”

那肯定是有史以来最怪异的一次演出。我们站在院子里，把扫帚支在椅背上当立式的麦克风，王枫抱着吉他站在麦克风后面，边弹边唱。我们三个因为紧张和慎重，坚持站成一排，每人拿一件根本不会演奏的乐器做着样子比画，我的笛子根本就没靠上嘴。米萝的葫芦丝基本上保持在鼻子和眼之间的位置；行健倒是敲了鼓，敲得像抽风，情绪高亢时鼓声就大一点，信心不够了根本找不着声音。但我们都卖力地跟着吉他的节奏扭动了，王枫唱的是轻摇滚版的《我家住在黄土高坡》。如果谁从门外看见了，没准会觉得我们都疯了，一个个又是点头又是耸肩，一会儿挺胸一会儿撅屁股，偶尔也像癫痫发作，扭动得像条惊慌失措的虫子，全无章法。一曲终了，我们自己都笑了，笑得坐到了地上，眼泪都出来了。

“演出如何?”行健开玩笑地问。

“演出成功!”米萝说。

“合作愉快!”王枫握紧拳头举起来,“耶!”

谁都没说“乐队”演出成功,或者“乐队”合作愉快。说都没有说“摩洛哥王子”乐队。

寒气从水泥地面沿着屁股往我们身上爬。王枫先站起来,“起来了,”他说,“来日方长,如果想学,我教你们。有些乐器咱们也得一起学。”

生活在继续。我们三个还是昼伏夜出到处打小广告,王枫还是背着吉他出入地铁和车水马龙的街头卖唱,在外面碰上了,就一起吃个简单的饭。回到平房,一起聊天、吹牛、讲黄段子,爬到屋顶上看着蓬勃生长的北京城打牌喝啤酒,也会在屋顶上学习演奏乐器。我学笛子,米萝学葫芦丝,行健学手鼓和唢呐。王枫经常在屋顶上弹着吉他吊嗓子练歌,也跟我们一起学他陌生的乐器。当然也合作过,牛鬼蛇神似的一起又唱又跳。合作演出的时候通常在院子里,为的是不影响周围的邻居。如果哪天喝高兴了,也会不管不顾爬到平房的屋顶上大喊大叫大唱大跳。只要不是晚上,屋顶上的演出还是挺让邻居们开心的,生活要淡出个鸟来,难得有人在高处死皮赖脸地逗乐,他们就当看耍猴了。不管别人怎么看,音乐的确让我们的生活有了一点别样的滋味,想一想,我都觉得我的神经衰弱的脑血管也跳得有了让人心怡的节奏。

因为王枫,我们见到乞讨的小花次数也多了。他们俩没任何关系,只是王枫在地铁里卖唱遇到过小花几次,他觉得小姑娘挺可怜,买了吃的就分给她一半,天凉了,他把带的热水分一杯给小花喝,就算认识了。那是个招人疼的孩子。我们都觉得小花的爹妈太不地道了,正念书的年龄,拉出来天天让她在地铁上乞讨。但是没办法,孩子是人家的,你报了警都没用,警察也不会天天守着。这样的孩子很多,分散在北京的各个角落向过路行人要钱,鞠躬的,装残废的,背着小音箱一路播放歌曲的,也有五音不全地演唱的。前阵子新闻上说,某大学教授见到一对夫妻带八岁的儿子乞讨,责问为啥不让孩子念书,那两口子操着方言说:

“没钱怎么让他念书?”

“没钱去挣啊。”

“我们不是正在挣嘛！”

再理论下去，该父母说：“你有责任心，你境界高，你给我们儿子出学费吧。”

围观的人群一阵笑，见怪不怪了。教授败下阵来。

但让我们不能容忍的是，小花的爹妈现在每天都给小花定下任务，今天要到五十，明天就五十五，后天变成六十。有一天王枫卖完唱回到平房，骂骂咧咧地说，小花的爹妈太不是东西了，给小花的定额马上涨到一百了。要不到一百，小心回家挨板子。

在那几年，一天一百块钱是个相当大的指标。

“这事好办，”行健说，“咱们先去给那对狗男女一顿板子。”

米萝说：“打死丫的，看以后敢动小花一根寒毛！”

“问题是，小花死活不愿意带我去见她爸妈。”王枫点上一根烟，“也怪我，隔三差五给小花点钱，让他们尝到甜头了。这俩孙子得锅往炕上爬，目标越定越高。”

这事还真得赖到王枫头上。头一回他见小花没要到几块钱，在地铁口哭，给了她十五块钱；第二次见她哭，给了二十块钱；第三次看她恐惧着不敢回家，又给了二十块钱；水涨船高，没平息小花的恐惧，反倒把她爹妈的胃口给吊起来了，他们相信闺女一定有能力越要越多，指标就上去了。好心办了坏事。弄得小花现在每天更不敢回家，因为指标越来越高，完全不可能完成。王枫也不能无止境地帮她填坑，坑越填越大。

“王枫，别弄得跟个知识分子似的，”行健把右脚踩到凳子上，“这事听我的。两个字：修理。得把狗日的打痛快了。”

“可咱们根本见不着她爸妈。”

米萝也把右脚踩到凳子上，“顺藤摸瓜。”

第二天傍晚，我们三个睡足了，吃了驴肉火烧，接到王枫的短信。七点，复兴门地铁站。这事没那么刺激，一个小丫头而已。我们仨平常的工作得防着警察突然袭击，基本上也练就了一套反跟踪的小能力。我们懂。倒了两次公交，我们晃晃悠悠地到了地铁口附近时，王枫和小花正在地铁口挥手再见，一个往东，一个往西。米萝把运动衫的帽子戴上，低头跟在最前面。隔二十米之后是行健，然后是我，最后是王枫。

那段路挺绕，我们几个都不记得走过那些地方。路左，路右，顺行，逆行，过天桥，小花走得犹犹豫豫、心事重重，没事就回头看两眼。我问王枫是不是露馅了，他说没，因为要掐着点儿到地铁口，他催了小花，给了她三十。“我也没剩下几块了，”王枫说。

“上次你送的小花，住哪儿你总该有个差不多吧？”

“差多了。”王枫说，“也就到了复兴门地铁站，我背个身点了根烟，她就没影了。”

小花停下了，抱着膝盖在马路牙子上坐下来。头顶是盏路灯，她的影子几乎要缩到她身体里。我们慢慢地向前靠近，行人和车辆不断，到处是光影，不必担心被发现。突然，她站起来横穿马路，一辆车紧急停下，尖锐的刹车声只往我脑仁子里钻。小花肯定被吓傻了，那辆奥迪 A6 在她两三厘米外，小花呆立在原地。王枫撒腿就跑，我跟上。小花还站在原地，王枫抱住她的时候她正浑身哆嗦。车主擦着冷汗从车里出来，气急败坏地说：

“你这孩子，不要命啦？还有你，你们，怎么带孩子的！你们不知道我有强迫症啊，以后让我还怎么开车！”

王枫道着歉，把小花抱到了人行道上，小花抱住王枫，哇地哭出来。在路灯下我也看见了小花的眼角和右手手背是青紫的。行健和米萝也聚拢过来。

“他们会打死我的！”小花抽噎着说，“他们会打死我的！”

米萝问：“谁？”

“他们会打死我的。”

我对着行健的耳朵说：“是亲生的吗？”

行健拍了一下脖子，说：“是啊，我怎么没想到这茬儿呢！”

首要的任务是把小花送回去。小花不让送，看着她走都不行，她要看着我们先走她再走。她说离她家已经很近了。

跟踪结束。我们先离开。路上又谈到是否亲生的问题，王枫说，他也在怀疑，小花提到她爸妈时，从来都是“他们”“他们”。什么样的父母才能让孩子以“他们”相称呢。

我们的担忧应验了。几天后王枫带来了真相。小花在他的诱导下终于说了实话。她在北京的“爸妈”有八个孩子，年龄从五岁到十四岁不等，除了最小的那个弟弟由“爸妈”带着在车站等公共场合乞讨，大一点的孩子都单独行动。早出晚归，自己找地方，每天的乞讨指标五十到一百不等。一大家人租住在一个两居室里，离复兴门不远，她和另外三个姐妹挤在一张地铺上睡觉。那地方小花闭着眼睛都能找到，但说不上来名字，她不认识字，“爸妈”也不打算让她念书。

“亲生的？”

“一个十一岁的姐姐和最小的弟弟是，”王枫说，“其他的都不是。”

“拐——卖？”我说得相当犹豫。这种事报纸上天天都在说，可放到你眼跟前了，你还是觉得有点远。

“被倒了好几手。”

也就是说，小花自己都不清楚她怎么就有了现在的“爸妈”，也不明白怎么就到了北京。她离开家的时候刚五岁。

“现在多大？”

“十岁。”

看着有点小。也正常，这么多年担惊受怕，吃得也不会好，肯定营养不良。

“小花记得过去的事吗？”

“记不清了。她只记得，她家里的爸爸身上有酒味，好像家里还有个弟弟。”

“哪儿人？”

“不知道。她说她好像是跟爸爸去看山，在山里。她爸身上有酒味，坐在路边的石头上，低着头。有人对她摇晃一根棒棒糖，在前面走，她就迷迷糊糊跟上去了。”

“然后呢？”

“被带走了。再然后，换了一个又一个地方，换了一个又一个人带着她，有的给她好吃的，有的打她，还不给饭吃。”

“山的名字叫啥？”

小花不记得了。王枫让她回去再想想。

过了两天，下午我们正睡觉，行健的手机响了。王枫的短信：龙虎山。查查有没有这个地方。小花模模糊糊想起这名字，好像离他们家不远。

我们立马从床上跳下来，直奔书店。三个人在海淀图书城分头查。行健找名胜古迹类，米萝找名山大川类，我翻各种地图册。差一刻晚上八点，我在江西省的地图中看到龙虎山的名字。地图右下角注：龙虎山，位于江西省鹰潭市西南二十公里处贵溪市境内。然后我们继续分头查与龙虎山相关的资料，包括周边的地理环境、风土人情、饮食习惯。凡是可能唤醒小花记忆的，我们都不放过。回到住处，王枫已经回来了，一兜子信息我们全汇总给了他。王枫想了想，没准是，小花南腔北调的普通话里的确有点湘赣的口音。

又过了两天，印证完毕，基本可以确定小花的家在江西鹰潭附近。王枫用鹰潭日常生活里最显著的特征一一提醒小花，在她邈远的记忆里，部分印象缓慢地浮出水面。小花很谨慎，每透露一个信息都嘱咐王枫别说出去，以免让北京的“爸妈”知道。她想离开，但又恐惧离开，广阔的世界对她来说是个可怕的陷阱。如何帮她找到亲身父母，我们四个人每天都在商量，头发揪光了也没理出个头绪。她完全不记得村庄和父母的名字，自己原来姓什么都忘了。我们每天都谈，每天都以叹息告终。

一个周四中午，出门两个小时不到，王枫又回来了，身后跟着正在吃麦当劳的汉堡的小花，因为嘴角破了，张嘴小心翼翼，但分明又饿得不行。颧骨上瘀青，左手手腕处也结了一块血疤，走路踮着脚，膝盖受了伤。昨天晚上被她“爸”打的。小花昨天的收成不错，回到家“爸妈”还没回来，她躺到地铺上不小心睡着了，醒来发现口袋里少了三十块钱。旁边的兄弟姐妹都摇头，“父亲”就火了，一顿肥揍。

行健说：“这日子没法过了。”

米萝说：“先揍丫一顿再说。”

我说：“还是自己家好。”

王枫问行健要了一根烟，吸得那个狠，每一口都想要了烟的命似的。“要不——”王枫说，“把小花送回鹰潭？”

王枫说得很慢，我相信这个想法把他自己也吓了一跳。不是送回去就完了，而是要替她找到亲生父母。跟大海捞针没什么两样。房间里突然安静下来，只剩下小花小口咀嚼汉堡的声音。

“小花，你想回自己的家吗？”王枫说。

小花也愣了，把我们四个人轮番看了两遍，恐惧地说：“我不知道。”

“小花别怕，跟哥哥说，”王枫把水杯端到她面前，“你想回家吗？”

“爸爸。妈妈。哥哥，我真不知道。”小花哭了。

“小花，想回家就点点头，哥哥送你回去。哥哥帮你找到爸爸妈妈。”

我们盯着小花看。小花放下汉堡，一分钟后点了点头。

“好，买了车票咱们就回！”

“想好了？”

“想好了。”

行健、米萝和我，每人拿出两百块钱硬塞给王枫，一点心意。只能做这么多了。王枫让我们别担心，一个月后准回。大不了边唱边找，他唱，小花也可以唱。这些天她学会了好几首歌，一张嘴像模像样。我们在屋顶上给王枫和小花饯行，喝啤酒，吃驴肉火烧。

我在墙上画正字，数着日子等王枫回来。一周过去。半个月过去。一个月过去。四十天过去。王枫发来短信，还在找，没想到鹰潭这么大。好消息是，小花唱得越来越好，吉他也能弹出调了，天生学音乐的料。

两个月过去。北京进入了严冬。

第十四个正字缺一画的那天，北京大雪，我和行健、米萝躲在房间里吃火锅。借来的锅，煮了三棵大白菜和六斤五花肉，我们热气腾腾地接到了王枫的电话。鹰潭肯定也很冷，所以王枫的声音很大，没按免提我们都听得见。王枫在电话里说：

“行健，米萝，穆鱼，你们帮我证明一下，我是不是送小花回家的——”

鹰潭的风声很大，更大的是人声，一个暴烈的江西男声从行健的手机里冲出来：“证明，拿什么证明？谁信啊！”

又一个暴烈的江西男声：“跟他废什么话——”

在他的尾音里我们听见更大的风声，然后是巨大的撞击和破裂声。

行健的手机发出了焦躁的、永恒的忙音。行健对着电话喂喂了半天，还是忙音。他给王枫拨回去，一个优美圆润的女声在电话里说：

“您拨叫的号码不存在，请查证后再拨。”

三个月后，我们过完春节，和浩荡的返城人流一起从老家回到北京。北京重新变成一个无边无际、五方杂处的大都市。有天下午，我从洪三万那里取完他刚印制好的名片回到住处，发现院门口坐着一个穿粉红底白碎花羽绒服的小女孩。我咳嗽一声，她抬起头，是小花。

“小花，王枫呢？”

“哥哥还没回来吗？”

“找到你爸妈了吗？”

“找到了。”小花说，踢了半天门槛，“可是，我爸，他说是哥哥把我拐卖走的。”

见了鬼了，这跟王枫有个屁关系啊。但小花他爹就认准了，他说：“你们看，我闺女跟着他卖唱，挣的钱肯定都归他。你们不信？你们听听我闺女唱的歌，好不好？好，你们都听出来了。这么小的娃儿会唱这么多歌，得学多久啊！你们相信他是要把娃儿送回来的吗？鬼才信！你们相信世界上有这样的好人吗？看，你们不信了吧。老少爷们，帮个忙，把他那什么琴下了，还有钱。这样的人得送公安局去！看着长得白白净净顺顺水水的，欺负人欺负到家门口了！”

在他们的村口，他们摔了王枫的手机，他们把王枫送进了派出所。王枫和小花怎么解释都不行。王枫当然要辩解，他们不听。而小花要解释，那一定是受了坏人的胁迫。整个事情在他们村里突然变得极其简单，就那么回事。肯定是那么回事。没什么好说的。

那也是小花最后一次见到王枫。

我把院门打开，小花不进。小花说：“我就过来看看，”然后大哭，“我以为哥哥回来了呢。”

哥哥没回来。

过了几天，行健和米萝说，他们在地铁里看见小花了。小花在卖唱，抱着一把吉他，唱得还真像模像样。后面跟着个小个子男人，专门收钱。

“你猜那家伙是谁?”米萝问我。

“小花的亲爹。”

“你怎么知道的?”米萝说。

我可以说是我猜的么。

“长得真他妈像,”行健说,“那塌鼻梁。”

2015 年 6 月 24 日,凌晨一点,知春里

(原载《长江文艺》2015 年第 9 期)

赤脚医生手册

叶兆言

1

1969年秋天，我开始上初中。正赶上二十周年国庆，我们年级要组成一个方队，参加庆祝游行。当时是很光荣的任务，几乎所有同学都能参加，只有身高不够的例外。我恰恰属于身高不合格，负责训练的解放军让我们做预备队员，所谓预备，到游行的最后关头，如果发生意外，有人缺席，可以作为替补。

一开始，还跟着认真训练，很快打入另册的同学便不再跟着大队人马一起玩了。我们开始逃避，后来干脆不去训练。身高不够的这几位又叫"僵公"，发育迟缓的意思，在那个年龄段，我们真是太矮了，所有女生都比我们高，很多男生更要高出一个头来。因为个子矮小，常常遭人欺负。

我和朱仁杰还有丁余强成为最好的朋友，朱仁杰跟我同班，丁余强是隔壁班，三个人能玩得好，最主要原因是大家都矮，都是发育迟缓的僵公。其他同学不屑于跟我们玩，那年头男生以敢打架为能事，天天有人打架斗狠，我们身材矮小胆子更小，只配看热闹。下课期间，操场上有人打架，我们赶紧往楼上跑，赶到过道上，占据一个有利位置，趴在水泥栏杆上，居高临下看人打架。

到读初二，丁余强开始长个子，猛长，突然比我和朱仁杰高了，很快高出一大截，开始有了点小胡子。尽管在后来，是个子最矮的一位，可是在当时，他顷刻之间变得魁梧起来，不仅个子高了，还结实。那段日子，丁余强练石锁，练过几天拳，胆子也大了，说话口气也开始改变。

当然，说话口气变了，不是因为练过拳，练过石锁，人胆子都天生，怎么可能说大就大。丁余强说起话来底气十足，是觉得背后有李胜利在撑腰。李胜利是我们那一带绝对的大魔头，虽然腿有些瘸，打架从未输过。那几年，李瘸子威名震惊四方，丁余强常在外面吹牛，说我们院的李胜利会帮他打架，谁要是敢欺负他，就喊李瘸子教训谁。事实上，我们都有过狐假虎威的经历，毕竟是一个大院的孩子，父母都同事，从小就认识。我和朱仁杰比较低调，只说认识李胜利，不敢在外面公开说他会帮我们打架。我们都知道，李胜利高高在上，才不会为我们出头露面，他根本看不上我们这些没用的小兔崽子。闲着无聊，大家就一起为敢打架会打架的男孩排座次，争得面红耳赤。总是把李瘸子排在第一，李胜利是我们心目中的英雄，他的拐是天下最厉害的兵器。或许平时结仇太多，李胜利走路喜欢贴着墙，警惕性非常高，好像时刻都在防范别人偷袭。我们都知道，他那腿摔断过，走路一瘸一拐，其实并不严重，随身带拐，相当于拎着一件兵器，他的拐是钢管焊接，据说中间还藏着一把锋利的三角刮刀，刮刀上有很深的血槽，捅起人来没任何阻碍，轻轻一扎就进去了，捅一个死一个。

有一天，记得是暑假，丁余强很紧张地找到我和朱仁杰，不知道从哪得到一个消息，说下关那边过来了几个寻仇的小伙子，扬言要敲断李胜利的另一条好腿。他们说这次一定要给李瘸子一个好看，要让他以后只能爬着走路，要让李胜利永远变成李失败。我们商量着要不要把这个消息告诉李胜利，很快得出一个结论，应该这么做，必须这么做。李胜利是排名第一号的英雄好汉，我们都跟着沾过光，因为有了他，我们脸上都有光彩。现在他遇到危险，大祸临头，我们义不容辞，应该为他做些什么。

李胜利家紧挨着朱仁杰家，就在他家对面，我们假装在朱仁杰家玩，然后趁机将有人要袭击李胜利的消息告诉他。通过朱仁杰家窗户，我们看见李胜利正在园子里玩石锁，他赤裸着上身，已玩出了一身大汗。谁去把这件事告诉他呢，我们决定抽签，各自从扑克牌里抽一张，谁的牌最小，谁就去通风报信。结果是我摸到的那张最小。于是，我就从朱仁杰家的窗户爬出去，走到李胜利面前，将有人准备袭击的消息告诉他。李胜利半信半疑地看着我，不说话。我回过头来，往朱仁杰家看，李胜利也跟着我的目光一起看，这时候，丁余强和朱仁杰也正对着我们望。

李胜利冷冷地说："好吧，老子等着他们！"

我很希望李胜利能问些什么，可是什么也没有说，他继续玩起石锁，一副不愿搭理我的样子。如事前预料的那样，我知道他根本不会为这事感谢我们，可是他接下来一句话也不说，确实让人感到尴尬。过了一会儿，我默默地回到朱仁杰家的窗前，再一次爬了进去。丁余强和朱仁杰迫不及待，连声追问李胜利说什么了，我非常沮丧，充满了一种无功而返的遗憾，说李瘸子什么也没说，他确实什么也没说。

2

三天以后，从外面游泳回来，看到一辆救护车拉着警报，正往大院外走。我们不约而同地想到会不会是李胜利被人打了，如果真是，一定很严重，连救护车都赶来了。结果虚惊一场，跑到朱仁杰家，我们通过窗户往李胜利家看，看不出什么异常。门关着，窗也关着，没任何动静。

"如果真发生什么，也不能怪我们。"丁余强忐忑不安地说，"我们都提醒过了，通过风报过信。"

接下来，伏在朱仁杰家窗台上，我们一边说话，一边继续观察动静。过了半个多小时，李胜利家的门突然打开，刚当上革委会副主任不久的李胜利父亲从里面走出来，站在门口往四处看，果断地挥一下手，一个姑娘从里面走出来。我们立刻看清楚是谁，那是李芳芳，剧团里一位专演配角的年轻演员。李芳芳长得很漂亮，"九一三"事件后，林副主席的儿子选妃子被曝光，大家都在传说她进入过第三轮。第三轮究竟怎么回事，也不是很清楚，反正被选了，没选上。

那个夏天真的很无聊，我们在一起谈来谈去，无非谁最敢打架，谁最不怕死。当然，也会偷偷地谈谈女人。怎么谈呢，就是琢磨什么样的男人，女人才会喜欢。结论很简单，自然是敢打架的男孩女孩子都喜欢，李胜利敢打架，因此招人喜欢，美女爱英雄，即使他是个瘸子，也还会有很多女人主动送上门。

我们对异性一无所知，都还是十二三岁的小公鸡头，时代风气又特别保守，在学校，男生女生跟杀父仇人似的，连话都不说，性知识方面一片空白。丁余强忽然想到一话题，说大家既然是最好的朋友，那就互相坦白说说心里话，各自说出一个自己最喜欢的女生名字，不想用嘴说的，就用笔写下来。我和朱仁杰相互对看一眼，不置可否。丁余强很当真，兴冲冲地让朱仁杰去取纸笔，说大家不许耍赖，都必须写。

纸和笔都有了，朱仁杰眨了下眼睛，说："丁余强你先写，你写了，我们再写。"丁余强很爽快，写了，捏在手心里，不让看。朱仁杰也写了，给我看了一眼，上面写着"刘胡兰"，我立刻依葫芦画瓢，也写了同样的三个字。大家把纸条摊开，丁余强看了我们的纸条，急了，说"你们这是耍赖"，连忙要撕自己手上的那张纸条。我和朱仁杰便上前抢，一个掰手指，一个在胳肢窝那儿挠痒痒，硬是把纸条给生生抢下来，上面写着一个女生的名字：

"张玛莉。"

我们不知道张玛莉是谁，可以肯定，一定是丁余强班上的一位女生。丁余强心中秘密暴露，脸红得像猪肝，眼睛也红了，带着哭腔说"你们太不仗义"，说"你们不是哥们儿"，说"你们也必须要写"。朱仁杰说："我们心中根本没有，没有你让人家怎么写？"这当然不是老实话，那岁数的男孩子，谁心里会没有暗恋的女生？丁余强为了这事，气哭了。他哭得很伤心，先是流眼泪，后来干脆小声抽泣起来，越哭越伤心，越哭越没完。

为了让丁余强心里平衡，为了安慰他，朱仁杰答应我们每人坦白一个与性有关的小秘密。说一定要交代，一定要说一件最有分量最下流的事，要说一件见不得人的。让我先说，我想了一会儿，告诉他们自己家里有一本《赤脚医生手册》，那上面有女人的那个图案，有女人是怎么回事的详细说明。说完了，朱仁杰和丁余强两个人眼睛瞪得很大，丁余强的脸上还带着泪痕，好像都不太相信我说的话，不相信书上竟然会有这些。

接下来，轮到朱仁杰，他犹豫了一会儿，不知道是不是应该说出来。好像实在是没什么可坦白交代，就咬着牙说："好吧，大家既然好朋友，都掏了心窝，我也来说一个，我也把它说出来。"朱仁杰说他母亲住在城市的另一头，每个月过来一次，来了就帮他外婆洗澡。由于朱仁杰家就一间房子，洗澡从来不回避这个孙子，老太太也不在乎，常常一边洗，一边还招呼朱仁杰拿毛巾。

3

我们偷偷向丁余强班上的男生打听，谁是张玛莉，很快有了答案。一个相当漂亮的女生，梳着两条细细的小辫，朱仁杰说难怪丁余强会看上她，说这女孩确实还不错，说她穿的衣服也好看。

我们还一起分享了《赤脚医生手册》，翻到“产科和妇科疾病”那一章，三个人一起看，一边看图，一边不怀好意地傻笑。朱仁杰说这玩意儿怪怪的，看上去总觉得像个什么，像什么，对了，很像一只竖着的眼睛。有时候，傻笑可以是一种很好的掩饰，可以掩饰羞涩和难为情。丁余强故意把脑袋侧过来，研究好半天，戏谑地说这确实像只眼睛，真有些像，可它究竟是闭着，还是睁开呢。从此以后，“竖着的眼睛”成为我们的暗语。学坏会让人感到快乐，大家很得意，都觉得自己耍了点小流氓，已经开始堕落。

分享各自秘密往往是加强友谊的最好黏合剂，那以后不久，李胜利便被抓，被送往大连山劳动教养。我们立刻有些兔死狐悲的落寞，李胜利是大家心目中的英雄，打遍天下无敌手，最后却还是让强大的无产阶级专政给收拾了。一棵可以依靠的大树，我们心理上的一个靠山，说没有就没有了。有一天放学，几个高一届的学生拦在了路口，跟我们借钱买烟抽。所谓借，其实是明目张胆地要，那时候中学生身上都不带钱，他们不相信，上来搜，没搜着，便赏了我们一人两记耳光：

“妈的，你们的那个李瘸子呢，不是有他给你们撑腰吗？”

那以后，丁余强再也没心思练习石锁，他觉得没有李胜利撑腰，反正打不过人家，反正是要被别人欺负的，练了也没用。有一段时间，一放学就提心吊胆，怕遇上那帮人又过来找我们麻烦。过了些日子，我和朱仁杰突然发现丁余强与那些欺负过我们的人玩到一起去了，用他的话来说，是打入了敌人心脏，已与敌人交上朋友。丁余强说只有这样，人家才不会再找我们寻事生非。很快，他与那伙人中一个叫金子的家伙成了哥们儿，动不动把他挂在嘴上，金子这样金子那样，金子说我们马上就要跟苏修打仗了，金子说美帝国主义是纸老虎，苏联帝国主义是化学塑料制造出来的大白熊，他们最后都不可能是我们的对手。

说到底，金子只是那伙人中非常不起眼的一个小喽啰，丁余强与他成为朋友，顿时觉得脸上有光，有了靠山，做人都变得理直气壮。有一次，朱仁杰与李斌发生了冲突，两人撕扯起来。朱仁杰不是李斌对手，很快败下阵，脸上重重地挨了一拳，流了许多鼻血。李斌并不是什么狠角色，打赢了，洋洋得意，扬言还要再教训朱仁杰。丁余强听说这事，便喊金子帮忙，金子果然带了几个人到我们班上来，将李斌威胁和吓唬一番，扇了他几个耳光。

为了感谢金子这一次的见义勇为，丁余强开始死皮赖脸地要跟我借那本《赤脚医生手册》，说人家金子对我们有情，我们不应该对他无义。过去都觉得李胜利会帮我们几个撑腰，可是从没有真正地为我们出过头，金子却是货真价实地帮了朱仁杰。现在，听说有这么一本书，金子非常非常想看，他向丁余强赌咒发誓，说只看一眼，只要看一眼，看过保证一定归还。禁不住丁余强的胡搅蛮缠，我终于答应借给金子一天，说好就一天，绝不拖延。

然而最后还是出了意外，书到了金子手上，这个不知轻重的家伙，大模大样在课堂上看起来，不仅自己看，还让一起坐的同学共享。好在还能遵守诺言，放学时，将书还给了丁余强。我并没看到他还书，丁余强也没说，他当然不会说，如果书还了，没理由再将书带回家。放学后，我和朱仁杰在路口等候，他满脸笑容地走过来，然后一起去朱仁杰家玩扑克。一路上，丁余强又是没完没了地说金子，向我们卖弄他们的关系已发展到了什么地步，说金子新近认识一个叫菜包子的人，打架绝对厉害，说这家伙学过摔跤，脚上有功夫，腰一弯，手一捞，无论抓着谁，都可以将别人摔个朝天跤，说李瘸子要还在的话，根本不是他的对手。

我们在朱仁杰家玩到了天黑，一直玩到朱仁杰的外婆过来叫他准备吃晚饭。朱仁杰外婆一头白发，走起路来颤颤巍巍，她的嗓音很怪，是一种我和丁余强都听不懂的外地口音。那天正好朱仁杰母亲也在。回去的路上，丁余强不怀好意地说："朱仁杰他妈今天来了，肯定又要给他外婆洗澡，这一洗澡嘛，朱仁杰这小子又要大饱眼福。"我说："丁余强你怎么这么下流，怎么可以这么说？”

丁余强说：“这有什么？本来就是。”

丁余强又说：“难道一个光着身子的女人在你身边，你会不看，你就不会偷看一眼？”

《赤脚医生手册》这本书太厚了，尽管我在书架上做过伪装，还是没有瞒过父亲的眼睛。父亲爱书如命，最恨别人跟他借书，吃晚饭时，他注意到书橱里出了问题。我不得不坦白交代，当然所谓坦白，也仍然夹杂一些谎话，我说丁余强当知青的哥哥要用，父亲将信将疑，说他哥哥为什么不能自己去买一本呢。

第二天在学校，第一节语文课下课，丁余强神色慌张地从隔壁班上跑过来，告诉我他书包里那本《赤脚医生手册》不翼而飞。当时觉得这事完全不可能，不应该这样，不可能这样。答案只有两个，一是那个叫金子的家伙耍赖，拿了这本书不还，丁余强拿他没办法，于是扯谎说书没了。当然还有可能，他自己将这书藏起来，为了能借这本书，他动足脑筋，不知说了多少好话，不知编了多少故事。丁余强最喜欢玩小聪明，这本书他很可能想占为己有。

不远处，朱仁杰在和别的同学聊天，看见我们在这头说话，好像也有要过来的意思，但是一直没过来。丁余强显然不想让朱仁杰知道，就害怕他真过来，让我千万别说这事，千万不要让朱仁杰知道他将书弄没了。他向我保证，保证将这本书找到，如果真找不到，会想办法赔一本。由于借书这事本来就瞒着朱仁杰，我确实也不太想告诉朱仁杰。

4

这本《赤脚医生手册》从此没了踪影，一开始，丁余强坚信他的一个哥哥拿了。他有两个哥哥，大哥下乡插队，二哥也在我们学校，比他高两年级。丁余强和二哥合睡一张小床，他有充分理由怀疑二哥所为，因为二哥那个岁数，显然也会对这本书上的图案产生兴趣。丁余强向我保证，过不了几天，二哥便会偷偷地将书还给他。

俗话说借书一痴，还书一痴。从一开始，父亲就觉得会有去无回，因此书后来真没了，也谈不上特别心疼。本来买了也是准备带乡下去看，有一阵子，干部下放的风声很紧，父亲买了很多固体酱油，买了一大瓶消毒用的碘酒，买了针灸针和艾条，买了这本《赤脚医生手册》，做好下乡准备。可是雷声大雨点小，最后没下放，买的那些东西自然也就无所谓了。

我和丁余强为这事闹了别扭，他开始也着急，渐渐地就耍无赖，躲着不见人，干脆不跟我们在一起玩了。本来也不是一个班，要想避开十分容易。那年头，动辄学工学农，一学一个月，一个班一个班轮过来，大家不见面很正常。朱仁杰与丁余强也闹起别扭，丁余强把他偷看外婆洗澡的事说了出去，朱仁杰则在背后讥笑他喜欢张玛莉。后来总算又都和好了，又在一起玩过一阵，反正好好坏坏，随着年龄增长，我们的友谊越来越淡。再后来，朱仁杰搬父母那边去住，索性转了学校，三个小伙伴形影不离的日子一去不返。

高中毕业，丁余强下乡当知青，我和朱仁杰留城当工人。偶尔在大院遇到，无非点个头，匆匆说几句话。恢复高考，我和丁余强考上了大学，丁余强读医学院，后来成了很有名的妇科专家。朱仁杰没上大学，在厂里混得不错，很快是车间主任，以后又成为厂长。上世纪 80 年代，工厂效益非常好，然而让丁余强最羡慕的，还是朱仁杰娶了张玛莉。天下真会有这样的巧事，丁余强的梦中小情人张玛莉，最后竟然会和朱仁杰分配在同一家工厂。记得朱仁杰第一次说起这事，还笑着说要把丁余强当年喜欢张玛莉的秘密告诉她。

这以后很多年，我们的人生轨迹没任何交集。童年的大院早已不复存在，老式平房都拆了，盖起了大楼。进入新世纪，我和丁余强成为一家知识分子联谊会的成员，这个组织经常安排各种会议，经常组织这样那样的活动。会议和活动期间，不是我逃会，就是丁余强缺席，真正坐一起说话的机会也不多。由于医术高超名气太大，向丁余强求诊的病人特别多，不停地有电话找他。有一次我们总算坐到了一起，正开着座谈会，别人在慷慨发言，他接二连三地接手机，口气变得很不耐烦。挂了电话，他向我抱怨，说什么人都喜欢找他，很多小手术根本不需要他亲自动手，也非要他来做。

丁余强向我通报了一连串的名人，说这些女人都找他看过病。他告诉我，正在发言的那位女领导，别看她红光满面，她的子宫就是他亲手切除的，是恶性肿瘤，已经有点晚了，不过目前看来问题还不大。还有那个张玛莉，那个初中时他暗恋过的女生，现在的朱仁杰老婆，也经常跑去找他。张玛莉患有不止一种妇科方面的疾病，现如今，像她那样的女工早就下岗了，挂一个丁余强这样的专家号要很多钱，因为是老熟人，这些钱他都帮她给省了。

说着说着，我们又谈到了朱仁杰，一直都是丁余强在说，因为我对朱仁杰的状况，基本上不知道。这以后，大约过了半年时间，我碰巧见到了朱仁杰。碰头地点有点荒唐，是在殡仪馆，单位里一位老同志走了，我们去送别，没想到会遇到朱仁杰。很多年没见面，都有点认不出对方。朱仁杰是来送他的老丈母娘，我因此也见到了眼睛哭得通红的张玛莉，她已经完全没有了少女时代的影子。

因为害怕交通拥堵，我们都属于提前到达，太提前了一点，正好有一段时间可以用来聊天。朱仁杰为我们做介绍，张玛莉说用不着介绍，说："我知道你，你现在已经是个名人了。"我让她说得不好意思，说："我也听丁余强不止一次说起你。"这话也是脱口而出，刚说完，突然觉得不应该。张玛莉脸上顿时有些不自然，朱仁杰也没有任何回应。幸好哀乐声响了起来，远远地一群人正在集中。人来人往乱哄哄的，我们开始转移话题，开始抱怨人多，抱怨城市交通，抱怨新的殡仪馆离市区太远。

朱仁杰的工厂早已倒闭，身上依稀还有当过厂长的派头，他现在一家私企打工，看上去混得不算好也不算坏，从随身小包里掏出一包软中华，问我抽不抽烟。他太太张玛莉看他要抽烟，立刻表示反对，特别是听说我不抽烟，非常不屑地指责丈夫：

"看看人家作家都不抽烟，为什么你就不能把烟给戒了，为什么？"

"我也觉得奇怪，"朱仁杰将烟点了，笑着说，"你他妈一个当作家的，竟然不抽烟，怎么写作！"

张玛莉离开了，她要到那边去看看，是不是该轮到她家布置灵堂。朱仁杰看看手表，说时间没到，不可能会提前。张玛莉一走，我们很自然地聊到了过去，聊到丁余强。我告诉朱仁杰，开会时偶尔也会遇上他。朱仁杰笑着说人不可貌相，这家伙人模狗样，现如今还真混出了名堂，听说名气很大，年薪很高。我不知道应该怎样描述丁余强，只能很暧昧地附和，说很多事情确实预料不到，谁也不会想到，这小子最后会成为一名妇科专家。

朱仁杰有些尴尬，很显然，我们不约而同地都想到了妇科医生会怎么干活，想到了张玛莉一次次去找丁余强看病。事实上，刚开始听到丁余强考上医学院的时候，我就想到他可能会学这个，为什么呢，因为这小子有点邪乎，因为他私吞了那本《赤脚医生手册》不肯归还。我告诉朱仁杰，说："你可能还不知道，其实是我成全了今天的丁余强，是我成全了他。"朱仁杰不明白我的意思，不明白为什么会这么说。我告诉朱仁杰当年的真相，问他还能不能记得在我家一起研究《赤脚医生手册》，还能不能记得我们曾经一起讨论过的"竖着的眼睛"。

朱仁杰眼睛瞪很大，好像知道怎么回事，又似乎不太明白。我便把当年的事情经过，一一对他说明，说丁余强谎称那本《赤脚医生手册》没了，其实肯定没弄丢，一定是偷偷藏了起来。我告诉朱仁杰，自己当年没将这事说出来，瞒着他，是因为怕他多心，都是一起玩的小朋友，厚此薄彼总不太好。没想到朱仁杰对这事根本不介意，他突然打断了我的叙述，十分肯定地告诉我，说他早其实就知道了，他当时就知道这件事。

我很意外，"丁余强跟你说过？"

"不，他没说，他当然不会说。"

朱仁杰似笑非笑，表情很丰富，从小包里再次掏出软中华，取了根烟出来，点着，深深吸了一口，缓缓吐出烟雾，很沉着也很得意地告诉我，说丁余强并没有将那本《赤脚医生手册》藏起来，真正将书藏起来的是他朱仁杰。事实上，朱仁杰早就发现我和丁余强之间的秘密，当时他确实有些生气，一肚子不高兴，因为在此前，他也曾试探过想借这本书，可是被我一口拒绝。那天在他家玩扑克，趁我们不注意，朱仁杰悄悄地从丁余强书包里将书拿走了。本想第二天还给我们，可是到了第二天，我和丁余强根本没提这事，居然还打算继续隐瞒，他也就一不做二不休，索性将这书据为已有。朱仁杰告诉我，《赤脚医生手册》仍然在他家书橱的一个角落里放着，如果我还想要，他可以完璧归赵，将那本书还给我。

（原载《作家》2015 年第 7 期）

春雨之夜

阿　成

从黄昏开始，雨就一直在下。这晚秋的雨哟，一下起来就是没完没了。隔着窗户，借助路灯的光，可以清楚地看到雨下得还真是不小。街上的行人很少。我住的这个地方比较偏僻，偶尔有车辆刷地驶过，然后又是一街的雨脚。

就在此刻，怪怪的，郑板桥的“春风放胆来梳柳，夜雨瞒人去润花”的诗句竟忽来脑海。我虽然无处润花，但夜雨思人呵，便决定去见见老驼。我穿上外衣，拿上雨伞，下楼。到街上我才发现，这雨比我在窗前看到的还要大。我擎着雨伞，顺着街边，慢慢地走着。春风不小哇，人得需极力地弓着身子朝前走才行。前边那家食杂店24小时营业。平时我经常去这家食杂店买东西。一个人住就是这样，临时想起来要买什么东西，就到他那儿去，也可以给老板打个电话，让伙计把啤酒、红肠、方便面送上楼来。店老板了解我这个单身汉(他也有一段这样的经历)，不错，我们之间已经建立了很好的信誉，一切都不是问题。

我推门进去，老板吃了一惊，说，上帝(他信洋教)，兄弟，打个电话不就结了吗，我让伙计给您送上去呀。

我说，不用，我打算买点儿东西去看一个朋友。

这家食杂店虽然不大，但包罗万象，似乎人类需要的东西他这儿都有。真让人发愁。

老板问，打算弄点儿什么？

我瞅了瞅熟食柜台，斟酌着说，买个酱肘子……

他说，肘子可不太新鲜，你来松仁儿小肚吧，刚送来的。

我说，我这个朋友爱吃肉。五香小肚没有问题是吧？

老板说，再放两天也没事儿。

说着，我眼前出现了老驼吃肉时那副津津有味的样子，看他吃肉的样子让人开心哪。

我说，再来两根红肠吧。

老板问，瘦的还是肥的？

我说，肥的。

老板说，懂了。看来这是个吃碴儿(吃货)。啤酒吗？

我说，不，白酒。

老板说，噢，您的这位朋友还是个喝白酒的主儿呢。高度的？

我说，没错儿。

兀然间，我心生自豪了。

老板问，来一般的还是……

我说，高级的他也喝不习惯。

老板说，明白了，这才是真正的喝酒人呢。

我问，有“两撇胡”(大前门牌香烟)吗？

老板笑着说，给您留着哪。

说着，老板哈腰从柜台下面取出一条“两撇胡”递给我。

我说，再拿两个打火机。

老板笑着说，您可真细心哪。

我说，我这哥们儿经常丢打火机，看他浑身乱翻找打火机的样子，不舒服。

老板笑了起来，说，嗨，现如今的男人呀，就剩这么点儿优点喽。

然后，老板将这些东西一一地放在塑料袋里，又套上了一个塑料袋，说，嗨，这雨呀，恐怕要下上一夜喽。您这是去看什么样的朋友啊？看来今晚您是不打算回来了吧。

我点点头，敬了个举手礼，走了。

像往常一样，他也回了一个举手礼，说，慢走啊，这雨天。

我说，谢谢。

……

我顺着马路继续往前走。其实我可以打一辆出租车。真就是奇怪了，平时要想打一辆出租车非常困难，可现在一辆又一辆地从我身边驶过去。但我始终没下决心坐的士。我不知道自己这是怎么了。是啊，春风春雨，我想一个人走走。

我是求开锁认识老驼的。没错儿，那也是个春风春雨的夜晚，在那个令人感慨的季节里，我将钥匙锁在家里了，只好打电话向派出所求助。不到十分钟，我就听到楼下响起了破摩托车的声音。这个开锁人上楼梯的声音很沉重，似乎是一个巨人。我心想，这个开锁匠是个大块头吧？没想到，出现在我面前的是个穿着一件斗篷式雨衣的瘦小驼子。为什么用这么大的力气上楼呢？不可思议，不可思议。他一边喘着粗气，一边仔细地检验我的身份证件。

我揶揄地说，师傅，这才三楼就累成这样啊？

他气喘吁吁地说，残疾人嘛。

说着，他掏出一个小巧工具插到钥匙眼儿里，只用了两秒钟，门锁就叭地一声开了。

他说，妥啦。

我说，我靠，神速哇，比我用钥匙开还快。来，抽支烟。

他叼上烟卷儿后，开始浑身乱摸找打火机。

我说，我这儿有。并替他把烟点着。

他美美地吸了一口之后，迅速地看了看烟卷儿的牌子，说，哟，我说哪，“两撇胡”。你也抽这种烟？

我说，对呀。

他说，别看这烟便宜，可市面上不好买呀。

我说，还行。有朋友。

他立刻忸怩地说，真哪？如果方便……

我笑了，说，要烟不要钱，对吧？

他说，嗨，别人给我“中华”，我不抽不是装孙子，是抽不惯哪。我就认这“两撇胡”。

我说，没问题。

说着，我请他进屋，给他拿烟。

他环视着我的房间说，哟，知识分子呀？

我说，狗屁。

他感慨地说，别这么说，我就敬重有知识的人。

我取出两条烟，又掏出开锁钱一并给他，说，我以前是卡车司机，后改行的。现在后悔已经来不及了。

他拿着烟有点儿不好意思地说，这不太好吧……

我伸出大拇指称赞他说，你的开锁技术可真神了。

他说，嘻，我要是个贼呀，那就……

我立刻说，所向披靡。

说着，我们两个人大笑起来。

就是从那以后，我们成了无话不谈的朋友了。

我一边在雨中走一边想，平心而论，在这个千万人口的大都市里，一个人能有几个真正的朋友呢？然后，我又粗略地算了算，这一晃，认识老驼差不多也有十年的光景了。只是两个人见面的机会不多，嗨，都不是闲人哪。不过，这丝毫不影响我们之间的友谊。是啊，有些朋友是受时间限制的，就像看一场电影，电影结束了，不但故事结束了，友谊也结束了。我和老驼不是，我们哪怕一两年不见一次面，但见面的时候却依然是无话不说的朋友。更有趣的是，我们都能清楚地记得上次见面时我们的话题是从哪儿结束的，见面之后，还能把这个话题重新接起来聊。

春风入夜，感觉凉到肋骨了。不觉之中，我走出了城市的中心区。影影绰绰，前面就是老驼住的那个贫民区了。是啊，他好像一生下来就住在贫民区，之后再也没有离开过那一片栉比鳞次的平房，重床叠架的平房，被一条条逼仄的胡同弯曲缠绕的平房。是啊，城市里到处都是人生故事啊。

老驼之所以成为“老驼”，是因了他的驼背，他的真实姓名反倒被人们遗忘了。是啊，就是这驼背，让他一辈子也没说上媳妇。一次他自嘲地对我说，兄弟，我这婚哪都零散着结了。我当然知道这“零散着结”是怎样的故事，怎样的情景，怎样的滋味。我也曾偶然遇见过几次被老驼称为“安全的女人”，我困惑地侧过身去，让某个凌乱的女人从身边一闪而过。是啊是啊，老驼终究是个奔五十岁的男人哪。

老驼不但是一个技巧之人，也是一个极聪明、极健谈的人。如果说有什么缺欠的话，那就是他的驼背了。而且背驼得很厉害。在他三十多岁的时候，即一个男人的“钢铁”时代，就已经向您鞠躬样地驼了。他的脸色是石灰膏色的，一点点血色也没有，但他的眼珠子却像黑玻璃一样明亮，且充满了幽火般的活力。吃惊当中，你不得不对他刮目相看。

老驼自打驼着走进这个光怪陆离的社会，就开始了靠开锁技术为那些“遗忘”的人们服务、谋生了。在偌大的城市里总有一些纠结忘魂的人，不是把钥匙落在家里，就是将孩子锁在了屋子里。这时候，老驼便像一个巫师似的出现了。或者正是因了老驼一生都专注于微孔奥秘，才“积累”成这种脸色的吧。在我看来，能把锁研究明白通透的人即便不是神，也是巫啊。老驼经营的开锁服务，是在当地派出所、公安局登了记，备了案的。在那些穿警服的人看来，这个灰脸的驼子无疑是一个可以信赖的人。

我尽量在人行道的中央走。记得老驼曾对我说过：我从不靠墙根走，以免踩着哪个鬼魂的脚。他煞有介事地对我说，鬼魂都是靠墙根走的，那是他们的通道。我知道这很荒诞，但此后还是遵循不辍。

春雨之下，我走的速度并不快，我知道今天晚上我可能不回来了，还是慢慢地走吧。慢慢走，不仅可以充分地享受夜春雨和夜春风的滋润、美妙，还可以让皱巴巴的心情被这慢板的、清脆的韵律渐渐地熨平。自从老婆提前谢世之后，我一个人的生活就是这样子，似乎所有匆忙，所有的忙碌，所有的冲动，所有的愤懑与争斗都停滞下来，并变得如此的一文不值。家也不再是家了，只是一个栖身的窝。但不管怎么说，我还是能够找到女人的。就是老驼说的那种“安全女人”。尽管这种事来去匆匆，亦真亦幻，是认真不得的。听我这样说，老驼指着我说，你这人有点儿怪。

上一次见面，我们的话题就是从女人结束的。我告诉他，我只喜欢普通的女人，那些不普通的女人，我从来是敬而远之。老驼说，可我也没看到哪一个不普通的女人来找你。我忍不住大笑地说，说得好。他说，那些不普通的女人也不想找普通的男人，是吧？我说，你说得对极了——我记得我们的话题是从这儿结束的。然后我就拱手告辞了。老驼身边的女人自然是一些普通的女人，只是他的“普通”和我的“普通”并不一样，他的普通多是一些俗不可耐的女人，但对老驼来说这就足够了。这样的女人在他那儿住上一两个晚上，或者十几天，然后就消失了，一点音信也没有。想起来，再到他这里来，两个人好像什么都没有发生一样。这些女人和老驼既没有初恋，也没有失恋。老驼过的就是这样的日子。一次我去他那儿，见屋子里一地的烟头，老驼佝偻着身子坐在那儿不停地吸烟，一脸的沮丧。那个身材剽悍的女人见有人来，立刻抓起外衣离开了。我问，怎么了老驼？受挫啦？老驼扔掉了烟头，并用脚使劲地将它碾灭说，妈的，有成功就有失败的时候嘛，有问题吗？我说，没问题，很正常。宝马也有熄火的时候。

谢天谢地，总算“磨蹭”到了。这个贫民区仍旧是70年代的景象。是啊，尽管你是从那个年代走出来的，但现在你已然是个外来人了，你所熟悉的是外来人的熟悉，外来人的亲切，外来人的久违，感慨，也是外来人的感慨了。当你走进这里，兀然间空间就被置换掉了，让环境、味道都发生了微妙的变化……雨落在石板路上，落在房顶上，落在凹处的积水中，叮叮咚咚，俨然一组来自天宫的音乐，在给我这个夜行人做清脆的弹奏。身边所有的房檐儿都在垂着忽明忽暗的雨帘。撑着伞走在其中真是感受非凡。我想，正是这样的曼妙世界才让老驼眷恋且不舍离去的吧。

到了老驼的家，门锁着。是啊，他可能又去给哪个遗忘者开锁去了。这样的雨天是一个容易让人遗忘钥匙的日子。我将食品袋挂在门把手上，站在门口那儿点了一支烟，等了一会儿之后，不知道为什么心里兀然发虚了，难道是担心邻居误以为我是一个贼吗？当然，担心是不必要的，你毕竟不是一个贼。可为什么会有这样一种古怪的心理呢？我记得一个在公安做事的朋友曾讲过这样一个故事，当单位丢了东西以后，保卫科的人来了，那些被询问的人当中准会有一两个人脸红。他们并不是贼，但心理脆弱。是啊，我就是这样一个心理脆弱的人。妈的，这是从什么时候开始的？是参加工作以后吗？

我决定到街上去。

在街上,我去了那个公共候车亭,那里可以避雨。候车亭空空荡荡,没有人在雨夜里候车。有时候,一辆路过的车看见我站在那儿,反而加大油门贴了过来,猛地将地上的积水刷地溅到我的身上。在寂静的雨夜里,这样的恶作剧短暂而有趣。是啊,人人都需要一点快乐。年轻的时候我开公交车,当车进入站台后,我会空轰几脚油门,让废气溅到某个候车姑娘的裙子上。这溅上的油点子是洗不掉的。想到这儿,我不觉嗤嗤地笑了起来。

看了看手表,一个小时过去了。雨还在下着。我自言自语地说,真是浑球。虽说我有耐心等待,但是,是什么样的锁开起来这样的费工夫?要知道老驼可是个开锁专家呀,他几乎把世界上所有的锁都研究透了。照说,他应当去造锁而不是开锁。当然,这就像汽车修理工一样,他们从来就没想过自己去造一辆汽车。老驼也是,他只想着怎样才能把失了钥匙的锁"叭"一下打开。他说,兄弟,那"叭"的声音真是美妙极了。但他却从没想过去制造一把外人永远也打不开的锁。大抵是上帝在分工时就关闭了技巧人这样的欲望吧,让这些人一生一世都踏踏实实地工作在自己的岗位上。这就是命啊。

春风带雨,刮到脸上凉丝丝的。我突然想到,万一老驼从后院的门进来,而我却在这儿傻等着呢。想到这儿,又立刻转身往院子里走。

当我回去的时候,门上仍然落着锁,那个食品袋还挂在门把手上。我想,总之他会回来的。除了开锁,他没地方去。百无聊赖之中,我开始研究门上的那个大锁头。非常奇怪,老驼从来不用暗锁锁门,而是用这样一把老式的大锁头。不知道这是一种风度还是一种老派的坚守。总之,他是一个有个性的伙计。这时候,我听到了脚步声。我以为是老驼回来了,但见到的却是另外一个人。这个人一手打着伞,一手用手电光在我脸上晃着。他的手电光太刺眼了,恐怕是新换的电池吧。

他问我,你找谁呀?

我稳了稳神说,老驼。

怎么,钥匙丢啦,开不开家门了?

我说,不。我是老驼的朋友。

噢，朋友，太好了。

听说我是老驼的朋友，他似乎很高兴。

我问，请问，您是……

他说，我是房东。

我一愣，略感吃惊地问，房东，谁的房东？

他说，老驼的房东啊。

我说，这么说，老驼的房子是租您的？

他说，没错儿，他没告诉你呀？

我嘟囔地说，我还一直以为是他自己的房子呢。

他说，开什么玩笑，多年来他一直租我的房子。

我说，噢。

他问，你们多长时间没见了？

我想了想，说，恐怕小两年了吧。

他说，看来你是啥也不知道哇。

我说，怎么啦？老驼出事了？

他说，不是出事，是死了。

我不觉大吃一惊，什么？死了？

他说，你真不知道哇？

我说，我真不知道。什么病啊？

他说，糖尿病嘛。这些年，他一直靠胰岛素活着，可是，打那种玩艺儿得有钱撑着才行。你知道，开锁这个行业……按说，这也不应当算是什么行业，生意寡淡。可他又不会干什么别的。

我说，我怎么没发现他有病呀。

他说，嗨，别看他是个驼子，也有自尊哪。

我频频地点头说，是啊是啊……

他说，对了，先生，老驼生前跟我说过，他死后会有人来替他付他欠我的房租……

我说，什么？他是这样说的吗？

他说，对呀。我今天就是过来看看，万一有人来，或者给他留了条，我好打电话联系一下。没想到，这么巧，碰见了。

我问，他欠你多少钱？

他说，我这儿有他的欠单。

说着，他掏出欠单递给了我。我看欠单的时候，他一边用手电替我照着亮，一边半开玩笑地说，你可别说你刷卡……

我说，不，我带着现金哪。

然后，我一边付钱一边说，你就相信他的朋友会替他付账？

他说，绝对相信。老驼是一个诚实的人。我信任他，多少年来我就信任他。我知道就是这人死了也会遵守诺言。这不，您就来了。

我说，谢谢。

他看了看门把手上的食品袋问，怎么，你还想和他喝一盅？

我说，我是这么想的。看来，我只能把这些东西当作祭品了。

说完，我也为自己这突如其来的想法愣了一下。然后，我将食品袋里的熟食和酒烟取出来，摆放在门前。噢，差点儿忘了，还有打火机。摆放好之后，我默默地站了一会儿，天地良心，脑子里一片空白。

须臾，我说，好了，我走了。

房东恋恋不舍地看着那些东西说，你是老驼的朋友是吧？

我说，没错儿，老驼的朋友。

（原载《作家》2015 年第 4 期）

牙　齿

普　玄

一

钢铁厂老板朱南挂到南边的城市去看情人，情人除了陪他做爱，还陪他干了几件事。给他换了一副眼镜，买了一双皮鞋，还陪他到洁牙店洗了牙齿。朱南挂回家后，被老婆发现了。两个人打了一架。他的眼镜被打坏了，镜架上的一颗金属珠嵌入了他的眉心，血溅在床头的白墙上。他的皮鞋被老婆拎到楼下垃圾箱边，烧成了一堆焦壳，皮革的味道一直沿着楼梯往上飘，久久不散。剩下牙齿。牙齿洗了，长在嘴里，怎么办呢？

第二天，朱南挂的情人知道了。朱南挂的情人知道她买的眼镜被打坏，皮鞋被烧焦，大怒。时间是傍晚，她站在窗户边对着夕阳大骂。她和朱南挂通电话。她先骂朱南挂老婆，骂她狠毒无情，骂着骂着转到朱南挂，骂朱南挂无用。她把夕阳由亮黄色骂成了焦黄色，还不解气。

眼镜打坏了，皮鞋烧焦了，怎么办？

不行！你要她赔！情人说。

怎么赔？赔了也和原来不一样了呀，朱南挂说。

情人想了半天，忽然说，好，那你把牙齿撬下来，还给我！

朱南挂说，你说什么？

朱南挂随即明白了，他笑了一下。他心里说，女人们怎么这样啊，都喜欢斗气。撬牙齿，怎么可能呢？

朱南挂的情人说完之后，自己也愣了一下。她忽然觉得自己这个想法真是太好了。太解气了！

把你的牙齿撬下来，还给我，朱南挂的情人说。

你真是，你真是……朱南挂半天说不出话，你真是太会开玩笑了。

朱南挂刚刚下班，他也站在窗户边上，边通电话边看夕阳。他有点后悔和她说这件事。上午和中午，他情人来了两次电话，他都没接。一次是他在重新换眼镜，一次他在开会。他那两次都不想说和老婆吵架打架的事，下班后对着窗户看夕阳，怎么一下就说了呢？

谁和你开玩笑？情人说，如果你舍不得撬，我就赶过来撬！眼镜，皮鞋都归她了，牙齿归我！

别说气话，下班了，你回家吧，我也要回家了！朱南挂说。

你这个没出息的东西，你这个没出息的东西！他情人更加愤怒，说，她把你眼镜打坏了，皮鞋烧焦了，你还回家吗？

朱南挂心里想，不回家，去哪里呢？

你这么没出息，我要过来撬你牙齿！情人说，不撬颗牙齿你不长出息。

朱南挂的情人动真买了机票，并且把机票的班次信息转发到朱南挂的手机上。××航班，××点起飞，××到达。

朱南挂一看信息，吓住了。明天傍晚她就要过来了。

二

朱南挂回到家里，老婆已经先回来。她深陷在客厅宽大的沙发里，面带愁容，显然还没有从昨晚的打架中回复过来。

我有件事忘了，他老婆说。

什么事？朱南挂说。

朱南挂说话的时候尽量包着嘴，不让牙齿露出来，尽量不正面对着他老婆。但是他躲躲闪闪的样子反而引起他老婆的注意。

我怎么觉得你不对劲？他老婆说。

怎么不对劲？朱南挂拐到厨房去放水，其实他并没有什么东西可洗。

我有件事忘了,他老婆从沙发边的茶几,抠一块什么药片吃,说,看来我老了,事情总是想不起来了。

朱南挂洗完手到他卧室里,很快躺在床上。他同意他老婆的感受。他也老了。他比他老婆大十岁,他快六十岁了。昨晚打了一架后,今天他们都特别累。他们打不动架了。

朱南挂躺在床上,想他情人的信息。他越想越害怕,一会儿上一遍厕所。他再一次从厕所出来的时候,沙发上飘过来他老婆的声音:你怎么了?

我没怎么啊,朱南挂说。

不对,他老婆说,这么多年,我了解你,你一有事就尿频。

朱南挂立在客厅里。头顶上是暗黄色的荷花瓣吊灯,灯下一个半秃顶的老男人,拖鞋三角裤单背心。没有一丝风。天已经有点冷了。他心里有一股暖流滑过。毕竟十多年夫妻。

你怎么还不睡?他问。

我有件事忘了,他老婆说,我怎么都想不起来了。

朱南挂往前走一步。他的感动和暖流尚未消失。我帮你分析分析,他说,什么事忘了?譬如上班的汽车?下班后的游泳衣或者羽毛球拍?美容卡?周末到郊区游玩的帐篷?再有,孩子的考试成绩……他列举了十多种,他老婆都摇头。

朱南挂嘴张了一下,马上闭住。他从客厅的荷花瓣灯下往卧室拖着鞋小跑。他假装很冷。其实他没有那么冷。他想起来他老婆忘记的那件事了。

他刚缩进被子,他老婆就冲进来了。

我想起来了,我想起来了,他老婆兴奋地说。

你想起什么了?朱南挂希望他老婆和他想到的不是一件事。

刚才在灯下面,你牙齿白光一闪,我就想起来了,他老婆说。

朱南挂朝被子深处缩。

你还记得吗?他老婆把他朝被子外面拉,说,你当年向我求婚时说的话。你说,如果你背叛我,你就把牙齿撬了给我!

朱南挂在被窝里边发抖边责骂自己:我为什么要站在灯下?我为什

么要张嘴说话?

你张开嘴我看看,老婆说。

朱南挂紧紧闭住嘴。

我看看你牙齿,老婆说。

我改正,我改正,朱南挂说。

床头灯光昏黄柔和,床很宽大。墙上挂着一个大镜框,里面是结婚照。照片上的男人四十多岁,照片上的女人三十多岁,他们相拥着,面对蓝色的大海,面对的未来。噢,现在他们一个快六十岁,一个快五十岁了。

我看看你牙齿,老婆说,你别紧张,我们毕竟夫妻十几年了,我们还有孩子。

朱南挂张开嘴。

你牙齿又白又干净,他老婆说,却有一股鸡屎味。

当年你撬给我的是哪一颗?老婆继续在他头顶上说话,丝丝丝的冷气在他半秃顶的头皮上跑,他的头顶成了冬天里的飞机跑道。现在,我要动手的话,要哪一颗?

三

现在我们知道,钢铁厂老板朱南挂有两个女人,一个情人一个老婆。有两个女人当然比只有一个女人好,相信大家都懂。一加一并不等于二,而是大于二。这两个女人,老婆高而壮,情人矮而巧,朱南挂享受到的不单是身材,而是更丰富的人生感受。这是朱南挂乐于辛苦奔波在两个城市之间的原因。

但是好景不长。朱南挂的情人不愿只当情人,她想占领他老婆的位置,她要朱南挂离婚。那怎么行。朱南挂想享受两个女人,但他不想离婚。他的情人就不干,五次三番找他闹。闹到后来,他老婆知道了。老婆知道后,也五次三番和他闹。

现在我们知道,两个女人都想要他的牙齿。放在原来,朱南挂是没问题的,但是他现在快六十了,他的牙齿经常发酸发疼。他知道,不能再撬了。

现在我们知道，经过这些年的发展，朱南挂的企业不断地在壮大，他已经不是一个小微企业了。他经历了很多次发展的关口，也经历了很多危机。他都一一过关了。

现在我们知道，钢铁厂老板朱南挂的企业既有民营股，又有央企国有股。需要民营企业灵活性和政策的时候他就是民营，需要国有企业招牌保护的时候他就是国有企业。现在我们知道，他在经营煤炭企业即将崩溃遭遇危机的时候变成了钢铁厂的老板，他在经营民营钢铁厂即将被重组遭遇另一次危机的时候搭上了另一艘巨大的船——中央钢铁企业“巨无霸”。

现在我们知道，这个叫朱南挂的人，他似乎赶上了每一步好运。在这个城市里，他眼看着和他一同做煤炭的企业一批批破产，眼看着和他一起搞民营钢铁的企业老板被重组后失去权力，血本无归。而他却始终坚挺。他是这个城市，这个领域的商界奇才。

现在我们知道，钢铁厂老板朱南挂快六十岁了，他的老婆比他小十岁，他的情人比他小二十岁。朱南挂遇到他老婆时，他老婆当时已经是市政府的一个处长，而他当时的企业面临灭顶之灾；他遇到情人时，他已经是个年过五十的男人，他情人已经是一家大型中央钢铁企业办公室接待处的科长，他当时的企业又面临灭顶之灾。两个女人，老婆壮而美，情人巧而美。朱南挂，他原名叫朱南瓜，因为他脖子短，小名叫缩脖南瓜。长得像缩脖南瓜的男人在两个灭顶之灾的关口，在不同的时期，不仅挽救了企业，而且还分别得到了两个漂亮女人，一个成了他老婆，一个现在是他情人。

他凭什么呢？

如果说凭牙齿，有人相信吗？

四

十几年前，朱南挂还只是煤老板，他给他现在拥有的这家钢铁厂供煤。这家钢铁厂当时还是地方政府所属的小型国有企业，因经营不善，要破产卖掉。但是这个小钢铁厂欠朱南挂很多煤款啊，如果破产卖掉，资不抵债，还不了他的款项，他多年经营的资产全部押在这些煤款里，他就会血本无归。

怎么办?

当时市政府负责钢铁厂破产拍卖的处长是一个离婚女人，这个离婚女人以后成了他的老婆。负责拍卖的处长对众多债权人的纠缠很不耐烦，对他们送的金钱和购物卡之类的东西一概拒收。收了谁的东西，接下来的破产拍卖就要照顾谁，这谁不知道呢?

但是朱南挂送给她的礼物很特殊，那就是一颗牙齿。

朱南挂没有像其他的债权人那样送钱送购物卡，他打听到女处长最近刚离婚，离婚的原因很简单，她前夫有了外遇。处长现在最痛恨的就是有外遇的人。他托中间人把女处长请去吃饭。他要实施一个致命的计划。为这个计划，他几个夜晚不能入眠，推翻了一个又一个方案。现在，是实施方案的时候了。

吃完饭之后，中间人走了，剩下一点时间给朱南挂表白。

朱南挂表白的方式单刀直入，简单明了。

朱南挂首先把离婚证给女处长看，然后开始表白。他紧张得牙齿打战。他满头大汗。他语句不顺。他颠三倒四。因为脖子短，他不停地拉扯不习惯打的领带。但是女处长听明白了。

我最痛恨什么?朱南挂最后说，我最痛恨不忠诚。如果我不忠诚……

你怎么办?女处长笑着说。

女处长开始只是觉得好玩，只觉得眼前这个短脖子男人与别人不同。在所有的钢铁厂债权人中，在那些煤商、矿商和各种材料商中，他和别人不同。有什么不同?她还没总结。她没有把自己和这个男人联系起来。她只是好奇地想看看，这个快要垮台的老板，能玩出什么花样呢?

朱南挂在饭桌附近的窗户边找到一根铁丝，铁丝当然是事先准备的。他把铁丝套在自己一颗牙齿上，猛然用力往外拉。一颗牙齿掉在桌子上。

女处长一声尖叫。

朱南挂口吐血沫说，如果我背叛你，我就把牙齿撬了给你！

女处长被深深地震撼了，被征服了。她完全相信了朱南挂的真诚。她把这份特殊的礼物收下了。

她最后用债转股的方式把钢铁厂欠朱南挂的债务转化了钢铁厂的股份，朱南挂从此由煤老板变成了钢铁厂老板。

五

朱南挂老婆弓着身子，单腿跪在床上，牙医一样掰开朱南挂嘴巴。朱南挂嘴对着床头灯，头靠在床头上。

你要干什么？朱南挂气丝丝地说。

你不要紧张，老婆说。

那你干什么？朱南挂问。

我只是想看看，你当年撬给我的，是哪一颗牙齿。

朱南挂的两排牙齿露在灯光下面。他老婆牙医一样端着他下巴。

牙齿洗这么白，怎么有一股鸡屎味？老婆说。

朱南挂牙缝里丝丝吸冷气。

老婆扳住其中的一颗，朱南挂哎呦了一下，喊疼。

老婆说，当年是这一颗吗？

朱南挂吸着气说，不是。

老婆说，那你怎么喊疼？

朱南挂仰着头，努力想一下这一颗为什么也疼。其实他不用想。他当然不止一颗牙齿疼。

他老婆已经找到了。在刚才那一颗牙齿旁边。当年撬掉的牙齿已经扔掉，在这个地方，又安上了一颗瓷牙。当年补的瓷很成功，但是这么多年，已经松动了。

朱南挂又气丝丝地喊疼。

安好的牙为什么疼？老婆像研究一件古董一样，仔细地看这颗牙。

我年纪大了，朱南挂说，最近老是牙疼。

老婆说，当年你撬给我的这颗牙齿，是真牙还是假牙？

朱南挂说，怎么会是假牙？当年血流了那么多，满口血沫子，你不都看到了吗？

老婆说，那就好。我就怕你当年这颗牙是假牙，撬一颗假牙骗我。

朱南挂正要说话，嘴巴里一咸。是他老婆泪水滚落下来，滴在他嘴里。

老婆手从他下巴松掉，软在床头，肩膀抽动着哭。边哭边说，这颗牙当年是真的，至少证明当年你没骗我。

朱南挂想张口解释什么，最终没说出来。

房间里安安静静地响着朱南挂老婆钟表一样滴滴嗒嗒的哭声。

老婆哭了一气，坐在床头上发呆。朱南挂起床倒水，拿零食，上厕所，几个来回。

朱南挂看夜晚了，说，睡吧。

我有一件事忘了，老婆说。

怎么又有一件什么事忘了？朱南挂苦笑一下。

我想不起来了，女人说，我最近总是忘事，我怎么老得这么快？

朱南挂又开始帮女人提示，回忆，从工作提示到家庭，再到兴趣爱好，女人都摇头。

朱南挂又上一回厕所，返回的时候，他老婆说，你最近遇上什么事了？你一有事就尿频，你骗不了我。

朱南挂叹口气，说，这么多年，还真瞒不了你，最近公司又遇到坎了，恐怕过不去。

老婆说，怎么了？

朱南挂开始给她说。原来，他的钢铁厂前些年再一次遇到危机，和一家中央企业合资了，那家央企是一家全国有名的钢铁总公司，朱南挂称它为“巨无霸”。“巨无霸”近年形势不好，经营不善，亏损严重。但“巨无霸”却想给上级国资委和股民一个好看的报表，他们就让下面的二级单位和子公司承担亏损，把亏损转移到他们头上。

朱南挂的企业就是替“巨无霸”承担亏损的分公司子公司之一。他的企业由赚钱一下子变成了亏损。让他承担的份额如果兑现，他几乎就要破产了。

他老婆听明白了。

我想起来了，朱南挂老婆说，我想起来我刚才忘的事了。

什么事？朱南挂说。

他老婆说，这么多年来，我们为什么逐渐疏远了？我们为什么由关系好变成不好了？你为什么会在外面搞情人？

朱南挂不吭声。

主要就是你刚才说的事。麻烦。过坎。危机。你们这些民营老板，怎么永远有“麻烦”？怎么总是在“过坎”？为什么几年一个危机？我嫁给你这么个民营老板，我就嫁给了“麻烦”和“坎”。嫁给了危机。我帮你债转股拥有了钢铁厂，你要控制成本，节约水电费，我帮你去求供电局，自来水公司；你要减免税，我帮你去求税务局；你好不容易赶上国家政策好一点，到处在修路，扩建，挣了一点钱，你又要扩建企业，要征地，要贷款，我又帮你求土地局，规划局，求银行。你天天在发展，赚一块钱你却投资两块钱，我总看不到钱。过几年又遇上一个全国钢铁形势不好，全省整合成一个厂，有危机了，你去和央企“巨无霸”合资，原以为靠上“巨无霸”会过上了好日子了吧，刚过几年，又来了危机。我实在不想麻烦，我想下班去打网球，游泳。我希望过平静的生活。可是我刚一撒手不管你，不纠缠你的麻烦，你就和别的女人搞上了，我不想麻烦，却惹上了更大的麻烦。难道这是命吗？

六

朱南挂的情人上飞机之前，给朱南挂打电话，通知他去机场接她。

我要上飞机了，我要去撬你的牙齿了，你做好准备。你去机场接我。情人说。

我马上要到外地出差去了，朱南挂说。

你试试看，情人说。

我可以关机，你来之后找不到我，朱南挂说。

你试试看，情人说。

是的，朱南挂有很多让他的情人来了见不到他、找不到他的办法，譬如出差，譬如关机，让情人来后陷入这个茫茫城市之中，但是飞机降落的时候，朱南挂却准点赶到机场去接他情人。

朱南挂的情人飞机一落地，一打开手机，上面显示了一连串她女儿学校老师的电话和信息。她女儿病了，上吐下泻，止不住。

他的情人在机场的到达大厅哭起来。她离婚了很多年，这个女儿是她的命根子。

你这个王八蛋，都是你害的，她面对来接机的朱南挂说。

我做错了什么？朱南挂说，什么事是我害的？

情人就在机场买了一张返程的票，两个小时后，她又要重新起飞。她哭泣着，一会儿给老师打电话，一会儿给女儿打电话，一会儿望望天空。她恨不到自己变成一只鸟，或者像国家领导人之类的，有个专机，现在就起飞。

牙齿不撬了吗？

朱南挂到机场来的路上都还在想，采取什么办法哄他情人。女人是要哄的。她说撬你牙齿，未必真撬。没想到，她女儿一生病，她改变主意了。

我下次再来撬你牙齿，情人说。

朱南挂看看周围，人流晃动。现在他们由到达厅转到候机厅，还没有过安检。买票的，咨询问事的，换登机牌的，四周都是行色匆匆的人。

还要再来一次吗？还要专门再来撬牙齿？

朱南挂在献给他老婆一颗牙齿若干年后，企业有新危机的时候，遇上了情人，又献了一颗牙齿。

他接手钢铁厂有了一些年，全国四处修高速公路，四处建铁路的风潮已经过去，朱南挂刚刚扩建的钢铁厂又遇上一次危机。

这一次是地方政府逼他们。因为全省所有的钢铁企业要整合成一家，要把他们这家民营企业合并到省属国有企业里面去。为什么？因为全国性的大修高速公路及铁路那几年，各省各市上马了很多大小钢铁厂，现在公路铁路差不多修完了，因为全国的钢铁产能就过剩了。过剩多少啊，也就是说所有的钢铁厂都停止生产了，国家还可以用十年。

国有企业的老总们纷纷向市长、省长、总理打报告，说一些民营小钢铁厂扰乱了全国的市场，建议要消灭掉那些小民营钢铁企业，怎么消灭？就是把他们打包卖给大企业，全省只要一个钢铁厂。

朱南挂的钢铁厂就是他们眼中的小厂。

但是朱南挂不服气，因为他的企业虽小，但是他在盈利啊，在为国家和地方上交税收啊，而那些国有钢铁企业，有政府的支持和投资，他们大多却是亏损的，亏损企业怎么能兼并盈利企业呢？

朱南挂不服从，地方政府就要管他，分管工业的领导找他，分管税务的领导找他，还有谁？分管安全的，分管环保的，分管劳动用工的……如果一直顶下去，不配合，结果会如何？马上就会有联合调查组过来查他。

朱南挂四处求人哀告，找经信局，发改委，找分管市长、市长、分管副省长、省长都没有用。这时候他那当处长的老婆帮不上他了，求谁都不行，因为这是市长省长的决定。跑得没有路的时候，他想到了中部一家著名的钢铁央企“巨无霸”。那时候他还不认识他情人。他只想试一试，去想想办法。

七

朱南挂的办法，就是找一家比省里更大，级别更高的中央企业，上一条更大的船，以此来保护自己。他选中的目标，就是他现在的上级单位。这家单位的名字长得朱南挂几年都记不住，里面有什么“集团”，有什么“股份”，还有括号备注等。朱南挂给它取了个简单的名字，叫钢铁“巨无霸”。

当时朱南挂在这个企业一个人也不认识，他开车横跨了一个省，横跨过长江，进入这个城市，迎接他的是朋友介绍的一个朋友，朋友的朋友带他认识了一位钢铁“巨无霸”的员工。员工接住朱南挂后，先带他参观。

朱南挂在钢铁“巨无霸”，受到了极大的震撼。从厂区大门进入，绵延不断几十里的天空上，都架设着管道，似乎天空有多远，管道就有多长。在厂区内部，有专门的火车轨道，他小时候才能见到的扳道工，出现在火车与公路交叉的位置，指挥铁路栅栏升降。无数个高大的烟囱，朝天空的深处猛插，把天空顶得在更高处惊恐尖叫。

朱南挂见到了厂区里面很多地方有毛泽东主席大型塑像，他询问这是为什么。

员工自豪地告诉他，我们企业开工的时候，毛主席来给我们奠基铲的第一锹土啊。

朱南挂见到了门口下班时几十辆通勤车阵和上万辆自行车阵，每个人都是一模一样的帽子和衣服。这些都是企业的员工？

可不都是员工？

朱南挂见到厂区几十里的一模一样的红房子，这些都是企业的家属区？

对，都是家属区！

员工带朱南挂参观完企业，再往上找领导，他就没有办法了。在这么个“巨无霸”企业，分厂里，车间里都有可能不认识，往上面的什么“集团”，什么“股份”，他全都不认识了。但是这名朋友介绍的员工尽心尽力，他把朱南挂带到集团公司的接待处，找到分管的女科长。他还帮朱南挂打听到一个重要的信息，这名女科长的表哥，就是集团公司分管的副总经理。

这对朱南挂已经够了！

这名女科长，就是朱南挂现在的情人。朱南挂先搞定情人，又通过他情人搞定她表哥。最后他的企业和巨无霸联姻，变成了巨无霸的分公司。

这怎么可能啊！

凭什么啊！

如果说又是凭一颗牙齿，有人相信吗？

八

朱南挂的情人在机场候机大厅等待返程，即将启程，登机牌都换了，排队进安检的时候，朱南挂的情人突然不想走了。

她想待一晚，明早出发。

那怎么行？孩子病了，等你啊。朱南挂说。

你放心，我今天不撬你牙齿，我陪你做爱。情人说。

换在平日，朱南挂当然会高兴，求之不得。朱南挂今晚是要回家的，他老婆气还没消，他还要哄住他老婆，情人留下来，怎么办？

朱南挂只好说工作忙，找各种理由，东拉西扯。情人心里明白，偏不走，就是要让他为难。

安检时间眼看过了。安检通道马上到了。

朱南挂一开始陪着情人排队，在人群队伍中小声劝说，后来他离了队，声音逐渐提高。他列举了所有该列举的理由，理由充分，态度恳切。但是他越劝，他情人越不想走。眼看轮到他情人安检了。她干脆蹲下来。

后面的旅客在催她！

朱南挂突然撒腿往外面跑。他的汽车停在外面，他想赶紧跑开，跑出去，跑上车，然后快速走开，远远离开这个女人！

天底下有这么难缠，这么不理智的女人吗？

这个女人，怎么这么不懂事！这么倔强！这么可恶！朱南挂像一头胖猪一样在候机大厅跑，机场候机大厅好宽大啊，从安检到大门，中间有换票处、咨询处、售票处、服务处，还有宽阔光亮地面像镜子一样的大厅。他太胖了。他跑起来打滑。几次差点摔倒。他气喘吁吁。他穿过一个又一个拉着皮箱的旅客。他跑出候机厅，打开车门，刚要发动汽车，他情人已经坐上车了。

朱南挂愤怒了！那一刻朱南挂恶向胆边生。下去下去！滚下去！他吼。

你让我滚？情人说。

你滚你滚！

朱南挂没想到他情人去跳楼。飞机场的候机厅在二楼，一楼是到达厅。每一层都有环形的停车带。情人拉开门，穿过停车带朝廊檐跑。感觉不对，朱南挂拉开车门在后面追。他在廊檐那里，拉住了情人。朱南挂有恐高症，他从二楼檐廊往一楼望，眼前一黑。

一名机场警察过来。

他们被带到机场治安室，两个人都老实清醒了，他们共同说在廊檐边不小心往下掉，警察才放了他们。

两个人从警务室出来，情人又接到女儿的电话。她又开始哭。女儿病情在加重，体温在升高。她边哭边到售票处重新买票。好在马上又有一次航班。这回她是真的要走了。

整个买票，排队换登机牌过程，两个人都不说话。换完登机牌，情人让他离开。

你走吧，情人说，放心，这回我真要走了。

朱南挂反而不知道说什么了。

情人说，朱南挂，你以为我留下来，只是想和你做爱吗？你知道我为什么不想走吗？

朱南挂说，不知道。

情人说，主要是我女儿。我刚下飞机和女儿通电话，女儿听说我来看你，她让我问候你。女儿让我感觉到，你不是一个商人，你是一个好人。

朱南挂有一点感动。他眼眶热了一下。

朱南挂，我告诉你，他情人说，我爱上你，主要是因为我女儿，因为你对我女儿好。我离婚这么多年，女儿是我的全部，你知道吗？

朱南挂鸡啄米般点头，说，知道知道。

朱南挂，情人继续说，我想问一下，你当年撬给我女儿那一颗牙齿，是真的吗？

朱南挂说，怎么不是真的？绝对是真的。你没看到我当时满口血沫吗？

情人说，那至少证明当初你对我和女儿是好的。我问一下，你怎么认识我女儿……她话没说完，又摆摆手，说，你们这些民营老板，什么办法都有。

朱南挂陪她到排队，到安检处排队。临到她安检的时候，她突然说了一句：朱南挂，我一定会再回来，撬你牙齿。

九

街上什么时候冒出这么多拔牙店呢？朱南挂走在街上，他看到那些街头的门面，每隔几十米都一个与牙齿有关的店招。拔牙，洗牙，美牙，牙医。洁白的牙齿，发光的牙齿，美丽的牙齿，可以改变的牙齿。

家家牙店都在拉朱南挂的牙齿。你只要洗过一回牙，看过一回牙齿，你的牙齿就和街上的千万颗牙齿，和天下真假的牙齿发生了联系。你会特别注意他们夸张的广告，所有的广告也都在吸引你的牙齿。

朱南挂走了一家拔牙店，店面很小，却坐满了准备拔牙的人。一个人刚刚打完麻醉，正准备拔牙。一只探头似的长臂小灯伸进他嘴里照来照去。旁边的椅子上面有一只盛满水的杯子。他喝一口，吐在下面的盆子里，又喝一口，吐在下面的盆子里。

医生拔牙开始。钳子进入口中，病人的脑壳左摆右摆。咔嚓一下，一棵树断裂的声音。树断了，但是树根却断在里面了。

怎么办？病人满口血沫问。

医生取来电钻，是一个小型的像吹风机一样的玩意，他准备用电钻取最后的树根。朱南挂的牙根开始发酸，牙根仿佛断在里面。他知道用电钻取树根的滋味，他撬过牙齿，每次树根都断在里面。每次都用这种电钻从里面挖树根。

朱南挂逃出来。

他逃出来，行走在街头。街头的风很柔和。他在轻柔的风中行走，但是他的牙齿却生硬地疼痛。

我老了吗？

不就是两颗牙齿吗？

哪里撬牙不疼？

世界上有撬牙不疼的地方吗？

朱南挂想到一个地方，他决定去看看。他先打电话询问一个给他介绍医生的人，记下地方以后，又弯弯拐拐问到一个偏僻的巷道，在一个不起眼的私人门户停下。这是一家中医拔牙店。

朱南挂听说这家中医拔牙店不疼，他将信将疑。

朱南挂环视周围，高方桌，一排黄椅子，在客厅中堂的位置，烧了三炷香，供着一个铜像。墙上挂着一个骑虎的神像，和中堂上供的铜像大致一样。

中医偏瘦，方脸，目光如电。屋里很冷清。没有病人。

听说你拔牙不疼？

医生不回答。

刚好有一个人进店拔牙，朱南挂亲眼看见了这个中医的神奇。他不用钳子，只用火柴棍拨了一下，病人的牙齿落在地上。

病人走后，中医把落在地上的牙齿捡起来，丢在一个大玻璃瓶里。玻璃瓶里用中草药水泡着一颗一颗早先拔掉的牙齿。

朱南挂一下子叹服了。

你医术这么好，怎么门面这么冷清？他问。

我也不知道，中医说。

你为什么不去热闹的地方开门面？他问。

我不想去。中医说。

朱南挂指指中堂的神像和墙面上的画，说，这是谁？

中医说，齿神罗千。

齿神？朱南挂说，牙齿神吗？

对，齿神罗千。中医说。

中医开始检查朱南挂的牙齿。他用火柴棍一颗一颗地敲朱南挂的牙齿，朱南挂听到一阵震荡，像一柄铁锤敲城墙一样，传来阵阵回声。这种敲击声传到耳朵里，传到头发上，传到脚底下。

朱南挂仿佛进入梦境，时间往回走，走到青年，走到少年，走回童年。满口白牙。刚刚长出的白牙，一颗一颗，坚强有力，呈现给这个世界。

他的眼泪流出来。

中医敲完以后，说，你曾经拔掉过四颗牙齿，都是在牙齿还没坏的时候拔的，为什么？

朱南挂沉思了一下，说，两颗，我拔掉过两颗牙齿。

不对，四颗，中医说。

朱南挂沉默不语。

我想再拔两颗,朱南挂说。

还没到拔的时候,中医说。

医生,我最近想拔牙齿,我就认你。朱南挂说。

但你的牙齿还没到拔的时候,中医说。

我多给你钱,朱南挂说。

中医说,你为什么这么作践牙齿?牙齿连着肾,肾就是命啊。

十

钢铁厂老板朱南挂再一次驱车南下,前往钢铁“巨无霸”所在的中部省城。和多年前南下一样,他要横跨过中间的一个省份,横跨过长江。和多年前不一样的是,这一次他带了司机。当年他喜欢一个人开车,喜欢开高速车,喜欢那种,飞驰横跨风景的感觉,但现在他开不动了。

还有一点不同,多年以前他在这个企业一个人都不认识,却有无限的胆略和野心,现在他在这个企业有一个情人,却有无限的畏惧。

出发前,朱南挂给情人打电话,说,你不是要我的牙齿吗?我给你送来了。

放下电话,朱南挂开始启动。大段大段的高速公路在宽阔的田野腹中展开。这些年高速公路修得太多了。高速路通向大大小小的城市,山区,乡村,也通向他们复杂的生活。路两边的护栏,被油漆成绿色,和外面的绿树,田野相呼应。这些钢铁有没有我们的钢铁厂生产的?朱南挂心里想,应该是有,有和没有,都无所谓,都是和他一样的一类人生产的。

车子出了省,他情人打来电话,她刚才在接待上级来客,没听清朱南挂说什么。

你刚才说什么?他情人说。

你不是要我的牙齿吗?我给你送来了,朱南挂说。

他情人不相信。开什么国际玩笑。天下有这么主动送牙齿上门的吗?

朱南挂继续南下,汽车跨过长江,再通电话,他情人相信朱南挂真的来了。

发生了什么事吗？她问。

她知道，肯定发生了什么事，否则这个短脖子男人，才不会主动给你送什么牙齿。

朱南挂像当年一样，进了城，进了“巨无霸”，他再次看见了成排的通向天空的管道，看见了厂内火车，看见了领袖塑像，大片的红房子和下班的车阵人流。但他没有震撼感了。企业大有什么用呢？一个大企业亏本的时候，更惨，日子更难过。朱南挂这些年，几乎每年来一次。他看见这个“巨无霸”企业，有着政府一样的庞杂层级，惊人的腐败。那些大片大片的设备和房屋，却一年一年地陈旧着，在他眼里，一年一年颜色逐渐剥落。

情人不要他的牙齿，因为她这次帮不了朱南挂。

朱南挂沿着“巨无霸”办公大楼一个一个找。找到财务部、审计部，找到规划发展部、法律事务部，找到“股份”，找到“集团”，都不行。“巨无霸”要给股市的股民看报表，给中央领导看，这是天大的事，一个小型的挂靠合资企业，牺牲掉算什么呢？

都跑完了，朱南挂死心了。

临走的时候，朱南挂到情人女儿所在的学校去看望孩子。

情人听说他在学校门口，很紧张。情人说，朱南挂，你要干什么？

朱南挂说，我想和孩子告别一下。

朱南挂只是想和孩子告别一下。如果没有这个孩子，他无法进入这个城市，无法和“巨无霸”发生联系，现在，他要离开这个城市，离开“巨无霸”了。到哪里去，走向何方，他还不知道。他像一条大江大海中的小舟，他似乎只有跟着水流走，他失去了摇橹的能力。

他的情人正在朝这里赶。她不知道朱南挂要干什么，会对孩子干什么。她沿路不停地和朱南挂通电话。她说她这次尽了全力，事实上她的确尽了全力。但是她，包括她那个当副总的表哥，现在都帮不了朱南挂。她不知道，一个失败绝望的，即将垮台的民营老板为什么要见孩子，他会做什么。

朱南挂没有等到他情人来，他在学校课间操的时间离开了。一群孩子在阳光下蜂拥而出，如一群飞翔的鸽子。朱南挂没有看清哪一个是情人的女儿，反正是其中的一员吧，都一样的校服，都一样的青春。

朱南挂站在校园外的栅栏边看了一会儿。鸽子们在阳光下飞翔。阳光在飞翔。鸽子在飞翔。天空那么大，那么高远，那么蓝。

朱南挂回到自己所在的城市。他给他老婆打电话，说，你不是要我的牙齿吗？我给你送来了。

他老婆听明白了，叹口气，说，你要我帮什么忙？直说吧。

朱南挂现在想让企业离开央企“巨无霸”，可能吗？谁能帮忙？

朱南挂对这个城市本来就不抱什么希望，这么多年来，他对政府和各个部门都很了解，也很憎恶。但他还是想尽个心。他跑到工商局，工商局让他找发改委，发改委说让他找经信局，经信局让他找市长，市长让他找省长，省长认为央企的事，除非他们自己要改制，否则只有北京的国家机关能管住他们，省里没有办法。

这个结果和朱南挂想的基本一样。

十一

朱南挂消失了。朱南挂消失几天后，厂里人着了慌。他们联系了他经常去的一些地方，营销客户、原料采购商、相关政府部门，都找不到人，就报了警。警察通过技侦手段查看最近和他联系的人，调阅了他们最近期间的通话和信息，看出了问题。

朱南挂的老婆和情人被请到警察局。

你们为什么要撬他的牙齿？警察问。

对朱南挂的老婆来说，要说清楚牙齿问题是复杂的。这涉及十多年的生活和经历。她觉得在警察局这个地方，有损自己政府处长的尊严。她用严厉的语气告诉警察，不要干涉自己的隐私。

对于朱南挂的情人来说，要说清楚为什么撬牙齿也是复杂的，那要讲一个曲折而生动的故事。她觉得自己在这种地方和警察面对，是非常滑稽的，她告诉警察，不要搞错了方向，找人要紧。

两个女人在警察局里没有说话。这是她们第一次见面。她们相互审视着对方。一个高大而美丽，一个矮黑而俊俏。她们相互警惕着，审视着。她们一个原来想像对方是高大而凶恶；一个想像对方是小巧而妖怪，现在对方的形象和早先双方的想像不一样，至少没有想像的那么坏。她们甚至从形象上对对方有了基本的认同和好感。

在明白了他们之前的故事并且证明她们没有作案的时间后，警察让两个女人走了。

阳光一片一片地裂开，云彩一样朵朵绽放。两个女人站在阳光下。

一个女人问另一个：他会消失吗？

不会。

那么，他会去哪里？

一朵一朵的阳光飘荡在两个人中间，轻柔的暖风环绕在她们周围。她们曾经共同有过一个男人，现在这个男人消失了。

这个男人叫朱南挂，不，叫朱南瓜，小名叫缩脖南瓜。

这个男人的老婆请他的情人去附近的咖啡店，因为从地域上讲，她是主人，对方是客人；因为她想了解一下，一个短脖子的男人，如何把这么俊俏的女人搞上手的。

咖啡上来了，果盘上来了，酒上来了。

两个女人都犹豫着，试探着。

牙齿。

对，既然警察问到牙齿，那就从牙齿开始。

你为什么要撬他牙齿？

你为什也要撬他牙齿？

咖啡吧的音乐，在两个女人的交流中开始流淌。牙齿，一个男人的牙齿，深深地嵌入她们的生活，影响着她们的情绪。

突然，两个女人都一个激灵。她们知道这个男人去哪里了！

老婆给警察打电话。你们查一下，他是不是到北京去了？

警察说，对我们查了，他去了北京，但是，几天之后，他从北京又消失了。

他去北京，他一定去找“巨无霸”的上级部门去了！

那么，会不会再有一个女人出来帮他？他会不会再为另一个女人撬一颗牙齿？

会！

肯定会！

警察电话又打到朱南挂老婆手机上。他们通过技侦，又查出朱南挂去找了中医。他们去调查中医，得知朱南挂曾经有四颗牙齿被撬过。

真是奇怪，为什么都是牙齿？警察说。

四颗牙齿？两个女人愣了一气，酒精在她们脸上彩云一样飞舞。还有两颗怎么回事？她们相互望望。

还有两颗牙齿，这两个女人仿佛面对一个巨大的迷宫，这个短脖子的民营老板，他就是一本破书，一个迷宫。她们发现，她们对这个民营老板的过去，几乎一无所知。

茶几上是横七竖八的啤酒瓶，没有茶，两个女人就着果盘喝酒。相互提醒和提示，她们像研究一道深奥的数学题一样探讨一个男人。

我好像听说，他老婆说，他当年离开农村，村长和他过不去，打掉他一颗门牙。

我也听说，他情人说，他第一个老婆死了，他没有钱埋，村里人都不借给他钱。

那么，还有一颗牙齿呢？

两个女人分析着，交流着，一杯杯喝酒。她们先是笑，笑着笑着都开始哭。出门的时候，她们相互挽着手，已经开始姐妹相称。

她们都有点喝高了。

十二

她们手挽手走进公园。

两个女人酒量都不大，都有点眩晕。阳光在她们周围一朵一朵地开放。她们共同骂着一个男人，她们相互搀扶着，在阳光下，花丛中行走。

一个女人突然哭起来。

你怎么了？另一个女人问。

姐姐，哭着的女人说，我有点想他了。

想他？你想他？被称作姐姐的女人说，你为什么想他？你为什么想我男人？

对不起，女人说。

妹妹！你这个妹妹！被叫作姐姐的女人说，你知不知道，你在想他，他可能在北京给另外一个女人撬牙齿？

“妹妹”说，我明知道这样，还是有点想他。

你怎么这么没有出息？“姐姐”说，那你说说，你为什么想他？

很简单，我女儿喜欢他。“妹妹”说，你知道我怎么被他打动的吗？

“姐姐”说，那你说说。

有一回我女儿怎么都哄不住，我女儿看了一个动画片，里面有个长牙爸爸，撬牙齿哄他女儿。我女儿一下子想爸爸了，哭得止不住。但是她爸爸和我离婚后，不知道跑到哪儿去了。我女儿成了一个天天见不到爸爸的孩子。那时他认识我女儿，你猜他怎么哄我女儿？他撬了一颗牙齿，给我女儿，我女儿一下子就不哭了。妹妹说。

“姐姐”也哭起来。

她们哭着走到公园的一个石椅边坐下。

“姐姐”说，其实我也有点想他。

你还说我，“妹妹”说，你怎么也这么没出息？

我是同情他，“姐姐”说，这个可怜人，总是不停地勤扒苦作，一生没享过福，不停地折腾，到底来，却是一场空。

她们看见了朱南挂。

朱南挂坐在不远处的另一个石椅上。他没了眼镜，掉了一只鞋，头发蓬乱，像一个流浪汉。

太阳暗得很慢。她们看见朱南挂和即将退热的太阳在一同下沉。沉到河里去，沉到地里面去。沉进去一双脚，再沉下去小腿，再沉下去大腿，一点一点慢慢往土里面埋。

她们感觉朱南挂想抱着这颗不热的太阳下沉。

公园里来了一个小姑娘，七八岁，由大人带着，这个小姑娘胸前带着一个小铃铛一样的东西。朱南挂傻乎乎地看那个小铃铛。小姑娘看他好奇，跑过来给他展示，原来这个小铃铛是她掉下来的第一颗牙齿。这个城市有这个风俗，第一颗掉下来牙齿要保存下来，或者做成饰物，挂在胸前。

朱南挂看见这颗牙齿饰物，泪流满面。

那个伯伯哭了，小姑娘跑去给她妈妈说。

不，是个爷爷，她妈妈说，你看他牙齿都没有了。

不，是个伯伯，小姑娘说，我看见了他的牙齿。

朱南挂哭声更大了。

（原载《钟山》2015 年第 3 期）

无雨辽西

老　藤

一

省救灾办的小丁已经是第二次接到家乡的紧急救灾报告了。家乡的吴县长还特意给他打来了电话，说家乡十几万受灾的乡亲都眼巴巴地盯着你呢，小丁。

小丁的家乡榆洲是辽西的一个贫困县，老百姓的生活本来就不富裕，偏偏又赶上了连续四年的大旱，眼看着一座座水库被烈日熬干了底，又龟裂开来，像一个个被考古学家拼凑复原的出土陶盆，正张着大嘴向蓝天渴望着什么，而那些原来像小青蛇一样在山间跳来蹿去的小河，也日渐消瘦，最后变成了没有生命的蛇蜕。靠天吃饭的农民们心如火焚，四年的大旱已经使他们元气大伤，他们盼望着来自政府的救济。

榆洲大旱，用他们县吴县长的话说叫“掐脖子旱”，这种“掐脖子旱”最邪乎，它早不旱晚不旱，偏偏在苞米拔节抽穗时旱，这时正是苞米最要命的生长期，此时大旱，这一年的苞米就没有收成了。榆洲的主要农作物就是苞米，这苞米遇上了灾，榆洲的百姓就等于塌了半个天。

小丁是从榆洲考学出来的，对穷且多灾的家乡有着太多的牵挂，当他毕业分配到救灾办工作时，他激动得好几夜未睡好觉，家乡一向多灾，人称十年九旱，自己这一回可以为家乡做一点事了。可他到了救灾办才知道，什么热旱水涝的，到了这里就见怪不怪了，正如医院的医生面对死亡一样，死者的家属可以号啕大哭，悲痛欲绝，而医生们则是司空见惯，一脸冷漠。这也难怪，救灾办每天接到的报告全是救灾申请，如果每天都那么悲天悯人心情沉重，还不得忧郁出个毛病来。时间一长，小丁也被同事们的乐天情绪所同化，他可以一边翻阅灾情通报，一边轻吟着那首《同桌的你》。不过榆洲的救灾申请一来，小丁还是很当一回事的，这不仅因为榆洲是家乡，县长又来过请他关照的电话，而且他在农村的哥哥家也遭了灾，哥哥来信说要是遭灾的农民得不到救助，在青黄不接时就会有人逃荒。

小丁第一次接到榆洲的报告时，就径直去找南处长，小丁不过是个科员，基层报告的拟办处理意见需要南处长拿。

南处长是机关的老人，已接近退休的年龄，前几年患了个骨股头坏死的毛病，一直没能根除，这使南处长的负担很大，眼看着一头保养很好的青发就一天天谢了顶，南处长心里急，便用额上的一缕头发向后拢过去，想掩饰暴露无遗的头顶，但这种欲盖弥彰的做法效果不佳，远远望去，南处的头顶便成了一个交通上的单行标志。

南处长正在翻一本叫《杏林秘笈》的书，对小丁送来的材料看也没看，道："放桌上吧。"

小丁想提示几句，又一时找不到话说，只好离开了处长的办公室。

现在，小丁是第二次接到榆洲的报告了，这一次报告里还附了几张灾情的照片，从照片上看，大田里的苞米简直划根火柴就能点着火，灾民急需资金转产自救。

上一次小丁把报告交给处长，直到今天尚无下文，如果这一次再放到处长的桌子上，估计结果也不会乐观，因为处长的桌子上有厚厚一摞报告，处长只能先挑那些媒体关注、上级领导有批示的报告来办理，工作中抓主要矛盾，区分开轻重缓急这是处长的拿手本领。

因是周末，机关的浴池免费为大家开放，小丁的对桌张燕刚洗完澡回来，脸红扑扑的，一头湿润的长发披散着，张大姐一边系着头发一边对小丁说："这周五的浴池简直就像奥斯维辛的毒气室，连口气都透不过来，还是你们榆洲的温泉好，洗一次身上能滑溜三天。"

温泉？张燕一句话提醒了小丁，他一拍脑门道："我怎么忘了温泉泥？"

榆洲的温泉可谓小有名气，据说唐玄宗携杨贵妃来巡视营州，在温泉流连洗濯，盘桓三日，为此，杨贵妃还题字勒石，以为纪念，这碑刻一直保留到文革时期，被人以四旧为名毁坏。传说的真假已无从考证，但榆洲温泉能祛痼疾、疗疮疥、健精神是有史可查的。小丁想，南处长为骨股头坏死所累，何不请他利用大礼拜两天时间去榆洲走一遭呢？这样一来可以洗洗温泉，缓解一下骨股头坏死的痛苦，二来也可以顺路察看一下灾情，岂不是一举两得的事情？

这一回，小丁没有带来报告，他敲开了南处长的门。

"有什么事，小丁？"南处长精神不错，他刚刚从朋友处寻到一个偏方，朋友告诉他，这偏方中央的大领导都用过，不敢保百分之百能治愈，但可保证百分之百有疗效。

"处长，您听说过榆洲温泉吗？"小丁问。

南处长点点头，问："榆洲温泉怎么了？"

小丁想了想，说："我有个远房亲戚，也是患骨股头的病，走路都走不了，在榆洲温泉里泡了半个月，现在又能上山放羊了，你说这是什么道理？"

大概是久病成医的缘故，南处长对治疗骨股头疾病的大致道理还是能说出个一二的，他又点了点头道："骨股头疾病是一种病菌在起作用，病菌的繁殖说明骨股头部位血液循环不畅，中医讲通则不痛，温泉水一泡，血液循环加速，骨股头部位血液畅了，病菌自然就得到了抑制，疼痛也就会缓解了，就是这么一个道理。"

小丁决定趁热打铁了。他对南处长给了一番肯定之后，突然道："处长，您怎么不去温泉试试呢？"

"我？"南处长摇了摇头说，"工作这么忙，我怎么还能请假去泡温泉。"

"工作要紧，身体更要紧。"小丁说，"榆洲是我的家乡，我负责联系。"

"可是，我们以什么理由去呢？总不能说去洗温泉吧。"南处长有些动心，一支圆珠笔在手指间折着跟头，两只眼睛却在转来转去。

小丁不失时机地道："榆洲刚刚送来一份报告，说他们县遇到了旱灾，灾情挺重的，几万户农民恐怕要绝收，县里希望咱救灾办能关照一下，使这些农民尽快转产自救。"

南处长把圆珠笔往桌上一拍，一下子从椅子上站起来，对小丁道：“明天就去榆洲，实地考察看灾情。”

小丁的心一下子狂跳起来，但他控制住内心的激动，故意不动声色地说：“好的，我马上就去联系。”

就在小丁推门离开的时候，南处长又叫住他，小丁的一颗心提到了嗓子眼上，他担心处长变卦。

“你把榆洲的报告马上送给我。”处长这样说。

二

新式奥迪轿车在并不平坦的101国道上疾驶。

处里能有这么一台新式奥迪，这全都是南处长的功劳，本来上级给的是一台帕萨特的指标，满打满算才二十六万，南处长找到了主任，说：“你把这二十六万给我就行了，至于买什么车我自己想办法。”主任也难得下面有这样的积极性，便说：“老南你就看着办吧，不过不许弄出影响来。”南处长说：“我这张老脸下去化缘，能有什么影响？”就这样，南处长从下面化缘来了十万，加上那二十六万，就买了一台新式奥迪。

南处长坐车一向坐在后面，张燕晕车，便主动坐在了前面副驾驶的位置上，这样一来，小丁便和南处长并排坐在了后面。开车的是小马，南处长同学的儿子，刚从部队复员安置在救灾办。

初夏的辽西大地应该是最让人满意的季节，因为遍野的庄稼把裸露的土地都遮盖上了，连绵不断的石质山也都被吐绿的荆棒和野草装扮得十分葱茏，如果不是持续的干旱使大大小小的河流干涸见底，这田野上的景致还是能使人产生许多联想的。

小丁喜欢诗，偶尔也写上几篇，透过车窗，看着这一幕幕辽西大地，小丁不仅生出了几多感慨。

辽西本来是优美的，到处是参天古木，只因大清国修建避暑山庄，大肆伐木砍树，才导致了今天的处处荒山秃岭。辽西本来是富庶的，到处是牧场羊群，只因近百余年的人口剧增，烧荒垦地，才导致了今日的满目黄尘。从龙城飞将的碑刻，到契丹王侯的古墓，从北燕蜿蜒的长城，到尘封五千载的女神祭坛，这些历史遗迹无不蕴含着一种文化的灵光，使这片土地愈发显得神秘。走进辽西，就走进了一条用化石装修过的历史长廊；走进辽西，就走进了一条沙砾中生满红柳的河床。

“你在想什么，小丁？”一直在闭目养神的南处长不知什么时候注意了小丁，看到小丁一副痴迷的样子，他盯着小丁问。

小丁从漫无目的的遐想中回到车里，笑了笑说：“我在想辽西大地上的故事。”

“好啊，那你给大家讲个故事吧，省得大家犯困。”南处长来了兴致，他伸手捅了捅坐在前面的张燕，道：“提提精神儿，听小丁给咱们讲个段子。”

小丁一下子难住了，自己哪会讲什么段子，可南处长既然点了将，自己又不好拒绝，便耍了个心眼儿道：“处长，咱们现在都入世了，是不是和国际接接轨，来个女士优先，先请张姐讲，张姐讲完了我讲，最后您也得来一个，怎么样？”

前面的张燕虽然被小丁称为张姐，其实比小丁大不了几岁，人虽然心直口快，但一听段子脸就红，小丁将她的军，她一下子急了，道：“这样不行，要讲也得处长讲，领导带头嘛。”

“行，处长先讲。”小丁附和道：“现在是少数服从多数，二比一，处长您就讲吧。”

南处长喜欢讲段子也喜欢听段子，据张燕讲，南处长有一个很精致的笔记本，上面记满了从网上下载和平时道听途说来的各种段子，南处长立志退休后要编一本当代版的世说新语。

南处长说：“好吧，我先抛砖引玉，给你们讲个段子，一会儿你俩一人一个，谁不讲中午就罚酒。”

南处长几乎没假思索，就脱口道：“说，有一对夫妻，下岗后早晨在大街卖油条，因为这卖油条的地方正是人们晨练必经的路段，所以顺道买油条的人特别多，需要排队。这一天早晨，两口子卖着卖着，那个男的内急，便让女人自己卖，他则一遛小跑直奔拐弯处的一个墙角，排在前面的人都在买油条，谁也没注意那跑到墙角的男子，但排在后面的一个女知识分子，眼光却跟着那个男子一直到墙角，眼看着那个男子解手后如释重负地走了回来，恰好也轮到了这个女知识分子买油条，那男子伸手便抓了几根油条放在秤上，称完了这知识分子却不要，那男子很奇怪，看着油条，再看看自己的手，再看看女知识分子的脸，不知是何原因，那女知识分子摇摇头，也不说话，就是不要秤上的油条，男的想再换几根油条，一旁的女的明白怎么回事了，她便推开男人的手，她拿了几根放在秤上，称了称，那女知识分子才满意地包好油条走了。刚走出去不远，身后这个女的嘟囔道：'他摸了一下你就不要，昨夜我摸了他一宿，你倒拿去了。'"

南处长话声一落，小丁一下子笑出声来，连一向不苟言笑的司机小马也笑个不停，只有张燕强忍住笑，脸红红地问："为什么非要用个女知识分子，男知识分子就不行吗？"

南处长没有回答张燕的话，却装作认真地说："小张你下回买油条，眼睛可不要乱看啊。"

轮到张燕讲了，张燕道："我不会讲段子，我中午安排你们吃饭，段子就由南处长替我讲。"

南处长道："这不行，你安排吃饭还得我花钱，这算是你请还是我请？"

张燕掏出电话，拨通了一个号码，似乎是对一个被称作老同学的男子吩咐了几句，便回过头来道："妥了，就在国道边，一个小镇，吃点农家饭。"

小丁惊讶地说："想不到张姐在这样的地方还有同学，该不是婚前友好吧？"

张燕责怪道："小丁你也跟处长学坏了，什么婚前友好，人家是镇党委书记，我们在省党校轮训时的同学。"

"你看你，小张，你说一句话打击两个人，我怎么把小丁教坏了？"南处长接着张燕的话问。

"都怪你的黄段子，小丁本来是一张白纸，现在可好，都让你给写满了黄段子。"张燕头也没回地说，"小丁要是将来出了事儿，你这处长可要负领导责任的。"

南处长哈哈大笑，道："好，我负。"

小丁被张燕说得有些不好意思，道："我会是那么一个人？"

张燕回过头来，脸红红的对小丁说："一斑窥全豹，一叶知天秋。"

小丁想说什么，又不知从何说，这时，恰好驶入一个小镇，小镇又恰好逢集，农民们以路为市，摆摊叫卖，马路便拥挤不堪。张燕说就是个镇了，我们下道去镇政府吧。小镇不大，镇政府很好找，小马只拐了一个弯，便把车开进了铺满红砖的镇政府大院。

镇政府是一幢老式的二层楼，楼顶上插着一面新换的国旗，鲜艳的红旗给土灰色的楼房添了些生气。院子中央是个砖砌的花坛，坛中植被茂盛，但显然不是园丁种植的，像是自然生长的样子，花坛的正中是一匹花岗岩雕塑的骏马，这马的动作很夸张，夸张得有些不协调，在基座上有四个大字：万马奔腾。小丁端详了一会儿，心想：明明一匹马，怎么是万马奔腾呢？

张燕的省党校同学，镇党委书记周小新正站在门前迎候，在他的身后是镇长、副书记、副镇长一干人，小丁数了数，正好八位。

在进行了一番介绍之后，周书记把大家领进镇机关大院旁的一个饭店，饭店门面不大，里面却很精致，周书记早就点好了一桌子菜，都是些鸡呀肉呀什么的，可惜没有鱼，小丁知道南处长爱吃鱼，没有鱼的宴席就是再丰盛，南处长也不会有胃口，小丁有点替张燕惋惜，一番好心但未必处长就满意。

周书记说："现在不能去像样的地方了，就将就将就吃点便饭，老同学别挑理。"

一旁的镇长很年轻，嘴却赶趟儿，补充说："菜一般，酒却是好酒，是周书记自己带的。"

小丁看了看桌上的酒，果然是一种年份名酒，便扫了张燕一眼，张燕微微笑着，她并没有因为饭店的不够气派而生气。

三

吴县长一行已经在望乡梁上等了一个钟头。

望乡梁是榆洲和邻县的交界处，榆洲送迎重要的客人都在此梁进行，两县办公室的人戏称望乡梁是交换战俘的地方。

站在车来车往的马路上，吴县长一支接一支地抽着烟。吴县长是个土生土长的当地干部，大部分时间是在乡镇当一把手，到县长的位置上时间不长，很想有点作为，但苦于天不作美，他当县长两年，偏偏遭遇两年大旱，这对于榆洲这个农业县，政绩就出不来，自己新官上任，不为当地百姓做成点事，心便一直吊在胸口落不实。昨天晚上，接到小丁电话，说南处长要来察看灾情，他激动了好一番，要知道，省救灾办可是舀不空的大水缸，随便舀几瓢，榆洲的旱情就会缓解。

小丁因中午喝了几杯酒，有些似睡非睡，坐在前面的张燕先发现了站在望乡梁上的吴县长一行，她对后面的南处长说："可能要来大人物吧，你们看前面还有电视台的记者呢。"

南处长伸头看一眼，说了句："形式，干部当大了就喜欢搞形式。"

小丁睁开眼，车就要驶过梁上了，吴县长一行人就寻找什么似的往车内张望，小丁一眼就认出了吴县长，忙说："停车，快停车，人家是迎接咱们的。"

小马停住车，车已经驶过了吴县长一行人几十米，小马只好把车倒回来，小丁忙不迭推门下车，朝还在东张西望的吴县长喊道："吴县长，我们来了。"

吴县长一行人这才知道刚刚驶过的这车就是他们要迎接的贵客，纷纷拥过来，那个扛着摄像机的县电视台记者跑在最前面，像个冲锋的战士。南处长、张燕也都下了车，小丁一一做了介绍，吴县长很热情地与大家握手，寒暄了几句后，小丁悄悄把吴县长拉到一边问："安排住哪里？"吴县长说："全县最好的宾馆了，你是知道的，东山宾馆。""不行。"小丁悄声说，"赶快改住榆洲温泉。"

吴县长没敢多问什么，就吩咐身边的人落实去了。他对南处长道："处长坐了大半天的车，就先到温泉休息吧。"

南处长却摆摆手道："不要先休息，我们来就是察看灾情，吴县长还是先领我们去遭灾的农田看看吧。"

吴县长很受感动，就按南处长的意见，先去一处遭灾的农田察看。

车上，小丁关切地问："处长，您这么马不停蹄，身体能吃得消吗？"没等南处长回话，坐在前面的张燕开了口："小丁，你没看人家带着记者吗？直接去宾馆，你让人家摄录南处长泡温泉吗？"

小丁拍了一下大腿，心想，这个吴县长，这么整景干什么？难怪南处长要坚持下农田了。

吴县长把南处长带领到了一块轿车可以直接开到地头儿的农田，田里种着玉米，但因为缺水，玉米都长得可怜巴巴的，南处长艰难地弯下了腰，用手在土地里扒了扒，都扒到了玉米的根部了，还不见一点湿土，南处长直起腰，拍了拍手上的土，长长地叹了一口气。

旱情毋需多看，其实只要站在公路上望一眼就什么都明白了。大家正要回头上车，张燕却对一位陪同的女干部说要上厕所，女干部四处望了下，见不远处有几户农家，便领着张燕去了。中午吃饭时，张燕同学的部下们一人敬张燕一杯酒，张燕不能喝，便以水代酒，这样她喝了八大杯矿泉水，因而她急着上厕所是情理之中的事。

轻松后的张燕一上车，便对小丁道："小丁，你家乡的老百姓真苦，炕上连领炕席都没有。"

小丁点点头，道："农民中有相当一部分就靠几亩地，遭了灾，能不能吃上饭都是问题。"

南处长皱了皱眉头，批评说："你们不要以偏概全，我们现在不是总体小康了吗？遭灾只是个别现象，农户努努力，政府帮帮忙，一咬牙，难关就过去了，怎么会有吃不上饭的事情发生呢？"

南处长的话虽然不是开玩笑，但小丁和张燕都不再做声，小丁知道自己这话说得不应该，就在前几天，南处长代表救灾办接受了一家中央级大报记者采访，采访话题就是救灾工作的普及性和及时性，南处长谈得非常好，其中有在我省"无一户灾民不得到救助，无一个灾民不积极自救"的名言。两句话前一句是说政府救灾的力度，后一句是说受灾群众的精神，可谓滴水不漏。办里分管救灾工作的贾副主任对南处长的答记者问给予了充分肯定，贾副主任是有着工商管理硕士学位的年轻干部，在美国进修过两年，讲话好夹杂几句英语，平时总给人一种居高临下的感觉，南处长是得到他表扬的第一个下属，也是唯一受表扬的下属。

榆洲温泉是一个有着悠久历史的温泉，历史虽久，但古建筑却没留下一个，现在的几家疗养院都是新建的，因来洗浴的客人少，疗养院的经营都不太景气。吴县长选择了最好的一家洗浴中心来安排南处长一行，晚饭也就自然安排在洗浴中心的餐厅。

由于有小丁的交待，晚饭时特意多上了几道鲜鱼。南处长一坐下，笑容就开始绽放，全不受刚刚所看到的灾情的影响，此一时，彼一时，多年的救灾工作经验使南处长练出了一种演员般的本领，一会儿热泪滚滚，一会儿笑声朗朗，这种快速角色转换的本领叫小丁赞叹不已。

因为有接待限制陪酒人数的规定，吴县长没有带更多人，只带了民政局长老朱。吴县长一向务实，不喜欢花架子，就拿陪酒来说，这是基层干部很头疼的一大顽症，往往是上边来一个，下边陪的一大帮，谁不到场就好像是谁不重视，可吴县长就不这么看，一有陪酒的场合，他就对下属们说："人家是看我这县长到不到，你们到不到无所谓，到了人家也不在乎，你们赶快回家陪老婆孩子吃饭去吧，就舍出我一个人糟踏算了。"一开始，大家都感谢吴县长，少了应酬，好了身体，合了家庭，这是一件多好的事情，可时间一长，几个有点酒瘾的人就多了议论，说好事都让县长一个人占了，县长的肚皮鼓了，大家的肚皮却瘪了。话传到吴县长的耳朵里，吴县长一笑了之，这陪酒的规矩却没有改。

吴县长劝酒非常实在，他把茶杯摆在桌上，打开瓶白酒，正好倒了满满五大杯，除了司机小马外，每人面前放了一杯。吴县长道："要是瞧得起我，瞧得起榆洲，这酒就必须喝。"

小丁和张燕没有说什么，他俩在看南处长，南处长不喝，他俩就有理由拒绝，而南处长骨股头坏死，这酒是万万喝不得的。

南处长依旧只是笑，他一边吃鱼一边对吴县长说："你让小张和小丁喝吧，我这酒自然会下去。"小丁和小张坚持让南处长先喝，南处长想了想道："这样吧，吴县长先喝，然后是局长，小丁、小张，按这个顺序我收口。"

处长真会把酒喝下去？小丁疑惑地看了看张燕，张燕也有些奇怪，一般情况下，南处长的杯子里是不让人倒酒的，今天吴县长给倒了一大杯，他并没拒绝，难道说南处长到了温泉要开斋？

吴县长听南处长这么一讲，二话没说就把一大杯酒干了，接着民政局局长也把酒喝了，轮到了小丁，小丁想，这酒自己不喝等于给吴县长出难题，也硬着头皮喝了，到了张燕，她乘大家不备，在小丁喝时她已经悄悄把杯中的酒倒到了茶杯中一些，所以小丁一喝完，她也很爽快地把酒一饮而进，直把小丁吓得双目圆睁，好家伙，张姐今晚是豁出去了。

南处长的笑容更加灿烂，他端起酒杯对吴县长道："我的酒这样安排，你看行不行，我花钱雇人喝，一杯酒五十万！"

"南处长说话当真？"吴县长问。

"我从来是说到做到。"南处长微笑着说。

"好，这酒我替处长喝！"吴县长接过酒杯一仰脖，一杯白酒倒进了喉咙。

这顿接风酒喝得天翻地覆，民政局长当场就钻到了桌子底下，吴县长自己喝的不算，光替南处长就喝了四大杯，小丁和张燕也没少喝，张燕说自己有个表妹要介绍给小丁，小丁信以为真，一直在张燕房间里磨了半宿。

把南处长安排进温泉洗浴后，吴县长让人把民政局长扶上车送走，他对司机道："去县医院，我快挺不住了。"

司机和吴县长感情不错，心疼地劝他道："以后别这么舍命喝了，还是身体要紧。"司机知道吴县长心脏不好，几次酒后担心在家里出事，都是在县医院住的。

吴县长没有说话，心里在想：多要二百万那，这是受灾农民的救命钱啊，我这个当县长的又怎么能不喝呢？

四

周日，南处长全天都计划在温泉度过。

小丁则提出要去见见他的哥哥，顺便再了解一下农村的灾情，张燕主动要求陪小丁去，小丁想，张燕在处里负责材料综合，要是给办里起草报告，肯定又是张燕执笔，张燕到农村去看看也好，多掌握一些一手材料。吴县长要派人陪着，小丁谢绝了，小丁悄悄地对吴县长道："你把南老爷子伺候好就行了，我和张燕你就不用操心了。"吴县长也知道小丁对家乡的一切都了解，便让人在小丁的车上装了两袋大米，说："你回家总不能空着手吧，两袋米在城里不算什么，在遭灾的农村可是大礼呢。"小丁谢过了县长，便由小马开车，拉上张燕，离开了榆洲温泉。

小丁的哥哥家在一个叫喇嘛井的村庄，离县城有六十多公里，小丁在这个村的小学读了六年书，然后上乡里的初中，城里的高中，后来又考上了大学。小丁是哥哥带大的，六岁时，小丁的父母因病去世，比小丁大十二岁的哥哥便承担起抚养弟弟的责任，他省吃俭用，一直把小丁供上了中学，已经三十多岁的他才成家。在农村，四十岁的人都有了孙子，而小丁的哥哥都三十岁了才娶媳妇，这个年龄能娶个什么样的媳妇是可想而知的，哥哥结婚那天，小丁看着有些弱智的嫂子心里很不是滋味，要是没有他这个当弟弟的拖累，哥哥决不会娶这样的媳妇，要知道，哥哥在生产队解体前，还当过队长兼民兵排长。

尽管是沙石路，但因长期未下雨，乡路便很平，没有深陷的车辙。小丁在车上想着苦命的哥哥和弱智的嫂子及两个弱智的侄子，心里有一种淌血的感觉。车窗外的田里看不到干活的农民，田野显得很空旷，路边有些杨树不在树冠长叉，伸枝生长，竟在杨树的主干上长满了一些细长的树枝，一根接一根，树叶细密，远远望去，这杨树像一只只倒立的大毛毛虫，据说这也是天旱造成的奇景。

"农村生活真好，多恬静啊。"坐在前面的张燕说。张燕是在省城长大的，对农村生活很陌生，尽管在救灾办经常有下乡的机会，但一般也都到县城就打住了，像今天这样深入下来的机会几乎是没有的。

"哎小丁，你在这个喇嘛井有没有小芳呀，或者有没有你还惦记的女同学？"

张燕本来是想开个玩笑，但这倒提醒了小丁。小丁的确有个同学在喇嘛井小学教学，叫朱颜，她和小丁一直同学到初中毕业，因为家里穷，朱颜在毕业时报考了中师，没能继续读高中，小丁在大学二年级时，中师毕业的朱颜被分配回自己的母校喇嘛井小学教学，小丁曾给她写过一封信，不知什么原因朱颜没有回信。张燕这一提醒，他拿定主意去看看朱颜。

哥哥家是两间老式的石头房，房顶是用白灰和炉渣锤成的，几十年了,不漏雨,养着鸡和鹅的院子里,有两棵盆口粗的枣树和一棵桑树,农村有前不栽桑,后不植柳的说法,小丁几次动员哥哥伐了这棵桑树,哥哥总是舍不得,桑葚可以卖钱呢,每次哥哥总是这么说,小丁也知道,自己能完成学业,也的确有这棵老桑树的一份功劳。

憨厚的哥哥一见到小丁竟什么话也说不出来,显得有些手足无措,倒是弱智的嫂子不怕人,在小丁介绍同行而来的张燕时,嫂子竟说了句:"弟媳妇,真俊。"嫂子这么一句话,把张燕的脸说成了石榴,一向嘴快的她竟被噎住了,好半天,才道:"大嫂真会开玩笑。"

哥哥的家里几乎是家徒四壁,好在嫂子虽然弱智,但还是很爱干净的,一面大炕铺上了印着大红方格的地板革,使屋里亮堂了不少,小丁和张燕坐在炕沿上,没等小丁说话,张燕先开了口。

"你家也遭灾了吗?"她问。

大哥点点头,道:"村里绝收了,好的也就是一成年。"

"有什么办法补救呢?"张燕又问。

大哥把头低得很低,小丁知道此刻的大哥是担心张燕看到他眼里的老泪,所以才这样低着头。正在这时,村长二江来了,二江人没进院,声音先到了:

"救星,救星回来啦!"

小丁迎出门来,握着二江的手,道:"二江哥,我哪里是什么救星!"

"乡亲们都盼着你回来呢。"二江说着,见到炕沿上的张燕,愣了一下,问,"这位是……。"

"我的领导,张科长。"小丁怕二江猜错,忙给张燕安排了个职务。张燕是主任科员,又管着处里的综合,而小丁分管信息,小丁这样叫张燕领导也说得过去。"这位是丁二江,村委会主任。"小丁介绍道。

"我是小丁的同事,来察看灾情的。"张燕却不愿冒领导的身份,很简单地介绍了自己。

"村长来的正好,咱们村民们采取什么办法自救呢?"张燕不是来唠家常的,她仍然关心自己应该关心的事。

二江在炕对面的凳子上坐下来,从上衣兜里掏出一盒力士香烟,递给小丁,小丁摆摆手说不会,二江想递给张燕,犹豫了一下,终于没有递,又把烟装回了口袋。小丁知道二江不抽烟，他口袋里带烟是为了招待上级来的领导。

“自救嘛，有三种办法。”二江说，“第一种是毁掉苞米，改种夏菜；第二种是青贮，就是让田里这些不长穗的苞米还继续长，长到一定时候把它割下来贮存到窖里，做饲料，搞畜牧业；第三种是农业损失副业补，组织农民外出找点活儿干，挣点工钱养家糊口。可这三种办法哪一种都需要一定的资金呵，现在的村民种子化肥都搭进去了，哪来的钱搞自救？”

张燕说：“村长，你领着我走几家看看好吗？”

“中。”二江满口应允，又道，“我不指派，你说看哪家就看哪家。”

小丁也想跟着去看，张燕却阻止了他，道：“都是乡里乡亲的，你不去也清楚，你就陪你哥嫂说说话吧。”小丁一想也是这个道理，自己要是去了，乡亲们有些话还不好说。

二江领着张燕在村里走，几个看热闹的孩子在后面跟着，孩子们不说也不笑，只是好奇的跟着看，因为张燕穿了一套质地很考究的套裙，叫村里的孩子们感到很稀奇。

张燕先是点了一栋土坯房，二江领着她进了院子，房门没有关，二江径直走了过去，对炕上躺着一个老人喊：“老六，省领导来看你来了。”

被称做老六的老人头发和胡子几乎一般长，一件分不出是白还是灰的汗衫罩住了他瘦骨嶙峋的上半身，一双空洞的眼神令张燕感到一丝凉意。

老人想说什么，却忽然咳了起来，一咳就咳个不停，二江只好领张燕走出这散发着霉味儿的土坯房。“老六是因病致贫，气管炎，老婆死得早，有一个儿子外出打工了。”

“这是特例，不遇上灾年也是这个样子吧？”张燕说。

“不是灾年，他的儿子就可以在家照顾他了，现在儿子一走，老六可惨啦，天天就是邻里送点吃的。”

“可以送养老院嘛。”张燕说。

“不够条件，老六才五十五，又有儿子，这样的条件敬老院是进不去的。”二江无奈地说，“老六怕是熬不过这个夏天了。”

张燕又选了一户院落较为整齐的人家，从房子来看，应是村里的上等人家，进屋一看，户主是个中年汉子，二江介绍了张燕后，那汉子眼也不抬，依旧蹲在地上抽烟，手中在摆弄一个夹耗子的铁夹。女主人忙着让坐倒水，还责怪丈夫说："别鼓捣了，现在耗子比人还精，你能夹得住？"

中年汉子放下了手中的夹子，对二江道："咱喇嘛井遭了灾，连耗子都欺负咱，我两条好好的麻袋，硬是让耗子给毁了。"

二江不悦了，呵斥道："你别耗子耗子的，这是省救灾办的领导，来了解灾情的。"

中年汉子依旧不看张燕的脸，对着二江道："救灾，救灾，四年啦，喇嘛井得过一块钱？"

二江摇摇头，对张燕说："你选了个好人家，比牛还犟。"

中年汉子说："这不是犟，这是志气，这年头儿，靠谁也不如靠自己。"

离开了中年汉子的家，张燕不想再看了，灾区百姓的日子这么个情景她是没想到的。"我们回去吧。"张燕对二江说。二江很有些过意不去，他以为是刚才这户人家伤了张燕的面子，就解释说："刚才这混球的话你别往心里去，老百姓现在越来越难调理了，老天爷这么一旱，人人肚子里都憋着一股火。"

张燕点了点头，她的确被刚才这个汉子的话打动了，四年大旱，喇嘛井没得过一元钱的救灾款！

两人正往回走，冷不防就从一个矮土墙院子里跑出一个妇女，她一把扯住二江，道："村长你劝劝二奎吧，要出人命了。"二江和张燕随那妇女进了院子，见堂屋的正中，一个赤着膀子的汉子正在磨一把杀猪刀，二江喝问："二奎，你要干什么？"

"杀人！"二奎头也不抬，只是用力磨刀。

原来，二奎的耕牛被乡林业站强卖了，二奎气不过，要去找林业站的人拼命。张燕不明白原因，问二江，乡林业站有什么权力强卖人家的耕牛呢？二江讲，县里出台了一纸封山禁牧的规定，但在乡里，这规定怎么禁也禁不住，农民们还是把牛羊往山上放，乡里经过研究，就告示全乡，今后凡是在山上抓到散放的牛羊，六小时内领回的罚款，六小时后不领的由林业站强卖。二奎的牛就是这么被捉住的，二奎拿不出四百元的罚款，牛就被林业站强卖了。

“你不要做傻事，二奎，我问你是牛值钱还是命值钱？”二江劝二奎。

“他们的命比我的命金贵，一拼一我不吃亏！”二奎很犟。

因有张燕在场，二江想尽快息事宁人，他对二奎道：“你把刀先放着，我明天到乡里帮你要牛还不行吗？”

二奎停了磨刀，抬起头问：“当真？”

二江指了指张燕道：“当着省里干部的面，我能骗你？”

二奎打量了一下张燕，把刀往地上一扎，道：“好，我明天等你话，大不了鱼死网破！”

张燕观察了一下这汉子的家，见除了一台电视外，恐怕再值钱的就是他那被强卖的牛了。

回到小丁哥哥家，小丁已经去了喇嘛井小学，张燕给小丁哥哥留下二百元钱，也和二江到学校来了。

刚到小学校的门口，见小丁红着眼睛正从学校里出来，看到村长，小丁说：“二江哥，朱颜怎么会这样？”

“朱颜老师呀，村里对不住她啊。”二江说，“前年她上课时，大雨把校舍的房盖浇塌了，为了救孩子，她左腿被砸了个粉碎性骨折，因为耽误治疗，结果截了肢。”

小丁刚才见到了他的同学朱颜，但他万万没有想到朱颜会拄着单拐，朱颜见到小丁时，先是一愣，接着便丢了拐杖，双手捂着脸哭了，一条空荡荡的裤管把小丁的心一下子吊了起来。小丁扶朱颜坐下，又帮她捡起拐杖，问她这到底是怎么一回事，朱颜不回答，只是一个劲儿地哭，其他老师都上课去了，办公室里就朱颜一个人，见朱颜伏在桌子上哭得伤心，小丁也陪着流了不少泪，他怕下课的老师们看见，便一个人出了校门。

二江要留吃饭，小丁和张燕谢绝了，临走时，小丁想起了吴县长带来的两袋大米，便让小马卸下来，放到学校门口，对校长说：“二江哥，这两袋大米麻烦你给朱颜吧。”

校长点点头，道：“小学的老师都六个月没开工资了，真是挺难的。”

回榆洲温泉的路上，小丁一直没有说话，到温泉一下车，小丁拉住了张燕，说：“张姐，你在省城熟人多，请你帮我个忙，我想给朱颜安个假肢。”

五

在离开榆洲温泉的那个早晨，已经连续二十四天未见丝雨的天空突然变得多云起来，南处长临上车时，吴县长仰脸看了看天空，对南处长说：“南处长要给我们带来祥雨啊。”

南处长也望了望天空，道：“该下雨了。”

张燕和小丁在早晨都收听了天气预报，今天是多云，并没有下雨的预报，两人没有说什么，和吴县长及送行的人握了握手，便上了车。

南处长是最后一个上的车，他的目光在送行的人群中搜寻那个电视台的记者，昨晚，泡完温泉后他打开了房间里的电视，在中央台新闻联播之后，插播了他视察灾情的新闻，记者的摄像非常专业，始终都是以一个右侧面来表现他，使他秃顶的特征得以掩饰，所以他很想和这位记者握一握手，可惜今早这位记者没有来。

回到了省城，南处长果然就责成张燕来起草灾情报告。张燕接受了任务，只用了一个下午，就在电脑上敲出了一份情况详实的报告，在最后的建议里，张燕提出了一个拨四百万救灾款的意见，征求小丁的看法，小丁算了算，说：“重点受灾户是两万户，每户平均二百元计，是四百万，虽然是杯水车薪，可如果都用在刀刃上，也会帮老百姓度过难关的。”

报告送到南处长那里，南处长正在自己配制一种药茶，他对张燕的报告的文字一向是放心的，所以，南处长对报告看也没看，他问：“你建议拨多少款？”

“四百万。”张燕回答。

“多了。”南处长说：“依我的经验，这种情况最多二百万。”

张燕忽然明白了在榆洲温泉那天，南处长为什么只让吴县长替喝四杯酒，原来南处长早就有二百万的谱了。

“二百万，一个重灾户只能得到一百元。”张燕说。

“我们不是发工资，我们是救济。”南处长沏上一茶药茶，办公室里顿时洋溢起一种沁人的药香，他把茶杯放到鼻子底下闻了闻，做了一个贪萎的深呼吸。

张燕说："我到受灾的农户家看过，他们实在太需要救助了，我认为我们处里提的建议不能少于四百万，要砍由主任去砍，我们自己不能先降下来。"

南处长放下手中的茶杯，道："小张，我年龄快到站了，这个处长也当不了几天了，我希望你能很顺利地接替我，可你有时候太感情用事了，这样会影响工作的，凡事要跳出感情的圈子来审视它，这样你就会更稳妥，更理智。"

"在榆洲的问题上我是很理智的。"张燕显然认为南处长的话扯远了。

"可我们只去了榆洲，辽西那么多县市都在受旱灾，你知道他们的情况怎样？你给榆洲四百万，其他的县市会怎么想？所以，要平衡、协调，孔子说过，'攻其异端，斯害也已'，古人的话是很有道理的。"

"我还是坚持四百万，如果说应该给二百万，再加上你酒桌上奖励吴县长的二百万，不正好是四百万吗？"

南处长的脸一下子不自然起来："你个小张，酒桌上的话也算数吗？"

张燕离开了处长的办公室，四百万的数目她没有改。南处长有些无可奈何，在经过一番斟酌之后，他终于同意就以四百万的数目上报。他把报告交还张燕时，道："我这张老脸等着主任的耳光呢。"

小丁一旁说："处长，您是福星，您去了趟榆洲，榆洲就下了场透雨，昨天我接吴县长的电话，他还说要是南处长早去半个月就好了。"

报告交给了主管救灾工作的贾副主任。

贾副主任接到报告后，利用一个周六的时间，单独带司机去了趟榆洲，他没有惊动地方，只在乡路上转，察看路边苞米的生长情况。

由于下了一场透雨，久旱的苞米爆发出惊人的生命力，几天时间，就由干瘦枯萎变得茁壮茂盛，贾副主任看着这一片片绿油油的苞米地，脸色也渐渐地有些绿起来，他气呼呼地对司机道："不用再转了，回去。"

周一一上班，贾副主任就召集南处长、张燕和小丁到他的办公室开会，南处长情知不妙，他对张燕说："你只许听，不许反驳，也不许辩解，知道吗？"

张燕说："那要看主任大人批评的对不对。"

南处长有点急，道："你就少说两句吧。"

来到贾主任办公室，贾副主任正抱着膀子靠在椅子上等他们，见三个人进来了，贾副主任嘴里吐出两个字："坐吧。"

"你们的报告我看了，为了核实你们报告中的灾情，前天，我专程去了趟榆洲。"贾副主任停住话，一双犀利的眼睛盯住南处长，好一会儿才问，"你说我看到了什么？"

三个人没有想到这位硕士出身的主任会如此工作务实，竟然亲自跑了趟榆洲，不仅有些肃然起敬。

"我看的情况与你们报告中的情况完全不一样，你们说我该相信文字呢，还是该相信我自己的眼睛？"

"两个你都该相信，因为文字中的情况是我们的眼睛所看到的，我们的眼睛和您的眼睛功能是一样的。"张燕听出了贾副主任的话中有话，很显然，主任的话中有报告虚假之意，这使起草报告的她感到委屈，她忘了南处长的嘱咐，当即予以还击。

"小张。"南处长用肘部拐了张燕一下，道，"我们听主任把话说完。"

贾主任笑了笑，笑得很专业，眼角连一丝笑纹都没有，声音像吹进瓮里的风，能摇动人的神经。

"我不说你们的报告了，我说点题外的话吧。我强调过多少次，我们救灾办的同志要以实为实，切忌瞒报，这是我们的工作性质决定的，我们的财政还非常困难，之所以挤出一部分救灾款来，目的是为真正受灾的人雪中送炭，因此，我们要替国家、替人民管好这些救命钱，不能人家请几顿饭，送一点土特产品，我们的政策界线就松动，就拿人情做交易。要知道，中国的问题出就出在人情上，为政，讲乡党，结果形成了一个又一个官场上的小圈子；经商，讲友情，结果形成了数不清、追不起的三角债；治学，讲关系，结果文理不通的论文也有人叫好评奖。因此，只要人情的链条不一刀刀剁断，中国的事情就永远是一团解不开的乱麻！"

"我们的报告有人情的因素吗？"张燕忍不住了，贾副主任的话显然在旁敲侧击。

"我不知道你们的报告中有多少人情因素，但可以肯定地说，你们的报告与灾情不符。”贾副主任显然是生气了，他举起手中的报告说，“报告中，你们说榆洲苗枯地裂，旱像严重，可我看到的却是满目绿野，欣欣向荣，难道说我眼睛有问题吗？”

小丁小声说：“贾主任是雨后去的榆洲，旱情缓解了。”由于小丁的声音很小，贾副主任并没有听见，但小丁的话却提醒了张燕，她说：“贾主任，古希腊一位哲学家说过，‘人不能两次踏入同一条河流’，从这个观点看，你的眼睛没有问题，是榆洲的旱情发生了变化，因为你是在雨后去的，雨后的榆洲和雨前的榆洲怎么会一样呢？”

“按你们所说榆洲的旱情解除了，也就不用再讨论救济的问题了？”贾副主任从没有受到这样的顶撞，他对三个人摆摆手，道，“你们回去吧。”

小丁还想说什么，想了想没敢张口，南处长拉了张燕一把，三个人离开了火药味很浓的主任办公室。

张燕和小丁来到南处长的办公室，南处长对张燕说：“我让你不争辩你偏不听，这下子完了，连解释的机会也没有了。”

小丁道：“雨水错过了生长期，苞米是光长秸不长穗，现在就是下再多的雨对苞米也没有用了。”

“你们要是不争辩，等贾主任发完议论，咱们再好好解释，兴许还可以争取个百八十万，你们这一争，榆洲的事就彻底泡汤了。”南处长有些无可奈何，他不想过多地责备两个下属，他对这个受过美式培训的贾副主任也看不惯，不过他能压得住，沉住气，而张燕就太没有城府了，还在主任面前引用古希腊的名言，这不是关公面前耍大刀吗？

“掐脖子旱的问题贾主任不懂，他光在车上看不行，他只要问问老农就清楚了。”小丁绝不希望榆洲的事就这么不了了之，他希望南处长能力陈灾情，说服贾主任。

南处长火了：“你懂还是主任懂？你要懂得这样一个道理，什么时候都要以领导的意志为意志，不要自以为是。你们年纪轻轻的，不像我一个老头子，你们还想不想在这个单位混下去？”

小丁哑了口，鼻子酸酸的。

张燕一边道：“咱别惹处长生气了，走吧，我领你去看假肢去。”

“假肢?”南处长糊涂了,问,“看假肢干什么? 我这骨股头还没到截肢的程度呀,你们咒我吗?”

张燕和小丁相顾一眼,两个人都捧腹大笑,连眼泪都笑出来了。

六

都说好雨知时节,那么不知时节而降的雨就难称好雨,榆洲的这场雨下得太不是时候了,它把一片虚假的繁荣呈现给前来检查工作的省领导。

省领导调研的车队像一条长蛇在规定好的线路上蠕动,本来并没有临时停车的安排,但省领导被路边一片疯长的苞米地吸引住了,省领导对司机说:“停车,下去看看。”这样,车队便停了下来,陪同的各厅局的领导也都纷纷下了车,跟着省领导向苞米地走去。

这片苞米地属于榆洲,也正是前些日子南处长所察看的那块地。

因为是在榆洲地段,吴县长自然被推到省领导的身边,等待着省领导的提问。

“这苞米长势多好。”省领导赞叹说。

吴县长的额头沁出汗来,他不知道该怎样接省领导的话,说好吧,这其实是一片没有收成的苞米,说不好吧,省领导的话又那么肯定,那样一来,岂不是领导太没有眼力了? 吴县长想了想,终于还是说了实话。

“这其实是农民们准备青贮的饲料。”吴县长说完,心里便开始突突作跳,他不知道省领导会作何反应。

“长势这么好的苞米为什么要青贮?”省领导果然敏感。

“是这样,今年我们榆洲遇到了夏旱,用老百姓的话说叫‘掐脖子旱’,在苞米正要抽穗的季节里,二十四天未下一滴雨,这样就错过了生长期,这几天,雨水一多,苞米又恢复了长势,但是只能长秸杆不能结穗子。”吴县长简单地把苞米受灾的情况做了说明。

省领导的眉心拧成了一个疙瘩,他走到一株玉米前,掰下了一个青苞米穗,扒开一看,果然是又细又瘪。他问吴县长:“这样的情况有多少亩?”

吴县长答道:“今年辽西几个县都不同程度地存在着这个问题,仅我们榆洲大概有三十万亩吧。”

省领导越发严肃了,他朝陪同来的人群说:“救灾办来没来人?”

“来了。”贾副主任挤过来,有些惶恐地说,“我是救灾办的副主任,贾铎。”

“你们救灾办知道这些情况吗?”省领导问。

贾副主任一时语塞,倒是吴县长替他解了围。

“省救灾办派人来察看过,在旱情最严重的时候,救灾办的南处长一行深入到田间农户做了些调查。”

“那么,调查的情况呢?为什么没报省政府?这么大的面积受灾,省政府都有什么解决措施,我这个分管领导怎么不知道?”省领导神情不悦,把手中的那穗青苞米递给贾副主任,冷冷地说,“同志,我们的工作如果只搞形式不注意结果,那么和这穗青苞米有什么两样?”

贾副主任僵在那里,两手捧着那穗青苞米,犹如捧着一只丢不下的刺猬。

几周后,小丁借了一辆车回喇嘛井,他要接朱颜去省城安装假肢。车驶入榆洲大地时,小丁摇下车窗的玻璃,望着路两边田野中的景像,他怎么也生不出上次回乡时的那种冲动,那种诗情,他平生第一次对这种生命的绿色感到厌恶。

田野中,那一片片将没有收成的苞米还在疯长。

(原载《中国铁路文艺》2015年第1期)

大雁大雁，要去南方？

海　飞

宝坤穿着藏青色中山装，一步步坚定地往漆黑中走。他像避难的人一样，把自己隐进夜色的时候，就觉得自己已经不存在了。

夜色像是一潭深水，宝坤是深水里的一尾鱼。他特别喜欢冬天的夜晚，比方说那些落雪的日脚，夜已经黑透，但是夜色中却泛着雪的白亮，空气中的寒意像银针一样扎得他遍体通红。他喜欢独来独往，很多时候他选择一言不发，像一个哑巴。走在野外的时候，四顾苍茫，只能听到自己踩雪的咯吱声。那些被风吹起的草垛上的雪，柳絮般放肆地落在他身上。宝坤就仰起头来，望夜色里最亮的那一颗星。宝坤在心里猛地惊叫了一声，姐姐。

但现在不是冬天。现在是秋天的夜晚，风还有些暖意。秋虫的叫声细碎而密集，如黑夜深处隐秘的电波。宝坤从一个女人身上滚下来，提上裤子然后坐在田埂上抽了一根烟。躺在草紫田里的女人一动不动，露出雪白浑圆的一截中间地段。月光皎洁，均匀地洒在她饱满的身上。我们假定她叫胖子，因为她的屁股实在是有些肥厚的，身板腰肩也比较结实，像一条被桑叶养肥了的蚕。胖子什么话也不说，四仰八叉地躺着，她眼角有十分淡的泪痕，像山上被急雨冲出的一条沟。胖子眼角的余光看到宝坤在专心地抽烟。烟头的火光一强一弱地亮着。但其实宝坤是不抽烟的，不知道为什么，宝坤在办完事的时候，喜欢抽一根大前门香烟。风把烟头吹得通红，发疯似的那种红。

后来宝坤问胖子，要不要吃桔红糕。他把用纸包着的一小包桔红糕放在胖子的手心里。宝坤不知道胖子有没有吃，反正他站起了身一步步坚定地往漆黑中走。他像避难的人一样，把自己隐进夜色的时候，就觉得自己不存在了。

胖子是宝坤强奸的第三个女人。

宝坤强奸的第一个女人瘦得像一张瓦片。那天是丹桂房村的露天电影散场，从晒谷场上散开的人群，他们手里举着火把或者手电筒，像一只只荧火虫一样四散走开。一个瘦女人就走在初秋的田埂上，天气还有些热，她穿着单衫像一只蜻蜓。后来她迟疑了一下回头，看到了身后的宝坤。宝坤朝她笑了一下。女人并没有看清他的笑容，只说你要做啥？宝坤不响，上去抱住女人解她的衣扣。女人就开始胡乱挣扎，并且尖叫了一声，夜色就像被刀子划破一样，变得七零八落。宝坤说，你给我识相点，你不能叫的，你要是叫了你就没命了。那女人就不叫了。

宝坤说，这就对了，你不能视生命为儿戏！

那天晚上宝坤闻到了丝瓜被削去皮时的清香，那是一种略带粘稠的气味。宝坤把瘦女人压在草地上，像串门一样在她身体里进进出出。女人很顺从，女人必须顺从，因为女人家里还有丈夫和孩子。这让宝坤变得顺畅了许多，熟门熟路似的，他突然发现这个女人是不瘦的。女人的骨骼是小了些，但是她的血肉却十分充盈，像镇上麻三做的包子。宝坤那天在瘦女人身边坐了好久，瘦女人在风中用颤抖的语调说，兄弟。

宝坤皱了皱眉说，我什么时候成你兄弟了。

女人说，你不要害我，该要的你都要走了。宝坤不响，他掏出一小纸包的桔红糕，自己吃一粒，又喂给瘦女人一粒。女人的牙关紧闭着，她宁死不屈地不张嘴，宝坤就不收手。最后女人还是张开了嘴，吃下了那粒桔红糕。宝坤喜欢桔红糕那种凉凉的薄荷味。他喜欢凉，即便是冬天他也一直用凉水冲澡。凉让他皮肤下面的血液、肌肉以及骨头都舒服得能颤抖起来。他开始想起姐姐，其实他差不多忘了姐姐的脸，但他记得姐姐总是省下自己的那一小份桔红糕给他吃。

宝坤和女人一起幸福地吃完了桔红糕。吃完以后宝坤就起身走了，他听到身后瘦女人在穿衣，声音窸窸窣窣的，像蚕咬桑叶。宝坤一步步坚定地往漆黑中走。他像避难的人一样，把自己隐进夜色的时候，就觉得自己不存在了。

宝坤走上了通往梅龙镇之路。他在梅龙镇供销社当会计，他把会计当得十分卖力，从不出任何差错。不工作的时候，他就坐在办公室里看着窗外发呆。他有一只非常干净的玻璃杯，他用玻璃杯装白水喝。他的办公室在供销社的二楼，木结构的，推开木窗可以看到楼下十字街口的电影宣传牌。宝坤有时候孩子气地把那只玻璃杯贴到眼睛上，看出去的世界就变了形。这让宝坤很兴奋，许多时候他想，要是这个世界是他透过玻璃杯看出去的世界，那该多好。他就那么一边走一边独自狂喜着，接着他听到了大雁的声音，每年秋季后的初冬，大雁都会一如既往地经过梅龙镇的上空。现在宝坤走在这一片漆黑之中时，突然听到了雁鸣的声音。一行人字雁在暗夜中影影绰绰地从宝坤的头顶飞过，姿势优雅得像飞过去一行诗。

宝坤就在这黑暗之中站了下来。他举起头久久地仰望着，仿佛要把黑色的夜空望穿。

宝坤是一个起得很早的人。每天一早，供销社的排门还没有打开，他已经等在供销社门口了。他家住在老银行弄，从老银行弄到单位要穿过老街，有一里多的路程。每趟来上班的时候，他会绕一个大圈，走个四五里路，然后热气腾腾地出现在单位门口，像一只刚出笼的包子。尽管宝坤不太和人说话，只会憨厚地笑笑，但是大家仍然觉得他十分善良。那些营业员，大部分是女的，都是久经江湖的大姐大嫂，会扭一把他的脸，捏一下他的肩，嚣张的还会掏一下他的裆。宝坤脸红得像一块红布，有时候红得比红布更红。嫂子们说，宝坤你个光棍儿，你要是憋不住，到嫂子家里来。嫂子救你一条命。

宝坤三十出头，胡子刮得青青，穿藏青色中山装，不爱说话。三十多岁对于小镇的人们来说，算是个老光棍。老光棍上有老母亲，一个戴老花镜能断文识字的老太太铁军。他不知道为什么老太太取了一个那么硬的名字：铁军。下有一条叫胡汉山的狗。那是一条他收养的流浪狗，收养的时候那条狗混身都是伤，毛都掉了不少，完全像是狗中丐帮的样子。宝坤就抱着这条奄奄一息的丐帮狗，买来了药水棉和碘酒，一趟趟地替这条狗擦伤口，擦得云淡风轻，擦得温文尔雅。胡汉山懂得宝坤在救他，就会流眼泪，它想不出用什么方法来答谢，就老是在舔宝坤的手。

每天宝坤快下班的时候,胡汉山会摇着尾巴来供销社门口接他。

嫂子们就说,宝坤呀,胡汉山是不是成了你老婆?

宝坤认真地说,它是男的。

不知道为什么,宝坤这么一个和木头差不多的人,怎么就当上了会计,而且把供销社的账理得清清楚楚。主任特别器重宝坤,在全社民主生活大会上,主任搂着宝坤的肩激动地说像宝坤这样的人,不仅工作好,而且不轧事轧非的。如果全中国的人都像宝坤一样,派出所的民警就失业了。宝坤还会在供销社门口给跳牛皮筋的小女孩撑皮筋,还会给小女孩们吃桔红糕。有一次宝坤一边撑着牛皮筋,一边朝一个刚过来找女儿的年轻妈妈的小腿肚看。他一下子喜欢上了那个小腿肚,喉结就不由自主地滚动了一下。

每一个夜晚来临以前,宝坤会带上一纸包的桔红糕去梅龙镇附近的村庄转悠。镇南三里地,是丹桂房村。镇东面是钟瑛村。镇西南是西畴村。镇北面是楼家村。那些四面八方的村庄,和田野沟渠相连,和无穷无尽的地气相连。如果梅龙脏是一颗心脏,那么这些村庄就是连接着心脏的一条条四通八达的血管。每一个村庄,宝坤都已经摸得很熟了,闭着眼睛也能找到的那种熟。他愿意把自己融进夜色中,他甚至愿意夜色把他融化掉了,吞吃掉了,让他直接就成了夜色的一部分。

有一趟他在夜色中碰上了一个四十多岁的女人。女人挑着菜篮子,看样子是去走亲戚的。菜篮子里一边装的是炒薯片和年糕片,一边装的是一些青菜和萝卜。不太喜欢讲话的宝坤突然说,例行检查。女人说,你是派出所里的公安?

宝坤说,公安都在搓麻将呢,没空。

女人被宝坤连人带篮子扑倒在地上,然后女人就挣扎,她大呼小叫的,这让宝坤很紧张,原来是扁担硌痛了她。

宝坤说你不用叫,扁担硌痛你,你不能移一移啊?

女人就把扁担移了一移。宝坤接着来,他的心境很平静,他伏在女人身上的时候,像伏在一张宽厚的棉被上。四十多岁的女人,差不多都已经宽厚了。宝坤还听到了一行大雁飞过时,从天空中掉落下来的雁声。他在心里就骂了一句，他想你大雁夜里赶什么路啊？但是大雁听不到他的心里话，大雁在寒冷的天气里星夜兼程。宝坤满腹心事似的，进行得十分缓慢但还算用力，所以女人后来不挣扎了，反而抱紧了宝坤，生怕宝坤跟着大雁一起飞走。女人的声音也开始变得颤抖，她又放荡又拘谨的声调让宝坤觉得是自己被这个女人强奸了。这让宝坤觉得索然无味。他有点儿后悔。

女人后来问他是谁。宝坤说，不用你管。

女人说，你不用怕，我一个人的。我住在青山头的，你空的话可以来找我。

女人又说，我叫蔡大琴，在青山头村西，孤零零的那户人家就是我的，屋旁有个小池塘，池塘边有棵大桑树的。

女人最后加重了语气，说你听见没有，我是一个人过的！

那天破天荒宝坤没有往女人嘴里塞桔红糕。女人后来挑着菜篮走了，头也不回，这让宝坤很失落。他在那片草地上坐了很久，望着女人远去时滚动的屁股，像一扇磨盘。宝坤的心中忽然涌满了忧伤。

宝坤强奸了好几个女人，但是宝坤都没有记住她们的脸，他只记得她们是女人。有一回宝坤在河滩边放走了一个小女孩，她是去河边那条土埂边等待去山里采购药材的父母的。小女孩个子很高，像春天瘦长的竹笋。但其实她只有十四岁。她叫芬芳，芬芳在宝坤的身下，惊得像一只雪地里茫然四顾的小鹿。她整个人抖动起来，特别寒冷的样子。宝坤就觉得，这真是一个孩子啊，这个孩子应该去学跳橡皮筋才对。那时候宝坤听到了延绵的水声，河就在不远处，这让宝坤觉得河边的空气有一股湿答答的味道。

宝坤就给芬芳吃桔红糕。芬芳不敢吃，宝坤就自己吃了一粒，哑然失笑地说，又没有掺老鼠药的。然后宝坤认真地问芬芳，说大雁为什么要朝南飞。芬芳用她学到的地理知识，十分认真地告诉宝坤。大雁往南飞，是因为北方变冷，它们需要去南方过冬。但是等到北方气温回升了，大雁就要飞回北方，因为那儿地广草丰，而且没有它们的天敌，可以放心地生养后代。宝坤的眼睛眯起来了，对这样的回答他感到满意，所以他点了一支大前门，在烟雾缭绕中听得津津有味。他觉得他一下子回到了学生时代。那个亮着日光灯的白晃晃却陈旧的教室，在宝坤的记忆中渐渐明亮起来。

后来芬芳在宝坤柔软的目光中，慢慢地离去了。她的身形纤瘦但是却健硕有力，很像一只年轻的大雁。宝坤一点也不知道，小女孩是梅龙镇中初三四班的体育委员，她叫王芬芳。宝坤的声音追上了芬芳的背影，他说喂，你路上小心点。宝坤被自己的声音吓了一跳，芬芳显然听到了他的声音，但是她没有回头，步子依然缓慢，一只独辫像一个黑色的惊叹号挂在她后脑勺上。芬芳在平静地走出一段路以后，突然开始发疯一样的奔逃。这让宝坤很难过，宝坤想，她还是信不过自己 。

镇南那条从煤饼厂通往丹桂房村的高高的土埂边上，是一长排绵延一里路的芦竹蓬。风吹起的时候，芦竹蓬哗哗响，像海浪一样。宝坤钻芦竹蓬的时候，小镇的上空已经没有了大雁的痕迹。夏天已经接近了整个梅龙镇，无论是地头田间还是小镇上，都有热腾腾的水气在上升。宝坤穿着他藏青色的中山装，显然有些不伦不类了，但是他焐得住。他钻在夜晚的芦竹蓬里，有些闷热，脚很长的野蚊子开始出现了。宝坤却在遮天蔽日的芦竹蓬里觉得无比的恬静与安全，他认为这和浓墨般的夜色一样，给了他十分妥贴的感觉。风仍然在摇动着芦叶，宝坤在这样的声音里觉得世界静止了。

宝坤是在等待女人的出现。无论是步行的，还是骑着脚踏车的，只要有一个女人从土埂上经过，宝坤都会冲出去把她拖进芦竹蓬里。这个夜晚，天气晴朗，天空中挂满了拥挤的星星。土埂上一直没有女人出现，到是出现过好几拨的男人，他们无耻地高声谈笑着，叼着烟走在去往镇上的道路上。宝坤觉得无比失落，他想了一会儿他的胡汉山，又想了一会儿安静得像一幅画一样的母亲铁军，差一点就要睡着了。这时候他听到了一声尖叫，宝坤就愣了一下，他觉得女人的尖叫，应该从他的身下发出来才对。

那天宝坤钻出了芦竹蓬，他先是整理了一下衣衫，拍拍身上的尘土，然后抬眼看了看天空中的星星，星星多得像芝麻饼上的芝麻。宝坤向尖叫声传来的地方走去，走得从容，一边走一边在想，为什么会有尖叫的声音？后来他开始奔跑，他奔跑的时候风声在他耳边响了起来。宝坤自己都觉得奇怪，他怎么会跑出了风一样的速度。宝坤看到一个男人正把一个女人往芦竹蓬里拖，像是黄世仁的家丁果断地拖走了喜儿。一辆女式脚踏车就横倒在土埂上，苹果滚了一地，显然是从车篮中那只布口袋里滚出来的。不远处还有一个饭盒，看样子她应该是一个地毯厂的女工。宝坤跑到那人身边的时候猛喘着气说，你完了。你完了。

男人怔了一下，直起身子说，你不想死你就滚开。

宝坤很生气。宝坤说你个强奸犯，你犯法了你还那么大嗓门，看来你是真的完了。

宝坤说完，直接就跳起来挂在了男人的身上。宝坤只有一米七左右，并不显高，身子也没那么强壮。但是他现在是一只发疯的兔子，红着眼睛两只手吊在男人的脖子上。宝坤像钟摆一样，在男人身上不停地晃荡。男人终于把宝坤甩在地上，狠狠地踹过去一脚，这一脚把宝坤踹得死去活来。男人嘴里不停地喷着酒气，他重重地骑在了宝坤的身上，宝坤就觉得整个人喘不过气来了。后来宝坤伸出了手，掏住了男人的裆部，他重重地一捏，地动山摇的惨叫随即响了起来。这声音覆盖了整个村庄的上空，让那个还没来得及穿好衣裳的女人耳膜嗡嗡作响，从此落下了耳鸣的毛病。

一面小锣的声音响了起来，附近丹桂房村里蝌蚪一样涌过来许多人。锣声越来越急促，男人就想逃跑，但是宝坤死命地抱住了他的腿，就像长在他身上的肿瘤似的怎么甩也甩不掉。丹桂房村是一个喜欢打架的村，年轻的民兵们晚上没事做，本来就红着一双眼在四处游荡。现在他们像暴雨压境一样压了过来，把那个男人轻轻提了起来，重重摔在地上。宝坤躺在地上，心里叽叽叽地笑了，在他眼里那个巨大的男人现在像一只随便都能被一只手指头拈死的蚂蚁。

宝坤就长久地仰躺在地，一直大笑着，笑得那些青年民兵都面面相觑。一个年轻人走过来，伸手去拉他，一边拉一边说，你是疯了吧！宝坤惨叫了一声，胸侧的疼痛向四处漫延，这时候他才发现他的肋骨可能是被踹断了。

宝坤那天很晚才回到家。他和青年民兵一起把那个男人扭送到了派出所，派出所刚从部队转业回来的公安民警海东青正在一只塑料桶里泡脚，他一边泡脚一边打哈欠。外面传来铁门被敲击的声音，海东青皱了一下眉头，趿着拖鞋口齿不清地吼，找死啊！

然后海东青打开了铁门，用小眼睛威严地瞪了大家一眼，大家就都安静了下来。宝坤搓着手，很寒冷的样子。他指着一个被用草绳捆起来的男人说，我们把他送过来。海东青的目光在众人面前四处穿梭，最后他的目光落在一个惊惶失措的女人身上。女人穿着红色的外套，身上全是泥，头发上也挂着草屑，像一只刚刚被人捉住的草丛中的鸟。海东青冷笑一声，瞪了宝坤一眼说，你直接说这是个强奸犯不就完了？老子火眼金睛 。

宝坤在派出所做完笔录的时候，已经凌晨三点。他走在老银行弄回家之路的时候，心里特别难过。夜色多么漫长，在他身边凉飕飕地呈现着。一个黑影向他兴奋地滚动着奔来，宝坤就伸出手去，在黑影的头上抚摸了一下说，你这个胡汉山。

宝坤的肋巴骨断了，这是镇卫生院的医生陈四眼明确地告诉他的。陈四眼拿着X光片对着日光灯看了片刻说，我明确地告诉你，肋巴骨断了两根。宝坤站在陈医生的办公室里说，你不明确我也知道，不断怎么可能有那么痛？

宝坤从容地走在梅龙镇的街面上，从东头的镇卫生院，抵达十字街口的供销社。临近月末，真是他做账最忙的时候，但是肋巴骨的疼痛让他走路十分缓慢。他开始冒虚汗，像一个迟暮的老人，像一棵被晒瘪了的向日葵。他突然觉得其实再过几十年，他老态龙钟走路的样子，和他现在断了肋巴骨走路的样子应该是差不多的。宝坤缓慢地走到供销社门口，缓慢地绕过一堆刚刚运到的正从车上卸下来的杂货，缓慢地上楼，缓慢地在办公桌前坐下来。现在，他可以缓慢地看楼下的风景了。宝坤是看过《水浒传》的，他怎么都觉得这十字街口应该有一个水果摊，摊边坐着一个像郓哥那样的人卖水果。但是却一直都没有，这多少有些令他失望。

这天下午，县报记者来采访，记者是一个胖胖的女孩。女孩坐在他的对面，门口就围了一堆供销社的女人们，她们叽叽喳喳地说，看不出来宝坤还像个男人样的。女孩要像发现矿藏一样去发现宝坤的过去，宝坤就一边用玻璃杯喝着温热的白水，一边回忆过去。他腼腆地说，其实也没什么好说的。

宝坤确实不知道该说些什么。比如说他姐姐八岁的时候，在绍兴火车站被人拐走了，从此就再也没有音讯。现在他还能记得姐姐的小辫子，那是一只独辫。爸妈都很忙，只会像影子一样在他面前飘来飘去，好像世界上所有的工作都是他们两个干的。因为爸妈忙，所以一直是姐姐带他。因为是姐姐带他，所以他经常玩姐姐的那只独辫。但是那天在绍兴火车站，姐姐被两个男人拖上了一辆车，这都是后来路人甲告诉他们的。路人甲说得有鼻子有眼，一边路人甲平静地说，一边宝坤娘就不停地抹眼泪。

宝坤爹拎着一只旅行袋，无声地踏上寻找女儿之路。他出门的时候眼睛是红的，是想要杀人的那种红。宝坤爹最后却一直没有再回来。宝坤娘去问庙后弄的方半仙，方半仙喝了一杯滚烫的开水，满头大汗地说，我去看看，我去看看，驾驾驾。过了半晌，方半仙仿佛虚脱一般地说，他八成是死了，我看到他好像死在了树林里。和他一起死去的是一只猫。从此他们母子就当他是死了。后来宝坤娘铁军变得不爱说话，她把自已包裹起来，关着门窗拉着窗帘，最多有的时候听那只红灯牌半导体收音机。她喜欢听收音机说评书，评书里头到处都是故事。听着故事她就一会儿笑一会儿哭，她就这样二十年一直生活在别人的故事里头。

女记者皱了皱眉，说你别老说你姐姐。你能不能说一下你小时候就很见义勇为?

宝坤凄惨地笑了一下说，我讲给你听。小时候我打架，从来都打不过别人家的。

女记者又说，那你在芦竹蓬冲向强奸犯的时候，你心里是怎么想的，你有没有害怕?

宝坤好奇地说，我为什么要害怕?

女记者的眼睛亮了起来，她拿起纸笔打算重新记，她说，对对，你就按这个思路说。

宝坤说，那天我听到了尖叫声，我顺着尖叫声往前走的时候，一直抬头看着天。我老是觉得奇怪，天上的星星怎么就那么挤呢？

宝坤大概是找到了感觉，他小心翼翼地站直了身子，在财务室里来回踱着步。宝坤说，后来我开始奔跑，我奔跑的时候耳朵里全是风撞在一起的声音，我就想这风声怎么就那么大呢？我跑到了那个男人身边，我说你完了你完了。但是我跑得太急了，我上气不急下气地批评他。他一点也不怕我，他还踹了我一脚。

宝坤沉浸在回忆中，他想起了那晚的夜色。那夜色纯墨一般的黑，是他喜欢的那种黑，像一个巨大的袋子，把他套进去了。他像避难的人一样，把自己隐进夜色的时候，就觉得自己已经不存在了。

表彰大会是三个月后开的。在梅龙镇影剧院。那时候的夏天已经进行得十分热烈，甚至就快进入尾声。宝坤穿着淡绿色的短袖子，剃了头发，看上去精神了不少。他上台领奖，神情木然地弯着腰向台下致意，像一个牵线木偶似的。公安局的许副局长给他颁的奖，一共颁给他一台半导体收音机、一支手电筒以及一张奖状。望着台下黑压压的人群，宝坤有些紧张，他觉得自己被扔在了一个陌生的世界里。主持人走过来，她穿着粉红色的套裙，脸上好像化了有些浓的妆，看上去有点儿像印在塑料纸上的年画。她用梅龙普通话问他有什么话对大家说。主持人是一个三十多岁的女人，据说是镇长的姘头，镇长把她安排在镇广播站里当播音员，主要是播诵镇人民政府的关于农业税的通知和气象消息。这时候宝坤看到了主持人穿的是一双皮凉鞋，她的脚趾头上涂着红色的趾甲油，让宝坤觉得心里头凉飕飕的。按照预先设计好的内容，宝坤要在表彰会上号召大家树一下正气。但是不知道为什么，他说我姐姐八岁那天，在绍兴火车站不见了……

宝坤不知道是怎么走回家的。反正他梦游一样捧着奖状回到家的时候，母亲铁军正坐在窗前，向窗外的一条十分狭小只容一个人通过的弄堂张望，好像是在等待一个人的出现。看到宝坤回来，她神秘地笑了一下说，我同你讲，你姐姐来过了，她已经长得老高了。宝坤有些毛骨悚然，说，啥辰光来的？铁军诡秘地笑，说，中午。她来的时候轻手轻脚，穿一双有搭瓣的布鞋，一条藏青的裤子，上身穿着淡颜色的碎花袄。宝坤就想，会不会是母亲又做了一个梦？宝坤把收音机，手电筒和奖状放在台子上，铁军说，哪儿来的？宝坤想了想就说，我抓了一个强奸犯，这是上级奖给我的。我见义勇为。铁军撇了撇嘴不说话，好半晌才说，我不信。

宝坤把自己的身体靠在墙上，看上去很累的样子。他想起了影剧院里黑压压的人群，像密布的麻雀一样。他又想起大雁，再过几个月，大雁又要不知疲倦地往南方走了。

宝坤被带走的时候，是夏末初秋的一个清晨。那天宝坤刚刚上班，供销社门口湿漉漉的一片，是打扫卫生时店里的女人泼的水。阳光懒洋洋地洒在供销社的半个店铺里，半明半暗的光线让宝坤的心情好了很多。他一步步地往楼上的办公室走，这时候他看到了海东青。海东青的头发有点儿长，眼睛里布满血丝，其实他和人搓了一个晚上的麻将，还输掉了一百多块钱。输了钱的海东青心里有些懊恼，一回到所里，所长又让他和王三胖一起来带人。海东青学着电影里公安人员的语气，举了举手中的手铐义正言辞地说，郑宝坤，你跟我走一趟。

供销社所有的店员都惊呆了，她们瞠目结舌地望着这一幕。主任从楼上办公室旋风一样地冲下来，巨大的动静让大家以为，他一定是想把木楼梯给拆了。主任气喘吁吁地挡在宝坤面前，对海东青说，怎么了这是，到底发生了什么误会？海东青沉着地说，在你们供销社，潜伏着一个强奸犯。

那天宝坤在海东青和主任交谈的时候，一直望着天上的白云。他听到海东青说终于抓到一个隐藏在人民内部的强奸犯，其他的他都没有听进去。他眼睛一眨也不眨地看着天空中的浮云，脸上漾起了笑容。那天他被戴上了手铐，跟着海东青和王三胖走上了去派出所之路。他失望的目光在十字街口停留了片刻，在那个他本应认为有个水果摊的地方，依然没有郓哥出现。

宝坤像一朵天上普通的云，或者是沟渠水中的水草，他的消失很快就被人淡忘。在审讯他的时候,他像电影里的镜头一样,对所长和海东青说,能不能给我一支烟抽?海东青走到他面前,沉着冷静地给了他一支烟。但是这是一支西湖牌香烟,宝坤失望地摇了摇头说,我要抽的是大前门。所长一直是抽大前门的,所长给了宝坤一支烟,点着了,宝坤就贪婪地吸了一口。

但是宝坤,确实是一个平时不吸烟的人。

宝坤不知道该说些什么,他对于那些在野外被他压在身下的女人,只有模糊的记忆。他只记得不停地掉落下来的大雁的鸣叫,在萧条或者肃杀的秋天那种从天而降的声音显得无比辽阔。他认为自己怎么会是强奸犯,自己是抓强奸犯的见义勇为典型。他就那么悠闲地抽着烟,直到把一支大前门抽完了,他抬头看了一眼墙上"坦白从宽,抗拒从严"八个字,对所长和海东青说 ,我真的忘了我强奸过谁。

所长说,那让我来告诉你吧。

宝坤强奸是被人举报的。宝坤被从审讯室押回号子以后,他整个身体的后背就贴在墙上,像一只疲惫的壁虎。他的脑海里闪起了电影一样的镜头,一个叫王芬芳的小女孩向派出所举报了。她为什么会举报,是因为她们学校也分配到了好些名额,必须参加那个见义勇往的表彰会。她坐在梅龙镇影剧院十七排三号的位置上,斜斜地看到了站在台上领奖的宝坤,她的脑海里就浮起一个令她终生难忘的潮湿的夜晚。芬芳在犹豫了半个月后,终于走进了派出所生锈的铁门。她一边捏着手指头局促地向海东青举报,一边想起了那个夜晚从不停歇的水声。她说,那个男人老是问我大雁为什么需要飞往南方。

海东青听了芬芳的话,手里不停地玩着一串脚踏车钥匙。海东青的工资差不多在搓麻将的时候输完了,像他这样的人,是玩不起汽车钥匙的。海东青冷笑了一声说,大雁为什么需要飞往南方,和人为什么需要吃饭睡觉是同一个道理。芬芳觉得海东青的回答其实蛮正确的,后来她走了,她走的时候,背影婷婷玉立,像一棵绿得疯狂的冬青树。芬芳一边走,一边有些后悔,因为她突觉得那个听她讲大雁故事的男人,并没有想象中那么坏。当然芬芳也知道,她所说的一切都已经来不及收回了,像是打开的水库泄洪闸一样,水已经奔涌而出。水怎么可能倒流?

宝坤是在七天后被海东青和王三胖押着去指认犯罪现场的。在这七天里发生了许多事,宝坤的母亲铁军失踪了,被人发现的时候,她就在光棍潭的水面上浮着,脸朝下,仿佛是想要竭力看清水底的世界似的。有居委会的人帮忙料理后事,供销社主任也出动了。宝坤被海东青押着,回家在母亲灵前磕了一个头,又押回去了。在家里,宝坤一步步地上那木楼,看到了铁军经常坐的地方,那儿透过窗户是可以看到那条狭长的只容一个人通过的弄堂的。无数次铁军像老僧入定一样盯着弄堂,大概是在等待着女儿的归来。女儿怎么可能归来?你就是把弄堂两边的墙给盯塌了,女儿也不可能突然出现的。宝坤的心里就叽叽叫着涌起阵阵悲凉,他突然觉得就是因为姐姐在绍兴火车站被人拖上了车,让这个家变得不一样了 。

宝坤再次被押走的时候,胡汉山却不肯放宝坤走,它疯狂地吼叫着扑向海东青。宝坤说,胡汉山你不要不识相,你简直是目中无人。但是胡汉山不听,胡汉山红着眼睛,模仿着老虎下山时的气势扑向了海东青。最近手气不好,老是输钱的海东西怒吼一声,拔出手枪对着胡汉山就是正义的一枪。清脆得如同爆竹的枪声过后,胡汉山趴在地上一动不动。海东西收起了手枪,对胡汉山忿忿地说,就地正法!

宝坤望着胡汉山安静的样子说,汉山,这样也行。没有我你怎么活?

宝坤走的时候,没有回头看一眼那些帮忙料理铁军后事的邻居和同事。他一直回忆着和母亲铁军的点滴,铁军的神智因为女儿的丢失和丈夫的失踪变得有些不一样了,在她漫长而短暂的人生里,更多的时候其实是宝坤在照顾着她。宝坤从幼小的时候开始,从未停止所有的家务活。

在海东青的押解下,宝坤走向了那条狭长的只容一个人通过的弄堂,他走得十分从容,最后他的身体完全把弄堂给塞满了。

宝坤在三个月后被判了刑,就要从县城的看守所押往乔司农场。这时候已经是深秋了,或者说初冬了。宝坤仿佛白净了许多,他被剃了一个光头,穿着干净的号服。在法庭上,法官宣判一共判了几年,宝坤一点也没有听清,对于宝坤来说判几年不重要。警车过梅龙镇的时候,宝坤突然听到了几声清脆的雁鸣。这让宝坤兴奋起来，他请求法警停下车来，他想下来解个手。车子在梅龙镇的一座公路桥边停了下来，站在堤埂上，宝坤就一直抬头望着向南飞去的人字形大雁。阳光笔直地扑打下来，洒在他很久没有被阳光抚摸过的脸上，他的脸上渐渐露出了笑容。他转过头来对法警说，我想当大雁的爸爸 。

两名法警都惊呆了，他们都觉得他是一个神智不清的人。这时候突然传来一声枪响，有一只大雁掉了下来。宝坤的笑容迅速收了起来，他四下寻找枪声的来源，果然一个穿着旧军装的男人提着一杆猎枪在田坂中纵跃着奔向那只落地的大雁。宝坤看了看两名法警，非常认真地说，大雁往南飞，是因为北方变冷，它们需要去南方过冬。但是等到北方气温回升了，大雁就要飞回北方，因为那儿地广草丰，而且没有它们的天敌，可以放心地生养后代。

宝坤后来的去向成谜，他一直都没有回过梅龙镇。供销社主任在宝坤的办公桌抽屉里找到了宝坤姐姐的照片。八岁的姐姐两手按在宝坤的肩头，露出了彩色但却微微泛黄的微笑。

多年以后。芬芳结婚了，她改了一个名字叫春琴。春琴的丈夫是县文化馆里的创作员，特别会吹长笛，一支笛永远握在手心里，好像是他的第三只手似的。春琴自己在县城里头的化肥厂当中试室的分析师，一天到晚穿白大褂，让人误以为她是一名医护人院。那天中午，春琴敲着饭盆，穿过秋天的某个瞬间去食堂打饭。厂区里那些绿化树的大叶片都黄了，纷纷掉下来铺了一地，这让春琴觉得冬天仿佛已经逼近了她。在食堂门口她看到了一个女人，女人风尘仆仆的样子。她等春琴已经很久了。

女人说，你是叫春琴吧？

春琴警惕而迟疑地说，你是谁？

女人说，你以前是不是有一个名字，叫王芬芳？

春琴说，我问你是谁？

女人说，我叫宝仙，是宝坤的姐姐 。

春琴早就忘了什么人是宝坤。春琴说，我不认识宝坤。这时候天上飞过一行大雁,一声雁鸣从天空中直直地跌落下来。春琴的脸突然就白了,说,你……找我有什么事吗?

女人说,你想知道宝坤去哪儿了吗?

春琴说,我不想知道。

女人说,宝坤被押往乔司农场的那天,中途停了一停,他从桥上跳到了水里,怎么救都没能救上来。跳下桥之前,宝坤对着天空喊,姐姐。然后他飞了起来,像一只笨拙的大雁。

春琴说,你说这些什么意思?

我就是想问问,我听那个叫海东青的民警说,宝坤主要是和你说了大雁的事,你才举报他的。你们说了大雁的什么事?

（原载《长城》2015 年第 4 期）

坠落美学

鲁　敏

1

不谈情感，不谈思想，不谈灵魂，那些都太抽象，谁知道有没有呢？谈身体吧，趁着还热乎乎的。

先讲讲她当年的身体。它基本符合这样的美学与医学描述：五官端正，身材匀称。身高166厘米，下身长超过上身长2厘米以上。无活动的、潜在的、急性或慢性疾病。无口臭、狐臭、皮肤病、传染病、心脏病、哮喘病史、精神病史。肝功能正常。无创伤、损伤或手术后遗症。身体裸露部位无明显疤痕。无"X"形腿、"O"形腿。矫正视力C字表0.5以上。无色盲、色弱。听力不低于5米。

二十一岁时，靠着这具身体，通过一些测试，柳云成了一名空乘服务人员，在飞机上整理行李、演示逃生自救、提醒系上安全带、打开遮光板、调直座椅后背。处理呕吐物和口香糖。"先生您的报纸。""女士您要毛毯？""对不起请收一下您的腿。"

机舱内的走道，狭长、呆板，林立的椅背如同等距离的栅栏。系着围裙、推着小推车走在其中，"鸡肉饭还是牛腩面？""牛腩面还是鸡肉饭？"柳云殷勤微笑，脑中却伴随着厌恶的联想——自己正穿过拥挤的猪栏，向因为懒惰、饥饿等各种原因而无法动弹的活物们投放饲料，他们乖顺地、毫无选择余地领受，哼哼着朝小桌板俯下头，咀嚼、吞咽的细小声音汇合起来，形成不高不低、介于文明与粗鲁之间的进食声。稍后，小推车返回，收拢餐具，他们也渐次抬起头，嘴角处变得油乎乎的，尚未完全满足的表情有点困倦，呆滞地向喉咙里灌下最后一口咖啡——整个进食周期，告一段落了。

毕竟一直两脚悬空嘛，刚飞的头几年，柳云常会联想到坠机之类的极端画面，每当这时，扫一眼庞大拥挤的机舱，扫一下那些刚刚被饲养或等待被饲养的身体们，他们东倒西歪，有的半张嘴巴呼呼睡去，有的紧锁眉头在思考，有的在高雅地轻声攀谈，既让人轻蔑，又值得尊敬——他们都是非常重要的、比她重要得多的人物，他们不得不赶到东、赶到西，去张罗、维持或拯救各种局面。看着这些大人物的身体，想象他们如花似锦的事业与前程，柳云总会迅速获得平静，觉得坠机是非常平等的一件事了。

空闲时，她甚至还写写画画地准备了一份简短的坠机通知：

女士们先生们，各位身体们，本次航班将在三分钟后自由坠落，请您的身体保持镇定并做好坠机准备，我谨代表本次航班全体机组人员感谢各位身体的配合，并向各位身体送上最亲切的道别……

如果能有机会这么来一下子，怪有趣的不是吗？

2

十五年前的牛先生，曾经是那些被饲养的乘客之一。牛先生不姓牛，只是柳云觉得他应当姓牛，牛B轰轰的牛。

牛先生商务繁忙，连续有两年的时间，他每周一次往返于南京和厦门之间。他前半年坐经济舱，后来，就只坐商务舱了。他认识柳云所在机组的全部未婚者。在她们落地等下一班返航的地面期间，他请大家一起K歌、吃海鲜、泡吧，连送花都是一人一捧。一切落俗套的事情，他都做过，认真而毫无创意——那些年，南方生意人中突然流行起这种需求雷同、目标锁定空姐的浪漫主义，好像她们都接受到统一的秘密指令。

牛先生在向整个群体示好的同时，是有锁定对象的。

起初是“媚眼儿”。“媚眼儿”的神奇全在那一双眼睛上。她冷冰冰、懒洋洋地应付差事，可每一个被饲养者都觉得她含情脉脉。无数的男人对她一见钟情。牛先生是其中之一，牛先生一看到她，眼珠的转速就慢到为零。花费了三个月的攻势,牛先生最终领悟到,他误会了。

牛先生迅速改变方向。下一个是"330"。空姐们的胸脯一般都像飞机场,没什么看头,但她的飞机场上却真停了一对飞机,并且是"宽体大飞机330",故得此诨名。她弯下腰服务时,乳房四周的目光砰砰砰如同重金属冷兵器,她直起身子时,那些目光则变成橡皮筋,粘粘的,拉得老长,绕着她的"330"好几圈。碰到难缠的被饲养者,姐妹们都会请"330"弯腰抚慰,必要时,半蹲在那位男士的座位旁轻言细语,以方便其换个角度欣赏她的"空客330"。牛先生也是故意胡闹过的主儿,一闹,"330"就来了。当着众人的面,牛先生直率地夸赞"330"的身体,遗憾他不是一位摄影师、彩绘师、刺青师或其他一切跟脱光衣服有关的艺术家。他单独约会"330"时,可能进行过这些职业的尝试。尝试失败了。

牛先生屡败屡战,这回是冰冰。她的脸特别小,像在等人疼她或揍她,男人就喜欢这两样,不是吗？最让人受不了的是她的嘴,真的只有樱桃那么大,尤其是涂上口红,3D效果惊人。知道那个滑稽但广为流传的说法吧,嘴巴小的女人"那儿"也小,就像男人的鼻子与其性器官正比相关。总之,小嘴巴冰冰收到的便条与名片最多,上面留着男人们一切的联系方式,有的还体贴地另外注明年薪与身价,妄想着3D红嘴巴会主动跟他们联系。牛先生比他们要务实,他直接就向"冰冰"求婚了,可惜他的身体材质不对,冰冰早有大志:要嫁外国人,除了非洲,哪儿都行。拒绝牛先生半年之后,冰冰的梦想照进了现实,她收到一张文字酷似蝌蚪或精子的便条,然后成了这个阿拉伯佬的第三个老婆。

然后……然后……轮到柳云了。

柳云嗤嗤发笑,像看戏的突然发现戏演到自己身上。她正看得带劲呢,也看清楚了——男女关系之中,真正具有推动作用的就是身体的各个部件,眼睛、乳房、嘴巴、腰肢、头发、脖子或别的哪儿,这些不是器官,而是嗖嗖嗖、彼此作用的武器呢。没有爱情这回事情的,它就像汉人图腾"龙",是人们臆造出来用以膜拜和遮掩肉体罪过的。许多女人信这条"龙",迷信了一辈子呢。

柳云可不会。

柳云请教了牛先生两个问题。一、为什么总要盯着空姐呢？二、为什么轮到她了，理由或规律？

牛先生可一点儿都没有打愣。他比她整整大二十岁，这多出来的岁数会帮助男人们，显得笃定，做什么离奇的事都理所当然；年纪对女人的帮助么，就完全是反过来的啦。

“很简单。航空公司等于替我做了一个非常全面、严格的筛选，去伪存真、去粗存精，年轻健康漂亮齐活，哪个男人不想这样呢？就是很多人没这个本事。我不一样，你们当中随便谁跟了我，绝不委屈，通俗地说，双赢。”他不紧不慢地解释。

是啊，无可厚非。人们在考虑婚配时会对某些职业存有期许。男人偏爱护士、幼儿园老师或舞蹈演员。有的女人偏爱处长、教授或摄影师。他们理由十足、一本正经，像挑选家用电器的品牌一样。

“倒也是，空姐，360 度无死角健康乳牛。”

牛先生没有理会她的打趣，接着回答问题：“你们机组，未婚的一共六个，我把你排在第五个。”

“很荣幸不是第六个。”

“第六个是钱怡嘛。她年纪太大，只比我小十五岁，肯定排末尾的。”牛先生亲切中有点责怪：这么简单的道理。

到目前，这位牛先生都没有提到“感觉”“缘分”“冥冥之中”“弱水三千”“千里寻她”“蓦然回首”之类的狗屁话。是个实在人。

牛先生继续，挺诚恳：“光论长相，你能进前三，为什么排第五呢？主要你这个人，不知哪里有点怪，我吃不大准。”嗯，他不是第一个这么说她的，柳云也有些自知。身外之物，总是解释不清的。

“你身体怎样？”她转移话题，关心地询问。毕竟大了二十岁。

牛先生一怔，随即很高兴，明白已经进入了细节：“我肯定比不过你们机长喽，除了慢性鼻炎，家族还有高血压和秃顶遗传。但你放心，前列腺系统十分优良。需要的话，我给你看近三年体检报告。”

柳云没有再问别的。不过牛先生主动介绍了他的公司概况和未来规划，他在厦门、南京、青岛、海南等处的房产。其实这些情况柳云已相当之熟悉。牛先生每追求一个姐妹，他的财务状况就在机组中被共享一次。但她仍然仔细地听着。男婚女嫁，衡量彼此，这是很庄严的过程。

牛先生最后提出，不希望她再给别的男人端茶送饭，“辞职回家伺候我一个”。

柳云完全同意。

这几年，她跟姐妹们一样，趁着空姐行情正好，都在暗中留意。在过往出现、以各种形式接触到的诸多人选中，有的比牛先生还要老，有所谓的总裁，其公司就只有两台电脑和一个跟班，有的都有了两个前妻、三个孩子，有的病老衰弱更需要找一位贴身护工。综合比算下来，牛先生算是相当优等了，哪怕他把她排在最后一位，她同样会点头同意的。

家里人估计比她还满意。当然柳云家里也没什么重要人物，妈妈去得早，爸爸另娶了。这过程中也不乏一些伤感的小故事，有些男人挺爱听这方面的事，好像这是打开和使用她的一份说明书。她也曾煞有介事地讲过很多遍，那个愚蠢的阶段过去了，而今她厌烦再讲这些了。再说，爸爸和他的女人待她不错，每次落地回到南京，都有一桌好吃的在等着，什么也不要她干，她像个尊贵的随时可以拎包离开的客人，具有客人的一切好处和一切不自在。

相比之下，柳云更乐意待在厦门的乘务公寓，其实就是集体宿舍，有两个机组轮着住。空姐吧，也就是在飞机上还能供人思淫一番，回到宿舍里，该臭的、该脏的、该腐烂的，照样。但好歹这算是她的家了。而且她知道，当她公布出与牛先生的最新进展，姐妹们会像真正的家人那样，用她们与老男人长期作战的经验替她出主意，如何欲擒故纵，如何争取利益的最大化。她甚至想到，她们会举杯齐贺，给她一个绰号作为新婚赠礼：牛先生终结者。

“您贵姓？”她想起来，牛先生绝不会恰巧就姓牛的。

“你至今都不知道？”牛先生看她的眼神简直就带着恐惧了！“我请了你们整个组那么多次，我每周坐一趟你们的飞机，都快两年了！”柳云深感抱歉，这的确是她的不是，但决非故意如此，姓甚名谁哪有那么重要呀。

牛先生眼神四处乱转，又扭着脖子往各个方向看，好像哪里有人在喊他。柳云也替他扭头寻找，后来接触多了才发现，牛先生碰到难以置信之事，都是这么个动作。

牛先生掏出张名片递给她，递到中途，他改主意了，摸出纸笔打算写，可是又停下了。这显得多生分呀。他疲惫地望望她，不得不像初次见面那样自我介绍："我叫高奇政。高大的高，神奇的奇，政治的政。"

这名字太难记了，柳云莞尔一笑："我就叫你牛先生。怎么样?"柳云正面解释道：牛气冲天，多好啊。

高奇政先是大笑，随即却伤感了，他揉揉眼睛："你这一笑，特别像我遇到的第一个女孩，那年，我二十五岁，一无所有啊，怎么也追不到她！可现在，她又老了！"怀旧了一通，他接受了"牛先生"这个所谓昵称。柳云露出 ISO 标准笑，老男人总是这样起头的：你，像我的初恋……

随后她就和他结婚了。

有人认为她"图钱"，婉转地说她这样"随便了一些"。人们的偏见总是如此落入俗套，似乎谈恋爱时志趣高雅、选择严苛并反复考验，所获得的婚姻就可靠得像加了十二道金锁。太可爱了。

再说，柳云与牛先生的婚前交往，也比人们看到的要多一些。自前至后，她也逐步表现出矜持、怀疑、赌气、思念等诸多"热恋"情状。这里所写出的，只是择其要者，以节约时间——牛先生并非柳云的主角。

3

主角的分配并不与时空或亲密程度成正比。比如同事，天天见面，共事八个小时，有时还加班，一起吃喝。又比如舍友，赤裸着一起到浴室、提醒牙齿里的菜叶。陌生人，地铁上调戏般地紧紧挤着，大腿贴着大腿，交换彼此的鼻息。这些都不是主角。柳云跟牛先生，就是这样的一种情况。一起吃饭、赤裸着洗澡、提醒牙齿里的异物、大腿贴大腿、交换鼻息。任何两个人结婚都是这样的，相互占据大量没有质量的画面。

乏味的镜头就直接跳过去吧。

而今柳云三十八岁了，儿子都十岁了，她看上去——怎么说呢，空姐时期的生理与外观描述已统统消失了。有一种女人，美貌的保质期相当短暂，在求偶期集中爆发一下，然后变本加厉地陨落。这个没有办法，身体总有其自身的轨迹。只是柳云对此有些麻木，就像很多自视甚高的老才子一样，哪个会觉得自己江郎才尽呢？她认为自己还行。

牛先生说来也是年近花甲，但因为生意发达、一直的发达，雄激素似乎也葆有充足的燃料，岁数仍然是他的同盟军，就如同他仍然不停地坐飞机，几乎不在家。柳云并不清楚，也不在乎牛先生是否还继续热爱空中小姐，反正她离开那个世界了。柳云现在的世界是厨房和花园，她热衷莳弄各类有叶有花有果的树，弄得两只手粗糙如农妇；她还擅长自己烤焙蛋糕制作各式西点，制作果蔬汁与生鲜沙拉，身上总带着一股子既甜丝丝又油哈哈的厨房味儿。

牛先生常在家中宴客，客人们剔牙喝茶时，一致认为她天生就是做全职太太的料子，口气像谈论一块合适做窗帘的布匹。牛先生这时总会不失时机地挽起柳云的手，挤挤眼睛，谈起他十几年前为了追求她、不得不把机组里所有空姐都追求了一遍的故事。这故事他讲过太多次，并像个精益求精的艺术家似的，每次都进行改良，添加更多的误会与手段。他的生意伙伴及其臃肿的太太们都十分喜欢，有的听过多遍亦会乐得浑身发抖，拍手叫好，像在看小品——柳云实在是完全看不出当年的样子了。柳云把手里的糕点盘往下移一移，挡住她完全走形的腰身，也跟着一起仰头大笑，连牙龈都露出来。以前要求怎么笑的，露几颗牙齿的？统统忘啦！

就在这一年，小田出现了。

小田出现之前，柳云认为她的日子过得不错。这个结论也不是孤立的。她的中学同学，以前的空姐同事，她爸爸那边的亲戚，她死去亲妈和后妈两边的亲戚，各个方面都是这么认为的。“啧啧，先是考上空姐，又钓到有钱人，这辈子都不用愁了。”他们这么说着，带着不服气的腔调。包括牛先生本人也这么认为呢，他有时从外面很迟回家，人像被碾过似的摊成一堆，十分羡慕地直咂嘴：“下辈子我要做女人，他妈的专职做阔太太，什么都不用烦。”柳云这时总会点点头表示赞同，一边替他削水果。

柳云削苹果是一绝，从开头到结尾，削成一整条细细的长皮，简直可以上电视比赛，结婚十五年了，炉火纯青，从不失手。刚见小田的那天，她同样胸有成竹地削，还没转半圈，就断了。

小田是牛先生找来的，起初做保镖，他会几套徒手格斗，不爱说话，身架子大。他们两个穿着西服一前一后,有初见面的以为小田是更重要的人,这种误会倒也不多,就两次。牛先生不答应了,马上决定开掉他,辞退时牛先生随手翻一遍小田的简历,发现他在体校学过网球。那段时间,牛先生正折腾着给儿子学网球,教练是外教,八百块一个小时,不负责陪练。小田这不是现成儿的吗?顺便还可以管儿子接送呢。

关于儿子的培养,牛先生有很多思路。三代出贵族嘛,牛先生认为,他爹那一辈是土疙瘩,他本人么,已经"起来了",几大洲跑遍,什么高级世面都见过,一起床都能喝咖啡了。到儿子,则肯定是大贵族了,故而他教育上十分讲究。羽毛球,东南亚穷人玩的。游泳?土!帆船可以考虑。语言首选法语。等等。他有时是这一套说法,有时又是那一套——就看他刚刚跟什么人物喝过酒,而这个人物又推崇什么样的教育了。网球就是某次酒后的决定。

这些闲话不扯。总之,小田就从保镖变成儿子的陪练和接送。他开一辆马达很响的二手摩托,每周陪练两次,接送外教课一次,三次都留下来吃晚饭。小田同时还在一家健身会馆兼职,时间蛮紧,都是按点儿到,到点儿走。吃饭时,他基本不吭气,看不出任何的性格。

那怎么苹果皮就削断了,柳云不明白。

这样的身体她以前也见得多了。航空公司的培训,班上总有三分一是空哥,跟她一样,也都是符合"美学标准和医学标准"的,一堆"标准"扎在一起,其实是反美学的、最终让人漠视的。牛先生长相磕巴,可柳云根本无所谓。怎么现在倒没出息了,稀罕起来?难道还要补回这个欠账?

也可能怪小田太年轻了,像棵挺拔的水杉树。她太久没有跟小伙子打交道了,小田那随随便便的劲儿让她生气,从他一进门,看到他的胳膊腿或脖子,她就会腾地冒上火焰般的气愤之情,莫名其妙觉得心急火燎,老想做点什么重要动作却见效甚微。为了延长与小田共同吃饭的过程,柳云特意准备那种吃起来比较麻烦的菜:小龙虾、蟹、炒螺蛳、带壳蚕豆,动刀动叉的带骨牛排。她还在一些细微的事情上工于心计。把餐桌换个方向摆,这样他会坐得靠近一些。为了光线在她脸上的投射更加理想,新换了灯罩。为了晚餐穿什么,她要折腾一个下午,连围裙都要烫两遍。她翻出没有挥发光的旧香水,味道有点怪,她自己都连打两个喷嚏。

准备一大圈之后，柳云小心翼翼地站到镜子前面，有些担心地微笑，镜子里有些影影绰绰，可她看到了，十五年前的自己正长途跋涉地从时间深处走来，越走越近，并走出了镜子，可以绝对般配地站到小田身边了！

可小田为什么视而不见哪？他带着上班的人的表情，礼貌而匆匆地吃饭，不时还看看表，时间这么飞快啊，可他还要无情地快马加鞭。柳云不时站起身让菜，给他和儿子搛菜，徒劳地、不自信地，她也往自己喉咙里塞，感到每一口都如同猪食，难以下咽。她焦渴得像深陷无人的沙漠，这会儿就是有人拿一盆开水从头往下倒，她也会高兴地向那人致谢的。她疲惫不堪、怒火中烧，借故跑到厨房去洗手，一边隔着移门、囫囵吞枣地看客厅里的小田，越看越是饿空，像从来没有吃过饱饭……

她记起来，十几年前了，她飞厦门线的第二年，有个年纪能做爷爷的有钱人，非常干净地“照顾”过她一阵。他从不碰她，只要看她跳绳(附加一个小小要求，运动衫里头不要穿胸罩、脚上不要穿鞋)，看她头发飞舞、乳房抖动地跳，光脚丫子打在地板上啪啪啪，额头上一层细汗。老头子有时欢喜得呵呵直笑，有时又面带戚容地泪水直淌。柳云当时可厌烦那黏乎乎的糟老头儿了，可这儿会突然明白了，感同身受，触类旁通了——她原来就是渴望着要看到小田满头大汗、气喘吁吁地运动！多么精确的模拟啊。她就是需要这样……

很久以前的那位老头子，像看不见的同盟军一般，让柳云平静下来，镇定多了。她强硬地留下小田说话，问清小田的年纪，小她一轮还带拐弯——十六岁，整隔着一位亭亭少女了。也了解到小田的收入，加上健身馆，才四千，可房租水电通信之类的就要干掉两千五。提到这些，小田往后让一让，离开灯光远一点，正是那种想要挣钱、却无从下手的样子。大街上多少这种毫无前景的年轻人啊。除了一具年轻的身体，还有什么呢？小田算是机会好的，碰到柳云。

也顺便问了一下他的女朋友，小田有些支吾，垂着眼皮说正在追一个同事，也在健身馆做教练。“叫什么?”柳云居高临下。小田勉强抬起头，不情愿地挤出两个字:许洁。多么平常啊，可以直接忽视吧。柳云越来越安闲了，她觉得自己完成了角色置换，上一场男女狩猎中，自己还是只小白兔，这会儿，已经成猎手啦！她目前的姿势还不大洒脱，可基本常识和技术手段是通用的。她晓得什么子弹管用，也晓得小兔子哪里最嫩最适于下手。

4

这天天公作美，下起非常大的雨，电闪雷鸣。牛先生不知又飞往哪里去了，不知是哪里的空姐正在给他送鸡肉饭，或者这种鬼天气他的航班根本没有起飞，又或者，他压根没有出差，这些年他都没有出差，他有另外的房子与女人，年轻漂亮健康三要素俱全。这不稀奇，古往今来都是这样的搭配，做阔太太得有这样的觉悟。再说柳云有她自己的事情！沉沉胖去、沉沉老去了十五年的身体，一旦醒来，那绝对是目中无人了，加上大雨助威，更是膨胀到极点。她真喜欢这暴雨，撕心裂肺多么痛快啊。

雨势无碍室内球场训练，小田照常接送儿子两人回来。他们三个吃罢晚饭，小田照旧看表，要走——暴雨正下到最狠，真是出不了门，何况他骑摩托。她顺势请小田帮儿子洗把澡。其实是想让他洗干净，并留下来。这一连串的念头，完全是自动化的、来自身体的最高指令，她只是执行人而已。

他们在浴室的时候，柳云跑到离花园最近的露台，听雨水吵闹地打在窗玻璃和宽树叶上。她激动到很庄重了，她晓得事情将近。她致敬般地想起多年前那些老色鬼们的把戏，他们费尽心机、花样百出地引诱少女们脱衣服，她和她的姐妹们，碰到多少那样的事啊，不胜枚举，她们在宿舍里毫不留情地嘲弄、揭露和吐唾沫。她现在多么尊敬那些老男人！为了至高无上的身体，他们那样勇敢地努力和博取。

网球、饱餐加热水澡，她又送上去一杯牛奶，儿子很快就睡着了。

小田下楼来，短短的楼梯走得很慢。柳云邀请他在客厅坐下，并跟他寒暄外面的大雨。他谨慎地回答，一边在琢磨，样子显得十分的烦恼而犹豫，又不愿得罪人。多么像从前的她呀，那么涉世不深、惹人怜爱！

柳云聊了会儿她拿手的厨艺，又吹嘘到她的理财，由于有内部消息，她的信托从来稳赚不赔，简直就像要把满口金牙露出来似的……一边聊着天，柳云顺手把窗帘拉下，把沙发整理舒服，关了大吊灯，扭暗落地灯。然后就开始一件一件地脱，脱到只留下乳罩与内裤。头发放下来，拖鞋也蹬了。她从容不迫地做着这些。同时还在聊天，这会儿聊到她的园子。今年新增了夹竹桃，此树喜光，喜肥水，可谓见风长："但一般人家不大种夹竹桃，你知道为什么？"

小田不接她的话。他沉默着，腿和手姿势别扭，如一个坏掉的且丢失了密码的机器人。在第一时间，他没有发出反抗和拒绝的信号，此后，他就再也没有机会了。缺乏经验的孩子都是这样的呀。

柳云更加靠近，像鼓励他学骑自行车——这是很简单的一件事，你抬起脚骑上来试一下，不会跌跤的，我在这儿扶着呢。

小田扭过头，小声地，举起一块微弱的挡箭牌："我还在追许洁呢。"

柳云伸出手，无限伤感地抚摸他的腮部："你的侧面，特别像我的初恋。我一看见你，就想起了他。"

柳云有初恋吗？有啊，人人都有。那个男孩口哨吹得挺好，两个人看电影、钻公园、接吻接得筋疲力尽，也想一起睡来着，柳云没肯，她有种模模糊糊的雄心。嫁牛先生之前，男孩最后一次来找她，两人再一次把腮帮子亲到酸痛、浑身上下摸个遍，然后一言不发、明白事理地分开……柳云对恋爱的唯一经验就在这个口哨男孩子身上，比一声口哨还短。

小田的侧面像他吗？不像，差得很远。

但这种对话是若干年来交配经验的智慧，像有效的烟幕弹一样，柳云感到，小田很需要类似的这些说辞。柳云继续发挥，并就势开始了，说到哪儿她就搞到哪儿，"你的后背和胳肢窝，你的喉结、你的舌头、你鼻腔里的味儿，都像他。"她闭起眼睛，嘴巴从小变大，力度由柔变烈，一口一口开始吃起这年轻的躯体，企图去激活她早就腐朽了的部分。

暴雨在此刻更大更强烈了，似大海倒灌。曾经有人凝神倾听过暴雨吗？真该专心致志地好好听一听！暴雨跟做爱之间，不知有着怎么样的瓜葛，或者并无瓜葛，只是柳云此刻的牵强附会——人在这一种天气里，就是匍匐的，就是原罪的，就是不要脸的。她可不仅有身体，还有沙发、地毯、靠垫、灯光，都一并组合起来，成为肢体的延展，成为快感的苟合者，加入到对小田的吞咬和消化中。

战栗中，柳云伸长脖子，以一个狭窄而倒立的视角远远望向外面的园子，她知道，那些树与花都跟她一样，狼藉一片千疮百孔，却吃饱喝足了暗中肥美。柳云先是嗤笑，稍后，泪水滚落——像那个看她跳绳的老家伙一样。

5

牛先生如常。柳云也照旧莳弄园子，做些新式西点。院中花草如洗，夹竹桃长势喜人。

小田的话比原来更少，并竭力回避与她对视，十足像个怨恨的大姑娘，令柳云忍俊不禁。她逼他说话，各种话题中，小田只愿意谈起许洁。

他的口气很自卑，说许洁多么的不谙世事，像天山雪莲一样，而他现在都这样了(他做个软弱的手势，指和柳云)……他只敢远远地尾随于许洁，她坐 34 路，他等下一班 34 路。她拉一下楼梯扶手，他也拉一下。她中午在食堂点半条鳊鱼，他点另外半条。他说啊说的，像流行歌词的陈词滥调，像十几年前口哨少年向柳云絮叨时一样。哼，少年人的恋爱永远是贫乏而脱离实际的！谁不曾纯洁过，谁不曾甜美过？

柳云附和小田："我跟许洁真不能比吧？看我腮帮上这黄斑！看我这下巴，足足有三层，看我这粗腰板，抵得上两个许洁吧，看我屁股，是不是都挂到脚后跟了？"小田瞪着她，不知所以。

柳云脸色涨红，咬牙发笑："跟我在一起，你吃亏吧？恨死我了吧？"

小田这才晓得她生气了。

柳云接着升级，慢吞吞的："我猜我儿子早晓得了。他每次都是装睡，这会儿正蹲在楼梯口偷看呢。你知道吗，十岁的小孩子还不是人，是精灵。什么都瞒不过他的眼睛。

"你想想我老公，人家给你开工资、供你吃喝、把家里钥匙交给你，你却给他戴绿帽子。他可不是傻瓜，说不定他根本没有出差，他正在往家中赶，他已经站在门外，他正透过窗户瞧着我们呢。

"你跟许洁成不了的。随便哪一天，只要你去拉她的手，去抱她、亲她、摸她，你肯定就会露陷的。你已经完全脏了，你再也干净不了了。"

柳云活灵活现地描摹着，放大出隐藏在他们周边的人物，好像这是一幅按人头付费的中世纪油画。整个画面里，除了躺在凌乱之中、姿势不雅的她和小田，还有帷幕侧面的牛先生和许洁，还有在天庭上飞翔着的她那小天使儿子。这古怪艳情的五人组合，以明暗得当的笔触确证着唯一的主题：他们丑陋、不可饶恕，将面临残酷而神圣的终级审判。

“不要脸、臭婊子、烂货、贱人、骚逼。”柳云口不择言，恶毒地自我诅咒。“你明白吗？你听见了吗？你跟我一样。”像面对一块激荡旋转的红布，小田终于愤怒起来，他直摇头，紧张地随便拿起什么把柳云的嘴给紧紧塞住，如一个被剥夺掉自由却拼命越狱的囚犯，全部的力量都集中到唯一的出口。他的暴动一波接一波，直至她浑不知事……性的最佳催化剂就在于禁忌、憎恨和践踏。她抚摸着小田汗淋淋的后背：“怎么样？这样好吧，蛮够劲的吧？”

小田空洞地移开身体，不说话，一秒钟都不能等地钻到卫生间去了，好久都不出来。柳云这才慢慢清醒过来，她把腿合拢上，用毛巾盖起自己，越来越像那些老男人啦，已经到了不择手段不加掩饰的地步啦。

还送礼物。怎么办呢，除此之外，她用什么去维系他们的身体？

毫无疑问，柳云的礼物很昂贵，每一份都抵得上小田半年的工资，大部分能直接变现。她必须出手有力，一枪见血，否则兔子就跑了。

但这个赠礼过程，真够受的。上帝是男的，释迦牟尼是男的，老天爷也是男的——男人给女人送礼物，尤其老男人给年轻女人，就像天上下雨小河淌水，仅以“媚眼儿”“330”“冰冰”和牛先生之间为例吧，多少的馈赠与接受，在当时当地、第三者的转述、多年后的回放，随便哪个角度看，都是愉悦的体验。但反过来呢，就邪恶极了。

她总是一见面就拿出礼物来，好像通行证似的，他离她老远、伸长手僵硬地接过去，在她的殷勤注视下，他撕烂包装、拿出礼物，她则活像一个厂家代理人似的，啰里啰嗦地介绍起这份礼物的特别之处，有什么机巧与讲究，适合什么场合，发票就在包装里可直接退换，好几次她不小心说到价格……这太赤裸裸了，他会猛地把礼物扔得老远，扔到床尾，滚到地上，她心疼地捡回来察看，嘴里嘟囔着，他再次打落，把她的双手扎到背后，把她的头按在礼物边上，就那样搞她。好像那礼物是一个摄像头，是一个物证,是一个耻辱柱——她被死死钉在那里永世不得翻身:年纪的不平等、经济的不平等、性别的不平等,她这是多大的罪过啊。

这一切过后,柳云总会给小田弄些吃的,寿司、曲奇或凉面,配好现榨果汁,她刻意劳碌地张罗,像给水杉树浇水施肥,看着他腮帮子鼓起来再从喉咙滚动着咽下去,她给他递餐巾纸,接过他吐下的皮或核,小田如昏迷者一般无意识地咀嚼——她知道小田这会儿对她有多厌恶,都不能再忍受她哪怕一根头发。柳云完全地理解,她曾经也这样过的。她得利用她的经验来帮他。她衣衫完整,态度亲切,充满长幼亲情,刚才有多淫荡,这会儿就有多母性,好像他们之间,是挺体面的并能长久下去的一种人伦关系——这很重要,因为几分钟之后,小田就要走上大街,她要帮他走出门、站到阳光下并坦荡地流入人群。在小田离开之后,柳云才开始慢慢收拾房间和餐桌的残局,动作迟缓,如手脚不灵的老妇,竭力拖延着这个糜烂而自由的时刻。这是她一个人的后戏。

6

小田突然出了车祸,晚饭后离开柳云这里回出租房的途中,他的二手摩托车被一辆汽车顶到栏杆边,捏成一个巨大的焦黑纸团,小田整个人薄薄地摊在纸团外面。但他的头盔仍然发挥了保护作用,也就是说,尽管身体薄如煎饼,但头部还是圆溜溜的、眉目无碍。不过没有人在意他的脑袋,人们更震惊于他的身体,有人咋咋呼呼地形容说:他的下半身整整胖了一倍,像穿着加肥的牛仔裤。柳云试图在头脑里再现胖了一倍的、穿加肥牛仔裤的小田,没有能够做到。

警方调出了路口录像,撞他的车子屁股光秃秃的,没有牌照,他们分析了:这是新车、新手开的,又是晚间,还是十字路口,事故是难免的,逃逸也难免的,一丁点儿线索都没有。这年轻人可惜了。摩托车等于,肉包铁,小汽车是铁包肉,两相一撞,肯定骑摩托的送命。

作为小田的雇主,第二天中午,柳云被叫去问了几个问题:五点多,小田到她家,九点多,离开。当晚没有饮酒。离开时情绪愉快。车况应当正常。等等。牛先生连夜从外地飞回来陪她,从前至后体贴地握着她的手。她想她的声音和手两者都没有抖动。

为了替她压惊,牛先生晚上带着全家去了城里最高的餐厅,五十二层的旋转餐厅,人均消费相当于小田半个月工资。就餐时,牛先生谈了谈“死”这件事,以一种客观、科学、放之四海皆准的态度,从自然界的鱼虫鸟兽讲到地球上的各种灾难与大小战争,几乎把“死”说成了桌上的一碗海参杂粮盅、一份必点例汤,每个人都要吃的。这番铺垫之后,他向儿子说了小田的事,并承诺:最多一个星期,找一个更好的新陪练。果然,儿子难过了不到五分钟,就被一个新下载的游戏给迷住了,很快呵呵呵笑出声来。

牛先生给儿子讲的这节生死课不赖,连柳云也听得频频点头,她完全同意,鱼虫鸟兽,谁无一死,何足道哉!柳云亲昵地搂住儿子,也凑上去一起玩新游戏,跟着咯咯咯笑起来。

倒是牛先生被柳云的笑搞得悚然一惊,他眼神四处乱转、又扭头往各个方向看看,好像突然有人喊他。他把柳云从游戏前拉开:“那是骗小孩子玩的!”柳云坐正,笑容还没收掉。牛先生沉重而惊骇地说:“你真的假的?连我都一直在想着他!你们见面应当比我多呀。”

柳云被牛先生问得有些不自在,一边迷迷糊糊地回了家。厨房里还保持着她突然接到电话时的场景——当时,她正在做蜜柚风味蛋糕,已经榨好了柚子汁,化开了黄油,蛋白打得发泡,小苏打和生粉也分别量好,正打算加入蜂蜜,她刚把木长勺伸进蜂蜜罐,电话响了。小田的死讯与鸡蛋白、苏打、生粉、低筋面粉、蜂蜜,万花筒一样地旋转,蜜柚风味蛋糕做砸了。

柳云安顿了儿子,到厨房里把所有的成品、半成品一股脑清理掉了。牛先生耐心地等她,提出要“搞一下”。这是他对做爱的特定说法。久不行事,还是一样的基本无效,唯情绪饱满,牛先生如牧羊人一般,挥舞着看不见的鞭子,鼻腔里发出一连串快意的吆喝。

忙完了,牛先生疲惫地点根烟:“你刚才对他们说,小田五点多到家,九点多离开。吃完晚饭还待了那么久啊。”

“聊天来着。”她没有乱讲,当晚她真的一直在跟小田说话。

“聊什么呢?”牛先生含糊地问,声音已很瞌睡了,毕竟五十大几了。

是啊，聊什么的呢，柳云闭上眼睛。

其实主要是她说，在讲下流话。柳云欢喜跟小田睡觉，也欢喜跟小田谈睡觉这件事。她需要说出她的感受。每次，到了那极端契合的欢爱之巅，身体忽上忽下忽在深海忽飞云霄，某个极端的念头就会“当当当”像报时鸟一般地叫起来：死了就好了！就死在这一刻吧，死在对方身体里。

为了说得清楚些，柳云在桌子上摆弄两个茶杯垫子，给小田打比喻：“你看，这边，是我们俩最好的那一刻。紧隔壁，这就是极乐世界，就是‘死’，它们是好邻居、亲冤家，我们脚一跨就到了！越好的时候就越靠近死，越想死。”她热切地望着小田，多想能获得共鸣、一起飞升啊。可这一看，才发现自己根本就是在独白。小田早走神了。他看着她，却明显什么也没听见，估计就是听见了也不明白她的意思。

“又在想许洁？”柳云张大嘴巴推出笑容。这不是第一次了，谁年纪大谁就得有好脾气，就得又哄又骗，她没有资格生气的。

“没有，没有。”隔了一会儿，他承认：“她要过生日了，不知送什么合适。”

柳云爽快地：“这个我替你办好了！保证她喜欢。”她心里一声疼痛的长号，看看啊看看，她还得替他的女朋友买礼物。

小田揉揉鼻子，不感谢也不反对，却更加的没精打采。柳云凑上去，也揉揉他的鼻子，并舔上去，礼物的问题解决了，让许洁死一边去！柳云兴致又上来了，她含着小田的鼻子呢喃：“我真能吃掉你，细嚼慢咽，一根骨头不剩，嗯，你信不信？我想吃你呢。”这杀气腾腾的情欲，多年前她也听男人表达过，都以为他们是在调情或聊作余勇，实际上，的确如此啊，欲望残暴如岩浆，强烈到走形的邪劲儿之下，柳云感到自己的舌头和牙齿失控了，它们真的在撕咬起小田的鼻子来。

小田窒息了，手脚一阵扑通，使劲地搡开她。他的鼻头被她咬得全是牙印，已经紫了。小田说要上楼看看孩子。他仓皇站起来，飞快地抽出一把纸巾，边擦边往楼上跑。

柳云眼睛一点不瞎，小田也丝毫没有掩饰，就在他刚才推开她的一瞬，他那眼神里全是恶心与憎恨，身边要有把刀，他大概都能捅她几十下了。

柳云走到门厅那边，那边有个大穿衣镜，她慢吞吞走过去。下午四点钟左右，小田还没到的时候，她照过这面镜子的，前后左右照了个遍，跟以前一样，她看到镜子里的姑娘刚刚二十出头，甜美极了，正一心一意等着男朋友。可这一次，镜子翻脸无情了，镜子里的少女不见了。她看到一个浑身挂肉、体积巨大的老女人，她神情悲戚、略带凶狠，镜子里一动不动。

重新下楼的小田说是想起桩急事，急着要走。柳云没有挽留，只问了一句："许洁的生日礼物哪天要？"小田没回答。柳云听到他在外面发动摩托，二手摩托很不灵光，他踩了许多下，才轰一声走掉了。

等听不到马达声了，柳云才起身到园子里送行，掩在高大的夹竹桃后，眺望空空的车道。她心里掀起冷酷的巨浪，恨不能淹没掉跟小田发生过的一切，恨不得删除他，抹煞他。她再也不要见到这个人了。

这想法嘶嘶的，痛快极了。仅仅两分钟之后，柳云又平静了，算了，他太年轻，还不晓得身体的悲欢与世故！下一次见面，她会道歉的，并送他一辆新摩托。

"聊什么的呀？"牛先生更为蒙眬的声音，像在梦中发问。

柳云阴冷地一抖——那个时候，站在夹竹桃下，她诅咒过小田吧？是那诅咒灵验了吧？她捂住嘴巴，试图呜咽或抽泣，却发现压根哭不出来——她承认，她恨小田。

她讨厌牛先生还在追问，她听到自己发作了，刺耳地回击："你是说，我不该与他聊天？如果我们不聊天就好了，不聊就不会出车祸了是吧？"

牛先生连忙道歉，简直从来没这么温柔过："怪我怪我，不该问的。聊聊天当然挺好呀。再说你们以后都聊不成了。"他轻轻、轻轻地拍着柳云的肩，"聊不成了，你们以后都聊不成了。"声音十分缓和，唱歌似的，像哄她入睡。

柳云于是真的睡了，她都听到自己打起呼来，她自发胖之后，就会打呼了。在自己均匀的呼声中，柳云好像听到，牛先生的催眠词不知何时已经改成"睡不成了，你们以后都睡不成了。睡不成了，你们以后都睡不成了。"她听错了吗？柳云翻个身，牛先生不说了。柳云猛然醒了，眼睛瞪得好大。

7

古琦店九点钟打来电话，柳云替许洁订的小手袋调到货了。是可以退掉的，但柳云去拿了——颜色太嗲，不适合她这年纪，她想着，代替小田去送给那个许洁吧，算是把他的后事给了了。这就像以前一样，小田下了床，吃了东西，穿好衣服走了，她一个人在房间里，可要慢吞吞收拾好一会儿残局呢。收拾多久，小田就还在多久。

从健身馆网站上查到了许洁，负责教授普拉提。

柳云从古琦店取了包直接赶去，假装了解健身项目，吭哧地提起小田，许洁打断，"要上他的课？"许洁瞥一眼柳云，年轻姑娘看中年女人的那种眼光，"他每个周三、周五中午带南美热舞。今天不来。"她提起小田面无波澜，看来对小田的痴心毫不知情，更不知痴心者已死。柳云心里挺响地一拍手，涌起一阵稀薄的胜利感：看看哪看看。她挪挪随身的古琦礼品袋，一时拿不定主意。

许洁急着带课，转身要走。柳云怕断了这根细线，匆匆跟上去，临时报了一节体验课，极不熟练地跟着吸气、吐气、保持不动。再吸气、吐气、保持不动。许洁像没骨头，折纸似的掰弄着她的四肢，柳云拼得腹肉颤抖，最多只做到她的十分之四。

冲淋间，柳云凑上去继续跟许洁攀谈，水龙头下，气氛亲切多了。许洁冲柳云一笑，公关性表扬她的体力，欢迎她随时插班来上她的课。

柳云隔着水帘打量许洁，眯着眼睛，假装自己就是小田，用一个毛头小伙的眼光去评判：处女式的长腰肢和紧凑骨盆，尚未开化的乳房，未经烫染的直发。柳云又瞅瞅自己，油腻腻、松垮垮！是啊，天经地义，小田就应当钟情这样的姑娘。如果他还活着，肯定会继续追求下去的，以蜗牛般的速度尽可能地接近，直至建成一个蜗牛般的小小三口之家。

柳云起劲搓洗自己，媒婆似的挤挤眼，重新提起小田，向许洁描述和转达他的爱慕。在浴室求爱，替一个死去的情人，多么荒唐而感人的场景啊。一阵愉悦颤抖使她涌起一身恶作剧的鸡皮疙瘩。

“在他眼中，你就是天山雪莲！他经常悄悄跟在你后面，你坐34路，他等下一班34路。你拉一下楼梯扶手，他也拉一下。你中午在食堂点半条鳊鱼，他点另外半条。”

许洁小脸紧绷，抹一把额上的水珠：“怎么可能！他总是一下班就跑，话都没有跟我多说几句。再说。”她隔着水柱，严肃地盯着柳云，“他为什么不自己来说啊？”

柳云刚想张嘴，突然看到，小田真来了，他自己来了。柳云一点儿都不惊讶，这两天以来，家中的各个地方，她都能碰到小田。她爬楼梯，他踩住她脚后跟。她往开水里下面条，他升腾在气泡里。她拉开窗帘，一眼看到他正抱臂倚在窗外。她到花园浇水，他站在夹竹桃下。他的死去是一个长镜头，带有移动的背影和盘旋的回声。他还没有进行完呢，他又跟到这儿来了。

浑浊升腾的水汽里，臃肿的女人们正弯腰驮背地处理她们上下的毛发，小田赤裸但戴着头盔，大大方方穿行其中，健美的肢体如大鱼一般闪闪发亮，他走到不远处的一个水龙头下，水流冲洗着他的肩膀，带着弧线弹往各个方向，一直弹到柳云的眼里！老天呀，这会儿的小田，这看不见脸的小田，这健美到近乎标准的体魄，真的像她那个口哨男友了。柳云差点儿热泪盈眶。

柳云把视线收回，继续朝着许洁，尽心尽责地解释，“这个……请你务必要多加体谅，初恋总是可怜巴巴的。”柳云开始分析起男孩们的胆怯与低智商，她穿过厚重的时间迷雾，把她口哨男友的情话也拿来借用了，曾经回忆过多少遍呀，以至烂熟，以至可以一字一句地复述，假装这正是小田献给许洁的爱慕——柳云稍微提高了声音，她希望头盔里的小田也可以听得清楚，这下子他不会太厌恶她了吧，无论如何，她是在帮他向许洁求爱，看看，她下贱到能够为他做一切的事……

一直咬着嘴唇的许洁不知为何突然一拍额头、鼻翼涨大，像是生气了，她急匆匆地冲掉泡沫、关掉水龙头，擦身、吹头发、穿衣，她冲柳云微微一抬下巴，发出一个模糊的邀请。柳云迷迷惑惑地也跟着跑，差点儿都要忘了提上那个“生日礼物”。她们像两个赶火车的人，一前一后地背起包、坐电梯、出大楼、往巷子口跑。跑动中的柳云还在抓紧时间不停地絮叨、替小田游说，像一个关不上的水龙头——她知道，小田也正如影随行地跟着她俩呢——她列举出无数动人的家常画面，向许洁保证，小田会是一个很好的男朋友，很好的丈夫，将来还会是很好的父亲；他们会有着一个般配而结结巴巴的平常婚姻。就像柳云，如果她嫁给口哨男友的话。

巷口，一台款式保守的大奔，许洁刚一露面，它就点火发动了。许洁小跑着拉开车门，进去，又用力拍上。并没有跟柳云挥手，或者这就是她道别的方式。

哦。

柳云晃晃手中的古琦礼包呼唤，老奔驰已远远跑出视线，不可能再听得到啦。柳云摇摇头，利落地直接把纸袋丢进边上的垃圾桶。切，哪里轮得到你送啊？她背对着身后的小田，耸耸肩，收拾了这一通后事之后的嘲讽，当然也有抚慰——瞧着点儿吧，总会有那些老男人冲在更前面的，他们会照顾好你的许洁，也许，就是这会儿，那奔驰里的老男人也拿出了生日礼物，哽咽地把手伸到年轻姑娘的大腿间："你晓得吗，你跟我的初恋女友同一天生日。"你想想，像许洁这样易于扭曲的轻盈体态，多么适合那些没了力气的老男人啊。就像你呀，也一样的，你该想得通的。这世上，没有初恋，没有感情，没有爱，没有任何这些狗屁玩意；就只有身体，一具又一具，没有名字没有脸没有性别。老衰的，嫩滑的，包装簇新的，二手的。转让、出卖、流通、变现。新旧搭配，供求有度，花开堪折，过期作废。

嘣。嘣。柳云猛地回头，发现头盔里的小田被弹到栏杆边，皮肉模糊、血泪飞散，好像遭遇到更猛烈的车祸。柳云终于看到了，如目击者所描绘过的：小田的下半身，压扁了，胖了一倍，像穿了一条肥大的牛仔裤。这一次，他彻底地死去了，肥而薄的、大叶子般的身影往天上飘去。

8

小田的乡下父母直到第五天才赶过来。牛先生听说了，掏出一大笔现钱，并提出两人一起去送这笔抚恤金。钱有点太多了，信封放在桌子上，从柳云那个角度看去，桌面都给压得弯下了似的。牛先生叹口气："小田这事，算是工伤。"

老父母在收拾小田的租屋，每一样东西，不管多破，他们都要带回老家。屁股大的房子，加上编织袋，四个人几乎脸碰脸。柳云转不动身子，只能挨在床边。这就是小兔子可怜的小窝，是啊，否则他就不那么容易中弹了。

呼天抢地的阶段看来已经过去了，老人的神情似乎带点羞愧，解释说，因为正在秋收，要是一接到消息丢下地就赶来的话，那这一季的作物就等于白种了……

"没关系没关系。大家都忙的。"柳云接话，她甚至向小田父母谈起自己的父亲。前两天柳云回去看过他，他和继母正忙着搓麻将，脸玩得红扑扑的，匆匆地与她寒暄，她站在爸爸后面看牌，手搭在他肩膀上，这是她能想到的最亲热的方式。她爸爸忍受了半分钟，扭头、努嘴，让柳云赶紧走："我打牌时，后面不能站女人。"你们看，我爸爸好玩吧！

牛先生皱眉打断柳云，他耳朵根发红，有点激动，他上下拍着脏兮兮、满是划痕的墙，感慨："我最早出来混的时候，找的房子比这烂多了。你家小田挺有出息的！"

小田父母好像找到什么共同语言，你一言我一语地争着说起家里的三个儿子，统统有出息的，一个在合肥，一个在南京，一个在东莞。刚接到电话时，吓傻了，差点儿想不起在南京的到底是哪个儿子了！做父亲的说着，接过牛先生递来的大信封，腰弯了好几次，一迭声地谢谢"大老板"。

老母亲在叠小田的几件T恤，都是柳云非常熟悉的，她常迫切地剥掉小田的衣服，从外到里。老母亲发现衣襟上一大块油污，伤心起来："衣服都没洗干净！到现在连女朋友都没有。他哥他弟都有呢！可怜他……"牛先生咳了一声："有哇，我知道他有！你不是也知道嘛！"他捅捅柳云，柳云连忙一连串地证明，有鼻子有眼地说了几句。她所说的鼻子和眼都取材于许洁。

小田父母信了，追问女孩老家哪里，听说也是湖南老家的，颇感欣慰地抹起眼泪来。

这一天还没完。牛先生所找到的新陪练兼接送，今天刚好试用，儿子得意地告诉柳云，新陪练去接他时，网球班学员的妈妈们都开始整理头发和丝巾，而爸爸们则互相拍肩、相邀到树下抽烟。牛先生的眼光是越来越好了。

这会儿，这个比小田还年轻的新陪练就坐在小田那个位置上，他自我介绍，并主动握手。他相当幽默地谈天说地，讨好柳云，感激地称赞晚餐。看得出，他很希望留下这份工作。

柳云女主人式的矜持，偶尔也被逗得发笑。桌子下面，她在撕餐巾纸，两只手密切配合，撕成匀称等宽的一长条一长条。

她不讨厌这个年轻人，也不介意他坐在小田的位置又吃又喝说说笑笑，相反，她满意他活跃外向的性格。她还观察到一些细节，男孩外套里的毛衣袖口，磨得掉了线；他的皮鞋早就该换一双了……她挺有经验地分析起其经济处境，又一只小白兔。她两只手一直在抖，就算在撕餐巾纸，等长等宽一条一条地撕，也还是抖。

柳云头一次怕起了自己。她怎么立刻就研究起这个小伙子来了呢？

牛先生晚上依旧很迟回来，很累了，还是关心陪练的事，问了柳云三四次："这小伙子比小田怎么样？你说嘛，不满意我再换。毕竟你和儿子用的多。"

柳云咬紧牙关就是不搭理。牛先生倒不介意，他兴致勃勃地接着白天的话："我最开始租的房子，真不如小田呢，想想那时，吃了太多的苦。"他拍拍红木案几，又撩撩高大的滴水观音，环顾着大宅子，要回顾一番他的创业史了。

他举起手臂刚要挥舞，柳云站到他跟前："你那时谈没谈女朋友？还是也有个像这我这么老的情人？"牛先生愣住，柳云又跟一句："倒是没有人撞死你呢？"

牛先生这下听明白了，他慢慢把手臂放下，来回地绕着柳云走圈子，走了两圈，他隐晦地承认了某个小失误："行啦行啦。本来是不该出人命的，顶多半身不遂。我也一直很难受。今天看到他父母，更是难过。可这怪谁？你说？怪谁？"

看看，小田本该只是半身不遂，真该感谢牛先生慈悲为怀的初衷。

柳云也很诚实:“我又没怪你。出事那个晚上,我们本来就很不愉快。”

牛先生冷笑,从鼻子里哼:“那个,叫闹恋爱。”

哈,闹恋爱,多甜的一个词。柳云失笑,可真抬举她,都有点舍不得挑明真相了:“你干得挺漂亮,但也别指望我谢你。”

牛先生脸上一阵惊惧,他又扭起脖子往各个方向看了:“你什么意思? 你也想干掉他?”

“想,但我不会干的。你知道你挺可笑吧? 要是他对我有感情,也算个理由;或者你对我有感情,也说得过去。实际上都没有——你这不值得嘛。”

“我对你当然有夫妻感情。”牛先生飞快地随口分辩道。他皱皱眉,厌恶地补充了一个关键:“他不喜欢你,我信。但你! 喜! 欢! 他! 你他妈的爱上他了。凭这一条,我动手就值了。”

真是太大的误会。柳云直咂嘴:“我也就是睡一下,这个道理你应当懂的,就像你睡女人一样,哪里需要‘爱上’嘛……”

牛先生是第二次四处扭头了,眼神像到处飞的大蛾子。他气咻咻地打断柳云:“还就睡一下! 我告诉你,男人是可以睡一下、拔屌不认人! 女人绝对不可能的,剁了头我都不信! 你别不敢承认,你就爱上那小兔崽子了! 你哪天见没见过他,有没有被肏过,脸上简直就像盖了章似的那么清楚。”牛先生忍无可忍,直着嗓子叫起来。想想看,他憋了多久啊。柳云以前向小田胡乱描述的、牛先生暗中窥伺的画面,简直都是真的哩。

柳云懒于解释,又十分的惊奇,好像听另一个故事。她谦虚地探讨:“可是你也看到的,他死了我都不难过,真的。你帮我想想,我为什么就不难过呢?”

“骗谁呀? 说给鬼听去! 倒有一个办法,新来的陪练见到了吧,怎么样? 我就是专门替你去挑的。有本事你也去睡,明天就睡,母狗一样,屁股一夹就来。你要真能干上了,我就相信,我就叫那人去自首! 妈的,我情愿再搭一条人命。”

柳云这下子还真是迷惑了,她带着一种希望似的:“你怎么这么希望我喜欢小田? 这样我们睡觉就合理了? 你弄死他就划算了? 你倒是想好了——你要我爱他? 你能帮帮我,证明我爱他吗?”

牛先生砸了一个大花瓶。

“还是宁可我是母狗？你信不信我真的也想睡新教练啊？你刚才不是老追着问吗，我现在回答你，我挺满意这小伙子的，可比小田热情多了。你再换别的也可以，随便哪一个来！我都能睡。”

牛先生又砸了另一个大花瓶。

9

柳云起了个大早，重新做起手工风味蛋糕。她在台子上铺开场面。鸡蛋、低筋面粉、小苏打、生粉、蜂蜜。一切像只是接在那个被打断的瞬间之后。

不过换掉了柚子汁。柳云擅长榨汁，搞些不同花样。一年四季，应时的水果、蔬菜、块茎，甚至花苞，皆可成汁，并调和烘焙成特色蛋糕，各有清脂洗肠或补充维生素之妙。今天她选了夹竹桃，毕竟是植物，汁水远不及水果丰沛，捋了好几大把花与叶，勉强才榨到 90 毫升。叶子汁绿得有点俗气，加入花瓣汁之后，清淡多了，接着打上鸡蛋和牛奶，更融合成一种清淡近无的黄绿，着实耐看。

夹竹桃挺好。整个台风季，它们饱饮雨水、碧绿发亮，随着狂风摇曳，像狂野多情的人。她跟小田的第一个晚上，她一边脱衣服一边向他说起过，他当时脑子乱，恐怕都没有听清。最后一次送小田，记得也是站在夹竹桃下，目送空荡荡的车道。这些细节可能只是巧合，但给了柳云一些灵感，何不就用夹竹桃汁呢？可能没芹菜汁香，没草莓汁甜，可甜或苦又有什么分别？她不在意的。她在意的是昨天牛先生摔碎的两个大花瓶，以及它们所代表的两种可能：她是一个有爱的女人，还是只是一条母狗。

碎花瓶还在客厅地上躺着，柳云没有打扫，只管来来去去地走，偶尔被玻璃碰到脚底也无所谓。哼，三十八岁的这具身体，她真搞不懂，也搞不好了。她忽略过它，纵容了它，也骄傲于它，受役于它。这个它，是完全独立的，太独立了，以致孤独。没有另一具身体，口哨男孩也好，牛先生也好，小田也好，哪怕再算上那个看她跳绳的老头子，算上试用的新陪练，随便吧，能算多少算多少，哪一具身体能够真正地、恰如其分地理解“它”？

没。有。抚爱是孤独的，性交是孤独的，高潮更是翻倍的孤独。追逐或被追逐，占有或被占有。猎人或白兔。从来都只有自己在抱着自己。她是第二个花瓶，她是母狗。

“它”这样还有意思吗？柳云使劲儿搅拌着淡绿色的面糊糊，直至看不见任何干粉和气泡。“它”这样还有意思吗？柳云给模具刷上橄榄油，并把糊糊均匀地挨个儿倒进去，再一一撒上葡萄干。“它”这样还有意思吗？柳云最后把瓶瓶罐罐收好，用小木槌子敲一敲台面板，像法官最后一次向陪审团提问。

三次的答案都一样，结论是坚决的，令人轻松的。

等待烘烤的时间，柳云替自己仔细化了一个端正的妆，头发高高盘上去，脖子里系了条小方巾，唇彩是最正的大红。如果她瘦掉三十斤，脸上斑少点儿，头发恢复浓密，就有几份像当年跑厦门线时的模样了。

她想起了那间乱糟糟、她聊以为家的空乘宿舍，想起了“媚眼儿”“空客 330”和“冰冰”。她感到自己又置身八千米的高空，系着小围裙，推着午餐车，在狭窄如猪栏一般的过道里，给那些嗷嗷待哺的被饲养者们送上鸡肉饭与牛腩面。嗬，又看到牛先生啦，他多年轻哪，年轻得像小田一样，他左边是一位腼腆少女，眉眼酷似许洁，右边则是个戴珍珠项链的胖妇人，面熟得像姐妹一样，她是谁呢？年轻的牛先生分别搂着，亲亲左边又啃啃右边，还抽空向柳云挤挤眼，他用夫妻间的语气夸奖她：“终于有心情烤蛋糕了？很好嘛！下个周末再搞个家宴吧。我好久没讲我俩的故事了呢！”

很棒的提议！夹竹桃之味！“叮”，随着烤箱的一声提示音，异常的气流突然颠簸起伏地来了，头顶的氧气面罩纷纷掉落，旅客们东倒西歪，一个个脸色突变，抖动中他们扔掉餐盘，绞住安全带，相互胡乱扑打。

柳云十分镇定地扶了扶她摇晃的梳妆台，稳住那些叮叮作响的瓶瓶罐罐，随后她清清嗓子，嘴角上翘，极其甜美地播送起那份她早就打好草稿、这下子终于派上用场的告别辞：女士们先生们，各位身体们，本次航班将在三分钟后自由坠落，请您的身体保持镇定并做好坠机准备，我谨代表本次航班全体机组人员感谢各位身体的配合，并向各位身体送上最亲切的道别……

是的，还有最后三分钟，众声喧闹又异常安静的小小等待之中，柳云有条不紊地打开烤箱，从托盘里取出一块热乎乎的草绿色风味蛋糕。一只手往嘴里送，另一只手在下面接着，以免碎屑掉落。嗯，又松又软，甜香适度，各方面比例都无可挑剔，她谦逊而满意地点头：味道对了。

补注：夹竹桃，直立大灌木，叶片如柳似竹，花冠粉红至深红或白色，有香气，花期6月至10月，宜观赏。对二氧化硫、二氧化碳、氯气等毒害气体有较强抵抗作用，有环保价值。其叶、皮、花、茎、根含夹竹桃苷，剧毒，人畜食用，易致心律失常，直至瞬间休克死亡。鱼塘牧场边不宜栽种。临床运用其提取物治疗心力衰竭与癫痫症，内服煎汤，剂量0.3—0.9 g。（选编自百度）

2015.4.6 定稿

（原载《花城》2015年第4期）

说　吧

过士行

秋生长到三岁的时候，大家才发现他不会说话，父亲临死前最担心的就是将来他怎么上学。母亲说大不了以后上聋哑学校。大哥春生比他大十五岁，就在秋生准备上小学那年结的婚。秋生喜欢新嫂嫂，她长得太好看了。大哥搬到另一条胡同里去的时候，秋生很不开心，虽然这两条胡同都是一个名儿，可是毕竟不能每天看见嫂嫂了。要说新嫂嫂虽然很年轻，但却很懂事，她始终不放弃和秋生说话，她想让秋生在上学前学会说话，通过学校测试。

天有不测风云，大哥春生突然被工厂革委会办了学习班，吃住都在厂里，让他交代问题。秋生不明白哥哥为什么不回家了，嫂嫂也很少来了。大人跟他解释，他眨巴着眼睛也不知道听懂没有。

端午节到了，母亲一天都在包粽子，蒸粽子。第一屉出锅后，母亲用塑料网兜装了六个粽子，交给秋生说："给你嫂子送去。"

秋生高高兴兴地往嫂子家跑，到了嫂子住的胡同里，他看见了简易楼的大门旁放了一辆崭新的凤凰 18 型锰钢自行车，他看了一眼转铃盖，还在。那时候自行车放在陌生的地方不久，转铃盖就会被人顺手牵羊拧下，铃铛就成了哑巴。这辆车的铃铛盖还在说明车停了不大工夫。嫂子住在二楼。一条走廊的一侧都是居室，走廊上是各家做饭的炉子。各家都在吃饭，走廊上空荡荡的，只有葱花炝锅的余香在空气里弥漫。

秋生拉了门把手，里面锁着。他敲敲门，里面的喘息声停止了片刻，一个陌生男子的声音说："好像有人。"

嫂嫂说："可能是他弟弟。"

男人问："要不要先穿上衣服？"

嫂嫂嘘了一声。

男人又问:“他会不会说出去?”

嫂嫂说:“他是个哑巴。”

嫂嫂说:“他什么时候放出来?”

男人说:“说快也快,说慢也慢,这就看你的表现了。”

嫂嫂在哭泣。

秋生把粽子悄悄放在门前,下了楼,来到自行车前的时候,他顺手拧下了转铃盖,塞进裤兜里,这时候天已经黑了,可整栋楼还不见灯光,一定是又停电了。他手脚并用爬上了嫂嫂居室外的一棵臭椿树。可能是停电的原因,嫂嫂的窗户没有拉窗帘,里面黑漆漆的什么也看不见。他正透过重重树影向屋里张望,突然来电了,整栋楼都亮了起来。他看见嫂嫂洁白的身体上一个两腿是毛脑袋谢顶的强壮身体在蠕动着。他惊呆了。

突然有人喊:“那是谁家的孩子上树啦!”

秋生脚下一滑,慌忙溜下了树,他看了一眼刺眼的路灯,掏出兜里的转铃盖,抬手打灭了路灯,消失在黑暗里。

秋生并没有立即离去,他藏在斜对面一个院子的门洞里,看着嫂嫂的楼门。大概过了有一场电影的工夫,一个头上谢顶的男子匆匆地来到楼门外,推起了自行车,肯定是他发现了转铃盖不见了,他骂了一句“兔崽子”,蹿上车,疾驰而去。

秋生从阴影里走出来,他看见那路灯杆下有个东西在闪光。他知道那是转铃盖。他过去捡起它。远处,一盏盏的路灯放着幽暗的光。秋生一边走,一边用转铃盖打路灯,一条胡同的路灯都被打灭了。黑暗吞了胡同。

回到家,母亲问:“嫂子留你吃饭了?”

秋生呆呆地望着母亲。

“到底吃了没有?”

秋生摇摇头。

“没看见你嫂子?”

秋生点点头。

"粽子呢?"

秋生比画了一下。母亲不再问了,但是脸上有些疑惑。

母亲拿来粽子给秋生。看看粽子,秋生摇摇头,不吃。

"把衣服脱下来,我给你洗洗。又上哪儿去疯跑,看看你弄的,全脏了。"

晚上,母亲一边缝补秋生划破了的裤子,一边问:"你上树了?"

秋生点点头。

"你都看见什么了?"

秋生不说话。

"嗨,问也是白问。"

"小孩子不能什么都瞎看,有些不该看的,看了会瞎眼的。"

秋生一脸茫然。

"以后别去你嫂子那儿了,她也不想教你说话了。"

秋生扭过脸去。

嫂嫂住的这条胡同里从此路灯时灭时好,街道居委会的人给这里的居民开了治安会,要大家注意同破坏公共财物的人作斗争,要绷紧阶级斗争这根弦。可是这路灯还是经常被打灭。路灯队的师傅威胁说要是再灭就不管这片儿了。但是路灯照灭。

终于有人发现,只要路灯灭了,就会有一个骑凤凰 18 型的陌生谢顶男子从胡同里经过。戴着红色袖标的街道主任金大妈有天截住了他。

金大妈问:"同志,你找谁呀?"

谢顶男很强硬:"你管得着吗?"

金大妈说:"我是这胡同的街道主任,我们这胡同的路灯老被人打灭了,居民们反映只要是路灯一灭,你准从这儿过。"

谢顶男喊道:"他妈的路灯灭,我转铃还丢呢,我在你们胡同丢了七个转铃了! 你既然是街道主任,你给我找回来! 你们这胡同有贼!"

金大妈也不是省油的灯,她知道只有把事情闹大,才能对付这个可怕的男人。于是她扯开嗓子喊:"那你也不能骂人呀! 你还想打人吗?"

附近的居民们都跑了出来看热闹,并且偏袒金大妈。

金大妈这时候勇气倍增,说:"你要是不说清楚了,你走不了,我这就派人去叫警察。”

谢顶男有些软了，显然，他不想在此停留过久。

谢顶男说是来找某某做家访的，他是她的厂领导，并且拿出了工作证。这下大家没话说了，人家是革命干部，并且他领导的工厂很有来头！于是双方彼此互道误会，一天乌云散。

谢顶男表示为了尽快抓获打灭路灯的罪犯，他要常来，就潜伏在他属下的家里，直到破案。金大妈表示感谢。

中秋节前的时候，大哥被放回来了。母亲炒了几个菜，让秋生给大哥打了一暖壶啤酒，买了一盒“英雄”牌香烟。嫂嫂也一直帮着忙活，有时候她会偷偷扫秋生一眼。

春生瘦了，挺黑，老是咳嗽。他贪婪地吸了一口“英雄”。

嫂嫂说：“您就不该让他抽烟。”

母亲说：“不该的事情多了，你拦得住吗？”

嫂嫂脸一下子就红了。

“秋生什么时候上学？”大哥问。

母亲说：“今年上小学的都去学校测验了，他不会说话，怕人家不收。”

大哥端起冰镇啤酒，咕咚咕咚一口干了，说：“让你嫂子再跟学校说说，先上着，等聋哑学校那边定下来再转学。”

秋生的嘴唇动了动。

大哥问：“你什么意思？”

秋生舔舔嘴唇。

大哥给秋生倒了一杯啤酒。

母亲说：“你别给他喝那马尿。”

大哥说：“马尿，我就不怕，该你喝的捏着鼻子也得喝。”

母亲说：“回来没有街坊去看看你？”

大哥说：“哎，没有。”

母亲说：“听说自打你进去以后，你们那条胡同的路灯老让人打灭了。”

大哥说：“甭问，准是孩子干的。”

嫂嫂看了秋生一眼说:“吃菜。”

母亲说:“我听金大妈说的。”

大哥咳嗽起来。

嫂嫂说:“别抽了。”

吃完饭,嫂嫂去洗碗,母亲补袜子。

大哥来到秋生的小床前,秋生也跟了过来。

大哥说:“你还得练习着说话。”

秋生好像有什么心事,大哥看了他一眼,弯腰看了一眼床底下,他知道秋生的玩具都在床底下的一个鞋盒子里。秋生拿来个马扎坐下,挡住了大哥的视线。

大哥说:“你躲开。”

秋生不动地儿。大哥一推他,伸手把鞋盒子抻了出来。里面,有弹弓、毛主席像章、弹球的上面有七个转铃盖。

大哥一巴掌扇在秋生的脸上,秋生从喉咙深处发出一声咆哮,那是哑巴的可怕叫声。

嫂嫂闻声而至,一看鞋盒里的东西也傻了眼。嗫嚅地说:“你,你别动手啊!”

大哥说:“你出去!”

母亲问:“怎么啦?”

嫂嫂不动。

大哥又说:“你听见没有?”

嫂嫂脸色惨白地出去了。

大哥说:“我替你处理了吧,不然你会进派出所的。”

大哥把转铃放进一个书包里,嫂嫂跟着他走了。

母亲问秋生:“你哥打你啦?”

秋生脸色阴沉,紧闭着嘴唇。

九月一日开学前的某一天,嫂嫂带着秋生去学校考试。老师问秋生:“多大了?”

嫂嫂说:“这孩子不会说话。”

老师说:“不会说话我们不能收,他应该去聋哑学校。”

嫂嫂说:“聋哑学校那边正联系着,他们位置也紧张,能不能让他在这边先上着,那边一有位置我们就转过去。”

老师说:“这是上边规定的,我们也没办法。”

“我能说话!”秋生说。

“怎么回事?”老师问。

嫂嫂紧张得眼泪都下来了:“他从来没说过话! 我向毛主席保证!”

老师说:“你们太粗心大意了,一点都不了解孩子。住哪儿?”

嫂嫂说:“时刻亮胡同。”

老师说:“没问你。”

秋生说:“原来叫屎壳郎胡同。”

老师笑了,入学手续顺利地办下来了。

嫂嫂拉着秋生急匆匆地出了校门。

嫂嫂说:“我带你去冷饮店吧? 有冰激凌,还有刨冰。”

秋生摇摇头。

嫂嫂说:“怎么又哑巴了?”

嫂嫂又说:“走,去百货大楼,给你买个书包,上学得用。”

秋生跟着嫂嫂向无轨电车站走去。

秋生住在偏僻的西北城,他从来没有到过东城的百货大楼。一进第一层,他就看花了眼,柜台里商品琳琅满目。

走到一个卖儿童用品的柜台前,嫂嫂指指一条儿童皮带说:“给你买条皮带吧,你那塑料的也快坏了,上体育课要是裤子掉下来多难为情啊!”

秋生不说话,嫂嫂买了皮带,把旧的解下来,给秋生换上新的。嫂嫂说:“长点,没关系,你还长呢。”

嫂嫂是跪着给他穿皮带环、扣上别针的,秋生看着嫂嫂一头乌黑的短发在自己肚子前蹭着。他的小弟弟硬了。

嫂子突然抬起头,打了他屁股一下,眨了眨眼说:“想点别的!”

秋生看别处,一个穿裙子的小姑娘正啃一根红果冰棍儿。

书包、铅笔盒嫂嫂都一块儿买齐了,还给他买了一根中华铅笔,一个转笔刀,一块带香味的橡皮。嫂嫂说:“没钱吃冷饮了,我就带这么多钱。”

秋生说：“行了。”

嫂嫂说：“车钱也不够了，咱得从王府井走回德胜门。”

秋生说：“你能走我就能走。”

嫂嫂说：“你都会造句了。”

一路上秋生三步并作两步紧跟着嫂嫂，嫂嫂放慢了脚步。走到筒子河的时候，嫂嫂说：“歇歇吧。”两人趴在河帮的矮墙上看着荡漾的河水。

嫂嫂说：“这里面有鱼。”

秋生说：“看见了，是白条儿。”

嫂嫂说：“哦，你什么都知道啊？”

秋声说：“我在积水潭看见有人用苍蝇钓白条儿。”

嫂嫂说：“多不卫生啊！哎，我问你，路灯是不是你打的？”

秋生不说话。

嫂嫂说：“小孩子的眼看东西有误差，有时候看见的，不一定是真的，你懂吗？”

秋生往河水里吐吐沫，一群白条过来抢食。

秋生说：“白条儿吃吐沫！”

嫂嫂说：“我正经问你，你都看见什么了？说吧。”

秋生不说话。

嫂嫂说：“你跟我说，只要不告诉别人，嫂嫂不怪你。”

秋生说：“咱回家吧。”

嫂嫂说：“还早，不急。我跟你哥搞对象就在这儿。”

秋生说：“我哥都说什么了？”

嫂嫂说：“不告诉你。”

秋生说：“你喜欢我哥吗？”

嫂子点点头然后问：“你呢？”

秋生也点点头。

嫂子又说：“他打你，你不怪他？”

秋生摇摇头。

嫂子说：“走吧。”

两人过马路右转，来到了景山公园东门。

嫂嫂说：“你没去过景山吧？”

秋生摇摇头，说：“咱回去吧，我饿了。”

嫂嫂说：“还早，我带你爬山，上边可好玩儿了。”

他们从后山开始爬，一节一节的阶梯走上去，到了一半，秋生就累了。说：“我要回家。”

嫂嫂说：“你不上去会后悔的，走，我背着你。”

秋生实在是累了，他乖乖地趴在嫂嫂的背上，嫂嫂往上颠了颠他，大步向山上走去。秋生闻着嫂嫂头发里散发出的香皂味说：“真好闻。”

嫂子气喘吁吁地问：“什么？”

秋生说：“不告诉你。”

嫂嫂说：“你把手往上点儿。”

秋生像烫着一样把手从嫂嫂饱满的胸部挪开。抱住了嫂嫂的脖子。

嫂嫂又说：“你想勒死我啊？”

秋生说：“那我怎么办？”

嫂嫂说：“剁了！”

秋生挣扎着，说：“你让我下来！”

嫂嫂越发搂紧了他，说：“就不让你下来！”

山路越来越高，秋生带着哭腔问：“你是不是要把我从山上扔下去？”

嫂嫂说：“没准儿！”

秋生又问：“会摔死吗？”

嫂嫂说：“这么高，肯定哏儿屁了。”

秋生大哭起来。

太阳开始下山了，四周昏暗起来。

2012年5月28日初稿

（原载《花城》2015年第4期）

庐山隐士(外六篇)

蒋一谈

我去庐山游玩,不知不觉迷了路,越来越厚的云层遮蔽了太阳,我失去了坐标和前进的方向。我走进庐山深处,四周是山崖、树林和深草,看不见一个人,也听不见鸟鸣。听人说,没有鸟鸣的地方,也没有人烟和河流。我非常沮丧,同时感觉到了恐慌。

我只能一边祈祷一边凭着感觉前行。远远地,我隐约看见山坡上出现一个人影,可是在眨眼的工夫,人影消失不见了。我以为,这是疲惫口渴到一定程度产生的幻觉,但又觉得希望就在前面。我给自己鼓劲,继续往前走。

我再次发现那个人影,大声呼喊起来。人影好像戴着斗笠,一会儿消失在山坡草丛里,一会儿又冒出来,没有停步,更没有转身。我和人影的距离大约有几百米远,我加快步伐,却又始终追赶不上,后来人影彻底消失了。

也不知过了多久,我走到山坡高处,放眼望去,在我的右前方,在一片密林里,有一间茅草屋,我兴奋异常,几乎滚下山坡。我跑过去敲屋门,等了一会儿,一条小狗从门缝里探出鼻头,闻了闻四周的空气。我继续等待。屋门吱呀一声,门缝拉大了,木门打开了,一位神情淡然的中年男人站在我面前。

我急忙伸出手,说:“你好。”

他握住我的手,轻声说道:“再见。”

再见?我很诧异。

他从身后拿出一瓢水,我接过去猛喝几大口,是甘甜的泉水!

“谢谢!谢谢!”

他笑而不语。

“我迷路了。”

他从地上拾起一片树叶和一根硬树枝，在树叶上画了几根弯曲交错的线条和箭头。

“顺着这条路走，拐过这座山，然后向右走，再拐一个弯，就能出去了，是吗？”我急切地说。他点点头，把树叶递给我。

“谢谢，我走了……”我说。

他沉默不语，垂下了眼帘。

“我走了……”我很想和他说说话。

他望着我，挥了挥手，说：“高兴。”

高兴？我更为迷惑了。

他退后半步，轻轻关上木门，门缝合上的当口，那条小狗摇着尾巴进了屋。这一刻，我恍然意识到自己遇见了一位隐士。我想探明究竟，于是站在门前，轻声问道：“请问……您是隐士吗？”他没有回答，我也没有听见小狗的声音。屋门静静的，茅草屋里静静的。

我拿着树叶，慢慢转身离去。背对茅草屋往前走，我感觉刚才的一幕好像发生在久远的过去，而当我回望，又感觉到一股气息从茅草屋里飘出来，轻轻触碰着我，好像在说，别回头，继续往前走……

我继续往前走，回味着他说过的极简话语。见到人来，他说再见，与人告别，他说高兴。我想再次走近茅草屋，向他请教话中深意，可是当我转身，却看不见返回的路了，我走过的路已经被草丛覆盖了。

白色的火焰

女孩赤裸上半身坐在桌边，半张脸埋在交错的胳膊里面。她盯着眼前的透明玻璃杯，眼睛一眨不眨。杯子里装满了滚烫的白开水，热气往外涌动，她的眼睛看不见却能感受到。

女孩透过玻璃杯，在滚烫的白开水里看见一个女人。女人赤裸上半身坐在桌边，半张脸埋在交错的胳膊里面。女人盯着眼前的透明玻璃杯，眼睛一眨不眨。她看见女人的手指一点一点滑向玻璃杯，慢慢握住了玻璃杯，接着女人把杯子送到嘴边，仰起脖颈，把滚烫的白开水全部倒进了嘴巴。她看见女人痛苦的脸，没看见女人的眼泪。

滚烫的白开水，白色的火焰，白色的火焰穿越喉咙和食管流进胃里，那是什么样的痛苦滋味？女孩闭上眼睛，摸了摸眼前滚烫的玻璃杯，很想试一试。她最后松开了手指。在那一刻，她忽然意识到，未来的生活会送给她这样的勇气。

地道战

每次填写个人履历，在出生地一栏，我会下意识地想到三个字：地道战。我的家乡在华北平原，我出生在那里，确切地说，出生在一个小村庄，小村庄下面藏着蜿蜒曲折的地道，相邻的村庄下面也有地道，这些地道相互连接，构成了一个密集幽深的地道网。

谁也没有把村庄下面的这些地道全部走一遍，地道有多长，有多密集，村里最年长的老爷爷也不知道。上小学之前，我和小伙伴们在地道里面捉迷藏，玩打仗游戏，我们还在里面撒尿、拉屎，然后用土埋上。玩打仗的时候，谁都想当游击队员，没有人愿意扮演鬼子，可是没有了鬼子，打仗游戏也就没什么意思了。最后的结果常常是这样：我们七个人，五个人是游击队员，两个人是鬼子，游戏玩到一半，其中的一个鬼子还会中途叛变，他不想抱头承受密集的泥块，连还手的机会都没有。

我们的爷爷奶奶说过，当年他们就藏在这些地道里面，躲日本鬼子，游击队员也躲在里面，伺机用长矛捅鬼子，朝鬼子放冷枪。读小学之后，学校组织我们看《地道战》电影。那些地道真神奇啊，有那么多陷阱，还有暗道、防毒气门板，还能直接通到水井，拉住井绳飞身上去，给鬼子一个出其不意，还能从树上或者石磨里钻出来，给鬼子喂土地雷，把鬼子炸得血肉横飞。

老师对我们说，我们村也是一个地道战村，一个英雄村！可是在学校的各个角落，我们没有看见过英雄的照片或者画像。我们村里的英雄在哪儿呢？老师对我们说："村里的那些地道，就是我们的英雄，中国的抗战英雄！"

我们依然有迷惑：村里的那几条地道，矮得直不起身，也没多少机关，虽然弯弯曲曲的，却没有多少神秘感，怎么和电影里的那些地道不一样呢？老师笑了，说："你们小孩子玩的地道，是地道小分队，主要的地道早就被封起来了，咱们村很快会成为革命教育基地，会有很多人到咱们村参观，将来咱们村还会开发成旅游景点，地道战旅游景点！"我们对未来充满憧憬，想去真正的地道里钻一钻，看一看。

这一天终于到了。城里的老师和学生们，一车一车的，到我们村里参观地道，还给我们学校送来了书包、铅笔和运动服。村里人聚集在老槐树下，说这么多年村里从来没这么热闹过。后来，越来越多的人到我们这里旅游观光，那些地道帮助我们村赚了不少钱。

学校的老师组织我们下过一次主地道。我记得很清楚，那天下地道的学生太多了，大家在地道里弓着身子，叽叽喳喳，汗臭味弥漫着，让人喘不过气，而且只能跟着老师往前走。我们一个挨着一个钻进去，一个挨着一个钻出来，迷迷糊糊的。出来之后，我听见有些同学说，里面热死了，臭死了，再也不想下去了。旁边的老师听见了，大声训斥了一番。我还在想，我们村里的地道为什么和电影里的地道不一样呢？电影里的地道，上下左右全是土，可是村里的地道墙面有些是土的，有些是水泥砌成的，冷冰冰的，像个低矮的防空洞。

这是我少年时代最难忘的记忆。后来，我去镇上读了中学，再后来我来到北京读大学，毕业后留在了北京工作。地道依然存在，我只是没有再下去过。这些年，我们那些小伙伴——我们自称"七君子"——都在忙各自的事业，很少有机会集体相聚。今年初春，我和家里人通电话，父亲无意中说了这么一句："小兵死了，三天前死的。"

"怎么回事？"

"小兵带客户参观地道，有一段地道突然塌方了。"

小兵在七君子里排行老五。我回到家乡，送别小兵。我们先前的七君子，来了三个，加上那个黑色骨灰盒，一共四个人。其余的三个人没能赶回来，我们都能理解。小兵的爷爷九十多岁了，拄着拐站在初春的雪地里，嘴巴紧闭，胡须飘拂胸前，神情非常孤独。

办完丧事，我们准备返程。小兵的爷爷说要请我们再坐一坐。我们以为，老人家想听一听小兵小时候的故事，我们也愿意共同分享。我们进屋坐下，老人家却走进里屋，过了好长时间才出来，手里提着一杆红缨枪。我们站起身，意识到老人家可能要给我们忆苦思甜。

“坐，坐。”他点点头，让我们坐下，然后把红缨枪放在桌上，也在我们对面慢慢坐下了。这是真正的红缨枪，枪头是生铁铸成的，已经锈迹斑斑；红缨是黑褐色的，一缕一缕干结了；那根长木棍，好像是水曲柳木，油光锃亮，摸起来滑溜溜的。

“好枪！”我说。

“枪头是我父亲打的。”老人家说。

我们轮流欣赏着这杆红缨枪。

“红缨是马毛做成的，尾巴上的毛，尾巴尖上的毛，又细又有韧劲，抽人抽得生疼。”老人家点上一根烟，吸了一口，缓缓吐出来。“你们也抽吧。”他把烟盒推给我们。他抽的烟两块钱一包，烟味冲鼻子，我们抽不惯，但还是每人取出了一根，各自点上。

“我今年九十一岁，”老人家突然睁大眼睛，提高声音说，“这杆红缨枪七十三岁了！”我们看着他，他的语气降了下来，“我十八岁有的它，挖地道那年有的它……”老人家有点激动，一不小心把嘴里的假牙吐到了地上。他捡起假牙，也不擦上面的土，直接放回嘴里，腮帮子鼓弄了好几下。

“地道……地道……”他喃喃自语。我们看着他，随后面面相觑。“在平地上挖地道不容易啊，挖出来的土那个多啊！”他摇了摇头，“那时候，村里的男男女女、老老少少，全都上阵了，土挖出来，就抬到村西头，越堆越高，堆成了一座山头……”老人家抽了一口烟，“咱们这儿是平原，没有山，我们就站在土山上放哨，拿着红缨枪放哨。”老人家颤巍巍站起来，拿起红缨枪，紧握手中，神情非常严肃，好像回到了当年。

我们在一旁听着，看着，忍不住说道：

“爷爷，这地道……真有那么厉害？”

“爷爷，说说当年的地道战吧。”

“我总觉得，藏地道里就是瓮中捉……人。”

“我一直想知道，地道战到底杀死了多少敌人，可就是查不到数据。”

"我也没查到。"

以上这些问题,是我们的困惑,可是没有人告诉我们。老人家坐下来,重新点上一根烟。我发现他的手指比刚才抖得更厉害了。

"你们……不相信地道战……是吗?"他的眼神扫过我们。

"相信。"

"我们相信,就是想知道更多。"

"爷爷,你给我们讲讲吧。"

他忽然激动起来:"看过《地道战》吗?"

我们一起点头。

"《地道战》讲的就是我们的故事!我们当年就是那样打鬼子打敌人的!"他语气急促,唾沫星子飞到空中。可是,看着他,我更加迷惑了。他似乎想证明什么,或者说,当提到地道战,提到当年的战斗岁月,他想表达的那些话语似乎已经根植在意识的最深处,让他完全相信那个电影故事,完全相信那就是他亲身经历的故事。

我们不知道说什么好了。他似乎察觉到了我们的不安。"地道……"他看着我们,喘了一口气,好像害怕我们马上离开,"唉……"他叹了口气,"没想到小兵会死在里面……"他的呼吸变沉重了。我们低下头。"我想给你们……讲一讲其他的事……"他说。我们满怀期待地望着他。

"我四十岁那年,咱们这儿一连下了两天的大雨,村里全是水,地道里全是水。村里人发现少了一男一女,怎么也找不着了,真是奇怪!大雨过后,村里的小孩在河边抓鱼,从地道口里漂出来一男一女的尸体,浑身光溜溜的,啥衣服也没穿,我们一看就明白了,他们在地道里搞破鞋,下大雨了,出不来了,淹死在里面了……"老人家沉浸在回忆之中,脸上的皱纹随着他的笑声堆在一起,眼睛发出异样的光亮。"那场大雨,基本上把地道废了,后来村里又组织我们挖土,把乱七八糟的东西掏出来,不过这都是后来的事了……"我们完全听入迷了。

"六十年代那场'文革',斗啊,闹啊,打啊,我全经历了。"他越说越有兴致,我们坐在那儿,像最听话的学生。"村里有两派,都在誓死捍卫毛主席,但相互之间不服气,邻村之间,武斗得更凶。我们是农民,不擅长写大字报、耍嘴皮子、玩笔杆子。我们开始武斗，在村里打，在庄稼地里打，后来钻进地道里打，好家伙，那真是地道战啊！”他越讲越兴奋了，“我那杆红缨枪真派上用场了……”他看了一眼桌上的红缨枪，眼神非常奇特，好像在凝视一位战友，“我告诉你们吧，我在地道里捅死过一个人，邻村的，我在地上打不过他，钻进了地道，他追过来。地道里黑乎乎的，啥也看不见，我钻到地道拐弯那儿停下来，拔下枪头，等着他过来。我听见他呼哧呼哧喘气，就举起枪头一气乱捅，也不知道捅了多少下，脑袋全懵了……他后来一动不动了……”老人家重重地喘了一口气，压低声音说，“我从另一个出口爬出去，跑到河边，把手上、脸上的血洗干净……”

我坐在那儿，脚底一开始是发热的，现在感觉到了寒冷。老人家摸着红缨枪的枪头，手臂在发颤。“我这辈子就杀死过一个人……我之前没对人讲过，对小兵也没讲过……今天说出来，因为我觉得自己快死了，活不过今年了……”

“爷爷，你能活过一百岁！”

“肯定能！”

“爷爷，你身体硬朗着呢！”

他垂下眼帘，不接我们的话，好像压根儿没听见。“我想把红缨枪送给你们，你们是小兵的好兄弟……”他的声音更凝重了，“小兵死在地道里，这样也好……我知道是怎么回事……这是报应……”老人家慢慢抬起眼睛，望向窗外，神色渐渐平静下来。

我们三个人，走出屋门，走到村里的那棵大槐树下面，在干瘪的树根上坐下来。三个人的情绪都有点茫然。

“红缨枪的穗黑成了这样，应该叫黑缨枪了。”

“红与黑，从来不分家。”

“谁收藏这杆枪？”

“剪刀、石头、布。”

“好！剪刀、石头、布！”

我们开始“剪刀、石头、布”。我赢了，心里一阵寒意。

二泉不映月

那个冬夜，我观看了赖声川导演的话剧《宝岛一村》。在观看的过程中，我流了五次泪。我之所以深有感触，因为这部话剧讲述了台湾老兵的故事，而我的爷爷在1949年去了台湾，1999年在台湾去世。他在台湾生活了五十年，其间没有回过一次大陆，他本来有机会回来看看的，后来他放弃了，给我们寄来了一封信说明原因。这封信是我家里的宝贝，我父亲把它放在柜子的最底层。现在，我已经从剧院回到家，窗外是深夜，我没有丝毫睡意。我取出这封信，在心里默念着：

那一年的夏天，我离开大陆，坐船来到台湾。我心里并不知道，那一次的离开，竟带来这么多的辛苦。早知道是这样，我有可能做个逃兵，或者找个地方躲起来。发生的事已经发生，已经成为过去，说一些假设的话无非是为了寻找安慰。身为军人，几乎没有选择的机会，国家在打仗，百姓随波逐流，国运决定着家运。

来到台湾后，我们这些老兵，心里有幻想，以为过不了多久，会重新踏上大陆。我们连队的厨师，是无锡人，背着二胡来到台湾，时常坐在那儿拉曲子，曲调好像没有变过。他告诉我们，这首曲子是《二泉映月》，是他的同乡瞎子阿炳写的，他见过阿炳，还给他买过一瓶酒。

《二泉映月》是思乡曲，曲子里有我们思念的人。听这首曲子，听得人泪眼婆娑。我们看着月亮，想象着我们的亲人也在看着月亮，这样的时刻和氛围，能让我们感觉到台湾与家乡的距离只隔着一个海峡，并不太遥远——但这是一次又一次的幻觉，而幻觉之后的清醒会让人颓废，不会再轻易幻想什么了。

后来，二胡的琴弦，开始变得丝丝拉拉。一天深夜，这位无锡老兵喝醉后把二胡摔断扔进了丛林，他说他对这首曲子麻木了，这首曲子已经不能让他心怀乡情了，我其实也麻木了，甚至绝望了，我们心照不宣，知道此生很可能回不去了。

再后来，我们各自在台湾结了婚，有了新的家庭，有了新的子孙，我让自己尽可能多地忘掉自己——是忘掉我自己，而不是你们——设法去爱他们，爱上新的生活。我觉得我尽力做到了，过去的那个我或许并没有越来越远，只是变了模样。这几年，我的那些老战友都老了，他们中的很多人去过大陆，有的人亲口对我说过，希望死后能叶落归根。可是我没有这样的想法。

我现在八十多岁了，身体看上去还行，其实随时都有可能被老天爷拉走。我在战场上杀过人，我没有在战争中死去，所以也没有为多活这么多年感到了不起。我曾想过回大陆看看你们，但我非常担心，回去之后，见到你们，见到家乡的故土，老天爷会让我一病不起，会让我死在大陆，而我再也无法回到台湾，再也见不到我在台湾的子孙了。我也想过，如果有一天回到大陆，会不会想听《二泉映月》呢？可能会吧，或许到那个时候，《二泉映月》里的泉水和月亮，会在我心里变成台湾的泉水和月亮，我会深深思念那座岛屿，我的第二故乡。我已经饱受过一次别离的滋味，那次别离，让我整整唏嘘哀叹了五十年，我不想再来一次别离，半次也不想了。一次已经足够。我非常害怕老天爷惩罚我。

人活一世，贵在自知之明。我不想再来一次别离，而台湾是我的叶落归根处，这是我的遗愿，我也请求你们别来台湾看我，再次见面意味着再次别离，何必呢？但愿我死后的灵魂，还有力气飘过不算太宽阔的台湾海峡。我知道，《二泉映月》里的二泉，是人的双眼，泪眼映照月光，月亮垂怜着中国人，默默留下无奈的眼泪。请原谅我。

我的眼泪默默流了下来。我的奶奶，在我爷爷去世两年后，离开了我们，她守寡了几十年，此生非常辛苦。每次从电视上看见台湾老兵回大陆探亲，她都会激动得睡不着觉。她至死都不知道爷爷寄来的这封信。我父亲这样安慰她："我们托人去台湾找了，如果我爸爸活着，他一定会回来看我们的。"我父亲原谅了我的爷爷，他没有办法不原谅，他只是深感遗憾，而这份遗憾又会伴随他终老。

我没见过我的爷爷，在我的生命里，他是缺席的，其实在他的生命里，我也是缺席的。人有悲欢离合，月有阴晴圆缺，一曲《二泉映月》又能慰藉多少人的人生情感？我不知道……我把信放在桌上，走到窗前，窗外有月，可是灰蒙蒙的，一阵寒风在胡同里卷起大片尘烟，月亮在瞬间完全消失了。

风

天气很好，她选择今天是想给自己留下一个晴朗的来生。她站在楼顶边缘，这个位置距离地面一百二十多米。楼下没有人，所以没有人往上看，也没有橙色的防护垫守候着她。她闭上眼睛，默默回想。她知道，对这个世界和她认识的人而言，她就是一个极淡极淡的影子，一个最普通的影子。

一股风吹过来，她的头发首先感觉到了，接着是她的脸和脚踝。她慢慢伸展开双臂，手指感觉到风的抚摸，同时感觉到风的莫名关怀。风渐渐大起来，她的裙摆开始飘动，感觉自己即将变成一只展翅高飞然后坠落的鸟。她命令脚后跟紧紧抓住楼顶地面，这样能给双腿储备更多的弹跳力，但是她隐约听见了一个声音，那是风声深处的声音。

风在说："让我好好吹吹你吧……"她闭紧眼睛，轻轻点了点头。她听见风的更多话语，那是她所熟悉的人类无法说出的话语。

风继续说："让我好好吹吹你吧……"

"好的……好的……"她在心里默念。

风吹走想吹走的。她闭紧眼睛，顺从风的安排，想象身体在蓝天白云里漂浮、坠落，触碰到城市的窗玻璃，触碰到树枝和路面……风渐渐沉默了，她睁开眼睛，发现自己依然停留在楼顶边缘：蓝天、白云犹在，周围的世界如此静寂，几朵酷似布片的东西在眼前的半空中起伏飘落。她猛然看见自己的双臂、双腿和躯干赤裸裸地站在楼顶边缘——她身上的衣服、皮肤和毛发完全消失不见了，她变成了一个赤裸裸的肌肉女人。

"死亡没有那么容易，"风说，"过不了多久，这些东西还会长出来的。如果你不想让别人害怕，就隐居一段时间吧。"说完这些话，风彻底消失了。

她没有恐惧，她的眼睛正在湿润。她让身体后退一小步，继续后退一小步，然后慢慢转身，看着来时路。眼下这种感受好极了，真的好极了。她的眼泪瞬间流了下来。

离 婚

我的好姐妹结婚之后，我的情感压力越来越大了。我羡慕她的婚后生活，羡慕她找到了一位心细如丝、体贴入微的好男人。很自然地，我会在脑海里把她的丈夫作为一个榜样，希望结婚之后也能享受到和谐甜蜜的生活，可是我目前还没有这个运气，这也是我迟迟不敢结婚的原因。

做这样的类比对现在的男友不太公平，但不这样类比我心里又不踏实。在生活和婚姻的理念上，我和我的好姐妹几乎一致，我们俩在事业上没有更多追求，觉得平平稳稳即可，对男人的事业也没有过高期望，只要他有事业心和上进心，对家庭忠诚、有责任心即可。我期待现在的男友能变得更好一些。

一年之后，我的好姐妹生了一个男孩，全家人都很高兴。她给我打来电话，在电话里哭起来，说把孩子生下的时候，感觉把另一个新的自己也生了下来。我当时在外地出差，不能马上见到她，我在电话另一端，因为说了太多祝福和期待的话落下了眼泪。

十天之后，我回到北京。我给孩子买了好多礼物，从机场直接去了好姐妹家里。她看见了我，笑容不太自然，情绪有些恍惚。孩子看上去很好，我不知道发生了什么。我猜测，这或许是产后抑郁症的表现吧。我安慰她一番，似乎没什么效果，分别的时候，她看完一眼低下头去，摩挲孩子的小手，好像有难言之隐。随后的几天，我们俩没有联系，我在微信上也没看见她晒幸福的照片。我给她发去信息，她这样回复我：一切会好起来的，放心吧。我的心放松下来。

我的好姐妹有了孩子，闲暇时间不比往日，我们见面的次数明显少了很多。我的情况依旧，在恋爱中观察，在观察中判断，不想让不满意的草率婚姻毁了未来几十年的生活。我还算幸运，我的男友是一个知错就改的人，我们相处的和谐指数正在逼近婚姻线，但这个现实又让我预感到自己的单身生活很快就要终结了，心里反而有了很多失落。这是女人的另一种婚姻恐慌症吗？或许是吧。

为了自己，为了父母亲，为了关心我的所有人，我准备结婚了。他的感受和我的感受几乎一样。我们走进民政局办理结婚证，这扇门平平常常，门框上留有没有铲除干净的小广告污渍。我深深吸一口气，他好像也有点紧张。我们走进这扇门的时候还是恋人，走出来已经是夫妻。街道没有变化，还是那条街道，树木没有变化，还是那些还是树木，楼房没有变化，还是那栋楼房。今后的生活会有什么样的变化呢？我在默默祈祷。我们走进一家茶餐厅，品尝结婚后的第一顿午餐。这时候，我的手机铃声响了，是我的好姐妹打来的电话。她说想见我，想马上见到我。我预感到她的婚姻生活出现了大问题。

事实就是这样。她起草了一份离婚协议让我过目。协议条款涉及孩子的抚养费和家庭财产分配。我不是专业律师，也没有实际的生活经验，所以提不出更多建议。不是好好的吗？为什么要离婚呢？我很迷惑。我们俩谈了很久，她说了很多。她告诉我，她只享受了五天做母亲的喜悦。她的丈夫，那个对家庭忠诚、在生活上对她体贴有加的男人，同时是一个非常孝顺的儿子。为了补养父亲年老体弱的身体，他在妻子生下孩子的当天，从医院取走妻子的胎盘，回到家给父亲熬了一锅胎盘汤。她知道此事后，恶心得要命，几天吃不下饭，每次看见公公，她都会反胃、干呕。而她的丈夫，却认为她小题大做，还说她如果有孝心，应该为此事高兴。她当时对丈夫说，她深爱自己的父亲，但她不会让父亲喝用自己的胎盘熬的胎盘汤，她的父亲也绝不会有这样的想法。这跟孝顺没有半点关系。后来她的丈夫为此事道歉，但她心里的疙瘩越长越大。她试图说服自己，让自己明白胎盘是生孩子带出来的身体残留物，和在例假期间流出来的污血比较，没什么两样。她高估了自己说服自己的能力。她总是觉得，她的那个胎盘就是她的身体，是从小到大跟随她成长的一部分，她丈夫的父亲，她的公公，喝下了胎盘汤，吃了她的胎盘，就是吃下了她的身体。这种感受她受不了，她更受不了丈夫未经她的同意擅自处理她的身体。

我能说什么呢？我劝她三思而行，孩子毕竟还小。她这样对我说：“或许我有心理疾病吧……或许等他父亲去世后，我会淡忘这件事情……我不想面对她的父亲，可是他父亲疼爱孙子，有时间就过来看，而且他的身体越来越好，看上去能活很长时间……我不想有阴影，真的不想……”

“看来你的胎盘滋补了他老人家。”我想调节一下沉闷的谈话气氛。

她凝视着我，无奈地说：“你能别开这样的玩笑吗？”

好奇怪，她的神态和语气让我的心情大不一样了。之前，我一直羡慕她的婚姻生活，自己有惶惑、失败的情绪，而现在的我倒像一个旁观者，在欣赏一个熟悉的女人婚姻之后的痛苦。我甚至觉得，我的婚姻生活里不会有这样怪诞的经历了。没有了羡慕之情，我的幸福感平添了很多。我脸上很平静，应该说非常非常平静，其实我在心里欢快地笑起来。

下雪了

我和一个名叫田田的女孩坐在馄饨侯饭馆吃午餐。窗外清冷，行人寂寥。这个冬天已经过去大半，北京城还没有迎来一片雪花。我们静静地品尝美味馄饨，田田慢慢挺直上半身，静静地望向窗外，大约十几秒钟之后，我听见她的一声轻叹。

“唉……”

“怎么了？”

“我刚才看见一位白头发爷爷，还以为下雪了……”

我望向窗外，久久地望向窗外。

（原载《山花》2015 年第 9 期）

风　波

曹　寇

春夏之交　北京和其他一些城市发生政治风波，党和政府依靠人民，旗帜鲜明地反对动乱，平息在北京发生的反革命暴乱，捍卫了社会主义国家政权，维护了人民的根本利益，保证了改革开放和现代化建设继续前进。

——《中国共产党历史大事记(1989 年)》

1989 年春夏之交，我的家里其实也发生了一件大事。

一天大清早，有个从来没见过的女的敲响了我家的门。这当然只是个说法，其实我妈当时已经起来了，门是开着的，来人只是羞羞答答东张西望地进了门。所以仍然只是个说法：是我妈开了门。

要说像我妈这种乡下妇女，其实挺常见的。她们上有老下有小，每天鸡一叫就起来了。因为我奶奶很不喜欢她，加之我学到了《半夜鸡叫》这篇课文，我不由得怀疑鸡叫是我奶奶在搞鬼。我多次试图爬起来戳穿后者的伎俩，但总是因为醒不来而作罢。她到底有没有半夜爬起来学鸡(而且是公鸡)叫，随着她后来的死掉，彻底成了谜。只说我妈起来了，喂猪喂鸡，顺带着烧一锅粥给稍后起床的一家老小捧着碗蹲在门槛上喝。因为人多，粥很稀。当时我那个老爱给报纸投稿又无一不被退稿的二爷曾经如此描述过这种粥的外貌特征：“一吸一道沟，一吹三条浪。”就算如此，我记得父亲每次将粥喝完，还将碗举到头顶，然后让整张脸与碗保持平行，继而伸出他那紫红色的舌头，再旋转碗，这样碗中残存的一切都能被他粗大的舌头截住。哎呀，别提多庸俗了。

当然，舔碗这事不是所有人都能干出来的，条件有三：1.你的脸要小，

2.像猪一样有一副拱嘴，3.舌头要长。我的父亲具备了2和3两点，在当时颇让生产队里的同龄人羡慕。我说这个的意思是，那天早上来到我家的那个没见过的女的也曾蹲在麻袋附近(门槛已被我们占满)喝过我家的粥，并且在喝完后像我父亲那样舔了碗。她的舔碗条件是1，也就是说，她的脸小得可怜，按我妈的话说，叫“巴掌脸”。在普遍粗头大脸的乡下，出现这么一张脸，除了惊奇(居然有这么小的脸)，就是讨厌(居然也能算个人)。

她年纪跟我妈差不多，除了脸小，还有一双肿眼眶，不时就会掉泪的样子(之后她就是这么干的)。我妈让我叫她二婶。我注意到我的二爷闻听此言曾从碗沿上方用锐利的目光端详过这个女人，不过很快就将目光收回，落在粥里了。二爷当时还没有娶到老婆，虽不跟我们住在一起，但每日三餐都会准时出现在我家，经常问我妈家里有没有妹妹。他还补充说，不一定是亲的，堂的表的都行。可惜我妈在娘家最小，而且也想不起来有什么妹妹。可能与此有关，我妈还对我们补充道，这个二婶是下竹的二婶，是她早年念书时候的同学。后来二婶嫁到了下竹，自己嫁到我家，就很少见面了。

其实我根本就不关心这个女的。喝完粥，我背上书包就要去上学。不过，在出门的时候，我又停了下来，对我妈说，妈，给我两毛钱。我妈说，又要钱，要钱干什么？我说，是你说的，我这正是长身体的时候，我怕肚子饿得吃不消将来发育不全，待会儿在学校门口买个烧饼吃吃。如你所知，此类话我经常向我妈说，可谓老调重弹，很少管用。又如你所知，这天我妈的旁边还站着一个突然冒出来的二婶，所以后者果然从怀里掏出一张一块大票子给了我，那对肿眼眶也因为弯腰果然掉了几滴眼泪。至于我妈是如何和她拉扯谦让的，我不知道。我拿到那一块钱就兴冲冲地去上学了。

一块钱的购买力是你现在无法想象的，我不仅买了烧饼，还买了根油条，然后将油条放置在烧饼中央，再将烧饼两头一折，夹着油条吃。这样一来，我每吃一口烧饼，也能吃到一口油条。它们在我口中翻滚，然后咕咚一声下咽。如果我称赞它是人间最美的美味的话，当然矫情，但我不对它进行赞美，我怕自己又过于虚伪。啊，好吃好吃，太好吃了。

就是这样，我的钱还没花完。我的同学赵宗先建议我到大队部的百货商店看看，他说水果硬糖一分一个，高粱饴也就两分钱一个，还有一种蛋糕，两毛钱一个。而如果我需要保养双腿的话，他可以帮我跑一趟。想起我经常上课上得好好的，被老师叫出去替他跑腿买烟的场景，我内心一阵酸楚。于是，我给了赵宗先最后三毛钱，坐在学校露天的水泥乒乓球台子上等。门房大爷把着门，赵宗先是从厕所那边爬围墙走的。爬围墙都这样，先是在这边跃起猴上围墙，然后使劲把自己拉上墙头，再两手搭着围墙让自己整个身体垂挂在墙的另一边，松手，行了。不过，赵宗先在松手之前还冲我得意地笑了一下。他彻底从围墙上消失后不久，上课铃就响了。我想，赵宗先成绩本来就差得可怕，少上一堂课不影响他差，所以我只好自己去上课。下课的时候，我继续来到乒乓球台子上等赵宗先。

在我的童年生活中，那一天本来确实应该算是美好的一天。可惜至此事情发生了变化。

直到中午放学回家吃饭，赵宗先也没有露面。对此，我很不高兴。我想，他一定是把那三毛钱花在自己身上了。他的种种劣迹也便在脑海中死尸一般漂浮起来。我记得他有一次把文艺委员外号叫老母鸡的那个女同学逼到墙角，说："我要和你日屄。"还有一段时间，针对上学迟到现象的日益严重，老师鼓励"第一个到"，给佩大红花。所以那段时间，一大早的，同学们就争先恐后地往学校赶，就像"赶着去投胎"（我奶奶语）似的，最后纷纷拥挤在还未打开的校园大铁门外，等门房大爷开了门，大家再比奔跑速度。有一天，那个第一个到的家伙居然发现，讲台上已经有了一泡新鲜的人屎。这意味着他不是第一个到，这严重挫伤了他的自尊心，但同时也提高了他的积极性。次日他半夜就从家动身，在月光的照耀下，他翻了围墙进入教室，躲在卫生角和扫帚们站在一起，这才发现昨天抢了他风头的居然是以迟到闻名全校的赵宗先。我怎么会把钱给赵宗先这种人？换言之，我怎么会和赵宗先是好朋友，难道我也是赵宗先这样的人？总之，我对自己的交友不慎，以及对自己的真实面貌感到了深重的罪恶。以后我一定要好好学习，一定要让自己和赵宗先这种人成为两种人。

但即便我暗暗立下了壮志，还是对那三毛钱久久不能释怀。回到家后，不知是因为这个，还是烧饼油条吃多了，我一点食欲也没有。而且这种事，我不便向自己的父母汇报。尤其是我妈，她那么抠的一个人，如果知道我不仅把一块钱在短短半天时间里就花了个精光，而且还给别人花，她一定会气疯的。好在那个二婶还在，我妈只是满怀敌意地看了我几眼，暂且没有工夫来盘问我那一块钱的下落。对我的食欲不振，她也只是习惯性地表示了不屑。二婶则抚摸着我的脑袋瓜子，问我是不是因为她这个生人在而感到害羞？

她温柔的举止既让我感到惊异，继而也让我感到委屈和难过，我真想对她说，你给我的一块钱有百分之三十被一个人骗走了，如果你重新给我补上的话，我就吃饭。但我为自己说不出口而感到羞愧，只好把头低得更低了。我都快哭了。二婶的肿眼眶则替我掉了两滴泪。

值得一提的是，当天午饭我的二爷首次没有出现。据说早上九点多的时候，他突然放下锄头从田头捡起自己的半导体（他习惯一边干农活一边听广播）就走了，他说自己要进城，并扬言“时候到了”。此外，不仅我食欲不振，我的二姐也没吃饭。

忘了说了，其实当天我二姐起得比我妈还早，她已经十五岁了，学会了骑自行车，而且还能驮得动两大筐韭菜。年龄和骑车能力决定了她经常要半夜驮两筐韭菜到城里卖。而在这个家中，会骑自行车和能驮得动两筐韭菜的人显然不止她一个。比如我的大姐，她连续两年考中专没考上，现在仍然在离家一百多里的一个补习学校上学，打算今年继续考。而我的二姐，仅仅是因为成绩和我一样差，早在小学三年级的时候就被父母打断了求学的道路。二姐始终觉得自己不笨，这一点和我一样，但她有论据，我没有。她的论据是，她的毽子踢得好，全校第一，这倒是真的。因此，二姐和我的关系也不行。她认为父母偏心，我都已经小学五年级了，看样子还要上六年级。这公平吗？当然，这些都是过往的意见，不至于让她不吃饭。她不吃饭与这个突然冒出来的二婶有关。

前面已经说了，这个二婶是我妈的同学。

同学？二姐驮着两个空筐回到家知道情况后，问我妈，你怎么会有同学？

要死的,我妈说,我怎么就不能有同学呢?

那你读到几年级?二姐非常紧张地问。

哦,我爸幸灾乐祸并用不无嘲讽口吻地说,你妈文化程度还是初小毕业呢。

他们没有注意到二姐此时已经紧张得浑身发抖。她就像鬼那样突然叫了起来:什么是初小?

当那个同样是初小毕业的从没见过的二婶向二姐解释了何为初小之后,后者一下子冲出了家门,在经过她刚刚停靠在椿树上的筐还没卸下来的自行车的时候,她还蓄意将之推倒在地。她这才飞下墩子,向田里跑去。她几乎是慌不择路,居然跑到油菜地里去了。菜花茂密,金黄一片,只见她以一个小黑点的形象在那片金黄中没有任何方向地艰难跋涉着。

这对我来说是一个机会。我说我去找二姐回来吃饭,也跟着跑了去。不知在我父母和那个二婶的眼中,我是否也是一个小黑点。

我没有像二姐那样跑到油菜地里去,我只是沿着油菜地的田埂往前走。边走边喊二姐。刚开始,我的叫声还算正常。后来可能因为没吃饭,叫声气若游丝,就像油菜地是一片大湖,二姐则在一百年前即已溺死其中,而我这个弟弟也已叫了一百年,早已叫不动和不该叫了。

后来我确实叫不动了,只好顺着田埂的方向往前走。油菜地的尽头是一条灌溉渠,两旁有一些长相丑陋的柳树。我给自己编了一个解放军掩护自己用的柳叶帽,用手指向几丛在风中摇曳的草开了几枪,并在灌溉渠里发现了不少鲫鱼黝黑的脊背。一条有两尺长的黑鱼还浮出了水面,它在扑籽。经验告诉我们,来年这条渠里会有更多的黑鱼。这终归是一件喜事。

但喜悦稍纵即逝,想到赵宗先,我还是心如刀绞。多年以后,当我想和一个姑娘谈恋爱她却不允许我跟她谈恋爱的时候,我也曾有过类似的感受。只见我徜徉在1989年春夏之交的灌溉渠边,失魂落魄地走着。在我的前方,是一个石拱,它的作用既保持灌溉渠的畅通,也好让人跨过渠到达另一侧。虽然石拱的一半被水淹没,但倒影使之仍呈现出一个完整的圆。没想到,我的二姐,因为身上沾满了油菜花粉,此时像一坨屎那样正坐在石拱之上，而且手上还拿着她亲手制作的毽子。

如你所知，我的二姐十分命苦，她既不能像大姐那样可以肆无忌惮地读书，不具备那种读书才能，而像我这种同样不具备读书才能的人却又提醒她其实是可以继续读书的。因为这些，从我小学三年级升到四年级时，她就已经哭过多回了。现在则出现了新情况，我们的妈妈居然也初小毕业，居然和二女儿的文化程度处在伯仲之间。新仇旧恨，我的二姐说她不想活了。

二姐，我并非仅仅是安慰她，我说，如果不是他们逼我，我早就不想上学了。

那你干吗？

捉鱼啊，我指了指刚才黑鱼漂浮的地方。

她愤怒地将手中的毽子扔向我手指的方向，恶狠狠地说，让你捉鱼，哪有那么多鱼给你捉！

有，放心，它们扑籽了。

她没有做声。

过了好一会儿。我假装像想起什么似的问，二姐，今天城里还是有好多人吗？

是，好多。她延续着自己的愤怒说，一个戴眼镜的男的，狗日的，还撞了我。

疼吗，撞哪儿了？

二姐不耐烦地指了指自己日渐隆起的胸脯。

我不知道该说什么了，其实我想找个人说说赵宗先拿走我三毛钱的事情。赵宗先，这个狗日的，他在哪儿呢？他是不是像我的二爷那样进了城？但这叫我从何说起，只好和二姐这么坐在石拱上。正午的阳光照在我们的头顶，我们的影子则被我们完整地坐在了屁股下。

不知过了多久，二姐突然把我的柳条帽拿走戴在了自己头上，冷笑了起来。

你知道这个女的是谁吗？她说。

哪个女的，你是说那个二婶吗？

什么二婶，二姐极其不屑地说道，她，是，你，的，丈，母，娘。

各位,就算是今天,一个突然来到你家的中年妇女被人说成你丈母娘,你也会震惊不已,何况当年我还是一个少年儿童。我的二姐毕竟比我大好几岁,她知道我们这个家的一些秘密,出于报复我们的妈妈,她不打算再保守秘密。多年以后,我才知道,这也是我们这个家唯一的秘密。据说还在我吃奶的时候,我妈曾和这个二婶见过一次,当时后者怀中也有一个吃奶的小孩,只是那个小孩是个女娃。我妈和二婶当时商议,能否让她们怀中的孩子长大后结为夫妻?据说为此她们还曾经当场交换了一下小孩吃自己的奶,以此表达诚意。我爸和二婶丈夫当然也觉得这个想法没什么不好。问题是,此时此刻我还是个儿童,在即将到来的夏天很可能还会像往年一样被长辈拽住鸡巴佯称要割掉让我长大了娶不到老婆。我岂能想到我根本不需要长大就已经有了丈母娘,有了老婆?如果我没记错的话,我的阴毛是在初中二年级学习《大铁锤传》那会儿开始长出来的,那时候我总是苦于鸡巴始终处于勃起状态。而且那还是个冬天,为了掩饰我勃起的鸡巴,下课我也不会出去上厕所晒太阳,这使我在以后的人生中成为了一个别人眼中内向寡言的人。这就不说了。如果我的二姐能够将这个消息在三年后告诉我的话,我可能会另有感受。或许我会鼓起勇气亲赴下竹一趟,看望我的未婚妻,让她告诉我鸡巴如何才能变软。

我小时候见过那个小姑娘,二姐说,长得还挺好看的。

妈那儿还有照片呢,二姐说,长大了肯定比刘晓庆还好看。

跟你一点也不般配,二姐说,听说人家都读初中了。

最后,二姐说,你知道吗,她刚刚死了。

2015 年 1 月 15 日

(原载《短篇小说》2015 年第 5 期)

簕杜鹃气味的猫

邓一光

罗限量站在雨林溪谷的小河旁，看刘朕拎着尼康5000型相机从小路那头走来。年青人起床以后没有来得及洗脸，脸色晦涩，头发高高的翘一绺朝天，像一只输了架的雏公鸡。

罗限量等着刘朕走近，借这个机会，他扭头往雨林溪谷南边看。他猜想这个时候有多少人正从地铁2号线和4号线站口涌出，去市政大厅办理他们需要办理的手续，比如凭着高等教育部承认的海外学历学位证书落下户籍，申请创业促进基金，或者从这座城市转走辛辛苦苦积攒下的“五险一金”。再过几天，罗限量也会去市政大厅办理转迁手续。他已经决定离开深圳，去中山或者珠海看看，也许那里更适合他。

刘朕走近了，人有点喘，不是累，是生气。

“又被人掐死一只，还是丢在簕杜鹃灌木丛里，脚露在外面。”刘朕抹一把汗，“上个月一只伯曼，一只土耳其，这个月过分，布偶，缅因，波斯，今天又是一只暹罗，六只了。”

“也许是饿死的，也许是生病。”罗限量知道刘朕在说什么。他对自己的回答并不那么肯定。公园里有很多流浪猫，其他地方更多。狗属于城市的正式居民，有养犬证，猫没有，人们还不承认它们的居民身份，等于说，它们在生存之地没有户籍，和狗是两个阶层，饿死或病死在街头，说得通。

“哪有那么风雅的猫，专找簕杜鹃花丛死？”刘朕说，“照你说，它们是某个文艺小组的成员，前仆后继死磕簕杜鹃。”

刘朕是景观设计助理，工作是拍摄公园里的代表性样本植物，做成景观评价文本，诸如植物季相变化、空间复层结构、植物韵律和植被节奏对景观的影响什么的，送到绿化管理处，让专家做进一步分析。小伙子是动物保护协会成员，说到对喵星人的了解，他本人就是专家，不用别人分析。

罗限量提防着脚下，谨慎地迈过开着小黄花的马缨丹，穿过一排高大的美丽异木棉，上了阳光疏漏的林间小路。他们离开雨林溪流，去南门椰风林景区。

他们绕过丝葵、金银木和榆叶梅，来到景区一大片簕杜鹃灌木丛前。灌木丛下有一块桔红色的雨布，罗限量弯下腰伸手去揭它。

"你最好别看。"刘朕阻止罗限量，"我检查过，杯状病毒和绦虫不敢说，肯定不是瘟热和狂犬病。我说过，和之前那几只一样，压迫性颈椎折断，是被人掐死的。"

罗限量没有听刘朕的，还是把雨布掀开了。他真不该那么做。

那是一只脸颊瘦削的短毛小家伙，看上去刚断奶不久，可能因为断气时间不长，毛色仍然光亮。小家伙两只眼睛被挖去了，烂蓝莓似瞪着两只空眼眶，几只褐红色的剑鄂蚁上下颌飞快闭合，在神经丛里忙碌着。稍远处，一条炭条似的千足虫像被簕杜鹃的味道魅惑住，正动车似快速超过一条身体晶亮慢腾腾蠕动的蛞蝓向这边爬来。

罗限量恶心了一下，松开雨布，站了起来。

罗限量不喜欢猫。小时候他被猫欺负过。一次是刚记事的时候，一只难看极了的怀孕的母猫吓唬他。一次是读小学五年级的时候，一只脏兮兮的贪婪的野猫抢走了同桌周思爱红着脸塞给他的半块糍粑。还有一次，是母亲撞死那天，一只猫在屋后叫了整整一夜，他没有见到它，不知道它长的什么样。

不过，把眼睛剜掉这种事，罗限量还是不能接受。他嗅到空气中一丝鱼腥草血腥的味道。

"是虐猫族干的，"刘朕气愤地说，"那个香港女人，肯定是她。"

"不要乱说，"罗限量说，"也可能是别人。也可能是别的原因。"

罗限量不再提饿死和病死的事。刘朕说得对，猫不会集体跑到簕杜鹃灌木丛里来辟谷，也没有哪种病能把眼睛病没的，剜掉猫眼的事，地球上只有一种生命能干出来。

罗限量是莲花山公园的老员工，开园时就在。那是1997年夏天，他十六岁，那以后，他一直待在深圳。这期间，他回过三次麻城老家，一次是处理母亲的后事，一次是处理父亲的后事，最后一次，是回去卖掉老家的房子。母亲是撞死的，父亲丢不下母亲，不到两年就追着母亲去了。

哥哥罗增量大学毕业后追随奖学金去了欧洲，十年后给弟弟打来电话，说他已经申请入籍了。“家里的事你看着处理吧，反正我不会回去了。”哥哥在电话里说。

罗限量也不打算回老家生活，回去也不会习惯。他请了假，最后回了一趟麻城，把安置区的房子卖掉，然后返回了深圳。

离开麻城的时候，罗限量在长途汽车站等着上车。几个穿制服的男人追打一个推销杜鹃花茶的少年，一个中年妇女叫骂着冲过来，手里扬着一柄铁铲。罗限量和几个乘客连忙让开。

罗限量听说一个名叫罗威廉的美国人，他写了一本书，书名叫《红雨：一个中国县域七个世纪的暴力史》，书中说的就是他家乡的事情。那个美国人做了很多年的研究，最后得出结论，他的家乡麻城充满暴力，因为这个，他的家乡被时代抛弃了。

在中年妇女和少年被踢得满地乱滚的时候，罗限量躲开人群，去车站的商店里买了一瓶矿泉水。矿泉水的牌子叫“八月杜鹃”，是温州商人在麻城投资生产的，用的是罗限量老家龟山的泉水。小时候，罗限量和哥哥罗增量去山上玩，在漫山的杜鹃花丛中奔跑，他们玩累了，就趴在长满青苔的峭壁边喝山涧水，涧水深处，几条指肚大的大鲵在红红绿绿的石头上爬动。现在，那眼泉水装在一只塑料瓶子里，很安静，好像大鲵消失之后，泉水就睡着了。

罗限量拧开瓶盖，仰头喝了一口水，又喝了一口，听见“铮”的一声，肚子上那根脐带挣断了。他没有感到伤口有什么疼痛。他甚至觉得，他就没有在麻城生活过。不管别人说什么，他的成长是在深圳完成的，他是深圳人。

刘朕相反，他是宝安南头镇人，这一二十年，很多和刘朕一样的土著子弟移民去了北美，刘朕大学毕业后，却兴致勃勃回到深圳，城市规化专业毕业的他立志当一名伟大的景观设计师，为家乡留下点什么，比如彼得·沃克的儿童公园、P·奥多夫的巴特德里堡花园，或者仙田满的樱山之家。可是，一开始，他对偌大的莲花山公园有点发懵，经常在六十公顷的巨大公园里走失掉，不知道去哪儿拍变叶木和希茉莉，或者美丽针葵和棕竹。园里安排罗限量带刘朕一段时间，罗限量就成了刘朕的师傅。刘朕家有七八栋房子，还有一些经营了三十多年的生意，光出租就办了一家租赁管理公司，刘朕放着家里的别墅不住，搬进罗限量住的公租房，以后熟悉了公园的植被带，不用再向罗限量请教，却养成了和罗限量泡在一起的习惯。

两个人找地方把暹罗猫埋掉，洗了手，往公园南门走。罗限量不放心挖掘机的事，去门口看看。

刘朕说的香港女人，她向罗限量打听过公园植被的事。女人约摸三十左右，穿着极简，优雅的白话中夹杂着浓郁的港腔，说话带着复杂的平声。女人和别的游客不同，她就像对光和热有异常反应的含羞草，每次进园都敏感地避开人群高峰期。看得出，她熟悉城市的市政管理，知道该在什么时候出现在公园里，就凭这个，刘朕判断她是那种不必在公司里打卡、有大把闲暇时间、住在附近某个小区里的香港居民。

“它们会疼痛吗？”有一次，罗限量在风筝广场北边修剪桃林，女人路过桃林往山上走，她突然站下来问罗限量。

罗限量不明白地停下修剪，看女人。罗限量还记得第一次见到女人的情形。那是某个初秋季节，天气很好，女人穿一身经典的黑白条纹图案抹胸裤装，一副脱俗的长尾玳瑁凤蝶的怜人样儿，他不确定她的嘴唇是否做过胶原蛋白注射，反正够感性的。那一刻，水枪在罗限量手中僵持住，他有一种立刻丢下蛇皮管，跑开去为她弄一只上好的番木瓜的冲动。

“你说什么？”罗限量说。

“纽约州立大学植物所的伊恩·鲍德温教授说，植物也有疼痛，它们疼痛了也会叫。”女人说，她用粤普，听上去有点别扭，但能听懂。

“哦。”罗限量说。

罗限量就给女人讲植物经，剪子切断桃树的老枝时，桃树的确有反应，是不是疼痛他说不好，总之会像人一样，有不舒服的感觉吧。不过，桃树很聪明，它们会快速分泌一种激素，把亚麻酸分解成茉莉酮酸，这样就能抑制切口的不适，快速愈合创伤。

“而且，”他说，“一会儿修剪完，我会在切口喷洒一些阿司匹林或布洛芬，这样它们就会好过一些。”

“鲍德温教授说，它们会叫出声来。它们会说，‘哎哟’。”女人坚持说。

“哪有这种事，我从来没听到过。”他笑了，觉得事情被夸大了，“你说的那个教授，他也许听到的是风吹动树叶的声音，哗啦啦，就是这样。”

“但是，”女人很固执，她盯着他，“康奈尔大学的克里斯·克拉克教授亲耳听到了座头鲸唱歌，而且，它们在歌里相互调情，听上去让人不安。”

“动物可以，有声带呀。”他耐心地解释，“植物喜欢另一种方法，它们释放茉莉酮酸，就是人们说的气味，它们用气味驱赶天敌，或者引来天敌的天敌保护自己。如果遇到更厉害的伤害，比如根茎被切断，它们会释放气味更强烈的乙烯，你要正好在附近，就算没有闻到气味，也会感到不安。”

“是吗？”女人若有所思。

女人来公园的次数多了，罗限量和刘朕总能在某个植物带遇上她，就熟悉了，至少他们自己这么认为。女人每次都从南门进，背一只粉红色 Valentino 牌子的女包。刘朕回忆，那只包有时候鼓鼓囊囊，离开时就瘪了，好像她是来公园里给谁送礼物的，这种情况说不过去。

“你看离开深圳的那些人，就算败得一塌糊涂，走的时候都揣着一张银行芯片卡。”刘朕分析说，“深圳不是吝啬鬼，你见过谁大包小包的来，走的时候两手空空？”

他们在路上遇到一群糖果美人儿，嫩绿、柠檬黄、荧光粉，令人垂涎欲滴。早春的气息扑面而来，女孩子们叽叽喳喳从他们身边跑过。刘朕回头看。罗限量没有回头，他觉得，论打扮，还是女人的打扮好，像女贞子的金边叶子，成熟不用张扬，精心的细节都在纹理里，这种女人才让人惦记。

刘朕突然站下，朝一边看。罗限量也站下，他也看到了。

公园南区草地那边，那个女人在那里，悠闲地坐在草地上，看一个白色绸装的老太太练太极剑，那只粉红色的 Valentino 手包抢眼地放在她脚边。

“我说过，是她。”

刘朕哼一声，折转方向急匆匆下了小路，迈过一道沿阶草，走到湖泊似的台湾草甸上去。

罗限量迟疑了一下，有一种不好的预感，也跟了上去。一只六斑月瓢虫从草叶上笔直地飞起来，扑了他的脸。

女人看见了他们，冲他俩点了点头，继续看白绸老太练剑。

“可唔可以打开你包，等我睇下啊。[①]”刘朕站到女人面前，用白话对她说。

罗限量阻止曾经的徒弟。刘朕不让，往一边迈了一步，躲开罗限量，解释道：

“如果包里有猫血，说明就是她。”

罗限量感到羞愧，觉得一切都是他造成的。但他说不清楚，为什么一切都是他造成的，好像说不过去。

“我唔明你讲乜嘢。[②]”女人平静地说。她看刘朕，再扭头看罗限量，目光里有询问。

女人是那种与世无争的柳叶眼，眼睑细细，眸子清澈，这让罗限量有点难过。她说“你讲乜嘢”，意思是“你们”。其实只有刘朕，罗限量跟在后面，是想阻止刘朕，她误会了。但罗限量来不及解释，事情很快变得糟糕起来。

粉红色 Valentino 有一只暗锁，女人说帮不了他们，她手机在包里，刚才响过，没接上，她忘记钥匙在哪儿了，要等回去找备用钥匙。很显然，她不想配合刘朕的怀疑，并且打算离开那里。

“不开包，我叫安保嚟。[③]”刘朕不让女人走。

接下来的事情让罗限量和刘朕没有想到。女人深深地看了他俩一

---

① 粤语：可不可以打开你的包，让我看看。

② 粤语：我不明白你在说什么。

③ 粤语：不打开包，我叫保安了。

眼,走向一旁,对白绸老太说了句什么,从老太手中接过晨练剑,返回两人面前,屈下一条膝。她穿一条亚麻材质的蛋清色长裤,轻薄柔软的布料下,清晰地透出削弱的膝盖骨轮廓。

晨练剑没有开刃,但已经足够了。剑尖切割开涂层下的皮革,扭曲地划过V型标识外围的金属圆圈,在手包上切出一道大大的口子。

"你使唔使咁样,"罗限量结结巴巴地说,"可以想第二啲方法。[1]"

女人没有看罗限量,也没有看另一个呆若木鸡的年轻人,从开了膛的Valentino里摸出钱夹和手机、一只化妆盒,包往两人脚下一丢,起身朝南门外走去,头都没回,消失在人流中。

罗限量低头看草地上的Valentino,它有点像一只被切割开的粉色子宫,完全失去了之前的优雅圣洁。

"你看你。"罗限量涨红了脸埋怨刘朕。

刘朕失去了信心,仍有点不甘,底气不足地拾起Valentino查找血迹,再把包彻底翻过来,让内袋的一面对着明媚的阳光,然后一脸懊丧。

"香港人,就是这样,她要怎么样啊?"

"你不能尊重人家一点?"

罗限量说的是事实。刘朕不但是动物保护主义者,还是家乡保护主义者,他来公园五年了,并没有心想事成当上景观设计师,这让他这个世代的客家子弟对家乡近似变态的热爱到了走火入魔的程度。有好几次,他大声喝斥在软枝黄蝉中躲迷藏的孩子,或者在蚌兰和春羽前搔首弄枝的少女,就像他们是不速之客,把他家的客厅弄糟了一样。

"我不想吼他们,但他们太过分了,他们想干什么?"他气愤地质问罗限量。

罗限量说不好过分这种事情,他不明白人们的防范和怒气冲天是打哪儿来的。有时候,他会给刘朕讲一些过去发生的故事。那个时候,深圳分关内和关外,一道长长的铁丝网隔在当中,就像分隔朝韩的三八线,人们进出关内关外要靠通行证。

"本地人用身份证,香港人用回乡证,外国人用护照,有这几样才能

---

① 粤语:用不着这样,可以想别的办法。

通行。”

“我知道，我阿爸帮人逃过关。”刘朕笑着说，“也可以办护照啊。”

“护照不行，要先去广州找别的国家领事馆办签证，办完签证才能进来。”

罗限量第一次来深圳的时候，就是因为赌一口气，用六个月的薪水换了一张劳务用工暂住证，仰着头进了铁丝网南边，成为莲花山公园的花木工。站在莲花山的山顶凭高远眺，能看到整个深圳，很多人就是想看一看整个深圳，才努力奋斗，把自己打拼成了深圳人。还有一些人运气不好，把自己打拼不见了——伤了残了，找不到自己了，或者丢了命。

现在，罗限量不想给刘朕讲故事，他在雨林溪谷等人送挖掘机来，他要布置人挖掉七棵凤凰木，三十二棵桂花，在原来的地方重新种植火焰木和大叶紫檀。倒不是说凤凰木和桂花不好，凤凰木树形漂亮，桂花树开花时花香缭绕不去，都是好树木，只是公园南边的市民广场建设时，工程紧张，建筑垃圾来不及运走，很多被卸在公园里，公园的土地变得不干净，植物种下去生长得不好。还有，公园刚建时没有经验，植物选种不对，比如桂花树耐热性差，大面积种植很难养护，这些品种要不断置换，就像很多早年来这座城市闯荡的人，他们也是选种不好的植物，他们在这里生长过一段时间，要么死掉，要么迁移走，罗限量看着他们死掉或者走掉，现在轮到他了。所以，他必须完成今天的工作，他不想在这里给过去的徒弟回忆过去的故事，没有这个必要。

第二天，罗限量本来打算请两小时假，去市民中心问问办理“五险一金”迁出需要的手续。离开的熟人告诉他，需要先在网上预约，再耐心等待，手续办起来非常麻烦。现在他决定不管这些，先给火焰木和大叶紫檀浇足水，整整枝。他还是放心不下，不管怎么说，它们是昨天刚迁到雨林溪谷的居民，会有一段时间不适应，他不想抛弃它们，让它们在初来乍到的时候觉得不受待见。

罗限量带着两个年轻徒弟在雨林溪谷给新种的树浇水修枝，忙得浑身透湿。树林里植物味道强烈，想到自己很快就会离开这些伺候了多年的植物，罗限量心里多少有点惆怅。

“切口修成这样，伤多少皮，多久才能愈合？病虫早吃了它。”罗限量说一个徒弟，然后再说另一个，“留那么长节口，树活过来不难看啊？”

两个徒弟看师傅一眼，不敢犟嘴，重新修整切口和皮伤。

罗限量说不上喜欢深圳，只是在深圳生活了十八年，他习惯了。再说，他三十三岁，年纪不小了，没有到处跑的激情，也不再相信未来这种话。

罗限量不想一辈子这么过下去，他得结婚生子，把日子过起来，这个，在深圳办不到。

罗限量从来没有谈过恋爱。他倒是经历过一些女人，但是没有恋爱过。第一个算沾点边，是以恋爱理由认识的。他那时年轻，在关内上班，工资高，住公租房，眼光下不来，认定自己未来的女人藏在城市丛林深处，他绕着植物一棵一棵寻找，总会找到。后来年纪大了，他发现城市里女人无数，她们都和自己没有关系，他也就不相信命中注定这种事情了。以后麻城老乡给介绍了一个，拿一张照片给他看，姑娘叫汤云朵，在关外电子厂上班，照片上，姑娘额头又宽又高，人长的说不上好看，他本来不想答应，可姑娘有一双狐狸眼睛，看人的样子媚媚的，他犹豫了一下，答应见见。

两人接触了几次，有一次，汤云朵来找罗限量玩，遇到林子里闹天牛和舞毒蛾幼虫，罗限量要去山上治虫，汤云朵非跟着去，罗限量想显摆一下自己的公园，就带她去了。

两个人在林子里钻来钻去，阳光跟着他们跳来跳去。罗限量拿小铲子铲净虫洞四周的新鲜木屑，用注射器向虫洞里注射乐果稀释液。汤云朵在一边凑着脑袋看，炸开的头发撩了罗限量一脸，痒痒的。她不断发问：

“你在干什么呀？”

“注射药水。”

“给谁注射呀？”

“虫子。”

“谁是虫子啊？”

“舞毒蛾。”

“舞毒蛾是谁呀？”

"哦,就是虫子。"

"你猜我是不是虫子?"

"我不知道。"

"猜猜嘛。"

他们都笑了。他看她,她那双狐狸眼在树叶的光影间媚态十足,他嗅到一股强烈的植物味道,脑门上一涌,没有把持住,丢下注射器,把她摁倒在树下。

汤云朵是来借钱的。她要退掉老家的婚事。男方纳吉时送了礼,问期时下了聘金,汤家花光了钱,退不出来,汤云朵发誓追求自己的未来,决定自己把聘金筹足还上。罗限量被姑娘的决心感动得红了眼眶,去银行把卖老家房子的钱取出来,交给了她。

"要不够,我们继续挣,一分钱也不欠人家的。"

拿到钱那天晚上,汤云朵拖罗限量上山,还去生了虫子的那片林子,她要报答他。罗限量没让她报答,怎么说也不干。那算什么?他不能让姑娘为自己的未来做这种事,那种感觉让人心里很难受。两个人在树林里揪扯了半天,落了一身树叶,最终还是罗限量做了主。他央求姑娘,他们留着,以后有的是时间。

"那我们现在干什么呀?"汤云朵心有不甘,口气惴惴的。

"我给你讲植物的故事吧。"罗限量说。

"天这么黑,讲了也看不到。"

的确,林子里一片漆黑,花木师罗限量能看到几只顶着微弱蓝光的百足草,或者是涡虫,它们从草叶下爬过,他喜欢那样的寂静之声,窸窸窣窣,这样的黑暗最适合讲植物的故事。

植物和人一样,有的聪明,有的笨,有的内敛,有的张扬,它们性格不同,但气味同样活跃。石竹挥发神秘的幽香,让人们注意它,所以人们喜欢用它来增加记忆,训练对外部信息的接受能力;薰衣草的气味像母亲,柔弱地抚摸人的脸颊,让人从紧张中平息下来,所以人们用它来治疗失眠和抑郁;桂树有一种特殊的芬芳,雀跃的气味独一无二,所以人们用它为胆小的孩子熬汤喝,让自卑的孩子驱除怯懦;橙树的气味热烈明快,是最好的鼓励剂,是情感缺陷症和冷漠的人们杰出的治愈师……

汤云朵在黑暗中静静地听，一只手悄悄伸过来，捉住罗限量的手，然后一直停留在那里。

事情过后，有很多次，罗限量都在猜测，在他讲述那些植物的时候，汤云朵其实是被他感动了，虽然那天天亮之后，他摇醒趴在他怀里睡着的她，给她掸净身上的泥土和草稞，送她离开莲花山公园时，她有点儿魂不守舍——没有多久，她拨通他的电话，通知他，他俩的关系结束了。

“我不想那么做，”电话里传来汽车驶过的背景声，也许她并没有走远，就在红荔路的某一个拐角处站着，“可我只能这样，你别恨我。”

他当然恨，但她没有欺骗他，她的确需要一笔钱，的确要退彩礼，只是她从没想过要和他好。她不爱他，爱的是另一个男人，男人经济能力不好，不能帮她还上聘金，她决定自己凑齐这笔钱。她纠结了好几个月，只是不想降低品味，才找了一个关内的男人——用她的话说——来换取这笔钱。

“你就当我是虫子，被你注射过。”她在电话那头阴阴地说。

罗限量当时就懵了。他想，他带汤云朵去山上灭虫子的时候究竟发生了什么。他只记得他把汤云朵扑倒的时候，有一股强烈的植物气味让他失去了判断，然后他什么事情都不记得了。现在他想起来了，那股植物的气味来自栗子花，像极了精氨的气味。

刘朕整整一天没有露面，晚上回到公租房的时候，罗限量已经睡了，两个人没有说上话。第二天早上刘朕起来的时候，罗限量已经把他那份炒粉放在他床头了。

“知不知道，伯曼猫毫无性格，只会讨好主人。”刘朕一边穿衣裳一边没话找话，“土耳其梵猫狡猾得很，而且太顽皮。”

罗限量停下正叠着的衣裳，扭过头去看刘朕，不知道他想说什么。

“布偶猫基本上就是傻子，你会被它急死。缅因猫爱惹事，而且极不诚实，惹了事就躲起来，你找都找不到它们。波斯猫像个妖怪，你要养了它，等着自取其辱。”

罗限量看刘朕，心里想，要是不出意外，接下来他应该提到暹罗猫。

“暹罗猫，”刘朕哧哧笑着说，“暹罗猫嫉妒心强，总是冲人大叫，就像被惯坏的孩子。”但他很快不笑了，看一眼罗限量，烦躁地把网上拍来的

LED 发光鞋一脚踢到床下。“我知道你心里怎么想，你觉得我卑鄙，对人冷漠，可谁不是这样，我又不是故意的。”

“那就赔她包。”罗限量说。

“凭什么？”

“你不逼她打开包，她就不会把包割破。”

“还就还，Valentino 包网上拍最多三千块，我会还她，见到她我就还。”刘朕凶巴巴地说。

听到三千块这个数字，罗限量心里抽了一下。三千块，不是一笔小钱，罗限量三周的工资。他刚上班时，一个月挣六百，头一次领工资，他吓了一跳，那是内地花木工半年的收入。以后涨到两千多，然后是四千多。他觉得这座城市到处都在咕嘟咕嘟冒油，堵都堵不住，不接都不好意思。每次发工资，他都要和伙伴们去梅林夜市的大排档大吃一顿，那个时候，人们充满欲望，但谁都是单纯的，他们就像兄弟姐妹，喝下很多推销价格的啤酒，塞一肚子烤蚝。那是他和这座城市的黄金时代，现在不行了，现在人们变得越来越冷漠。

一上班，罗限量就去山顶广场处理地被。有一片叶良姜出现了枯叶病，叶片开始发黄，需要处理。罗限量为那片植物喷洒了一遍硫酸铜混合液，等徒弟拖腐殖肥上来的时候，他用手机上网查了查，在京东网站上查到了那款正品粉红色 Valentino 女包，包的价格是 13899 元。他想天哪，一万多啊！他想刘朕怎么说是三千？他猜正是因为这个原因，刘朕才改口说猫的坏话。

罗限量有点吓住了，他回忆刘朕的话，刘朕说，见到她就还，看来他已经被自己的报怨裹挟住，打算赔包了，但他为什么说三千？是不是找到了电商，打算赔高仿品？罗限量为这个纠结了一会儿，接着想，如果只是三千，也许自己应该出一半，毕竟包被划开的时候，他站在刘朕身边，所以女人才说，“我唔明你讲乜嘢。”按她的说法，他是“你们”中的一个。

山顶上风很大，风把植物叶子吹得没头脑地乱滚，罗限量看见几片斑叶山宫兰叶子，它们被风吹得拍来拍去，叶片下，两只红色的桃狭口山地蛙重叠着骑在一起，雄蛙个头壮，身体圆滚滚的，行动却一点都不笨，完全把雌蛙控制住了。罗限量知道，雄蛙很狡猾，交配时会在肚皮上分泌粘液，把自己和伴侣粘在一起，这样，雌蛙就算不愿意交配也没有办法分开。

罗限量把目光从狭口蛙身上移开。有一阵，他心里怏怏不乐。风越来越大，广场中央那尊著名的雕像迎风竖立，一点也不怕冷。罗限量离开交配的蛙，从雕像身边经过，走到广场边上，站在那里朝南边看。城市正在拔地而起的那栋最高大厦，脚手架涂抹了一层暗红色，让人担心它正在融化，再过去，就是香港米铺了。十八年了，他从来没有去过香港，只在山顶上眺望过那边。他没有时间去。再说，就是去了，他也不知道能做什么。他这么想，就想到了母亲。

母亲突然推开父亲，冲到马路上，迎头撞向一辆高速开来的运板栗的货车，当场死亡。母亲的决绝给罗限量造成了很大的刺激。父亲告诉罗限量，母亲那段时间完全魔怔了，老说没有家了。“那不是我的家。”母亲说。她说得对，京广线一路穿过家乡，然后是中南最大的火力发电厂，那些年家乡的变化非常大，村庄拆迁掉，很多人去了别的地方，在拆迁后重新建起来的移民点新家里，母亲闻不到家乡的味道。那些漫山开着的红杜鹃，成了招商引资的旅游资源，它们生长在海拔三千米高的龟山上，好像它们一开始就知道躲避这种诀窍。

那段时间，罗限量有点沉不住气——公园里有保洁队，有宠物清洁箱，但人们把包装袋丢在金脉爵床和山瑞香的枝叶上，遍地都是狗粪，他和徒弟们得帮着捡，不然会烂植物。狗粪黏性强，草地和台阶上的粪便，要用清水冲几遍才能冲干净。有一次，一个年轻人竟然站在路边，冲着大叶红草尿出他黄澄澄的尿液。年轻人辩解说，植物需要肥料，他是在做好事。那一次，罗限量不但吼了人，还和人打了一架。

罗限量开始讨厌公园。过去不这样，他非常在意公园，甚至可以说，他热爱公园。在他心里，那些高大的油棕、大王椰、金山葵就像他的兄弟姐妹，阔叶的大叶榕、小叶榄仁、尖叶杜英则是老家的街坊邻居，至于小一点的灌木，散尾葵、三药槟榔、四季桂和翅荚决明什么的，它们是他的儿女。他三十三岁，早到了生儿育女的年龄，可连婚都没结过一次，自然没有儿女，但他就是这么想的。

也就是那段时间，罗限量对成家上了心，不断地和各种各样的女人纠缠。公园椰风林景区有征婚廊，那不是他的去处，招贴栏基本成了研究生以上学历女性的档案馆，大学只读了四年的都不好意思往上贴资料。在汤云朵之后，同乡会的老乡给罗限量介绍了几个，见一个失败一个。晚报组织的相亲活动，罗限量参加了三次，约过两个，也都没谈成。

刘朕替自己的师傅着急，掺和进来，张罗着给师傅介绍了几个，以后不敢再介绍，因为一介绍，人家姑娘不看师傅，只问徒弟，要不要谈，二婚三婚都行，有没有孩子无所谓。刘朕是本地人，家里光押地就能养三代人，但他的志向是景观设计师，三十岁之前免谈。

"机器都智能了，城市也会动脑子，一线城市，不是谁都能够让你娶妻生子留下来，"刘朕耐心地给师傅分析，"不这样，城市素质怎么提高，讲不讲未来?"

按刘朕分析，这事不能怪罗限量，要放在二十年前，罗限量的条件完全能凑合，现在不行了，全球人口稠密度，这座城市排第五，常住人口一千多万，适婚者占一多半，大学生和海归主又占了适婚人口一半，他这种条件，一下子就比下去了。就跟五六十年代的香港，凡能偷渡过去的，只要能喘气就欢迎，以后劳动力解决了，警察恶狠狠把游过去的人往海里赶，所有的移民城市都这样。

罗限量被征婚的事情闹得有点绝望，刘朕怂恿师傅扩大交际面，并且帮师傅下载了陌陌。那以后，罗限量被敲诈过，挨过两次打，进了一次派出所。进派出所那次很糟糕，警察让交罚金，罗限量舍不得，认判不认罚，结果单位去人把他领回来，被好一顿处理，事情闹得公园里人人都知道，要不是看他手上活好，植物离不开，公园就把他开了。"再急也不能这样，约你也约正经的，软件上约的，谁跟你谈哪!"他没法辩解。他不能告诉人家，他一个也没谈过，这种事，说了也白说，没人相信。

直到夕阳掉进深圳湾肮脏的海水里，吐出一层雾茫茫的水汽，罗限量才忙完枯叶病的事。只有和植物待在一起的时候，罗限量才毛孔舒张，让汗水带走满心的郁积，有一种放松感。

下班以后，吃过晚饭，罗限量去了二十四小时银行，从柜台机里取了一千五百块钱。回公园的路上，他很小心，没有走树荫下，人少的地方他就停下来，站在路灯下等，人多起来他再跟着走。路过天桥时，他脚步慢下来，朝市民广场那边看。他知道那里有中心书城、音乐厅和图书馆，还有一片大得惊人的广场，很多比他年轻的男男女女在那里寻找他们未来的家。他猜他们和十八年前的他一样，也是兴致勃勃地从内地移栽到这座城市，他们中间，只有少数的树种能够存活下来，别的要么死掉，要么得把自己移栽到其他地方去。

回到公租房，罗限量把钱交给刘朕。刘朕正低头刷屏，抬头看罗限量一眼。

“是不是我要不赔，你就过不去，非赖我赔不可？就算赔，我也不赔正版，她有发票吗？”刘朕的意思，如果可能，连高仿他也不想买，“你不会赌气一个人给她买吧？”

罗限量当然不会一个人赔，他对奢侈品一窍不通，说不准粉红色Valentino的真伪，但他要离开了，不想欠谁的。他坐在那儿委屈地想，我这是干什么呀？他还侥幸地想，也许还有时间，应该试一试，抓住那个杀死猫的人，把凶手往派出所一送，这样他和刘朕就有了理由，什么也不用赔了。

连续几天早上，罗限量都没有出现在东南坡地的凤凰木林、东北坡地的疏林草地，也没有去侍候西北坡地上面包树、海南红豆、风铃木和火焰木，他在公园南区椰风林景区的簕杜鹃灌木附近徘徊，等候凶手出现。

等到第三天，凶手出现了。

那个时候天刚亮，公园还没有开门，也不知道她打哪儿进的公园，怎么躲过了公园的安保。她背着一只粉红色的Valentino包，和之前那一只一模一样。她朝四周看了看，没有发现躲藏在一片棕榈树后面的罗限量。她快速走到簕杜鹃灌木丛边，把子宫似的手包放下，从包里往外取什么。罗限量一头早雾，连蹦带跳地冲过去，她吓了一跳，不明白他是打哪儿钻出来的，接下来，他俩都站在那里。

和之前的那些牺牲品不同，这一次，女人手里捧着一只狸花猫，是那种最普通的品种。猫被套在一只塑料袋里，已经死了，四爪僵硬，姜黄色的眸子看不见，原来长眼睛的地方，空空的留着两个血肉模糊的窟窿。

女人丢下袋子里的死猫，反身往南门方向跑。她尖锐地叫了一声，身体矮下去，倒在地上，压抑地抽嗒起来。罗限量跟过去，看见女人雪青色的裤腿，被簕杜鹃的一根枝杈戳了一个洞，一截弯曲的灌木从左腿的腓骨内侧插进去，挑起那条腿。女人脸上流着泪，疼得拖着腿说不出话。

“咪嘟，”罗限量阻止住试图躲开自己的女人，“佢会拣断血管。[①]”

女人停下来，不动。罗限量伸手固定住摇动的花枝，另一只手从身后工具包里掏出修枝剪。“忍一忍，好快就好。[②]”他熟练地用修枝剪截断插在女人比目鱼肌上的枝杈，留下三公分左右的茬口，再小心地把乱糟糟的裤腿绞开，让婴儿嘴似的伤口露出来。伤口处有些泛白，不过一点血都没有。

“我唔可以将佢擝出嚟。”罗限量快速在亚麻料裤脚上绞下一圈布，剩下的绾起来，但不能绾太高，那样会露出膝盖，让受害者发窘。“我唔确定伤口入面啲树造会唔会断掉，会唔会伤到大啲嘅血管，你要到医院接受一次小手术。”他觉得他没有在这座城市白生活十八年，那点白话还管用，“你要讲医生，伤口接触喇泥泥湴，佢哋会畀你做破伤风处理，唔系，就算未拮著血管你都会死。[③]”

罗限量用绞下的布条小心地为女人包扎好伤口，固定住伤口中留下的树茬，尽量不让它移位，再在裤腿上剪出两个洞，布条打了个死结，这样人再怎么动，裤腿都不会落下来妨碍伤口了。

现在他做完该做的事情。他们看对方。他知道她很疼，会越来越疼，而且她不想和他说话。

“要我扶你吖嘛吗？[④]”他说。

女人点点头。他把修枝剪插回工具袋，把女人从地上扶起来。她看他，用那双与世无争的柳叶眼，它们眼睑细细，眸子清澈。他突然有些恼火。

“点解咁？”他质问她，“你杀咗几多猫呀？[⑤]”

---

① 粤语：别动。它会挑断你的血管。

② 粤语：忍忍，很快就好。

③ 粤语：我不能把它拔出来。我不确定伤口里的树茬会不会断在里面，伤到大一点的血管，你要到医院接受一次小手术。你要告诉医生，伤口接触到了泥土，他们会给你做破伤风处理，不然，就算血管没断你也会死。

④ 粤语：要我扶你起来吗？

⑤ 粤语：为什么这样做？你杀了多少猫？

女人看着他，不说话。

他知道这么问什么意义也没有。他觉得不应该轻易相信，人能够变成植物，或者说，不应该相信在植物中，人能够找到亲密的感觉，就像兄弟姐妹的感觉，就算在别的地方这种情况曾经有过，现在也越来越少了。

他把目光从女人脸上移开。他确定她自己能走，像他告诉她的，离开公园，去找医生。他从地上拾起装死猫的塑料袋。狸花猫身上有一股簕杜鹃的味道。他知道这个念头是不对的，不是所有的植物都有气味，簕杜鹃就没有气味，有的植物致死都不肯释放出茉莉酮酸。他决定不去想这个，先把花狸猫埋掉。还有，他不希望她再回到这里，无论是否带着子宫一样漂亮的包。

花木师罗限量离开簕杜鹃花丛，向高处一点的地方走去，阳光从更高的地方洒落下来，从他渗出微汗的额头上一片片掠过。很多年以前，他在谈唯一一次恋爱的时候，他给那个名字叫做汤云朵的姑娘讲了一个植物气味的故事，他没有告诉姑娘一件事，植物的气味有时候是邀请，但更多的时候是拒绝，它们希望访客不断，带走它们的孢子，去别的地方繁衍生长，但它们不希望访客留下来打扰自己，于是就用气味传递驱离访客的讯息，关于这个，昆虫们接受了，别的动物没有接受。

（原载《中国作家》2015 年 5 期）

找小瑞

付秀莹

今年春天长,都立夏了,天还没有打算热起来的意思。院子里的花草们倒红红紫紫的,一片热闹。勇子蹲在花池子边上刷牙,牙膏沫子溅到旁边的葱管子上,东一点西一点。有一点溅到一棵月季上,月季有的开了,大多是将开未开。红的还好,粉的就有一点太深了,深粉色,再配上鹅黄的蕊,不知怎么一回事,给人的感觉是有一点脏。这些花花草草,都是小瑞一手侍弄起来的。还有那些个瓜瓜茄茄的,也都是小瑞种下的。勇子慢吞吞刷完牙,蹲在那里发呆。阳光透过槐树叶子掉下来,洒了他一头一脸。大黄卧在一旁,身上也被弄得斑斑驳驳的,隔一会儿看他一眼,隔一会儿又看他一眼。勇子被它看得躁了,气道,看啥看,连我都不认识了呀?

从外头乍一进屋,竟还是觉得凉森森的。这个季节,晴天的时候阳光好,外头倒比屋子里还热一些。这房子盖了总有七八年了。早几年,楼房在芳村还不多见,他这是二层小楼,见棱见方的大院子,高门楼,大影壁,楼身都明晃晃贴了瓷砖,两只大红灯笼,在大门檐角下一摇一摇的。那时候,他走皮子,跑东北,算得上芳村数一数二的好户儿。芳村这地方,这二三十年来,有多少人得了皮子的好处的?自然了,也有给这皮子害了的。做生意嘛,可不就是有赔有赚么,有人哭就有人笑。

他歪在沙发上,心里盘算着吃点什么。茶几上好像蒙着一层薄薄的灰尘,还有写字台上,衣柜上,电视柜上,空气里有点呛,好像也是灰尘的味道,还有一股子淡淡的霉味。茶几的玻璃面上有几个印子,乱七八糟的,也不知道是什么时候弄的。地也有好些天不擦了。这种瓷砖地面,就这一点不好,特别显脏。当初装修的时候,小瑞原本是要木地板,被他驳回了。木地板难伺候，倒不是钱不钱的事儿。还有家具，小瑞想要浅色的，他却买了深栗子色的，深的嘛，到底更大气稳重一些。只有沙发，他原是要真皮沙发，这地方皮革现成，又做不得假，又显得气派，小瑞却想要布艺的。他想了想，也就依了她。女人么，还是要哄的。女人都哄不好，还有什么好果子吃？肚子咕咕叫唤了两声，他起身到厨房里看了看，冷锅冷灶的，好多天都不见烟火了。他翻了半天，从柜子里翻出半封挂面来，闻了闻，还好，还没有发霉。白水煮了，打了一个荷包蛋，加了一点酱油醋香油，胡乱吃了。

刚吃完，听见院子里有人叫他。他娘颤巍巍进来，东看看西看看，问他吃了没有，吃的什么，这么大个人了，还这么懒，这屋子里都下不去脚啦。一面替他收拾，一面怨小瑞。他嫌他娘唠叨，也不接话茬，只靠在门边吸烟。他娘说，一个娘儿们家，老在外头跑，算是怎么回事呢？他娘说家里没有个女人，还像个家样子么？她娘说早先看上去倒是安安稳稳的一个人，怎么这两年变化了呢？疯疯癫癫的，哪里有半点像好人家的媳妇？他听得心头烦恼，不耐烦道，你就少说一句吧，还不够乱哪？他娘气道，怎么跟你娘这么大本事？怎么在人家面前，就像是三孙子似的？大汉们家，连个媳妇都弄不住！他气得把脚边的一个塑料凳子一脚踢翻了，恨道，我怎么像三孙子啦？叫我刚硬也是你，叫我柔软也是你。都是背后放炮，当了她的面，你不也是低三下四的？他娘气得把一只手点住他，颤巍巍的，直骂他没良心的，竟一句旁的话都说不出来。

正闹着，电话却响了。娘儿俩都吓了一跳，立时就安静下来。勇子愣了片刻，慌忙跑过去。刚要抓起来，那电话却不响了。勇子趴在电话机上，查看来电显示。他娘见他半晌不吭声，忍不住问道，谁呀？是——小瑞？勇子把那电话线缠缠绕绕地弄来弄去，只不说话。他娘叹口气，说你也往开里想一想吧。好歹孩子都这么大了，给他娶了媳妇，也算是了了你的心事了。到时候，再添了又一辈儿，不怕她舍得再走。他娘说说来说去，还是怪你太由着她了。女人家，哪有老在外头跑的？在外头跑多了，心就跑野了。电话线好像小蛇似的，缠在他手腕子上，他一根指头挑起来，落下去，让那小蛇一下一下咬着他，也不怕疼。他娘唠叨了半晌，看他脸色不好，生怕说多了惹他烦恼，就闭了嘴，磨磨蹭蹭的，替他把沙发上的脏衣裳敛起来，又到里屋他床上摸索来摸索去。他也不知道哪里来的火气，三步两步过去，把他娘手里的衣裳袜子脏裤衩子一把夺过来，气道，说过一百遍了，甭乱收拾甭乱收拾。他娘也气道，我就是操心的命！你几尺高的汉子了，还不让老娘省心。他娘说家不像个家，日子不像个日子。你叫我死了怎么能闭上眼？

阳光从玻璃窗里照进来，正好落在床头的一个花瓶上。花瓶里插着几枝腊梅，绢制的，倒比真的还要艳丽几分。这腊梅还是小瑞去城里买回来的。小瑞就喜欢这些个小玩意儿，杂七杂八的，什么都往家里弄。比方说，一个摔破了的盘子，就为了上头那两条小金鱼，活泼泼的惹人爱，就捡回来。比方说，麦秸编的小篮子，她放花生瓜子壳子用。比方说，不知道谁扔的瓷酒瓶子，白底子上头，开着一朵一朵的小蓝花，她也抱回来，今天插上一枝丝瓜花，明天插上一枝狗尾巴草。为了这个，他笑话她不知道有多少回了。小瑞也不恼，只把眼睛白他一眼，笑眯眯的。小瑞的眼睛水水的，看人的时候，好像要流出蜜汁来。他心里一热，身上也跟着一热，鼓涨涨的难受。不由骂了一句。

天到底是长得多了。太阳懒洋洋的，刚爬到半空中。满院子树影摇晃，弄得人心里头乱糟糟的。花池子旁边有一个翠绿的塑料盆，大半盆水在里头一漾一漾，好像是半盆子碎金子。他娘赌气出去，衣裳也不洗了，洗衣粉袋子半张着嘴，好像是有话要说。一片树叶子落在盆子里，滴溜溜转着。两只蛾子冲冲撞撞的，围着月季绕来绕去，好像是调情，又好像是在打架，一时难解难分。他叹口气，左右没有意思，就到街门上看一看。

太阳明晃晃的，把街上晒得仿佛起了一层薄雾。有个卖瓜的停在街口，隔一会儿，吆喝一嗓子，隔一会儿，吆喝一嗓子。有个妇女在猫腰挑瓜，看不见脸，只看见圆滚滚的屁股对着人。他心里又是一跳。正胡思乱想呢，那妇女却转过身来，笑道，这瓜倒是挺俊的，勇子你不挑俩尝尝呀。勇子见是粉嫂子，脸上一热，说有啥吃头，我就不好这些个瓜瓜茄茄的。粉嫂子挑好瓜，看左右没人，过来小声问，有信儿没有呀，我是说小瑞？他说昨儿还打来电话哩。说五月当五回来。粉嫂子说那好呀，回来就好。这个小瑞呀，心倒是够狠哩。扔崩一走，把一个热乎乎的家都扔下，她也真舍得。勇子心里刀割似的，脸上却笑道，她爱走走。有粉嫂子疼我哩。粉嫂子笑骂道，你这小子，心里猫抓似的，嘴还硬。上来照着他背上就是一巴掌。他正要再跟她调笑，粉嫂子却把嘴巴凑到他耳朵边上来，小声道，有一句话，我也不知道该不该跟你说。他说你看你，又不是外人。粉嫂子说照说我跟小瑞娘家都是一个村的，田庄又不大，七拐八拐，一牵扯都是亲戚。跟你呢，也是本家本院的，一笔写不出两个刘字。要是论起来，倒也没有个远近。偏偏呢我这个人直正，好劈个直理，我就是看不惯，怎么如今的人们都这个样儿了？勇子见她拐弯绕圈的，便笑道，粉嫂子你只管说，你的为人我还不知道？心里却好像是惊了的马车，扑通扑通乱跳起来。粉嫂子叹道，小瑞呀，听说小瑞在外头——嗨，有些话我都说不出口。勇子脸上一热，身上就辣辣地出了一层细汗。嘴巴却忽然干燥得厉害，想要说话，牙齿好像都粘在嘴唇上，下不去，也上不来。粉嫂子说我也是听大脑袋他们乱说，大脑袋不是也跑皮子么？大脑袋那张嘴——他费力咽了口唾沫，笑道，怎么不说了？粉嫂子从兜里把手机掏出来，说，谁呀这是——我就是一说啊，你别往心里去。一面说，一面对着电话喂喂喂喂，拿着瓜走了。

有汽车不断地跑过来，跑过去。街上尘土飞扬。那卖瓜的闲下来，又开始吆喝了，卖瓜了，卖瓜，又甜又脆的好瓜——三马子靠在学力他们家的后山墙上，上头是一组宣传画，头一幅是种地免交税。一个老农民，抱着一把谷子还是稻子，笑嘻嘻的，身后头是满满的粮仓，贴着大红的丰字。接下来一幅是免收学杂费，几个孩子背着书包上学去。再一幅是看病不太贵，一个穿白大褂的先生，正在给一个村里人看病。卖瓜的三马子正好挡住那先生的脸。不知道谁家的孩子淘气，给那几个上学的孩子统统画上了小胡子，还在一个小子的裤裆处画了一根黄瓜，旁边歪歪扭扭写着一行字，狗蛋儿我草你妈。一只麻雀飞过来，在地上蹦过来蹦过去。还有一只停在瓜车上，挑衅地看着卖瓜的。卖瓜的一挥胳膊，骂道，跑到老子头上拉屎来了？去！树叶子在头顶上簌簌簌簌簌簌乱响着，杨花们飞过来，飞过去，有一朵正好栽在他眼睫毛上。他费力地抬起手，想把那杨花赶开，却觉得那胳膊有千斤重，半天抬不起来。有人跟他打招呼，他耳朵里好像是有一百只蜜蜂在飞，嗡嗡嗡嗡嗡嗡，也听不真切，只好冲着人家笑。好像是运田过来，叫他勇子，勇子。运田戴着墨镜，黑社会老大似的。又好像是他娘在他耳朵边哭，拉长着嗓子。怎么回事呢，他只感到纳闷。也不知道过了多长时间，他才悠悠醒过来，却是在家里的床上，那个枕头就在眼前，杏粉色，绣着瑞雪红梅，不是在家在哪里呢？

晌午饭熬的小米粥。他看他娘愁眉不展的样子，勉强吃了小半碗，又吃了半块槽子糕。他娘见他能吃了，心里一松，又唠叨起来。说他自小身子单薄，娘胎里带的，是先天不足，心脏这一经就弱。后来大了，倒渐渐好起来了。可跟人家的孩子比起来，还是不皮实，不担事儿。他娘说这个病症就得好好养着，不能生气，不能着急，平平稳稳的，才是长法。他听着烦恼，也不开口。他娘见他皱眉，叹道，如今你哪里像是过日子的呀，饥一顿饱一顿，好人儿都要给煎熬坏了。他娘说你给她打电话，立马就打，我就不信了，她都这个岁数了，还折腾个啥，还真的就不要这个家了呀？他半阖着眼睛，只觉得心里头乱纷纷的，嘈杂得厉害。他娘絮絮叨叨的，见他阖着眼不说话，就叹道，你爹活着的时候，是个火爆脾气，一点就着。也不知道你像了谁？泥人儿还有个泥脾气哩。你听见没有呀？你媳妇在外头——人家说得难听着哩。他腾的一下子坐起来，心里跳得又乱又急，冲着他娘喊道，你叫我怎么办，咹？你叫我到东北去拽她回来，还是干脆把她一刀杀了？他娘正说在兴头上，吃了一吓，张着眼睛看着他，半晌说不出话来。

是个好天儿。他骑着摩托车，小瑞在后头搂着他的腰。风吹过来，把脸上的汗毛弄得痒梭梭的，他心里头也痒梭梭的，后背上好像是有两个小鸽子受了惊，一跳一跳的。阳光金沙一样泼下来，洒在路面上，一大片一大片的，被摩托车碾过去，碾过去，好像能听到金沙碎裂的声音，清脆极了。两旁的树木向后头倒下去，倒下去，绿绿的田野却在眼前伸展开来，一直伸到天边的云彩上。小瑞的手抱着他的腰，不敢紧了，也不敢松了。他觉得被两根柔软的绳索给捆住了，脑袋晕乎乎的，心里只恨从芳村到城里的路太近。忽然，有一辆汽车迎面冲过来，喝醉了似的，他来不及躲开，一头就撞了上去，眼前金灯银灯乱走，却一心想着后头的小瑞。小瑞小瑞小瑞小瑞。他一下子喊醒了。

阳光已经转到楼后头去了，有一片照过来，正好落在对面的墙上。墙上是他们的全家照福。他在中间立着，小瑞和小子一边一个，一家人都看着镜头，笑得很大。那时候小子几岁？露着豁牙子，个头还没有蹿起来。他高大威武，揽着他们娘儿俩，是一家之主的派头。这是哪一年照的呢？阳光落在镜框玻璃上，有几点飞溅到他眼睛里，他赶忙闭了闭眼。

四下里静悄悄的，也不见他娘。那个枕头被他抱在怀里，揉得乱七八糟。他叹了一声，闭上眼睛。这枕头是小瑞亲手绣的，早先夜夜被她枕着，上头有一股子淡淡的味道，也不是香，也不是甜，有那么一股说不出的小瑞的味道，又陌生，又熟悉。这几年，他天天抱着这枕头睡觉，好像是，抱着这枕头就等于是抱着小瑞，抱着小瑞他才能睡得着觉。有多长时间了，他没有抱过小瑞睡觉了，他扳着指头想数一数，到底是作罢了。

昏昏沉沉的，头疼得厉害。想起粉嫂子的话，好像是一把小刀子戳在心尖子上，动一下疼一下，动一下疼一下。这几年，他不是没有猜疑过，可他就是不愿意朝这个上头想。想当年，他是多么厉害的人物，大了不敢说，在芳村，也算得上一个能人儿。他样貌好，脑子又灵活，是村子里头一拨出去跑皮子的。运田他们，那时候还得跟着他跑，摸不着门路么。不是这样的本事，也娶不了小瑞这样的媳妇。在刘家院里，就算是在整个芳村，小瑞也是一个人尖子。要模样儿有模样儿，要口才有口才，又能干，又懂事。还有一样儿天大的好处，只有他才知道。他心里又是一热，紧跟着就是一阵钝疼，头疼得更厉害了。

正难受呢，运田一撩帘子进来，说怎么啦这是，见风儿倒，跟个娘儿们似的。他强笑道，中暑了吧。运田道，中屁暑！刚立夏！他就笑。运田从兜里掏出一支烟来，点上，狠狠吸了一口，半晌才道，你是不是耳朵里听到啥话儿了？他笑道，啥话儿？我能听到啥话儿？运田又吸了一口烟，说没事儿，我就是随口一问。两个人半晌不说话。村里大喇叭上有人喊，有卖卫生纸哩，有卖卫生纸哩。好卫生纸，好卫生纸。谁买到村委会来，谁买到村委会来。运田说，我草，卫生纸都吆喝，怎么不卖卫生巾呀？勇子笑。运田随手拿过一个盘子，把手里的烟掐灭，勇子哎呀一声。

运田问怎么了？勇子说，那不是烟灰缸。运田笑道，一个破盘子，看把你金贵的。有一点烟灰正好落在金鱼眼睛上，勇子笑道，烟灰缸在茶几底下，那不是么？把下巴颏指一指。运田说啰嗦。真是个娘儿们了。停了停，运田说，那啥，小瑞她——勇子说，她五月当五回来。昨儿刚打来电话。运田哦了一声，说那就好。运田又掏出一支烟，一面点一面说，勇子，照说我这当大伯哥的，不该掺和你们的事儿。可有一句话，我思来想去还是得说。勇子说你说，你是我哥么。运田说，女人不能惯着，得管。勇子不吭声。运田说当年咱们都是一块儿起来的，当年的勇子哩？当年的勇子哪儿去了？勇子你年纪不大，倒是那一大帮子的领头雁。你一句话掉地下，能砸出一个坑来。勇子摆摆手，好汉不提当年勇。运田说，你这几年不如意。人这一辈子，谁没有点儿背的时候？就算是打麻将，谁还把把都能和呀？有难处，你吭一声儿。勇子只觉得嗓子里硬硬酸酸堵得慌，脸上却笑道，甭废话了，腻腻歪歪的，跟个娘儿们似的，还说我哩。

正说着话儿，他娘回来了，手里抱着一捆子韭菜。见运田在，喜欢得不行，说今儿个不忙呀田，咱们包饺子，晚上就在这儿吃呀。运田说我说两句话就得走，那头儿一摊子事儿哩。他娘说，别走呀，知道你忙，可饺子总得吃呀。我记得你也爱吃韭菜馅的。一面冲着他使眼色。勇子说，他一个大老板，稀罕你那韭菜饺子？那么大一个摊子，哪儿都离不了他。运田就笑。他娘嘟嘟囔囔的，自去厨房忙活去了。

晚上，他强吃了几个饺子，喝了半碗饺子汤，就去床上躺着了。窗子外头，黑影慢慢笼罩下来。窗子半开着，有风一阵一阵吹进来，把窗帘弄得一飞一飞的，好像是有个人藏在那里，把袖子一甩一甩，不知道怎么一回事，他老是觉得，那个藏着的人是小瑞。风里送来草木的青气，夹杂着花的香气，还有不知道哪里来一股子腥味，不像是月季花，也不像是那棵鸡冠子。他把运田剩下的那半包烟够过来，红塔山，这小子，看来真是发了。他摸出一支来，点上，慢慢吸了一口。那一年，他头一回带着小瑞跑东北，运田也在。小瑞像个没见过世面的小母鸭子，缩头缩脑的，老躲在他后头。见了人，还没开口却先红了脸，说话也不像是在村子里那样锋利。一口的芳村土话，怎么听怎么别扭。夜里还学运田那南腔北调的普通话，在被窝里头，一面学，一面笑，笑得直喊肚子疼。想起小瑞的一个小动作，他心里又是一热。这家伙，有时候简直像个孩子，淘气得很。

厨房里叮叮当当的，他娘还在收拾锅碗。不知道谁家的孩子在哭闹，哭得一噎一噎的，好像是也没有大人哄，任由他哭。他听得心里烦躁，心想这大人真是，也不怕把孩子哭坏了。小子小时候就是一个气性大的，哭起来就没完，直哭得嘴唇发紫，要闭过气去。为了这个，小瑞就老跟他吵嘴，怨他心硬。小瑞就是这一点，护犊子护得要紧。小子小时候，特别贪恋她的奶，她呢，就由着他吃，一吃就吃到了好几岁。说她吧，还挺有理，他哭么。不叫他吃他就一直哭么。气得他一点办法没有。小瑞的奶水是真好。小水泵似的，一碰就喷，一碰就喷。有时候不碰呢，也偷偷流出来，弄得她衣襟上总有两块湿漉漉的，叫人看了心里着火。有一回，去赶了一趟集回来，一对奶直憋得硬邦邦的，一心想叫小子吃一吃。一回家，小子却睡着了。她又舍不得叫醒他，憋得哎呦哎呦的，直跳脚。他看着那一对奶子，又硬又沉，显得格外硕大，一道道青筋绽开来，像是马上就要爆炸了。他看了不忍，把她按在床边上坐下，一张嘴就含住了。她闭上眼睛，哼哼唧唧叫起来，那样子像是疼，又像是痒，好像是享受，又好像是受罪。眼睫毛长长密密盖下来，一颤一颤，湿漉漉毛茸茸，也不知道是汗水，还是泪水。他吸一下，她就颤一下，他再一下，她再颤一下。他吸得急，她就颤抖得急。后来，他老是想起来她那天那个样子。他吸了一口烟，觉得下面已经涨起来了。

他娘湿淋淋的一双手进来，絮絮叨叨的，好像是说要去小别扭媳妇那儿。他娘信这个，这几年，没少往小别扭媳妇那儿跑。他娘跟他要点钱，说是香火钱，得事主自己出，旁人出了就不灵了。他说要我说你也甭去烧了。这几年，给他们烧的还少了？吓得他娘慌忙打断他，甭乱说话啊。往上头指了指，小声道，都听着哩。仙家说了，这几年你是低年头儿，流年不利，要勤上香勤上供。过了这几年，慢慢就好了。好运在后头哩。他说你又不是旁人，先给我垫上呗。他娘看了看他的脸，小心问道，怎么，你手头儿紧呀？她没有打钱回来？他笑道，怎么会？净瞎猜。我就是想试试这仙家，到底说话算不算数。他娘半信半疑地，瞅了他半晌，才说，又乱说话。勇呀，你有事儿可不能瞒着娘呀。

夜里，翻来翻去睡不着。月亮升起来了，是满月，圆圆的，停在半空。

他这才想起来，明天就是十五了。芳村这地方，初一十五，都是大日子。女人们大多要烧香，许愿，上供。四月十五，离五月当五也就是二十来天了。这一带，都把端午叫做五月当五。五月当五，小瑞说要回来，这话都说出去了。说出去的话，泼出去的水。要是她到时候回不来，可真就太难看了。他心里叹了一声。这几年，扳着指头数一数，也能数出来她回家有几趟。早先的时候，平时不回来，过年总还是要回来的。过年么。可今年过年就没有。小子媳妇倒是都回来了。可是，没有小瑞的年，还像是年么？小子媳妇也早另立门户了，过年的时候，除了大年初一过来吃了一顿饭，就再也没见过人影子。他这个年，真是冷清得很。他娘给他包了一堆饺子，他就上顿饺子，下顿饺子，躺着饺子，立着也是饺子。直把他吃得见了饺子就怕。吃完饺子，就是面条。也是他娘拿过来的干面条。他白水煮面条，成天价埋在面条里头。夜里，听着人家的笑声闹声，人欢马叫的，心里空荡荡的，荒凉得紧。亲戚邻居们问起来，嘴上答对得轻松，脸上真是挂不住。人这一辈子，活的是什么？是脸面。他又最是一个爱脸面的人，当年也是街面上行走的人物，怎么就一步一步的，走到这个田地了？

半夜里，他到底还是起来，打开电脑，看了半天片子。他灯也不开，只有那屏幕一亮一亮的，画面上的两个人翻来覆去，折腾出无数个花样来。那个大屁股外国娘儿们啊啊啊啊啊啊，叫得人越发起性儿。他浑身紧绷，两只眼睛恶狠狠地盯着那娘儿们，恨不能一头撞进去，亲身替了那男人来干。只觉得一身的血在血管里热腾腾闹着，像是一个大气球，越来越大，越来越薄，马上就要爆炸了。小瑞小瑞小瑞小瑞。他狼似的低低嚎叫了两声，瘫软在椅子上。

月亮不知道躲到哪里去了。整个村庄好像是掉进一口深井里。偶尔谁家的狗叫两声，就又静下来。屋顶像是一个盖子，重重压迫着他，叫他喘不过气来。他把脸埋在那个枕头里，一动不动。一身的血早都凉下来了。那张床显得格外的大，格外空。他的脑子里也空荡荡的，像是一个空水桶，什么也没有。

醒来的时候，天还灰蒙蒙的。出来一看，才知道是个半阴天。立夏以后，雨水慢慢就多起来了。立夏天气凉，麦子收得强。要是这时候来一场雨，人们说不定就省浇一水了。他洗漱完，蹲在菜畦边上发呆。韭菜们刚割了半畦，还有半畦长着。好像是一个人剃头剃了一半，又去忙别的事了，就把一个阴阳头丢在这里，任由他那么阴阳着。他想起来还有昨天的剩饺子，就去热了一碗，刚要吃，电话响起来。他赶忙去接电话，走得急，把一个凳子都带翻了。却是运田。运田叫他出来，一块儿去城里散散心。他说不去了。运田说唧唧歪歪的，还像个男人不像了？运田说快快，少废话。叫你去你就去。说这就开车来接上他。

他翻箱倒柜，找了一件干净衣裳换上，想了想，又洗了一把脸，正刮胡子的时候，运田在门口按喇叭。运田今儿个穿了一件明黄体恤，米色休闲裤，收拾得油头粉面，手腕子上戴了一串佛珠样的东西，说是沉香。脖子上挺粗的一根金链子，贼亮贼亮。见了勇子，把头一摆，叫他上车，说走，吃喝玩乐去。

这个季节，麦子都开始扬花灌浆了。天半阴着，气压有点低。他把窗子摇下一线缝隙，一股子潮润润的青草气涌进来。麦田一大片一大片，一大片又一大片，向后头哗啦啦啦退回去。他想拦都拦不住。运田嘎嘎嘎嘎笑着，墨镜黑洞洞的，也看不清他的眼。有一个女的骑着自行车，被他们超过去了。运田回头看了一眼，咂咂嘴道，可惜了的。这么俊的一个闺女，骑个破车子。勇子就笑。运田说这么高的颜值，要是不坐宝马，老天爷就没有长眼睛。勇子说要是真心疼，就去把人家给弄上来呀，你这凯迪拉克，也还能凑合用。运田笑道，你觉得你哥我没有这个本事？勇子说牛皮不是吹的。没有你这样的。以为就是一句玩笑，没想到运田这家伙还真的在路边停了车，把窗子摇下来。刮的是小南风，那姑娘蹬车子有点费劲。一条水红的裙子，在风里一飞一飞的，好像是一朵花，被吹乱了花瓣子。不知怎么，勇子心里有点紧张。看看运田，却是镇定得很。勇子说，走吧，开车。运田笑道，别介呀。我今儿个要让你看看，啥叫魅力。正说话间，那姑娘已经过来了，勇子心里通通通跳起来。运田小声笑道，连车都甭下，你信不信？一面把头探出窗外，向那姑娘招招手。那姑娘迟疑了下，下了车子。运田笑道，小辛庄的吧？我们芳村的。去哪儿呀这是？风大，捎你一段呗。那姑娘也不笑，打量了一下运田的车，说凭啥呀，我怎么知道你们是不是坏人呀？运田笑道，坏人有长我这样儿的吗？那姑娘竟噗嗤一声笑了，说那我就信你一回。去城里。哎呀，那我车子怎么办？运田看了一眼她那车子，沉吟了一下，说也是，这车子还真是个问题。一面说，一面一踩油门，车忽的一下就蹿出去了。远远的，那姑娘跺着脚，破口大骂。

运田笑得嘎嘎嘎的，说怎么样？唆？服不服？勇子拧着脖子还朝后看呢。运田说甭看啦，看到眼里拔不出来啦。运田说你看见了吧，女人就那么回事儿，贱。你越把她当回事儿，她就越是一回事儿。你不把她当回事儿呢，她就真的不是一回事儿。勇子不说话。运田说，你就是太死心眼儿。凡事看不开。慢慢悟去吧你。

城里一六逢集，很热闹。他们绕过农贸市场，直接插上花园路。花园路倒是真有点花园的样子，绿化得挺好。马路两边的冬青剪得整整齐齐的，隔一段一个花池子，隔一段一个花池子，里头开着黄的粉的月季花。勇子忽然叫了一声，说哎呀快看，快看。运田说，不就是香罗发廊么？大惊小怪。运田说花园路上这是总店，解放路和红绿灯那儿还有分店。勇子噢了一声，说香罗婶子还挺能干。运田坏笑道，她能干，你怎么知道呀？勇子说少胡说你，还差着一个辈分哩。运田笑道，到了这地方还论啥辈分？运田说要不咱们进去逛逛？勇子忸怩了一下，不会碰上熟人儿吧？运田笑得嘎嘎的，那就那么赶巧了，要是碰上香罗，我就把墨镜借给你呀。

阴了大半天，雨到底还是下起来了。先是细细的雨丝，后来越来越密，越来越密，像是有千支万支银箭头在天地间乱飞，一不小心，就给它们伤着了。雨地里开出一朵一朵的水泡来，一个破了，另一个又起来了。雨点子渐渐大了，砸在车子上，像一颗一颗流弹。勇子瘫坐在副驾驶座上，脑子里轰隆隆响着，无数的疯狂的念头厮打在一起，他谁也劝不住。小瑞。小瑞。小瑞。小瑞。方才，那一个胖子，一手搂着个姑娘，一手接电话。他只听他叫小瑞。他的脑袋嗡的一下子。小瑞？小瑞呀，你猜在哪儿呢？胖子把一只手放在那姑娘屁股上，对着电话说，我就在你们县城哪。大谷县，是不是，离芳村也就十几里？你家乡好哇，好得很……那姑娘等得不耐,他捏了她屁股一把,趔趄着朝里头去了。

雨点子越来越大了。霎时间,外头就白茫茫一片,什么都看不清。他冷得发抖。上下牙齿咔哒咔哒直响。浑身的骨头好像是浸在冰碴子里头。雨水拧成一条一条银色的鞭子,一下一下抽在他头上,脸上,身上。小瑞。他一直向前走。向东,向北。小瑞在东北。他要去找她。他要亲口问一问她。一道亮光刺过来,打在他身上。

小瑞。他叫了一声,一头扑了上去。

(原载《芳草》2016 年第 6 期)

花·时间

——都市蓝调

陈世旭

一

雨下得比进门时更密了。

李小珺想,等这阵雨停了,她就过去。

下雨的时候最宜泡吧。

街对面的皇冠酒店,山一样矗立在城市灯光的海洋中,张开广阔的怀抱面对大街上的车水马龙,随时准备吞进去。一辆接一辆的小车鱼贯绕过草坪中间巨大的喷泉,无声地滑进大堂的门廊,又无声地绕着喷泉的另一边滑出去,汇入眼花缭乱的街流。整幢大楼几乎是黑漆漆的,偶尔从几扇开着窗帘的窗户里透出一丝微光。有一会儿李小珺觉得,说这幢楼像是座山,是因为它的体量,以它的吞噬能力,更像头蹲着的大黑熊。她在东北奶奶家有一回就看见过一头大得吓人的熊瞎子:大约是饿极了,黑乎乎地一屁股坐在村边小山坡上,两只小眼睛凶光毕露,恐怖极了。

事先他告诉了她房号,在十六层。整幢楼是三十二层,他取了中间。房间正对着电梯,跨过走廊按门铃就行,不用找。细致、精准、扎实,是他的行事风格。

街上的灯一下子亮了。先前客人稀稀拉拉的,各个咖啡屋已经差不多坐满。

这一片都是极密集的房改房,没有严格意义的街巷,只是楼房与楼房之间的通道。一楼全部改装成了欧陆风情的铺面:一家接一家的酒吧、咖啡屋、面包坊、红酒廊，夹杂其中的是时装、饰品、美甲、香料之类精致的小店铺以及画廊和书吧。嵌在黑色铁框中的路灯把纷飞的雨丝照得扑朔迷离，街边原木花坛里的花朵和叶子晶莹剔透。偶尔有一只随主人散步的小狗颠颠地跑过，溅起马路上的积水。很快，一切又恢复了平静。狭窄的巷道里混合着香水、咖啡、烟草和烤面包的浓艳气息。有一点迷离，有一点暧昧。

不远的拐角，一个空着一条裤腿的人靠着墙在吹黑管，拐杖斜靠在身边。刚才经过街角，看见他微微低着头，吹得如此专注，可惜清冷雨夜的路灯下人来人往，却没有人留心一种忧郁的声音。是什么在定义这样一个夜晚？谁看得见，谁又看不见？谁听得见，谁又听不见？总算有几个路人停了下来，拍了些照片。他抬起脸，注视他们，手比画着，问他们以后有没有可能给他寄张照片。

这是这个城市小资最集中的街区之一。街上行人大多衣着整洁，妆容考究。安静的酒吧里流动着一种似乎天生的教养，听不到中式茶楼的喧闹。人们表情丰富，但都在幽幽的光影中变幻。没事的时候，李小珺喜欢来这里泡吧。

第一次走进“花·时间”是偶然的——偶然地看到两个英文单词“花”和“时间”，觉得有点意思：泡吧可不就是花时间？抑或这里的时光像花一样美好？与“花·时间”紧挨着的一家酒吧叫“慢·生活馆”。泡吧的有几个不是在职场上打拼得心力交瘁，享受“慢生活”？潮是潮，就是感觉有点搞笑。一个人看上去在很悠闲地“花时间”“慢生活”，没准他正一肚子煎熬呢。

她每次都尽可能早些来，趁酒吧里还没有顾客，可以坐上她第一次来挑的卡座。那卡座在角落上，有一面临街。面对面的两人座，这样的座位，如果预先已经有了一位女士，陌生人不会贸然加进来。背后是墙壁，一整面线描的中世纪欧洲街景。临街的那一面是落地窗，窗下鲜花盛开。

二

周末，人们早就心不在焉了。离下班还有半小时，李小珺去了一趟洗手间，回来路过局长办公室，被副局长杨华华喊住。

局长陈翰儒仰在大沙发上，一脸疲惫。他刚从南美回来，连轴转了三十多个小时，飞机落地开机，看到杨华华的一串电话，有个文件等着他签发上报，分管副省长电话催好几次了。他没回家就来了办公室。

小李，去打盆热水来，杨华华说，你给陈局洗个脚解解乏。

刚进门的李小珺一下僵了，打死她也想不到会有这样的工作任务。

有什么问题吗？杨华华脸上滑过一丝愠色。

杨华华身后的陈局站起来，说，算啦，我去国旅泡个澡就行了。小李，忙你的去吧。

"国旅"是局里下属的宾馆，主要领导在那儿都有固定的套房。

李小珺松了口气。

陈局后来跟她并没有特别的接触，比如单独带她出差，约她晚餐之类。陈局是十足的美男子，那双有点女性化的眉眼永远是冷冷的，很酷，极有杀伤力。有一次他带队去外省考察，在公务舱候机室，一帮返航的空姐拖着箱子从门口迤逦走过，忽然发现了他，一拥而入，把他围了个严严实实，叽叽喳喳地好一通发嗲，说好久不见陈局坐她们的航班，她们都害相思病了。这帮女人什么人没见过，什么戏没演过，但她们对他的好感肯定是真的，航班上比他牛的乘客多了去了，哪能都这么讨她们喜欢？他是真的迷女人。杨华华对他的崇拜几乎到了不掩饰的程度，恨不得就是他的第二夫人，见面肯定或否定他的领带，开会招呼人给他的茶杯续水，下班一直跟到电梯口……大事小情没有不上心的。她对谁都颐指气使，一见到陈局就浑身发软，每一个毛孔都冒着温柔。但陈局却始终矜持。局里起先的风言风语渐渐就没了声息，落下她成了笑料。她并不在乎，一如既往。老公是地产商，她用不着巴结领导。好感就是好感，不像你们小市民，庸俗！

处在一个女人最好的年龄段，天生的美人坯子，又会收拾，成熟、干练、风情万种、热力四射，到哪儿都引男人竞折腰，再自律再严肃的高官也不免走神。除了业务能力真的不错，从导游一路绿灯地做到一个省局的副局，不能说跟这没有关系。

不把杨华华放在眼里的是果果。果果是天生的女汉子，她的胆大脸皮厚并不完全仗着她爸是省领导,她就是那德行。她最大的骄傲是自己的胸脯。上班她至少有一半时间在浏览服装网页,一边翻一边惊叹:哇,好漂亮,可惜太贵……哇,这件也不错……可惜我穿不了。旁边的李小珺问:为什么?她答道:我胸太大了。把李小珺好一噎。

果果天不怕地不怕,对任何话题都不忌讳。众男淫(人)谈扫黄抓鸡,她也听得笑逐颜开,且踊跃插嘴。她说自己在性学上完全可以拿博士学位:做爱无罪,有罪恶感更刺激,做爱越多越有青春活力。女人为什么多是购物狂?那是因为她们在性方面永远吃不饱,要有代偿性满足。

果果唯一怕的是胖。她躲在自己臃肿的脂肪底下,连自己的影子都怕,有事没事就看着自己长吁短叹:天哪,我的衣服又瘦了!因为嫖娼受过处分的副处长老王有回逗她:几天不见,你好像瘦了。她脸色陡然一亮:是吗?哪里瘦了?忽然看到对方目光的落点,恍然大悟,自己把衣领拨开,低头看了看,顿足道:没有啊!你骗人!老王鼠窜而去。

却同情李小珺。

跑韩国那阵子,就没想过隆胸?看着李小珺的胸脯,果果不止一次问。

李小珺第一反应是想起有一次带团去台湾时一位当地文人的话:有的女人以为男人不喜欢自己是因为自己的平胸,隆了胸之后却发现,那个男人喜欢的女人同样平胸。这样的女人应该做的不是往胸脯里垫硅胶,是往脑袋里装智慧。

没办法,爹妈小气。李小珺说。

果果甚为遗憾,安慰说:别泄气,你属于气质美女。

我懂的,"气质美女",就是被取消了美女资格的"美女"。谢谢怜悯。

但这只是果果的视角。男人们并不这样看。那个台湾文人谈论女人胸脯,时不时就瞄一眼李小珺。她跟雪国认识,就因为雪国在这个酒吧一眼看见她,不由分说就直接坐到了她的对面:

我坐下可以吗?

你不是已经坐下了吗?

"雪国"。之前她在电视上见过,他在接受对名作家的访谈,表情生动,侃侃而谈。她没有读过他的作品,但"雪国"这个名字让她心生好感。

她喜欢川端康成的感伤与孤独,虚无、洁净、悲哀、美到极致的凄清。但这个名字与他并不搭调。

你有点忧郁啊,他说,不会也是“没有比人更高的山”吧?

是又怎样,不是又怎样?

要真那样就有点巧。那边一大片“没有比人更高的山”呢,有位说他一早起来写了篇《太阳依然升起,天才没有醒来》,写着写着突然哭了一会儿。我靠,整个一个鲁迅那会儿的才子,看秋海棠,吐半口血。莫非诗人死了,诗就涨价了?

你们不是一块儿的吗?

是啊。

雪国转过脸看着屋子那头两张拼着的桌子——那是一个诗人沙龙,一群靠自我膨胀抱团取暖的时代弃儿,姿态比文字更像诗人:男的长发短髭,女的素面朝天,个个自以为是这个城市泥淖的出水芙蓉。木心说,知名度来自误解,没有足够的误解,就没有足够的知名度。这帮诗人的知名度,不取决于诗,取决于诗坛八卦。坐下来就讲纳兰性德,讲仓央嘉措,讲徐志摩“腹部的十万亩玫瑰,舌尖上的小剂量的毒”,好像说着说着就成时代宠儿了。整个儿一个精神群P。我本想挑动这帮叫春的、朦胧的来场决斗,以便让我有几分钟清静。我被他们雅得快不行了,来你这儿之前跑到洗手间呕了一气。

你这么阴险啊,干吗还往里凑?

装逼啊,要不怎么打发日子?

可笑!

李小珺瞟了雪国一眼。像是说那班拼桌的人,又像是说雪国。但她心里明白,是在说自己。

“于千万人之中遇见你所要遇见的人,于千万年之中,时间的无涯的荒野里,没有早一步,也没有晚一步,刚巧赶上了,那也没有别的话好说,唯有轻轻地问一声:‘噢,你也在这里吗?’”

很多年前,尖锐地洞察了男女之间一切秘密的张爱玲依旧逃不出老天对女人的魔咒。

这就是你“刚巧赶上了”的那个人吗?

是啊，是可笑。

雪国显然受了鼓舞。

爱情会让人忘记时间。临别之前，雪国说。

只是第一次认识，却不知为什么坐了那么久。李小珺一直静静地看着他，听他海阔天空，口吐莲花。他神采飞扬，声音极富磁性。

你是不是过于自信了？你觉得你我现在面对爱情了吗？

我不知道，我只觉得着迷了。爱情这种运动太危险了，我不知道是不是受得了。

别把欲望当玩具，这是个危险的游戏。

我不是那种刻意勾引女性的角色，请你相信。那不是我的风格，但我确有兽性。

觉得自己很多情，是吗？

那要我们一起去探索。

三

第二次见面是他约的，她居然答应了。

现在有件可怕的事，我都不敢告诉你——我想吻你。

一坐下来，他就说。

你脸皮也太厚了。你有没有想过，你值得爱吗？

你应该知道的，爱就是不问值得不值得。纯粹的性爱是我的宗教。我是个利己主义者，只想把我喜欢的人据为己有。

可笑！

她并不保守。高中和几个女孩讨论贞操，讨论可不可以在外面过夜，她把她们吓了一大跳：如果遇上了我爱的人，我会打破规则，所有的事总有一天都要经历的，不如当下就跟爱的人做。问题是你是不是爱上了那个人。

但她的初夜跟爱毫无关系。同班的一个小屁孩带她去看老板送他父亲的别墅，在卧室里翻出了他父亲同许多女人的录影。那天，她糊里糊涂地迈过了从少女到妇人的门槛。几天后，那小子随老妈去了国外，再没有消息。

多用脑子，少用荷尔蒙，你已经走到一堵墙面前了。李小珺提醒自己。

但人有时候就是会脑子进水。

他们的第一次是在雪国的那个狗窝似的小房间里。但他那套音响很高级。做爱最好是用古典音乐伴奏，最好是莫扎特。他说。

希望是我的第一次吗？被推倒在床上的时候，她问。

我不在乎是不是第一次。性爱是快乐的，任何时候都是第一次。

你就不怕有什么风险吗？

人生如果没有风险那就不是人生。

她隐隐地有些委屈。这一次，她是完全清醒地交出自己的。但这委屈很快就被兴奋的浪潮淹没了。

他整个的身体就像一只膨胀到极点的器官。

嫁我吧。

完事了，他依旧迷恋。

也就是说，我们一辈子就只有一件事——上床？

她哼了一声。

知道吗？我们在改变人的含义。

你是说到了世界末日吗？

差不多吧。

在我看来，你象征诱惑和堕落，性过激强迫症，十公里之外都能闻到你那玩意儿的气味。知道吗？你那玩意儿贼大。

知道啊，那是从恐龙蛋里出来的。

你有激情，又这样好色，你会害死许多女孩的。说说，你害了多少女孩了？两位数？有吗？

应该差不多吧，我说不准。

他后来带了自己新出的一本书给她，主人公是个登徒子，在一大群女人之间如鱼得水。那里面的性爱只有三道菜：瞎啃一通、女上位、狗一样后入。

看来你的灵感和才华都来自阴部。

不错，我最好的作品就是把一个个纯情或老派女人变成荡妇。父亲希望我成为一个优雅的人，因为他不能接受我是个野兽的事实。但我一直生活在父亲认为的黑暗中。我喜欢一种充满力量和痛苦的粗犷，过一种从自我毁灭中得到快乐的人生。

她终于下决心跟他分手。想起来，那是病态，麻痹和下流的享受，荒诞得让人恶心：他怎么那么让我讨厌，而我又那么想要啊？所有时间都在不断地做爱，一整天一整天地光着身子。那是她最快乐的日子。似乎他们相爱的方式只有一种，就是肉体上的折磨。他们肯定是好不长久的，她只是一度喜欢那种着了魔的折磨而已。

拒绝了他的好几个电话之后，她给他发了一条短信：

我不想做一个可怜的小妾，傻等着你在一大堆女人身上忙完后给你擦汗。性快感是正派女人所不屑的，至少是对我个人禁忌的败坏。我已经不存在了，将你的人生再一次重来吧。

四

陈翰儒应该已经在那个套房里了。那种套房她见识过，大而无当，茶室、酒吧、台球、舞池、桑拿房，一应俱全，很过分。有一次，一个欧洲客户看了直晃脑袋，觉得不可思议：这里需要一辆自行车啊。

你直接来，不要用电话。我们会有一个安静的夜晚，好好聊聊。

陈翰儒脸色凝重，像交办公事。

那次陈翰儒参加省政府的一个工作会，杨华华让李小珺送份资料过去。到的时候，正是会间休息，陈翰儒独自在楼下的小花园等着李小珺。

你们好像讨论过"气质美女"？接过文件，陈翰儒微笑说，别见怪，当时我正好从你们办公室门外走过。你好像说那是一种怜悯，我认为你大错特错。有兴趣知道我的浅见吗？

李小珺惊讶地睁大眼睛，很意外，有一点不知所措。想不到陈翰儒会对这样无聊的话题感兴趣。

有人在招呼开会。

回头我发到你邮箱吧。陈翰儒转身离去。

回到机关坐定不久，李小珺就在电脑上看到了那段长长的文字：

常见的世间女子，或清纯，或成熟。所谓“气质美女”，居二者之间：“气质”就是韵味，女人的韵味就是女人味，“气质美女”就是有女人味的女人。女人没有女人味，就像花没有香，月没有色。女人征服男人的，不是美丽，是女人味。漂亮未必有女人味，有女人味则一定漂亮。

前卫不是女人味，是怪异；恹慵不是女人味，是羸弱；富贵不是女人味，是铜臭；强悍不是女人味，是粗俗。气质美女不喋喋不休，不风风火火，不大大咧咧；妆是淡妆，言是雅言，行是慎行。人格独立，经济自立，思想特立，无须怜悯，自己赚钱买花戴。兴趣广泛，讲求品位：时尚，但不奢华；上网，但鄙视八卦；看流行电影，也看大家经典。懂外语，好书法，习茶道，喜插花，练瑜伽。锅碗瓢盆之外，窗帘流苏，桌布花边，案几花瓶一定是有的，且纤尘不染。极富母性，一只纤手，知冷知热，知轻知重，听得多说得少，人人都愿意向她倾诉。如春之雨，润物无声；如秋之风，令人神清。给疲惫的心灵以慰藉，让灰色的生活变得灵性。

“气质女人”的“气质”，没有形状，没有定势，静若深潭，动如涟漪，意味深长，不可捉摸，但深入骨髓，引人遐思。是一种自内而外散发的韵律、气息和风情，是一种古典的花，开放在时光深处，暗香浮动，不随光阴的打磨而凋谢，就那么玲珑着，令人敬畏。亭亭玉立，略显羞态，让人不免怜香惜玉。沉醉在她的温柔气息中，如听箫声，如嗅玫瑰；她的一举步，一伸腰，一转眼，都如蜜流淌，秀发略略一撩，多少人怦然心动。

“女人的微笑是半开的花朵，里面流溢着诗与画，还有无声的音乐。”这是朱自清先生的话。

做一个“气质美女”，即有女人味的女人，应该是每个女人的梦想。不独如此，多少男人在为女人没有女人味而叹息。

简单说吧，“气质美女”就是那种媚而不妖，落落大方，让人赏心悦目的女子。着装得体，起居规律，饮食健康。是同龄人中的佼佼者，但低调；富于情感，但善解人意；永远保持微笑，但一般人难以进入她的内心。

……

对李小珺，陈翰儒什么都没有说，又什么都说了；什么都没有许诺，又什么都暗示了；什么都不可以拒绝，又什么都不可以索取。把其中的

“有女人味的女人”换成“李小珺”就行了。

李小珺想起不知哪本书上看到的一句话：与其说他是个有魅力的人，不如说他是个邪恶的人。他的每句话都带着不容置疑的动机，他体现了男人的残酷哲学。

她不能确定陈翰儒是不是这样的男人，但比较起他的缜密和老到，雪国简直就是儿童。

五

接到她绝交的那条短信，雪国回了电话：我很失落。男人都不是东西，但我其实不是我宣称的那样。我不是随便的人，但随便起来就不是人。人人都在假装正经，我只好假装不正经了。

李小珺本来以为他会尖刻地拿她声称的“个人禁忌”说事：就这样结束了？女人是天生的道德家，越是浪荡女人，越是不会允许自己占有的，男人有浪荡女人，过去有也不行。

我想象得到你的失落，李小珺冷冷说，每个人都是一个国王，在自己的世界里纵横跋扈，没什么正经不正经的。你不必听我的，但你也不要让我听你的。

雪国轻轻一笑：你可能有点搞错我的失落了。今天还会有人相信生米煮成熟饭就有用了吗？就算变成爆米花，该跑的还是会跑。我失落的是，我曾经以为你是我命中的一个奇迹，甚至以为我们可以一无所有，裸奔天涯，以为我们回到了木心说的从前，认真勾引，认真失身，峰回路转地颓废。我又一次错了，把时空弄错了。

我们不是“国王”，是坐公交车的草民，在辉煌的店铺橱窗前一晃而过时看到自己的影子——苍白、渺小、空虚、无助。你我都一样，都是孤独的，即使恬不知耻地愚蠢过。

我这样说，并不是说你错了。你不是个甘于平庸的女孩。你的不幸在于你有可能被欲望一点点腐化。而我的不幸在于总是会迷恋我看上的女人而难于自拔。不过，“别人都以死殉道，我以不死殉道。”对不起，我又抄袭木心了。

读大学时那些不着边际的梦想,那些激励我们的神圣理论,在如今重重华丽幕后的赤裸裸交易中,整个就是一种黑色幽默。今天心性要强的女人只有一种选择:瓦解底线,靠脸蛋、身材、心计、胆识做男人的玩物。不坐男人大腿,就没有上位的机会。幸运的嫁入豪门,次之被包作小三,否则就要么出国,要么认命。

人们喜欢拿女人有德没德说事,可事实是满世界都只有女权主义,没有女权。丛林中的猴王永远是雄性。哪哪儿都是男人制定规则,女人服从规则,最出色的女人供最有权势的男人消遣。不同的只是有的属于一个男人,有的属于一群男人。

你胡说!李小珺忍不住眼泪,却咬紧了嘴唇。

她没法否认雪国。这家伙够犀利——这不是你正要做的吗:证明自己被男人需要?现在在这里泡吧,在这个"花·时间"花时间,就是一个最直接的事实。只不过犹豫着。从犹豫到摆脱犹豫,不就一抬腿的事吗?

果果有个闺蜜为要不要跟单位头儿上床纠结。果果说:那还等什么,就你这样的,该把避孕套也准备好,什么也别多想。你要的只是可以得到的东西,其他的就看他了。男人一高兴,什么都会许诺。也可能什么都不兑现啊。闺蜜嘟哝。那要看你的魅力了,果果坚持,记住,别等到又老又丑被猫包围着的时候,才知道犯了什么错。

之前,处里有过一个行业名姐,李小珺曾经好多次看到客户送给她的礼物,名表、首饰,甚至房产,都被她拒绝了。有些自以为不可一世的男人甚至直接跑到办公室来骚扰她。看着她从容应对各路男人,李小珺打心眼里佩服。她却突然走了,陪读研的丈夫去了国外。走之前她说:不走不行,太累。

现在,她就正在经历着这种累。想过出国,但一片茫然:去哪儿?去干吗?能保证比现在好吗?

无论如何,我感谢你给过我的那些日子。世界上只有两种爱情:完美的和残缺的。雪国最后说:好女人和坏女人当然是有区别的。有个朋友说,洋葱和妓女肯定是不同的,因为切洋葱的时候会流泪。我用心待过你是值得的,你会让人流泪。我不怕堕落,怕的是堕落时清醒,死了,却是活的姿态。李小珺没有听完就挂了电话。

你的眉目笑语使我病了一场
热势退尽，还我寂寞的健康
如若再晤见，感觉是远远的
像有人在地平线上走，走过
只剩地平线，早春的雾迷蒙了

她跟雪国一样喜欢木心，那个除了文字与画笔，八十四年孑然一身，默默地死在故乡的凌晨而少有人知的诗人与画家，似乎早就预言过她与雪国的交往。

她自己也说不清楚，大学毕业都快十年了，为什么还没有决定嫁人。曾经幻想有一天遇到一个可以依靠的人，可以了解他的思想的每一个角落，自己可以一辈子都不必成熟。但这样的男人好像都死绝了。连母亲都看得透透的：什么爱呀爱的，你就死了那条心吧。你条件不错，谁能让你过上好日子你就嫁谁。我没爱过你爸爸，不照样生了你吗？

旁边一张桌子，几个抽着烟卷的女孩在低声说笑。她们穿着打扮都不俗，胸、肩、背、大腿露得恰到好处，化的妆也不是那种让人觉得下贱的浓妆艳抹。这个街区的欧洲老外和企业高管集中，妓女也有了相应的品位。

李小珺隐约听出来，她们在比较中外男器的差异：竖起小指头，表示前者；模仿水手大把大把抓缆绳，表示后者。

另一张桌子，坐着一帮附近电视台的男男女女，几个女主持都是熟面孔，照例是坊间飞短流长。她们很反感那几个妓女的谈笑，不断地斜眼，皱眉头。但在事实上她们自己与妓女有什么区别呢？不过是交易方的多少而已。

我这是干吗呢？内心空洞地看着周围的人来人去，脑子里转着亵渎的念头。李小珺忽然觉出了自己的阴暗，重新低头看手机。手机的屏面是自己新拍的一个头像，依旧差强人意，但并不难发现青春流逝的蛛丝马迹，并非发自内心的微笑明显有一点干涩。

女人的花样年华转瞬即逝。一张照片就是一处时间的遗址。

同雪国待在一起的日子，就像一块硬币的两面，一面是极乐，一面是极悲。在日益边缘化的职业中日益颓丧的雪国有时候就像个巫师：

在一个畸形的社会，历史长时间一片沉闷。人们也许平安无事但心如死灰。资本社会依靠伟哥似的娱乐催发爆笑，其实恰恰暗示了永恒的缺席和生活价值的虚无，只有当下没有明天，只有现实和压抑。为了拒绝虚无，男人总是在与女人的缠绵中寻求抚慰，不可自拔地沉沦。而女人，只能怀念这个世界并不存在的故乡。

做小三，小女人也有自己的小聪明：找一个会在钱包里放你照片的男人，敢让你咬在身上留印记的男人，敢在微博、QQ、微信写你的男人，敢让你知道他一切的男人，就算你任性地说分手也不会抛下你，会紧抱你，不让你走的男人，敢对你一生负责任并且好好待你的男人……笑话！以为只要你想找，那个男人就等在那里了？

陈翰儒，她赖以生存的那片林子的“猴王”，像交办公事一样脸色凝重地对她说：

你直接来，不要用电话。我们会有一个安静的夜晚，好好聊聊。

走出这个名叫“花·时间”的酒吧，走过大街，走进对面山一样矗立的皇冠酒店的那个巨大的旋转门，接下去会发生什么？当然不会是什么“好好聊聊”。粉色的灯光，深陷的床垫，软绵绵的枕头，光滑的身体，扭动，挣扎，坚挺，膨胀，喘息，呻吟，汗水淋漓，沾在嘴唇上的头发和臭烘烘的口水。

他一开始就明确了她的定位：不是雪国说的“嫁入豪门”，母亲说的“谁能让你过上好日子你就嫁他”。没有婚姻，连“小三”也不是。只是猴王和一只暗暗等着未知赏赐的小母猴。

如果能拒绝明白，如果能变得丑陋，如果能彻底失望，如果能死心塌地地回到父母身边就好了。

“见了他，她变得很低很低，低到尘埃里。但她心里是欢喜的，从尘埃里开出花来。”

又是张爱玲。但是，她心里喜欢吗？喜欢又怎样，不喜欢又怎样？毕竟那不算什么，只有身体，没有思想，没有心灵。

等这阵雨停了，她就过去。

六

事实上，不知在什么时候，雨早停了。

拐杖斜靠在身边，空着一条裤腿靠着墙，微微低着头，在清冷雨夜的路灯下吹黑管的单腿街头艺人还在那里，还在很专心地吹。这些街头艺人，不管风霜雪雨，游走在都市街头，每一天，每一个角落，都不难见到他们。他们对世界没有奢望，最多是希望在周末可以多收到几个硬币。他们因此内心安宁。他们不孤独，他们的演奏起码是自己可以听；他们很洒脱，所有都市都是他们的舞台。他们有一个音乐生涯，也许听众只有一个，但那仍然是音乐生涯。他们奏着各种各样的曲子，经典的和流行的；他们走过宽窄不一的街道，望着街上一张张奇形怪状的脸。他们的热情与孤独、无奈与忧伤、专注与平静，谁也没有资格去揣测。不必知道他来自哪里，也不必知道他们各自的故事，你只需要听他们奏出的音符，然后向杯子中投一枚带着温度的硬币。

而你，需要的远不是硬币之类，你需要的更多，因此你将付出的也更多。这么想也许有些伤感，但不幸的是这就是你的生活。雪国那家伙说得不错：有时候，绝望就是我们的信仰，蔑视我们仅剩的热情。

李小珺在“花·时间”花的时间太长。一直到半夜之后，陈翰儒都没有见到她。毕竟是第一次约她，不能确认她绝对是那种召之即来的女孩，他终于失去了耐心，打电话召去了杨华华。随后被人不由分说地敲开了房门。

胖女人要么极蠢，要么极精明。果果属于后者。陈翰儒狼狈不堪的时候，收到果果的短信：你怎么这么任性呢？我早就告诉过你，别跟我躲猫猫，每天你在哪儿，干什么，只要我想知道，立马就能知道。我说过不止一百遍了！网络时代就是这么神，你是真不信，还是老土啊？

当时，李小珺正走近那个在路灯下吹黑管的单腿街头艺人，她想，该给他一点小费，他也许点点头表示感谢，也许毫无表情继续吹奏。不管怎样，他们互相安慰过了。

[原载《北京文学》(精彩阅读)2015 年第 9 期]

慢时光

钟求是

在城里，腊月二十三不算特别的日子，但在这一天，母亲做了一个特别的决定。母亲说："我要去'慢时光'。"母亲又说："我定了主意，我儿可不许拦我！"说这两句话时，母亲瘦瘦地靠在床上，嘴巴看上去吃力，声音却水一样清晰。

"慢时光"是一家老人院的名字，含着几分温馨，可此刻进入我的耳朵，似乎飘着薄薄的凄淡。我心里暗一下，说："快过年了，你哪儿也别去。"母亲说："慢时光好啊，有食堂，有医生，还有保姆……"我说："我马上往家里叫一个保姆。"母亲摇摇头说："在'慢时光'待着，我心里不慌，身体也不慌。"我说："你的身体没病，医生不是看过了吗？"母亲说："医生能看见病，可看不见力气。"母亲将目光重重移到我脸上，说："我儿，我身体里的力气慢慢漏掉了。"我说："妈，你别这么想！"母亲说："我儿，你最后听我一回，给我几天安心日子！"母亲这么一说，我知道自己挡不住了。我眼睛里差点有了泪水。

吃过晚饭，我给"慢时光"女院长打了电话，又按出远门的标准收拾东西。母亲坐在被窝里，眼光却一直陪着我的双手，看着我把一件件衣裳放进旅行袋，又看着我把一件件日用品搁入旅行袋。见我弄完了，她扇一下手说："我儿，你早点去睡吧，别忘了明天要起个早。"

我回到自己房间，习惯性地摁开电视机，屏幕上的图像和声音组合出一种吵闹，让人散神儿。我关了电视机，把身子扔在床铺上，然后展开手脚睁着眼睛。天花板上的吊灯新鲜灿烂，提示着这是一个刚装修过的空间。一个多月后，这个由旧变新的空间将成为婚房，进驻一位新娘。这位新娘早过了撒娇放嗲的年龄，应该能够和我一起伺候好母亲，过上扎实的日子。这样的日子离母亲差不多只有一尺远,伸伸胳膊便够得着,但母亲到底放手了。她一辈子守了那么多年月,终于守累了。

母亲似乎是突然间变老的。一个月前,母亲遇到不轻不重的感冒,吃过几天药后慢慢见好,却败了胃口。以前每顿能吃满满一碗饭,现在咽下几口便收住了。虽然吃得少,用餐时间则比先前多出一截。我想母亲身体里没准儿卧着别的什么病,便怂恿她去医院。母亲对医院既害怕又不屑,一贯敬而远之,这次却从了我。我花一天时间伴着她在医院里走东串西,见各种医生,访各种仪器,得到的诊断是没什么病,多吃点东西就行。不用说,这样的结论让我一半高兴一半失望。走出医院时我忽然想到,母亲既是没啥病,便是老了。细算一下,她已满八十二岁。往前十年二十年,八十二是个遥远的数字,现在却实实在在到达了母亲身上。

之后一些天,母亲的气神儿再没有攒住,脸色也添了些虚白。但她还是坚持着做饭干家务,去菜市场买东西。一次我从外头回来,远远看见母亲拎着肉菜进了楼门;过一会儿待我跟进去,母亲还在楼梯上一步一喘气地走——三层的台阶,她已不容易对付了。我骂了一声自己,便决定夺下她做饭的权力。好在此时学校刚放寒假,我可以安了心打理家里的日常事务。

不料母亲做了一辈子的饭菜,现在突然被接替,心里更落了空,每天有许多时间坐在椅子上打瞌睡。有两回她跟我说,她做了一个梦,梦见自己丢下钥匙拎着包袱出了房子。第一回她这么说,我没在意。第二回她再拿出一样的梦,我便警惕了。我说你在这儿住那么多年,丢了钥匙也跑不了房子。母亲说,我要想一想这个梦。我说房子刚装修过,好歹也亮堂了,你不住谁住呀?母亲说,我儿你让我想一想这个梦。

现在,母亲要兑现瞌睡中产生的那个梦了。她不光决意离开这所房子,还为自己选好了去处。也许在她看来,“慢时光”至少不是个陌生住地。几个月前装修房子时,我们本来打算租间屋子临时落脚的,可一打听,暂短的租期根本不符合房主们的胃口。后来母亲拐一拐脑筋,找到了老人院,我则去睡学校的单身寝室。那段时间的休息天,我会去老人院看母亲。我知道,跟家里比,“慢时光”远不是舒适的地方。

第二天上午起床，见母亲已穿戴好默默坐在自己房间里。我做了早饭，招呼母亲来吃。母亲吃了两口，嘴巴不动了，眼睛开小差似的悄悄去打量屋子。我心里一动，备好一句问话：“要不今天先不走了吧？”还没开口，母亲说：“你赶紧吃，吃完了咱们走。”

但我没有着急。我慢慢用完早餐，慢慢洗了碗，又磨蹭着整理床铺桌椅。不知怎么，我挺想让母亲在屋子里多待一会儿，哪怕一刻半时。直到母亲再次催促，我才拎起旅行袋搀着母亲出门。下楼梯时，母亲一手把着扶手一手攥住我的衣服，走得有些颤腿。有邻居从身旁走过，问我们到哪儿去。母亲喘一口气说：“我不是去医院，不是。”

下了楼走一段路，拦到一辆出租车。我把母亲扶上车，再自己跟进去，让母亲靠在我身上。母亲扭过脑袋想看窗外，空气的冷让玻璃趴了一层雾。我伸手在玻璃上划拉一下，形成一块清明一些的窗洞。外边的车子、商店和楼房在窗洞里移动，有时快些，有时慢些。母亲抬一抬脑袋，说：“这街上变化真大呀，我一个人出门，准会忘了路。”又说：“这城里呀什么都在多，人多车子多楼屋多，你看楼房们挤得都快打架了。”见我不吭声，她赶紧追了一句：“我儿你可不能着急。”我将脸探向母亲，轻笑了一下。我知道母亲的意思，她还是有点担心我买房子的事。其实我已告诉过母亲，自己已没了另买一套房子的念头，所以不着急了。人有时候就是这样，老被一个念头逼着，日子便汗渍渍的，把念头去掉，人倒轻松了。

车子穿过市区，找到南郊的一座桥，过了桥沿着河边开一小段路，便见着“慢时光”的院子了。女院长接了我的电话，携着胖胖的身子候在大门口。我扶母亲下车，跟着女院长走进院子。院子里坐着几位明显枯萎的老人，认真又木讷地盯着我们，其中一位用干燥的声音问一句什么，女院长嗯嗯应着，注意力并不分走。我们随女院长踏入简易电梯，摇晃几下到了三楼。一路走过去，暗淡的走道两旁布着一溜儿房间，只有中途一间开着门。女院长抢一下身子进去，热情地说：“呵，给你们准备的就是这个房间。”

房间还不算差，两张床铺一个衣柜一台小电视机，加上有热水的卫生间，有点像私家旅馆的客房。上次母亲不舍得花钱，跟别人合住一间，这回我得陪着母亲，给女院长的电话里便把房间包下了。母亲坐到床上，慢着眼光看一圈房子，脸上没有出现不满意。母亲的态度让女院长松了心。这位五十多岁的女人被人们唤着“院长”的同时显然培养了一副好脾气，她对我们在这个时间点的进住虽然纳闷，但不问出来，说了几句亲近话后便先离开了。

在母亲的目光中，我把旅行袋里的衣服和日用品一一取出来放到恰当的位置。手刚停下来，母亲提示说：“我儿你去把钱交了。”我出门到楼下去找女院长，女院长正坐在自己小小的办公室里。我掏出钱包，却茫然着。女院长看出我的迟疑，说：“你们打算住多少时间？”我说：“还……不知道。”女院长说：“怎么会不知道？”我沉默一下说：“我真的不知道。”女院长通情说：“那行吧，你先交一个月，以后每月每月地交。”我说着谢谢把钱递上。女院长一边点钱一边没话找话地问：“你是老师？”我点点头。女院长说：“看来我的记性没有坏掉，上次你老妈说一遍我就记住了。”我不知道女院长知不知道我的学校，我的学校原来是所中专商校，后来挣扎着爬到了学院，这样我的最高上司也唤作院长。本来就这一点可以跟女院长开句玩笑的，但我没有。我发现自己缺少轻松的心情。

老人院的日子是简单的。因为欠着精力，老人们很少串门，自然也凑不起热闹的声音。若有热闹的声音响起，便是哪位老人磕着身体或耍起情绪了，这时会有楼层服务员来安抚，送上一堆哄劝的话语。在大部分时间，老人们等候的是楼下食堂的铃声。铃声一起，老人们的心思有了去处，手脚也跟着活动起来。但母亲的体力已应付不了去食堂用餐，我也不想让母亲沾上疲累。每次听到铃声，我便带着碗盘下楼，从食堂打回饭菜。这儿的饭菜谈不上出彩，但我每回都要称赞一下，企图逗起母亲的吃欲。不过母亲还是越吃越消极了，有时长久拿着筷子，却不肯伸出去。我帮不上忙，只能要求自己坐在旁边陪着。

除了吃饭用去一些时间，空余的时候还是多。尤其是晚上，母亲一早上了床，先是坐着，不知不觉便滑进被窝。我知道她不一定睡得着，便不敢打开电视，只拿本书闲翻。翻一会儿不觉得有趣，就站起身在屋子里轻轻踱步。屋子太小了，踱了几个来回便容易停在窗户前，因为是冬日的郊外，目光投出去，看到的总是一片暗色和静寂。有时往天空上找，偶尔能见到三两颗星子。我望着星子，没有生出诗意什么的。

不过我和母亲也有舒心的时间，那便是上午。这几日天气不错，没有风儿，太阳开开朗朗地供着。八九点时，阳光未照进屋子，站在窗口把胳膊伸出去，能见到手上一截暖暖的光亮。我跟母亲说："你坐过来，很快能晒到太阳的。"母亲看一眼窗口，说："我儿扶我下去，咱们到院子里去晒。"母亲的这个想法让我高兴，我携着母亲去了楼下。

楼下已坐着几位老人，在阳光里半打着瞌睡。母亲往旁边走几步，在小花坛边站住。我明白她的意思，她想和我单独待着。我搬来两张绑着棉垫的竹椅子，跟母亲一起坐下。

在冬日里伴着竹椅子晒太阳，是很久以前的事了。现在这么坐着，仿佛突然走进了黑白老照片。没过几分钟，我就觉出母亲挺喜欢这种情景。我跟母亲说："这儿的太阳真暖和，我都忘了可以这样晒太阳的。"母亲说："咱家阳台也有太阳，没这儿好。"我家阳台原来也不错，无遮无挡的，后来前边盖了楼房，阳光的供应时间变成一小会儿。我一笑说："在这儿的好，还可以懒。在家里有太阳你也很少晒得成，你的手脚可闲不下来。"母亲点点头说："要是往年，这时候我得忙年货，年糕酱肉鳗鲞还有肉冻……"我说："我喜欢吃你做的肉冻。"母亲说："我肉冻里不光放了猪蹄黄豆，还放了笋丝杞子，跟别人不一样呢。"母亲的声音里有一丝得意。自打十几年前父亲去世后，家里过年只剩下两个人，可母亲从不省略，节日该有的备货一样也不肯少。我说："不过现在再吃得好穿得好，过年的味道还是淡了，比不上我小时候。"母亲回忆着说："我儿小时候淘着呢，过年也不让我省心。"我说："那么远的碎事你还存着？"母亲说："存着哩，记得有一年年夜饭你吃得太猛了，肚子胀得放不下，一时又拉不出来，你爸就让你在院子里跑步，跑得脸都白了，再加一身的臭汗。"我说："这不科学嘛，吃了饭马上跑步不好，出汗还容易感冒。"母亲说："讲啥科学，把肚子跑松掉，再睡上一觉就好了。"我说："睡醒了是大年初一，我枕头底下有压岁钱吧？"母亲说："那还用说，你拿了压岁钱喜欢去买鞭炮。有一次买了一种拉炮，系在邻居门上，然后敲一敲人家的门就溜掉。"我呵呵笑起来："那时候好，住在旧式院子里，有各种各样的邻居。"母亲说：

“后来那邻居告上门来，你爸不打你不是，打你也不是，大年初一嘛。只好跟邻居说，这顿打先寄着，半个月后补上。”我说：“记得记得，不过后来我爸忘了这顿打。”母亲说：“不是忘了，是被我拦下了，我还是舍不得我儿。”我心里一动，不吭声了。我把母亲的手拿过来握了一下——母亲的手太瘦了，皮肤薄得透明见骨。我说：“说这么多话，你累了吧？”母亲说：“我手脚拿不住劲了，嘴巴还有些力气。”我朝那边的几位老人努一努嘴说：“瞧他们的眼神，盯着咱们俩说话呢。”母亲不看他们，说：“他们身边呀现在缺一个儿子。”

阳光中这种安静的聊话无疑让母亲受用。此后几天上午，我陪着母亲准时出现在院子里。阳光依然很体贴地好，只是旁边坐着的老人还在减少，他们一个一个被家人接走过年。不过这并没削弱母亲晒太阳的兴致——在一天的大部分时间里，母亲其实是沉默的，似乎太阳的温暖给她注入了聊话的能量。我们俩的聊话没有章法，一会儿远一会儿近，有时免不了会聊到上娟。上娟是我的未婚妻，一个多月后将成为我的新娘。她也是二婚，不讲究婚礼形式，但大约是为了收拾出嫁的心情，几天前回了江苏老家，准备和家人过个年叙叙话。我跟母亲说，要不要让上娟回来，一起陪陪你。母亲说：“不了，她那么远。”我说：“不算远，坐动车几个小时就到了。”母亲说：“她回一趟家也不容易，别赶来赶去的。”我说：“可我觉得这时候她该回来。”母亲摇摇头说：“她胆子小。”母亲这么一言，我不吱声了。应该说，上娟是个不错的女人，性格温软，心思细腻。可正是这细腻，让她喜欢对事情回味追究，有时一件不大的事，也能琢磨出哀愁或害怕来，使自己陷进去。母亲看到了这一点，所以老提醒我要好好对待上娟，让她心里无疙瘩，不要再乱了日子。母亲的担心不是没根据的，因为我的第一段婚姻的确未把控好。那段婚姻从十五年前起步，在八年前搁浅，正好符合七年之痒的周期。在该周期里，我与前妻生疑、吵闹、冷战、分手，把别扭的事做了一遍，就是没做出一个孩子来。这是我对自己很不满意的地方。我没让母亲听到一声“奶奶”，尝一口孙儿绕膝的滋味。

现在，对着一脸牵挂的母亲，我只能找出一句让她宽心的话：“放心吧妈，我会跟上娟把日子过好的。”母亲慢着声音说：“这人呀谁个没有毛病，像你爸，脾气急，还爱喝酒骂人，但我认他的心地，他心地好。”我说：“我可很少听到我爸使性子骂人。”母亲说：“那是他后来收了，是我慢慢调教的。”母亲咧嘴笑了，脸上皱纹聚拢又散开：“所以呀以后上娟调教你，你也不能一古脑挡回去。”

“慢时光”的时间真的很慢。静寂和空闲把日子拖长了，仿佛过了很久，细数一下，才花掉三四天。

腊二十八晚上，母亲照常先躺下，我看一会儿书也睡着了。半夜里耳朵传进一声叫唤，醒了脑袋抬身一看，母亲坐在卫生间门口的地上。我赶紧跳过去凑到母亲跟前，母亲摆摆手示意我别慌。我将母亲抱到床上查看一遍手脚，好像没啥损坏。母亲有点难为情地说：“我做了个梦把自己搅醒啦，上完厕所出来没走两步，不知怎么就坐到了地上。”我说：“你该叫醒我的。”母亲说：“我的力气真是越来越少了。”我安抚地说：“还好，你的身子没伤着。”母亲停顿一下说：“知道我刚才做了什么梦吗？我梦见年轻时候的自己啦。”我嘿嘿笑了。母亲说：“我儿别笑，我年轻时又不难看。”我说：“我的笑是夸你，夸你没忘了自己的漂亮。”母亲说：“可我一醒来，又忘了自己以前的模样。我脑子好像也没了力气，留不住图像了。”我安慰她说：“这好办，咱们有老照片呀。”母亲点点头说：“明天你去家里把影集拿来，我要看看以前的照片。”

第二天上午，我让母亲在床上躺养，把夜里耗去的气神儿补上，自己则回家去取影集。因为是郊外，我走了一段路才打到出租车。街上已装满纷乱的节前气氛，闹哄哄的。出租车时堵时走，花大半个小时才抵家。

我进门去找影集。影集是母亲存藏的，不过我翻寻几下便拿到了。这是一本不很大的旧式相册，里边一页页认真贴着黑白照片。大概攒着岁月的家庭都会收有这种影集的。我将影集放入袋子，紧着脚步往外走，走到门口却停住了。

不知怎么，此时我心里突然有点空。我返身走回屋子，进到母亲房间。我在母亲的床边坐下，默默打量床上卧着的被子和枕头。本来母亲现在该是躺在这儿的呀，但她没有。我明白母亲的心思，从第一天起我就明白母亲的心思。她不愿意让自己最后的尾声留在这屋子里，给上娟心里添塞疙瘩，给我们以后的日子沾上不好。对母亲来说，她一定认为这是一件很要紧的事情。

难过中我又想到房子。眼下的住房是十五年前单位分给的，做为一所不怎么景气的学校，当初能提供这么一套两居室的房子已经很仁慈了。只是随着日子往前过，房子越来越显得局促。与上娟相好后，我曾立计划另买一套房子，瞄着房价追了一段时间，弄得整天气喘吁吁，后来看看无望终于放了手，转而装修老房子。现在想想，最对不起的还是母亲，她忙碌了一辈子辛累了一辈子，我到底没让她住上稳稳当当的房子。

影集带回去后，母亲没有马上看。她躺在床上似乎不愿动弹，好不容易坐起来，样子显得又弱又薄。把饭菜端到她跟前，她只是移眼瞟一下，没有要吃的意思。我心里有些慌，想到了医院，刚说出口，被母亲制止了。她嘴巴蠕动几下，说："别折腾我。"又说："我知道……我时候到了。"我瞧瞧她，她的神情似乎清醒又似乎糊涂。

母亲的状况让我稳不住心神，但也没有办法。到了夜里，我不敢让自己入睡，隔一会儿便坐起身探看一眼母亲。暗色中，母亲呼吸平稳，鼻息仍是有序的。

第二天是年三十，上午醒来，母亲的精神竟然又回来许多。用了点早餐，母亲又提出下楼晒太阳。我松一松心，扶了母亲下楼，搬来一张有扶手的藤椅让她坐稳；又见她气色还好，便上楼拿来了影集。

我把影集搁在扶手上，刚翻开一页，母亲的脸便柔了。她说："这是我十二岁的照片，进城不久跟着别人拍的。"她说："这张我十五六岁，小脸开始好看了。"她说："这张我十九岁，就在那年我遇到了你爸。"我一页页翻下去，母亲一张张点说着——显然她对这些照片已收藏于心。等照片翻完，母亲轻轻叹口气说："这日子呀有时觉得慢有时觉得快，回一回头，离我进城已经那么多年了。"我点点头，母亲小时候进的城，不用算也知道，那是一个很远的时间点。母亲说："那年村里发大水，我是坐着小舢板漂进城的。"母亲的这段故事我知道，那时城里到处卧着河，通连附近乡村；发大水那年，母亲还是个小姑娘，家里房屋淹没了，大人把她和几个孩子抱到一条舢板船上，没有目标地漂呀漂呀，最后漂进了城里。

母亲又说："就是离嫁给你爸也已经很久了，那个时候我模样好着呢。"我想起什么，说："妈，有个问题得问你，你嫁给我爸挺早，怎么生我那么迟呀？"母亲说："这个我以前没说过？"我说："没说过。"母亲说："那是不忍说呢。在我儿你前头呀，我有过两个孩子。"我愣了愣，母亲的这段故事我还真不知道。母亲说："第一个孩子在我肚子里住了七个月，有一次你爸回家晚，我去挑水做饭，一用劲没兜住，把肚子漏没了。"我心里"呀"一声，叹了口气。母亲说："第二个是女孩，不光顺当生下来，还长到了两岁。两岁那年，她得了一场不大的病，就把小命给放跑了。"我赶紧问："什么病？"母亲说："就是感冒，那种老发烧不出汗的感冒。"我吃惊地想讲一句什么，没说出来。母亲说："可怜这孩子，连张照片也没来得及留下。"我说："怪不得你不忍说。"母亲说："打那以后，我肚子再也没动静了。不是不想要，就是怀不上。"我说："看来轮到我还得等些时间。"母亲说："说起来也怪，我肚子空了很多年，心里都不搁指望了，没想到后来突然又有了你。"我说："这是缘分呢，你我该做一回母子的。"母亲轻轻笑了："我儿说得体贴，这种话你平常可没说过。"我也笑了，说："今天的一些事你平常不也不说吗？"

停一会儿，母亲忽然道："说到缘分，我又想着了一件事。"我问："什么事？"母亲说："这人呀有没有来世？"又说："要是有来世，兴许我就能见到你爸和两个孩子了。"我嘴巴动一动，一时不知怎么说好。母亲说："我不要你回答，你哪里知道呀。反正很快很快，我自己就知道了。"我说："什么很快很快，我可不想看到你说出这种丧气话。"母亲说："听人说呀，想知道转世的去处，到时候就摸一摸身子，要是胸口一直暖和着，那是投到世上重新做人了……"我打断说："妈，今天是过年，你能不说这种没意思的话吗？"母亲"噢"了一声，点点头说："今天过年，过了大年夜，明天我又添一岁了。"

除夕的"慢时光"仍然静寂，剩下的只有七八位老人，而且个个神色孤淡。晚餐时食堂多做了几个菜，算是造出一点过年气氛。我把饭菜端到房间，心里不存期望，不想母亲胃口打开一些，每样东西都吃了一口；又觉得甜羹滑口，让我盛出一小碗。我拿着调羹要喂她，她不让，自己慢慢一勺一勺吃完。

用过晚餐，我取出母亲的新衣裳放到床边，这是收拾行李时便备好的。明天大年初一，该穿得新鲜些。母亲点点头，说："好。"又说："你看电视吧，我先睡了。"说着收了身子躺进被窝。

电视里是春节晚会，唱唱跳跳的。我将声音调低，让自己也坐到床上。因为昨天夜里没睡够，我的眼睛有些迷糊，边看边晃着脑袋打起盹来。睡睡醒醒拉锯了几次，身子向下一滑，便真睡着了。睡到半夜，我被电视里的钟声和窗外的鞭炮声吵醒。我看一眼手表，又伸长脑袋去瞧母亲，母亲睡得平静安分。我想，钟声响过，母亲到底又多了一岁。

接下来的一觉我睡得沉实无梦，早上醒来，见母亲仍安适躺着，双手还有趣地后仰在枕头上。我不想马上吵醒她，轻了手脚进卫生间洗漱。洗漱到一半，我握着毛巾的手突然停住。我瞪着镜子里的自己，脑子冒出一个不好的念头。我扔了毛巾蹿出卫生间，凑到母亲床前。母亲的脸是淡静的，跟睡着无异。我松一松心，唤了两声母亲，母亲没有醒。这时我有点懵，因为我从没遇见过寿终死亡的事情。我用手指停在母亲鼻前，等了好几秒钟，不敢做出判断。我吸一口气，乱着脚步在屋子里走一个来回，像是给自己攒一把勇气，然后再次回到母亲床头，使劲推她的身子。母亲一动不动。母亲真的一动不动。

哦，看来母亲是有慧性的。她预见到了自己最后的日子，并且以睡去的方式安安静静地离开。她做的比我想象的要好很多。

我让自己静默坐着，脑子飘飘的时远时近，却什么也没想。似乎过了很久，又似乎过了不长的一会儿，我听见自己醒转似的丢了口气。我捡起手机，先向女院长通报情况，再跟殡仪馆要了车子。在等待的时间里，我记起什么，把手伸进被窝去摸母亲的胸口。我摸到了一团不肯散去的热气——母亲的胸口仍是暖的。

过了十多分钟，女院长喘着气赶到了。开年第一天让她碰到这种事，实在是很扰人。好在她不太计较，又在老人院见过许多意外，倒也不慌乱。她先察看母亲的脸面和身体，然后问我寿衣准备了没有。我指着床边的新衣裳说："寿衣没来得及买，先穿这些吧。"女院长说："那可不行，人去了怎么能不穿寿衣呢！"我坚持地说："今天是大年初一，先让她穿上新衣服。”女院长不再反对，提来热水瓶调了温水，利索地给母亲擦净身子，换上新衣裳。我怕母亲冷，又给她盖上被子，然后默然坐在旁边。女院长安慰我说：“老太太走得干净，又不痛苦，这种圆满十个老人里头也只有一个。”

一个小时后，殡仪馆的车子来了。车上下来一位工作人员和一副担架，随我上了三楼进入房间。俩人近到床边，使一使力，将母亲放上担架。担架从楼道走过时，有两三扇门开着，门口站着神色黯淡的老人，无语地目送着母亲。

我伴着担架上了车子。女院长站在那儿挥挥手，车子驶出院子。我回过头，看见“慢时光老人院”几个字向后退去，越退越小，越退越远，远成了模糊。我沉默半晌，然后开了口。我告诉工作人员母亲要先回一趟家。工作人员有些不高兴又有些奇怪，说接单时没这个安排的。我明白地表示会给红包，工作人员不吭声了。

车子驶进市区。节日的街道和平时有些不一样，店门关闭车辆稀落，明显少了几分喧闹。车子顺快地穿过街区，按着我的指示，拐几下弯，抵达我家住楼。我跟工作人员说了两句话先下车，然后合力让母亲脱离担架上了我的后背。我调整一下身子，使母亲的脑袋依贴在我肩膀上。此时我才觉得，母亲太瘦小了，在我背上竟显出飘轻。

我背着母亲来到楼门前停一下脚，走了过去。我知道母亲很想回家，哪怕在床上小躺一会儿，但我又知道不能让母亲进家，因为这背叛她的临终用心。我只能背着母亲绕楼房走一圈，让母亲跟房子跟家告个别——这是我刚才在车上已想好的。

我和母亲走过一个单元的楼门，又走过一个单元的楼门。在楼房的旁侧，一个男孩蹲在地上点鞭炮。鞭炮很长，像绳子一样摆出去。他躲着脑袋伸出手，燃着了鞭炮信子，一串“噼哩啪啦”的声音响起，同时配合着腾起一片烟雾。我和母亲在激烈声响中穿过烟雾，走到楼房背面。一位有点面熟的女邻居迎面而来，瞧瞧我又瞧瞧母亲，驻足问了句什么，好在鞭炮声掩住她的言语，使我可以不用答话走了过去。

不多一会儿，我和母亲又绕到楼房正面。那位工作人员站在车子旁边，静静地瞧着我们母子俩。我收住脚步喘一口气，又起一起双手，让母亲的身子在我背上更熨贴些。然后，我抬起脑袋去找三楼的一个窗口，那个窗口属于我家，或者说属于我和母亲。但我没有马上找着，因为我眼睛有些模糊。我明白，是一层泪水盖住了我的视线。

（原载《上海文学》2015 年第 1 期）

忆秦娥

张　楚

后来，我对这个长了双抹香鲸眼睛的人说，不如我给你讲个故事吧。

这人是个牛奶商。他的职业是苦恼的原因之一：送奶时要先跟过磅的胖姑娘睡，然后再跟质检车间的瘦姑娘睡。通常是过完磅就质检，所以说他对睡女人，无论是胖女人还是瘦女人，都相当精通。“胖的喜欢在上面，瘦的喜欢在下面，”他皱着眉说，“这不仅关乎情商，更关乎智商，我总不能让她们互通底细吧？当然，我最受不了的是，送奶车的座垫太硬了。”当然，这些不是他苦恼的源头。他跟一位卖化妆品的女孩好了两年，他老婆也知道，只是睁只眼闭只眼。后来不知怎了，老婆不打算闭眼了，就跟他离了婚。他想娶化妆品女孩，可女孩说，她并不爱他。他就整日喝烂酒，跟不同的女人睡。他从小喝羊奶长大，体格异于常人，还擅长甜言蜜语。我对他的话深信不疑。据他说睡了九十八个女人，这些女人职业各异：有米粉店的湘妹子，有超市的收银员，还有某老板的秘密情人。对于年仅三十岁的他来讲，这数字不算小。他还说，如今对女人完全不感兴趣了，换句话，他觉得地球上根本不存在什么爱情。当“爱情”两个字从他嘴里蹦出时，他面色阴沉地冷哼一声，犹如被质检员发现牛奶里掺了石灰和水。

你讲吧，他盯着手机，开始从“陌陌”上勾搭女人。世上已无良家妇女，他说，不过，我还是想听听你的故事。

我是在出了检票口后发觉老周有些异样的。老周不停地环视着四周，仿佛在寻找什么人。鼻涕虫不停哼唧，她也没搭理他，如果是往常，她早把鼻涕虫抱怀里喂奶了。老张也有点不正常，在人群中长颈鹿般扭动着细脖子。他大抵是中国当时最瘦的陆军军官，只有八十三斤，很快他就被人流夹裹着冲出了检票口。他大声喊叫着老周的名字，不时回头张看我们，可这一切都无济于事。老周左手牵着我，右手拽着鼻涕虫，仍然踮着脚尖左顾右看。后来，我听到她尖叫一声，撒了我和鼻涕虫的手，推搡开她身边的那个戴前进帽的黑胖子和一个满脸蝴蝶斑的妇女，从人群中旋风般刮了出去。鼻涕虫开始哇哇乱哭，我就抓了他的小手钻出人群，跑到老张身边。老张手里拎着行李和土特产。

这是一九八零年的北京火车站。

很快，老周就领着个女孩回来了。老张凑过去跟她说话。鼻涕虫哭得更厉害，我不停用手给他擤鼻涕，再把鼻涕偷偷抹在行人衣服上。鼻涕虫才不哭了，咯咯着笑。我一直盯着老周和老张，恐怕他们再次跑掉。每当我淘气惹老周生气，她都恶狠狠地对我说：小冤家！再不听话就不要你了！所以我的警惕性一直很高。我看到他们三个人不停地说话，中间夹杂着激烈的手势。后来那个女孩转身就走，被老张一把抻住了她的草绿色军用书包。她脸憋得通红，瞪着大眼怒视着老张。老张这才讪讪地撒了手。老周从后脊掴了老张一把，将姑娘抻到一旁继续说话。我知道老周是个能干的人，人家都说，老周要是愿意，能把刚咽气的死人说活。老张蹑手蹑脚地走到我和鼻涕虫旁边，跟我们一起看着她们说话。她们说了多久呢，后来我都有些困乏，拽着老张的手睡着了。

等我睡醒时，我们已经到了老张的部队。我们都坐在部队的食堂里。桌子上全是好吃的。那个女孩坐在我对面，绷着脸。我想她要是笑起来一定很好看。他们都说，我们村里最漂亮的就是老周，可她比老周好看多了。鼻涕虫一直啃鸡爪，我就使劲吃肉。鼻涕虫很傻，所以总是这么瘦，都四岁了才只有三十斤。可老周那么聪明，也不吃东西。她坐在女孩身边，不时抚摸下女孩的头发，然后给女孩碗里夹鲫鱼夹肘子夹丸子。我听到老周轻声细语地说，妹子，吃点菜吧，坐了这么久的火车。女孩只是“嗯”了声，筷子连动也没动。我还听到老周说，妹子，这种事怎么能强求？千万不能钻牛角尖。女孩仍是“嗯”了声。我想，这个女孩也许是个哑巴。这个哑巴干吗跟我们一家人在一起吃饭呢？

那天晚上，鼻涕虫和老周老张一个屋睡，我跟女孩一个屋睡。睡到半夜我要撒尿，就大声地喊老周。灯亮了，我看到女孩开了门取尿壶。等我尿完她就熄了灯。我听到长长的叹息声。等我再次醒来，天已蒙蒙亮，我看到那个女孩盘腿坐在床铺上，呆呆地凝望着屋顶。等开始有鸟叫，她跳下床，扒开窗帘一角，久久地看着窗外。士兵跑早操的声音不时传来，那声音高亢明亮。女孩推开门走了出去，然后我听到交谈的声音，声音嘈杂低沉，被"一二三四"的口号声压得更为飘渺。我听到一个战士中气十足地争辩道：连长有吩咐，怕你人生地不熟的，让我跟着你！女孩退回屋里，砰的一声关上门，仍是矗在窗前。

这个女孩跟我们在石景山的八大处住了段时日。前几天，女孩无论走到哪里，身后都会跟着个姓李的德州士兵。女孩去食堂看大师傅们炒菜，他站在食堂门口；女孩去猪场看刚出生的猪仔，他端着胳膊靠着白杨树吹口哨；女孩去厕所，他蹲在厕所旁边偷偷地抽烟，逮蚂蚁。有天女孩转过身，死死盯着那个士兵。士兵可能被她看得发毛，就嗫嚅着说，这是领导的命令，你可不能怪我。女孩朝地上吐了口吐沫，士兵的脸就红了。红了脸的士兵没有再说话，继续跟在她身后绕着操场走了六圈。

老周那几天很忙，跟另外几位军官家属一起帮战士们洗被褥缝衣服，有天闲下来，就问女孩，你想通了没？女孩不语。老周说，你看，世上的事总是如此，彩云易散琉璃脆，他的心不在你这里，你也没必要再想他。女孩终于说话了，她的声音柔软低沉。她说，他的心还在我这儿。老周说，即便他的心还在你这儿，我妈不同意也没办法。你去青岛找他，难道会出现奇迹？你不是不知道，他一直是孝子。女孩不吭声了，低头抠弄着指甲。老周又说，你在这里再待几天，想通了就回老家吧。女孩将头硬硬地扭向一旁，半天都没正眼看老周。

后来的几日，老周带着她、鼻涕虫和我逛了许多新鲜地方，我们先去的天安门，看到了相片里的毛主席，又去了纪念馆，看了水晶棺里的毛主席。我们还逛了故宫和北海公园。我从来没去过这么多地方，这个女孩肯定也没有去过这么多地方。她开始说话了，有时还会忍不住笑。她笑的时候鼻翼两侧会皱起细小的浅纹络，这让她变得更美了。鼻涕虫比我还喜欢黏她，不是趴在她背上就是蜷在她的怀里。她也不恼，总是掏出手绢小心着擦鼻涕虫的鼻屎。老周有时会盯着她的背影看，然后轻声地叹息。

那天上午鼻涕虫发烧，老周带他去诊所打针。女孩带我到部队的大礼堂看电影。那是部外国电影，好像是谈恋爱的，高鼻梁的小伙将大辫子姑娘死死压在草垛里。电影院里很黑，我也看不懂，就去攥她的手。她的手肉乎乎的，暖而软。她摸了摸我脑袋，目光仍然盯着巨大的屏幕。后来她突然站起来，说，我们走吧。走吧。

如果没有记错，那时已经是初春了。风是干热的，风里满是大朵大朵的柳絮。我们身边不时走过三五成群的士兵，他们穿着葱绿色的军背心嘻嘻哈哈地打闹，像一群毛孩子。女孩带着我，走过了书店，走过了露天电影院，走过了游泳池，走过了军部，走过了澡堂，走过了食堂，走过了猪圈，一直走到山上。山上全是松树和柏树，偶有几株野杏。我们走累了，就在草丛里坐下。草丛里点着野花，小蜂和小蝶乱飞。我还在草丛里逮到只壁虎，把它的尾巴揪了下来。她只是安静地坐着，蝴蝶在她头上飞来飞去。她头发很黑，很密，当阳光罩在上面，头发就变成了耀眼的金黄。我们谁都没说话，我甚至闻到了空气里腥甜的气味，当那种暖洋洋的、慵懒的气息被风吹走时，我忽然感觉到一种莫名其妙的忧伤。是的，那是我这辈子第一次知道忧伤是什么滋味。后来她站起来，说，我们回去吧，看看鼻涕虫退烧了没有。

我们就往山下走，走到山脚时，我们都有些累了。她领着我的手走到株杏树下，靠住黑色树干。树干上开着粉红花朵，兴许是被春雨浇过，花朵是月的浅白。我偎在她身旁，看着一瓣一瓣的杏花从眼前飘走。她忽然转过身紧紧地抱住我。她的身体一抖一抖的，嘴里发出细碎的呜咽声。当我仰起头吃惊地打量她时，她的眼泪滚落在我的脸颊上。我听到她抽噎着说：

"小楚……你知道……我有……多爱……你老舅吗?"

我踮起脚，擦她的泪珠，可是，够不着。

女孩是第二天走的。她对老周说，她保证不去青岛了，她向来说话算话，所以请老周放心。不过老周似乎还是不放心，亲自送她去了火车站，除了给她买了回云落县的车票，还买了只昂贵的全聚德烤鸭。

之后三十年，我再也没有见过这个女孩。

牛奶商“喊”了声，拿着手机问我，这货怎么样？海员的老婆，别看文静的像只猫，床上完全是头猛虎。又问，这个呢？收费站的，巨乳童颜。我老想睡她，她不肯，被我缠得没辙，干脆把她妹妹介绍给了我。她妹妹也是魔鬼身材……咦，你接着讲故事啊。这女孩后来怎么了？自杀了？他一本正经地凝望着我说，我知道，那个年代的人都傻得要命，尤其是被男人抛弃了的女人。

女孩离开那天，我和鼻涕虫跟老周又哭又闹。老周狠狠掐了我们的胳膊，又狠狠踢了我们的屁股，我们就不敢再吱声，跑到屋外看士兵们训练。

等到冬天，关于女孩的消息才隐约传来。据说冬季征兵时，女孩穿身绿军装信心十足地跑到公社报名，想去青岛当海军。为了参军顺利，除了在村里练了半年晨跑，她还在公社的中学练了个把月举重。可女兵名额只有一名，她很快被刷了下来。据说她在公社大门口呆呆坐了半天，才被她母亲强行拽回家。回家后她在炕上躺了三天三夜，滴水未沾。当她走出家门时，邻居发现她瘦成了木乃伊。他们都说，她一下子就从女孩变成了老妇。当老周用略显惋惜的口吻叙述着关于女孩的一切时，我竖起比灵猫还敏锐的耳朵仔细倾听。我眼前依然是她微笑时的模样：鼻翼两侧皱起细小的纹络，眼睛弯成一潭活水。我觉得难过极了。我不知道为何这么难过，她不是我的亲戚，也不是我的邻居。

之后多年，我没有听说过她的任何消息。我在缓慢地成长，鼻涕虫也在缓慢地成长，只有老张迅速发起福来，纤细柔弱的脖颈被时光慢慢催化成粗壮的树桩。他当了多年指导员，再也没有被提拔过，一直在考虑转业的问题。老周依然是老周，还在我们村当妇女干部。她经常带着村里的姑娘们跳上拖拉机意气风发地去县城的职工俱乐部汇报演出。她们最拿手的是天津快板。那段《赞美联产承包责任制》的快板曾在县城风靡一时。

再次听到女孩的消息，是一九九零年，我十六岁。那时老张从部队转业到地方的统计局，当了名沉默寡言的统计员，老周在县里的锁厂当现金保管，我们家的锁头永远是最新的款式。我成了个身材蠢大、满脸青春痘的男孩，最大的梦想是成为会跳霹雳舞的流行歌手。鼻涕虫依然瘦小，整日幻想着组建一支摇滚乐队。每天黄昏，我们家都会传来焦灼凌乱的架子鼓声。

我记得那是初夏，吃晚饭时老周看了看老张，问，你还记得满树香吗？

老张想了想说，记得啊，怎么了？

老周说，我在街上看到她了。多年未见，她还是那么水灵。见到我啊，亲热得不行，姐长姐短地喊个不停，喊得我心里怪难受。

老张说，难受什么啊？老周说，如果当初我们没把她在北京截下，兴许她跟我弟早结婚生子了。哎，他都二十八岁了，还是不肯找女友……

原来那个女孩叫满树香。这名字跟她的人多般配。

老周说，她今年结婚了，你猜新郎是谁？

老张狐疑地瞥她一眼。老周说，你还记得那个德州兵小李不？她跟小李结婚了。

老张嚼了一半的萝卜从嘴里掉出来。这怎么可能？他瞪着豹子眼说，这怎么可能？

老周说，我也没想到。当年你派小李监视她，没想到小李就暗地里喜欢上人家了。小李复员后回德州当了五年保安，实在忍不住就跑过来，追了她三年，两人就结了婚。老张“哦”了声，半晌才骂道，这小李也太不仗义！结婚也不给我发请柬！我好歹是他老领导！

老周又是声叹息，哎，当年我们也是棒打鸳鸯……可谁能执拗过我妈？她老嫌满树香家穷，姊妹五个，全是茶壶把没个茶壶嘴，怕弟弟将来受累。弟弟那年刚考上军校，我们这些当姐的，说实话，也都盼他找个吃商品粮的姑娘……

我老舅是在满树香结婚半年后领着舅妈回家探亲的。这个四川籍的舅妈白皙矮瘦，头发焦黄，只有那双南方人特有的深凹眼还算明亮。

据说她在部队的招待所上班。老周和我姨妈们见到舅妈时都很失望，何止是失望，简直是泪水涟涟。我亲眼看到二姨妈和三姨妈躲在大门口暗自垂泪，嘴里念叨着过世的外祖母。也难怪，老舅长得如此英武帅气，却找了个如此不提气的矮冬瓜，矮冬瓜也认了，偏又是个闷嘴葫芦，从不主动跟人讲话。老周她们都快疯了，可还得咬着牙为舅舅操办婚礼，摆了足足五十张酒席。舅舅倒是副欢喜模样，有说有笑，举手投足间满是喜气。摆完婚宴他们就匆匆回了青岛。据说部队有什么紧急任务。

两年后，舅妈生下个男孩。他们给他取了个好听的名字，叫周大海。

仍是从老周那里陆续听到满树香的消息。老周来县城也就几年，只是锁厂的工人，人脉却比老张活络。她说，满树香和丈夫去了新疆。他们成立了装潢公司，带着云落县的工匠奔走于乌鲁木齐和伊宁之间……满树香和丈夫去了阿勒泰包地，整整种了两百亩葡萄，据说我们县城超市里的葡萄干全是他们的产品……满树香和她的丈夫回云落县了，他们在县城最繁华的地段开了最豪华的酒店，县长要想在那里吃顿饭，也得提前一天预定……

这样，又是十年。

真他妈没劲，牛奶商嚼着鸭脖说，你们一家人真是目光短浅，放走了这么能干的媳妇……我说是啊，他们都很后悔。这是月老不成全。牛奶商呸了声，屁缘分啊，你说我睡了那么多女人，都跟她们有缘分？见了面打一炮，提上裤子走人，我连她们的名字都没问过！我说你这样有意思吗？牛奶商吃惊地看着我说，你说呢？男人一辈子，不就是多挣点钱，多睡几个女人？我一时无语。他也沉默了会儿，说，我知道你心里嘲笑我，我没读过书，不会讲大道理，我那些哥们，跟我都是一样的想法。人吃饱了喝足了，就会想床上那点事，男人想，女人也想。甭给我谈什么低俗下流，男人不光为张嘴活着，也为下面那杆枪活着。没看到网上说，连和尚都包二奶了？

我说，跟头种猪一样地活，也是件快事。

牛奶商嘿嘿干笑两声，好吧，你继续讲你的那些陈芝麻烂谷子吧。

二零零零年我老舅从部队转业，分配到我们县的电力局，当了名架线员。我舅妈在超市租了柜台卖龙抄手。我们都知道四川女人是天生的厨师。大海呢，脑子特别聪明，考试向来都是第一名。只是个子不高，我们都想，肯定是遗传了舅妈的基因。二零零三年，有那么段时间，大海总是面色苍白，头抬不起来，胳膊也酸疼，有时写着写着作业就睡着了。老舅以为是孩子上学太累，也没往心里去。等到了暑假去医院检查，才发现孩子得了种奇怪的病，叫肌萎缩侧索硬化。他的肌肉在不断萎缩，医生说，到了晚期，孩子会骨瘦如柴，连走路吃饭的力气都没有，只能坐在轮椅上，最后会因呼吸衰竭而死亡。

老舅和舅妈带着大海四处求医。多年积蓄很快花完，亲戚们的资助也只是杯水车薪。老舅偶然间听人说，上海有家医院，治疗这种病很有经验，就想带大海去趟上海。可存折上连买张机票的钱都不够了。那天下午他正坐在单位的沙发上发愁，便听到有人敲门。等敲门的人进屋，他不禁吃了一惊。

进来的是个女人，体态微胖，短发，一双眼睛定定地瞅他。他看了半晌才迟疑着问，你是……树香吗？

女人说，是我。

老舅说，快请坐……我们……我们……你……喝茶不？

满树香摇摇头说，我不渴。

老舅说，我们有多少年没见面了……听说你生意做得挺大，发财了呢。一直想去饭店看看你，也没个时间……

满树香笑了笑，我没别的事。前几天听别人说，你儿子生病了，来看看你。

老舅不晓得再说什么好。满树香说，是这样的，我这儿有点私房钱，你先拿去给孩子治病吧。

老舅说那怎么成呢，你们做生意也不易……他还没说完满树香就将一个硕大的纸袋轻轻放在办公桌，说，我还有点事先走了，你赶紧带孩子去医院，钱用在刀刃上才是钱。

满树香走了，老舅也没出去送，窸窸窣窣地拆开纸袋，头就有些发蒙。他颤抖着手指数了数，总共十万块。他把那些钱搂在怀里，不晓得是一直这样搂下去，还是跑出去还给满树香。他在沙发上傻坐了半天，才想起来给老周打电话。

当老周把这事告诉家人时，他们都觉得蹊跷。满树香都这个岁数了，难道还没忘了老舅？鼻涕虫认为，钱既然收了也就收了，当务之急是给孩子治病。老周还是很在意鼻涕虫的看法，毕竟他是我们家唯一的公务员，脑子活，见识广。老周虽从县锁厂下了岗，成了超市里的保洁员，可仍是这个家的主心骨。她说，给大海看病重要，可我们周家的脸面更重要。当初没娶人家，如今怎能腆着脸收人家的救命钱？况且听人说，满树香现在也是麻烦缠身。如今的小李早已不是当年的勤务兵小李，他成了腰缠万贯的老李。老李跟酒店的东北服务员好上了，不但好上了，还明目张胆地生了个儿子。满树香那么厉害的角色，对此不闻不问。两个人如今的关系不必多说。这时收了满树香的钱，是否会被人家笑话？

钱最后还是没退回。老舅带着大海去了趟上海。钱花了个差不离才回来，病情却没有明显好转。不管如何，还是要去感谢下满树香的。那天晚上老舅带了点水果去拜访她。那是栋独门独院的别墅，门口没植松柏，而是栽了几株杏树。满树香只是打开防盗门，站在门缝里跟老舅闲聊了两句，并没邀他去屋里作客。尽管如此，老舅也觉得没什么不妥。他诺诺地跟她说，钱要过些时日才能还给她。满树香笑了笑，说，你跟我，还谈什么钱不钱的？你欠我的，不是钱。老舅磕磕巴巴地说，那个时候年轻，也不懂事……满树香沉默了会儿说，是啊，年轻的时候无论做错什么，都可以原谅。两个人又在门口站了会儿。老舅说那个晚上他才发现，满树香还是从前的满树香。她说话的语气、她的发型、她轻笑时的模样、她欲言又止的神态，都跟几十年前一模一样……那一刻，他竟有些恍惚。

后来，隔三差五，满树香都会给老舅送钱，有多的时候，也有少的时候。多的时候四五万，少的时候三两千。开始老舅死活不收，可满树香通常一声不吭地将钱塞进他裤兜，转身就走。老舅只有呆呆站在原地，兜里的钱吐着蓝色火舌吞噬着他。他觉得以前对不起满树香，现在更对不起满树香。可为了大海，一切都变得不重要。有时，满树香也会到老舅家看大海。老舅跟舅妈介绍，这是他高中同学。舅妈也没问别的。大海跟满树香很投缘，每次满树香去，都会带些玩具，比如钢铁侠、圣斗士星矢、变形金刚什么的。开始舅妈也没在意，胡乱堆在墙角，偶一次有人来串门，说，你们真是娇惯孩子，玩具都这么贵，一个要三四千块吧。舅妈听了大骇，问老舅是如何一回事。老舅就支支吾吾着说，满树香是他以前的初恋情人。舅妈只是"哦"了声，也没问别的。她没问别的也在情理之中。我们都知道她是个话比黄金还珍贵的女人。

有一次，满树香邀请老舅去她家小坐。如果没有记错，那是初春的傍晚，云落县城里满是花香。老舅买了盒毛尖茶，骑着自行车慢慢悠悠地去了。到了满树香家，她正在读书。后来两个人坐在沙发上喝茶。老舅说，两个人谁都没有吭声，有时他看满树香一眼，满树香就低下头，有时满树香看他一眼，他也低下头。喝第二泡茶时，突然停电了，两个人谁也没动，仍闲坐着喝茶。这时满树香说，能跟你这样安安静静地坐着，多好。要是这样坐一辈子，就更好了。她的声音有点哽咽，让老舅禁不住想走到她身边，紧紧抱住她。可他没动。他觉得，如满树香说的那样，就这样，在春天的傍晚，在漆黑的、温暖的客厅里，和曾经的恋人喝一杯茶，也知足了。

如果那天晚上只是如此，也断然不会有后来的事。门突然被打开了，满树香的丈夫，曾经的小李，现在的老李回家了。如我们所能猜度的那样，当他看到黑暗中坐着两个人时，先是惊诧，然后是无可抑制的愤怒。老李认为，他在光天化日下睡多少女人都无可指摘，但老婆若是跟别的男人在黑暗中喝盏茶，他就等于被戴了绿帽子。那晚的情景我们完全可以想象。他对老舅动了手，可又不是老舅对手。

他的鼻梁骨被老舅一拳砸折了。

老李没有起诉老舅，大家都没有想到。让大家更想不到的是，满树香把老李起诉了。她要跟老李离婚。

那是云落县颇为著名的离婚案。老李不肯离婚，但满树香说，她愿意净身出户，老李就同意了。他跟满树香没有孩子，那个二十出头的东北老婆不仅比满树香漂亮，怀里还抱着个牙牙学语的私生子。不损失一根汗毛解决了原配，简直是天赐的良机。

没人知道满树香是如何的想法。他们都认为满树香疯了。女人到了这岁数，不诚惶诚恐地看男人脸色行事，还敢如此折腾，真是精神出了问题。满树香离婚后从后街租了两间房，酒店是不用去了，闲来无事，就溜达到老舅家探望大海。那段时间大海在家里疗养，病情似乎也稳定些，可仍离不开人，都是舅妈照看。满树香呢，性子好，大海也喜欢跟她玩。这样舅妈就省心了，依然到超市去卖她的龙抄手。

有天舅妈下班回来，看到满树香正给大海洗脚，就将她叫到一旁，问道，满大姐，你一个人女人家租房住，多有不便，要是不嫌弃，就搬我家来吧，正好跟大海做个伴儿。

满树香张大嘴盯着舅妈看。舅妈说，你跟大海住一个房间，放心，我们除了管吃管住，每月还会给你点辛苦费，钱不多，也算是我们一点心意。

当老周听到满树香搬到老舅家时，认为舅妈也疯了。老张悻悻地说，这不是引狼入室吗？鼻涕虫说，这样说人家满树香可不对，好歹是我们的救命恩人，不过，这样瓜田李下的，舅妈就不怕出绯闻吗……

不管怎样，满树香确实跟老舅住到了一个屋檐下。

那可能是满树香最美好的一段时光。据老周说，她经常看到满树香推着轮椅上的大海去花园里散步，或者去儿童乐园里看孩子们游泳、玩蹦蹦床。大海虽然不能动，却常常咧着嘴笑。有时候，满树香还会推着大海去电影院看电影。大海咀嚼困难，她就把爆米花嚼碎了，再一口一口喂他。大海不嫌脏，吃得比任何时候都开心。

当老周在电话里给我讲这些事时，我通常有些不耐烦。大学毕业后，我一直在北京的某家公司做业务员，整日里飞来飞去。那个县城，那个县城里的人，离我越来越远。他们的身影，也越来越模糊。我知道，总有一天我会忘记一切。

听到大海去世的消息时，我还是回了趟老家。那是个简单的葬礼。老舅哭得晕死过去，舅妈还好，手里攥着串佛珠，静静坐在角落，仿佛这世上的事，都跟她没有干系。我听老周说，大海一生病，她就开始信佛了，每日烧香念经，还常常跑到千里之外的寺庙进香还愿。

葬礼上，我没有见到满树香。

大海过世后，满树香在老舅家住了半月有余，就主动搬走了。据说我舅妈很诚恳地挽留过她。我舅妈说，无论大海在还是大海不在，她都当满树香是亲姐姐。她一个南方人在云落县生活了多年，从没有人像满树香这般对她好。每日烧香，她都祈求菩萨，保佑满树香能再找个称心的好男人。

满树香仍是租了后街的房。老周说她常看到满树香一个人在广场闲逛。她越来越像个老年人，头发花白，眉头起了皱纹。老周邀请她一起参加“俏夕阳秧歌队”，被她婉言谢绝，邀请她参加“夕阳红锣鼓队”，她也没去。老周有点生气，也有点失望。她说，满树香打腰鼓肯定是把好手。

又过了半年，老舅在单位办了病退手续，舅妈也不再去超市卖龙抄手。他们去了峨眉山脚下的一座寺庙做了居士。对于老舅此举，老周甚是愤怒。老周家就老舅这么根独苗，虽说命不好，可也不能看破红尘断了香火。不过才四十多岁，跟舅妈再生个孩子，老了不一样安享天伦之乐？老舅说，舅妈心意已决。她烧了几年的香，慢慢地也是菩萨心境了。再说，别看她平日里不如何讲话，不过话一旦讲出，就是八匹马也不能让她回头。

老周就问，那满树香怎么办？你对得起人家满树香吗？

老舅说，舅妈也曾邀请满树香一起到寺庙修行。可满树香说，她前半辈子从没信过鬼神，下半辈子也断然不会信。她还说，他们尽管去，每日素斋粗茶，对身体好，每日焚香诵经，也能早日将大海超度。她要是哪天想他们了，就去峨眉山拜访他们。她可是一直期盼着去旅行。这么多年了，除了新疆和北京，她还没有抵达过更遥远的地方。

牛奶商关了手机，一言不发地盯看着我。后来呢？满树香后来去哪里了？她不会真的去峨眉山找你舅妈他们吧？她干吗离婚？她这辈子到底图什么？这女人，还真让人捉摸不透。我说，你真想知道她在干什么？牛奶商怔怔地说，当然想了。我说好吧，你先将单买了，我就告诉你。

二零一五年春节，我带老婆孩子回了趟老家。说实话，我一点不喜欢回老家。这座灰扑扑的县城，跟别处的县城没有区别，到处是尚未竣工的高楼，满街跑着名车，足疗馆一家挨一家，却没有一家书店，洗头房和小店铺门前的低音炮里，放着最大音量的《最炫民族风》和《小苹果》。可老周老张他们都太老了，我真怕以后见面的机会越来越少。

大年初五，我和四五个同学在一家小酒馆聚会。这家酒馆以秘制肘子闻名。肘子确实肥而不腻香而不甜。不过年下吃荤吃多了，难免想起糖拌萝卜之类的解酒菜。同学就喊服务员。那个服务员上完菜后好像没有立即走开，我一直感觉她站在我身后。

后来，有人轻轻拍了拍我肩膀。我扭头，就是那个服务员。她瘦，个子高挑，有点佝偻，额头皱纹深。她盯着我问，你父亲是张某某吗？

我说是啊。她眼睛瞬息明亮起来，那你是小楚？

没错，我说，对不起，我眼拙，请问您是哪位？

我是……我是……我是你姑姑。她的声音温柔而低沉。

姑姑？我脑子迅速转动，极力搜索记忆里的某位长辈，可却一无所获。她的眼神渐渐黯下去，我是胡村的。你不记得我了？

胡村？我没有胡村的亲戚。她看我依旧皱着眉头，似乎颇为失望，转身欲走，走前又回头望我一眼说，那年，北京的八大处军区大院，我带你看过电影……还爬过山……

我脑子灵光一闪，你是树香姑？

你还记得我的名字呢，她羞怯地笑了，我都三十五年没看到你了。

可不是吗，也许是酒喝多了，我的声音有些哽咽，喉咙似乎也被鱼刺卡住。再去瞅她，她眼里竟噙着泪珠，一晃一晃，似乎就要跌落下来，哎，我命薄，没福分成为周家的媳妇……她声音愈来愈小，最后简直低到尘埃里，你们慢慢吃，慢慢吃吧……我去忙了……

她转身走了，我却再没心情饮酒。后来酒场早早散去。出了饭馆，才发觉天上荡着雪。我想起一九八零年春，她曾带我爬山。在山脚的杏树下，她忽然紧紧搂住我小声抽泣。后来她说，小楚……你知道……我有……多爱……你老舅吗？

如果没记错，那一年，她十八岁。我六岁。

雪越发大，我跟同学们分了手，步行回家。我眼前不时闪现着满树香的脸，那张被时光淹没了的、衰老的脸。哀伤再次席卷而来，再后来，这张脸渐渐与老周的脸、老张的脸、老舅的脸、舅妈的脸，与所有人的脸莫名重叠起来，分不清男与女，分不清彼与此，分不清镜与月，分不清尘与土。想到这些终将老去、终将消逝的肉身与灵魂，眼泪还是落在雪上。

（原载《创作与评论》2015 年第 5 期）

羽　毛

王　芸

今天的治愈课是看电影——《悲伤电影》。电影是乔麦推荐的。按照乔麦的理论，看电影是一种基于移情的有效心理治疗途径，让人沉浸在别人的故事里流泪，欢笑，愤怒，泪是你的，笑是你的，怒是你的，但电影里的故事丝毫不会撼动你的生活。你是安全的，在故事之外。

“人的幸福感是在对比中产生的”，正是基于这一理论，乔麦推荐的电影都与生活贴肌贴肤，无外乎两类：悲剧或喜剧。前者让你感慨“我们比他们幸福”，后者让你感叹“有什么理由不多笑笑呢”。

电影不错，看到“分手代理”河锡站在辉灿妈妈病床前，说出小男孩辉灿的委托语：辉灿不想离开你，珠荣女士……在场的四个人哭得稀里哗啦。满屋子窸窸窣窣的抽泣声，一直持续到片尾。

宋羽关上屏幕，按亮灯，四个人照例围坐在一起，聊聊。并不聊刚看的电影，而是各自的生活，最近遇到的难事、破事、乐事、傻事、丑事。电影只是一味药，药效自会在每个人心里弥散，即使聊，她们这几个人也聊不出多大的深意。八年时间，来一些，走一些，最后就剩下这么几个铁杆成员，性情各异，层次参差，却像随着时光机不断扭绞的几股绳，也像陈姐手里总没断过的毛线活儿，越绕越紧，越绕越长。每月固定有两天，是她们抱成团缩一个结的日子。别看这一个个结，让看似漫长得没有尽头的时间被隔成了一段、一段，日子就没那么难熬了。

闲聊会照例由宋羽主持和记录。她一握起笔，屋里就安静了。花瓶里那束野菊花在灯光下散发着清寂的气息，仿佛不肯跟这屋子里的一切妥协。这是她上周末在梅岭采的。关一芹每次看见这瓶里的花，就说太寡冷了太各色了。“你这屋里要摆那种热烈点的花，活泼点的花，颜色像我这衣服一样鲜亮的花，养眼养气养心，知道吧崽？”她总说下次给你带束花来，又总是进了门看见花瓶才想起来。

只静默了几秒，关一芹攒动两眉，咧开大嘴：“干脆，我先来段新学的肚皮舞，热热场子吧。”“又学新手艺了？”“是啊是啊，活到老学到老嘛。”“难怪关妹今天一拐进巷子，那动静就震了满街的人。”

“郎样，陈姐看见喽？”“关妹，你那随身听放的哂哩音乐，印度的？那个闹腾。加上关妹那身打扮，黑礼帽，卡腰马夹，大红满花撒腿裤，从巷口轰轰烈烈地走来，啧啧，那气势。回头率百分之百。”

关一芹低头在解马夹，有颗扣子新补的，大了，费老大劲才从扣眼里挣脱出来。她脸上始终挂一团骄傲又羞涩的笑，这时猛地抬起头，两朵眉毛攒得像山峰那么高，双手含住劲，牵住马夹往外一展，“哇——”，其余三双眼睛都定住了。

一节白白的肚皮，带着颤动的肉感，在舞服、舞裤间喷薄欲出。舞服、舞裤被撑得满满实实，上面缀满了晃人眼睛的亮片、珠串，关姐两手扶腰，将身子抖一抖，它们就像无数小波浪在大红底色上翻滚，缭乱而热烈。就在大家转不动眼珠之时，一阵异域风情的乐声轰然炸响，涨得狭小的空间快要裂开来。一团红影子带着一道醒目的亮白，开始抖动起来，小波浪们争相搅起一股股细小的旋风，空气瞬间变得热气腾腾。风越来越密，越刮越紧，直逼得屋里的人感觉快呼不过气来，不知是谁先鼓起掌，接着“噼噼啪啪”响成了一片，缭乱地击打着节拍。

乐声戛然而止，一个优美的谢幕动作。大红海洋上的那抹白浪花，还在起伏汹涌。满身的小浪花也在雀跃欢腾。细密的汗珠从关一芹的额头、鼻尖上渗出来。

“关姐，学多久了？”“今天第六天，这里完事了，我还要去上课。”关一芹拿毛巾抹额头，抹脸，再抹抹还在颤动的白肚皮，“据教练说，不消一个月，这里就平坦如平原了。”说完咯咯咯笑起来，白浪花和小浪花们又起劲地翻涌起来。“陈姐，最近在游吧？”

陈小凤手里的棒针停了停，撩一下线团，一黑一绿两股线，像是一件毛衣，织了有半截身子。“没。”

“怎么？”几个人的眼睛都聚到她身上。“队里的老方刚走了。”

几个人的目光收回去。关一芹拿手摩挲着那颗硕大的不肯乖乖就范的纽扣。朱春花眼睛盯着地面某处。宋羽将目光落在一朵菊花上,花瓣似乎少了两片,留出一个小小的豁口。

还是关一芹打破静默:“哦,就是你说的那个身体特棒,可以不歇气游上两个小时的老头?”“游泳出的事?”朱春花的声音像她的人一样细小,让人很难想象当年她是怎么将水果刀插进窃贼身体的。

“不是,”陈小凤慢慢织起来,一黑一绿两股线绷得直直的,在灯光下抖动着。“那天他比大家都游得久,上岸还说不过瘾,说秋天是最好的游泳天,天地爽阔,走的时候自行车骑得像风一样。谁也没想到,”小指勾挂着两股线,弯弯地定在半空,“说是早上才被人发现,摔在卫生间里,灯亮了一夜,热水器的排气管一直冒白气,邻居叫门没人应,报了警。医生说是心梗,可怜一个人……”棒针又缓缓地一进一退,小指轻微地颤动,一黑一绿两股线绷得笔直。

一线呜呜声像从暗处游出的蛇,朱春花拿手掩面,腰身窝下去。从宋羽坐的地方看过去,她的身体像一个微微颤动的反C。关一芹走过去,伸出手搂住她的肩膀。宋羽眼窝酸胀,紧紧地盯着那朵菊花,仿佛时间久一点,目光就可以将豁口补起来。

空气里只有一线压抑的呜呜声和棒针撞击的轻响。没有人说话。按照乔麦的理论,这时候不要劝,也没法劝。让情绪该来的来,让眼泪畅快地流,比淤塞在身体里好。

朱春花又陷入了失眠周期。失眠已经成了她这辈子摆脱不掉的病毒,情况最好的时候,她每晚可以勉强睡上四个小时,情况不好的时候,整天整晚都清醒异常,即使睡着也是浅睡眠状态,被荒诞的梦境分割得七零八碎。

她尝试过很多种方法,中药、西药,正规医院的、乡野游医的,科学的、迷信的,庄重的、稚气的,都不管用,没法将这病毒从她身体里清除干净。是宋羽将她介绍给乔医生的,乔医生说很多人治愈不了的失眠是一种心理疾病,她知道,也相信,却无法改善。

了解她经历的人都能轻易指出那个根源,可帮不了她。按照乔医生的理论，所有的心理病征最终只能靠自解，只有自己才能解救自己。对于那个根源，大家只知道个大概，惊心动魄的，血渍模糊的，但所有的过程、细节、影像、声音，只存储在朱春花的身体里，它们在时间的绵延中繁衍着一种叫失眠的病毒，时疾时缓，不知疲倦。

除非删除记忆，否则这辈子她都无法摆脱这病毒。这就是朱春花的绝望之处。

乔医生也尝试过很多种办法，最后对她说："你还是去找宋羽吧。助人自助，比单纯的寻求心理帮助有效。"于是，她在这个最初被命名为"幸存者联合会"的团队扎下根来，转眼八年。

除了宋羽，她比其他人资历都老。她们共享彼此的伤痛，其实伤痛是比幸福更强力的黏合剂，很多人就是在疗治伤痛的过程中走向彼此，仿佛是伤口分泌的汁液将他们黏合在了一起。果真像乔医生说的，在感受别人的伤痛时，她自身携带的伤痛就会减减速，有了缓冲的可商量的余地。

"你跟我去参加公园的空巢协会吧，大家彼此做伴，唱唱歌，跳跳舞，下下棋，打打牌，说说话，挺好的。人在这世上不能少了伴，你看我，这么多年幸亏有关宇，都说他是我一辈子的负担，我可不这么认为，很多时候，我们以为是孩子需要我们，其实是我们需要孩子，年纪越大越是这样……"关一芹的热活劲儿感染过她，可到了她身上却存不住，怎么也暖不了她的身子、她的心。

大家都热心给朱春花介绍过对象，她先是一口拒绝，后来口头上松动了，好不容易去见了面，还是摇摇头作罢，也说不出个理由。她口拙。年复一年，她还是一个人。最难熬的是夜晚，她总是在店里待到很晚，等周边的店铺都打烊了，灯一盏盏熄灭，马路上看不见什么人影了，才慢吞吞地将门外的东西清进店里，一样一样仔细地码放好，慢吞吞地拉上铁门锁好，陪着地上忽长忽短的影子，慢慢走回家。有时候，她干脆歇在店里，天不太冷的时候，在地上垫几张纸壳，一床被子半铺半盖，反正一个人，反正睡不踏实，睡在哪里都一样。

可是，虽然从心里拒绝回到那间除了暗影还是暗影的屋子，若一天两天不回去，她却又会莫名地感到心里又空又慌，仿佛那里被挖掉了一块。她算错账，拿错东西，摔了茶杯，烫伤手，碰到腿，扭了腰。晚上躺在地铺上辗转难宁，于是，只好叹息着，她又爬起身来一步一挪地将自己带向那个地方，仿佛某种听不见的召唤。

所有人都劝她搬家，她也下过决心，可一天天过去，她还住在那里，甚至连屋里的东西都不曾改变过。这样不需要费任何气力她就能回到从前。让盐水一遍遍渍过伤口，也许总会有一天，你不再感觉到疼痛。果然，在无数次眼泪漫漶，痛不欲生之后，她终于可以平静地面对熟悉的一切，如同她和失眠开始和平共处，接受了彼此，容纳了彼此。

"你不必用折磨自己来自我惩罚。那不是你的错。"乔医生对她说。

"我没有……"她哽咽着，继而号啕大哭。

有一段时间，她希望用眼泪淹死自己，却发现一个人根本没有那么多的眼泪，即使她心里悔死了，也流不出足够多的眼泪。她在心里琢磨各种死法，她想尽快和他们父女汇合，是宋羽拉了她一把。宋羽在报上看到报道后，主动找来敲开了她家的门。她以为是办案的警察，她在等窃贼落网的消息，她想知道他是死是活。门外站着一个高高瘦瘦的陌生女孩，在她没来得及关上门之前，女孩说"我是幸存者联合会的，我知道你需要帮助"。

活动前一天，宋羽打来电话让她做好登山的准备，第二天的活动内容是爬梅岭。每次，她情绪波动，失眠病毒烈性发作的时候，宋羽不会关切地问什么，却又总能觉察似的，安排大家去郊外爬一次山。让阳光晒一晒天天窝在小店铺的身子，走出一身透汗，腰腿酸疼得不像是自己的，也许，她就可以睡一个难得的好觉。

"跟我去跳肚皮舞吧。"关一芹还沉浸在跳肚皮舞的热情里，腰上挂的随身听放着喧腾的印度舞曲，走几步扭一扭腰身。她真羡慕关一芹身上的活力。不知不觉，她也笑了出来，说起自己头天算错账的丑事，顾客给了二十，她倒找给人家四十多。陈小凤难得地放下了她的毛线活计，穿一身精神的运动装，说是女儿特地给她买的。"我家附近要有这么个店主，我肯定天天光顾她的店。"

不时有年轻人骑着自行车从旁边驶过，也有三三两两的爬山者越过她们，她们不疾不徐地往前走。宋羽走得快，将大家的水杯都塞进自己包里，每走一段就停在路边等她们。朱春花知道，她和男友以前都喜欢户外运动，一起徒步走过很多国内知名的大山峡谷。她男友失踪后，户外成了一个她不愿碰的词。

关一芹将路边的野花插在发丛里，东插一朵西插一朵，咯咯咯笑着："瞧瞧我这疯婆子！"

朱春花和陈小凤落在最后。"去游了吗？"朱春花知道陈小凤是在陪她。虽然她的年龄比关一芹、陈小凤都小，却是体力最差的一个，关一芹是成天不动不得活的人，陈小凤可以随意在水里扑腾，枯水期还横渡过赣江。

"还没呢，昨天刚送走老方。大家还没心情游。不过没事，已经约了下周三在江边聚。到了这个年龄，对什么没个心理准备啊？"陈小凤笑笑，朱春花看到她鬓边的花白，像一朵背光的菊花嵌在发丛里。"你知道的，这帮人如果不在水里泡泡，骨头都会痒疯的。要不，你也来试试？"

朱春花低下头，露出满脸羞怯。"不了，我还要顾店。""也不要太辛苦，小宋说上次你给孤儿院的孩子买了不少玩具和书。你自己也过得不容易，我和芹妹日子比你松敞，下次记得叫上我们……"

"银杏！银杏！"关一芹突然兴奋得像个孩子，冲着她们直招手。转过弯道，一树银杏被阳光照得通体灿亮，耀眼的金黄鲜亮了一山的景致。

"陈姐不是在去游泳的路上，就是在织毛衣。"这是关一芹总结的。确实，这么些年陈小凤不知织了多少件毛线衣毛线裤毛线袜毛线帽毛线手套，它们一经完成就离她而去，陪伴不同的人度过秋冬。即使大暑天，一双手汗涔涔的，毛线涩涩地直挂针，陈小凤还是在织啊织。

原先她靠这个补贴家用，后来进了电厂有了稳定的收入，她还是放不下这个，手闲着也是闲着，而且手一闲心就发慌。她给女儿萌萌织了里里外外的毛线衣裳，不同颜色，不同花样，不同款式，腻得萌萌一度看见毛线衫就哭着嚷着"我不要穿这个"。后来她给亲戚织，给朋友织，给稍稍打点交道的人织，再后来人家都作兴去商场买了，辛辛苦苦织出来的东西拿给人家，人家反倒一脸难色。还是关一芹建议她专门织毛线保暖鞋，织毛线手套和保暖帽，由她负责推销给认识的大妈大爷，光空巢协会就有几十个，再由他们一带三、三带六，手织的毛线活儿在那辈人眼里还作兴。

手里这件，是给女儿的婆婆织的。女儿专门挑的貂绒毛线，拜托她织两件，一件给婆婆，一件织给陈小凤自己穿。守着个手艺这么好的妈，萌萌却没学到半分，她说打小看妈妈织毛线，看都看腻歪了，哪里还肯上手？

陈小凤织的最艰难的一件毛线活儿，至今搁在箱底，每年梅雨季前后她都会在太阳天拿出来晒一晒，定时换上新的樟脑丸。这一件，谁也没穿过，该穿它的人早一步去了另一个世界。正是因为没能及时让他穿上，她心里一直愧疚，那时候紧赶慢赶的都是给别人做的活儿，就为多赚点钱，心里想着要给老赵织一件，原来那件领口已经补了好几次，袖口也是，可一直拖一直拖，谁承想会有一天来不及。

老赵走的时候，萌萌才五岁大，懵懂得不知道从此失去了最亲的亲人，只是腻着她，一步都不能离。老赵这一走的最大功德，不单是挽救了一间锅炉房，一个上千人的厂子，也安顿了她们母女俩。原本是农村户口，找工作比登天还难的她，进了国营大工厂，女儿被一直抚养到大学毕业不说，也被安置进了厂，一辈子算是有了靠。有人说她有福气，可这福气的代价太大了，她真是不愿消受。她这半辈子最大的遗憾，就是没能让老赵穿上一件新毛衣离开，虽然那身子被大火烧得面目全非。她和着泪水织完那件毛衣，从没下水洗过，如果舔一舔，还能尝到眼泪的咸涩吗？

从一开始，她就打定主意，带着女儿过完下半辈子。她不奢求有人夜夜为她暖被子，她可以为女儿暖，她也不奢求有人为她扛米搬煤气罐，多歇几次她一样能爬上五楼，她不奢望大雪天有人帮她载女儿去学校，实在骑不动的时候她可以和女儿手挽手走回家……女儿争气，成绩一直不赖，顺顺当当遇上祁兵，虽然是从一个小县城出来的，可人踏实质朴，心肠好，人孝顺。如今三口人住在两居室的屋子里，对于她们这样残缺太久的家庭，已经是最好的圆满了。

迷上游泳是在前年秋天。关一芹领她进的门，还没等她和游泳队的人都熟识起来，关一芹倒自个溜出了门，找新乐子去了。

陈小凤是那种一旦迷上就会迷到底的人。她底子好，打小在家门前的河汊里捕鱼捉虾，晒得像条小泥鳅，倒是进了城，很少有机会和水亲近了。厂里有个人工湖，厂门外卧着条小河，水绿得似墨，常年漂着可疑的白沫。听人说河的上游有几个暗藏的排污管口，一到夜里就哗哗地往外排废水。这水看了就让人心里起腻，哪有胆子去泡？芹妹子说游泳队的人自有讲究，他们游的可不是普通的河湖，人家不论寒暑都在赣江里泡着呢。

陈小凤只知道暑天人们恋水，贪凉，可大冬天的还光溜溜地往水里蹿，那不冻成冰坨子？关一芹咯咯咯笑："陈姐，你这就落伍了，人家冬泳还是一项体育运动呢，那些游泳队的人别看年龄奔六奔七了，个个在水里生龙活虎的。我保证，你跟着他们游上一年半载，肯定白发变黑，什么心口慌、腰腿痛、静脉曲张统统没影了！"

游了三个月，陈小凤发现几天不下水泡泡，还真会痒到骨头缝里去。到了水里，再老的人也变成了孩子，像被抱拥在妈妈的怀里。那一种随身贴肤的柔软，那一种严丝合缝的抱持，那一种无言的交流。在地上姿态拙重僵硬的她，一旦到了水里，身上的每个细胞都被激活了，关节像上了润滑油，皮肤也有了光泽。她跟着他们游出二十米、五十米、一百米，最疯狂的一次，她跟着他们，排成大雁群般的"人"字形，一起游过了枯水期的赣江。

女儿说："妈，还没看你这么兴奋过。"她一直将自己含得紧紧的，生怕女儿靠在身上时自己会倒下，会软掉，她以为自己是铁，到老来才发现自己其实是鱼，遇水则活的柔软的鱼。

毛衣刚织完正身，亲家公出事了。他骑自行车出门，不小心摔了一跤，原以为没什么大碍，不想一天后突然头晕，之后就是人事不省，竟然很快走了。女婿是家中独子，赶回去办丧事，女儿也跟去了，屋里一下子空下来。陈小凤有些不习惯，一天三个电话问情况。丧事都还顺利，就是那边独剩下亲家母，在悲痛的当口精神恍恍惚惚的，女儿说祁兵有些担心，恐怕要多陪两天。陈小凤不好催女儿回来，女儿女婿这一走仿佛将屋里的活气都给带走了。一个人待在空洞洞的屋子里，确实不是个滋味。

陈小凤不舍得将灯都打开，就将电视机的声音开得大大的，慢悠悠地织毛衣。耳朵里惦着手机响。真不知这些年，朱春花一个人是怎么熬过来的。难怪她才五十出头，头发都半白了，腰背也有些佝偻。

刚认识朱春花时，觉得她看起来闷声不语的，说起话来声音怕惊动了蚂蚁，眉眼间总像含了悲戚。后来才知道，几年前一个窃贼半夜摸进他们家，先被起夜的女儿撞见了，窃贼慌得拿沙发上的坐垫捂住孩子的鼻嘴，孩子拼命蹬踹，等她和孩子爸听见动静赶过去，孩子已经瘫在那里失了神。她发疯般冲过去，怎么摇孩子都没反应，孩子爸和窃贼缠打在一起，她听见身后一声烈响，柜子被撞倒了，孩子爸歪在墙角，身下游出一弯血线，她吓呆了，看见窃贼想夺门而出，才猛地醒过神来，抓起桌上的水果刀直扑过去，她不管不顾地挥动手臂，纷乱的头发将她的视线切割成碎片。她隐约看见是一张略带稚气的脸，从近在咫尺的失形的嘴巴里喷出一股浓烈的烟气，混杂着酸腐气。她的手臂被钳制住了，她拼命地挣扎，某一瞬间，她感觉手一松，刀依着惯性向前扑去，扎进了眼前那个身体，可是很快她的视线里只剩下一抹昏昧的屋顶，她躺在地上，稍一动弹就感到一阵剧痛。她微微抬起头，瞥见门敞开来，外面是幽深的一片黑暗。等她再醒来时，躺在医院里，有人告诉她，孩子和孩子他爸都走了。窃贼还没抓到。

如果换作是自己，陈小凤不知道能不能独自挺过这么多年。那个窃贼是在几年后落网的，由另外一个案子牵出来。当年那一刀扎在他的肋骨间，留下一道疤痕。警察通知朱春花时，朱春花执意要去现场辨认。宋羽陪她去的。她们站在单面可视玻璃后面，一个看起来神情萎靡不振的青年，瘦得颧骨突出来，眼睛下面两汪浓重的暗影。警察说他吸毒，盗窃是为了筹毒资。

是他吗？宋羽问朱春花。朱春花已是泪水漫漶，紧紧咬住下嘴唇，摇摇头，又点点头。那天她从警察局出来，就去了墓地。跪在一大一小两个墓碑前，久久不肯起身，嘴里喃喃低语。那一天，宋羽才知道，她一直在深深地自责。警察说窃贼不是撬锁进去屋里的，门锁完好无损，后来朱春花想了又想，那天是她最后进的屋门，她收拾好厨房去倒垃圾，她记得听到了门锁撞响声……无数个难以入睡的夜里，她爬起来，在黑暗中一遍遍重复进门、关门的动作,一遍又一遍,常常机械地做着,做着,泪水无声地挂满了脸。

在警察局,朱春花只要警察问嫌疑人一个问题,他是怎么进屋的。对方嗫嚅半晌,摇摇头说,不记得了,真不记得了。

终于熬到周三,陈小凤起了个大早,将东西收拾进袋子里。过不一会儿,拍拍头又想起一样,找出来放进袋子。一上午,屁股下像安了陀螺,坐不稳当。中午早早地煮了一大碗鸡蛋挂面,想想又加了个鸡蛋。十二点刚过,她就出了门。

江心的滩涂上多了几只振翅欲飞的白鹭,远远看去像真的一样。近冬有点枯瘦的江景,顿时明朗了许多。

队友陆陆续续都来了,神色间都有股欢喜劲儿,热情地打招呼。陈小凤最后一个下水,她穿着老式的连体游泳衣裤,裤脚遮住了半截大腿,可还是有些不习惯,总是等别人都在水里扑腾了,才解除自己的武装。

几天没来,水见了凉意。一阵惊凉由皮肤猛刺进心里,可是莫名的舒服,几日来仿佛锈住的身体重新被江水唤醒了,渐渐,生出了暖意,均匀地流布到全身。

陈小凤仰躺在江面上,不疾不徐地挥动着双臂,双腿悠悠踩踏着。她看见干净的天空上卧着几朵白云,太阳隐在其中一朵的后面,近乎透明的胭脂红色。

真美啊!老赵你看见没。她在心里说。

一条视频在网上疯传,关一芹看到时转发数已经破百万。她毫不犹豫地转了,还叫关宇看。她总觉得关宇心里敞亮着呢,只不过表达不出来,再明白的心思、再清晰的话语,经过他的身体一过滤,从舌尖上淌出来的就只剩了咿咿哦哦嗯嗯啊啊的意义不明的语流。这是没办法的事,用一部电影里的话说,"他是被上帝选中了"。乔麦也说,这就像中彩票那么难。

关一芹没想到关宇会那么兴奋,一个劲地拿手戳指电脑屏幕,手指颤颤歪歪的,但每次都点在那根洁白的羽毛上。相比于越来越庞大复杂的树枝架,那根羽毛显得那么轻盈,在半空中微微颤抖着,关宇的手也颤抖着，猛力戳向羽毛，关一芹甚至听见了手指头碰撞屏幕的声音，直到最后，视频中的女人一伸手，轻盈地取下羽毛，整个树枝，一直在空中颤动却保持了奇妙平衡的树枝，瞬间分崩离析。

关宇“哇哇”大叫起来，两手呈鼓掌状触碰着，并瞪大眼睛看着她，用手拽她的衣服，用劲拽向屏幕，仿佛要将她拽进视频里去。关一芹有点矫情地承认，那个女人长得像她，只是一身素色的布衣布裤与她惯常的打扮相去甚远。她几乎可以肯定关宇是将视频里的女人当成了她，才会那么兴奋，才会那样鼓掌。但她没想到，关宇会迷上这个视频，迷上那根羽毛，似乎看一百遍、一千遍、一万遍也不厌倦。这个视频成了一个可以控制他情绪的开关，每每他生气的时候，只要关一芹点开这个视频，他的一切负面情绪都在瞬间消失不见，他变成了那个守着玩具喜笑颜开、满面惊奇兴奋的孩子。

当关宇目不转睛盯着屏幕、嘴巴微微张开时，关一芹会看着关宇的脸，带着几分欣慰几分酸涩还有几分习惯的淡漠，这么多年她已经习惯了他的一切动作神态语言，她身体里的某个地方经历了千磨万磨，已经不会轻易惊动了。但她还是有一点迷恋这个时刻，如果不知道过去也不忧虑未来，这一刻看起来是美好的，关宇仿佛一个没有任何缺陷的孩子，他和那些邻居家的孩子一样，仅仅沉浸在一种痴迷状态而已。她看见他的脸被兴奋照亮了，她看见他的眼睛里亮晶晶的，好像那里栖落着一根羽毛。白亮的羽毛将他的整个瞳孔占满了。

念头是在某一瞬间钻出来的，它一定在她的潜意识里发育很久了，一直在寻找时机钻出她意识的表层。念头一冒出来，就再按捺不下去了，它拼命地挣啊挣，长高长茁壮，就像她头脑里曾经冒出的无数个念头一样，关一芹马上开始采取行动了。

关一芹的招牌话语，不每天给自己找点乐子，这臭日子怎么打发？这么些年，她学过剑舞，跳过国标，扭过秧歌，练过书法，溜过旱冰，玩过悠悠球，绣过花，裁剪过衣服，种过菜，养过鸡鸭鱼猫狗兔，放过也做过风筝，演过扇子舞，参加过合唱团，打过太极，摆过多米诺骨牌，捏过土陶，当过志愿者，正学着肚皮舞呢，一根羽毛以轻盈又不可忽视的力量战胜了她对肚皮舞的满腔热情。现在，她要挑战新的难度了。弄这些，一半为自己一半也为关宇，她享受每一次将新手艺带到关宇面前时，他兴奋惊诧得像个孩子的表情，而她会被成就感充满。有时候她觉得自己是世界上最幸福的妈妈，有哪个孩子会这么忠诚地一直给予自己的妈妈掌声？

为了配合新项目，关一芹做了一套中式的布衣布裤，完全是模仿视频里的式样。不说，她穿上身，没有咯咯咯大笑的时候，还真像那个女人。可是从哪里去找那些树枝和羽毛呢？这成了下一次闲聊会上大家重点议论的话题。最后是宋羽应承下来，答应帮她联络一下那些做户外的朋友，看在国内或是国外能不能找到这些材料。

十三根长长短短的树枝和一根羽毛被千里迢迢运到时，轰动了整个学校。关一芹提前和紧邻小区的小学的校长说好了，树枝可以放在学校的体育用品室，也只有这样的空间安放得下这么长的树枝。体育老师还为关一芹配了一把钥匙，她随时可以去取用，而且，体育室外面就是辽阔的操场，每当夜深人静的时候，这里是最好不过的训练场所了。关一芹乐呵呵地向校长承诺，如果成功，她的“处女秀”将献给这所小学的舞台，让全校两千多名学生一起“见证这奇迹的时刻”。

校长之所以这么通情达理，是因为关宇是这里的一名特殊学生，他从五年前走进课堂，始终坐在同一间教室的同一位子上，周围的同学年年换新，老师也走马灯似的换，只有他岿然不动。

起初，校长也不同意这样一个智力不到五岁孩子水平、实际年龄和身高都达到十三岁程度的孩子走进课堂，可耐不住关一芹十次百次天天坐在他家门口堵他，并承诺只要关宇能进课堂，一学年捐给学校一万。关一芹说不求关宇认几个字，不求他会数手指头，这些她都不去奢望了，她只想他每天有孩子陪伴在身边，而不是被孤零零地隔绝在家里。关一芹没有哭鼻抹泪，一番重复了上百次的话，每一次都说得铿锵有力、条理清晰、在情在理，这让校长感受到了这个女人身上不同寻常的力量，最终点了头。

开始，关宇闹过，以他特有的方式。他在课堂上不停地发出咿咿哦哦嗯嗯啊啊的聒噪，或是发出毫不节制的轰轰烈烈的鼾声，在不够宽阔的桌椅间发狂般地扭动他笨重的身体，莫名其妙地摔打同学的文具书包课桌椅和他们的身体,冷不丁地旁边同学可能闻到一股浓烈的屎尿味……这是一段相当漫长的让任何人都感到痛苦不堪的过程。老师叫苦,学生叫苦,家长叫苦,校长叫苦,还有不知道怎么叫苦的关宇,几乎没有人觉得这是一种值得坚持的选择,除了关一芹。她找校长,找老师,找学生,找家长,没有人不惊异于这个仿佛从没流过眼泪的女人身上展现出的力量。好在终于熬了过来。

关一芹在课堂上陪伴了关宇一年之久,才慢慢地尝试离开。开始是十分钟,慢慢地一节课,慢慢地两节课,慢慢地一个上午,慢慢地一天……久之,关宇终于习惯了日复一日的校园生活,每天乖乖地起床穿衣,背上书包去学校。而他,也成了这个学校的一个传说。很多孩子还没跨进这所学校的大门,就听说了这么一个奇异的同学,从心理上产生了认同感。

树枝事件不过是给这个传说增加一点新的调料罢了。生活很快又恢复了平静。只有学校的门卫知道,每天夜里,月亮快爬上操场边那棵杉树顶的时候,关一芹摸黑来到了学校,借着月光开始她的训练。那时关宇已经睡下了,门卫也准备睡了。关一芹说服门卫让她去配了一把大门钥匙,这样她进出时,就不用门卫费事起来开门了。门卫常常在梦醒的混沌瞬间,仿佛听见树枝砰砰撞响的声音,又像是铁门开合的撞响。他含混地嘟囔一句,翻个身又沉入了梦乡。

陈小凤的女儿女婿回来了,不是两个人,是三个人,还带着亲家母。

两居室的屋子,加一个人就显得有些紧巴巴了,转个身子都要小心翼翼。床也不够睡,陈小凤和亲家母挤在一米五的床上,听着身边人辗转来辗转去,整夜睡不了个囫囵觉。女婿有些不好意思,悄悄说:"妈委屈您了。"陈小凤不好说什么,看亲家母确实一副神思恍惚的样子,眼泪含在眼眶里,再想想自己刚离了老赵那段日子,还能说什么呢?

女婿悄没声地在附近租了个小套间,厕所是三家公用的,说晚上自己住过去,陈小凤可以和萌萌睡一床。陈小凤一听这哪是个事啊,就说自己住过去。可女儿心疼她,不依。又没有让亲家母住过去的道理,她人生地不熟的,又在伤痛的关口上,女婿自然也是不放心。女儿女婿在她和亲家母面前装作没事的样子，其实她知道，小两口暗地里为这事在闹别扭。

转天，陈小凤闷声不响地清了一套被褥，收拾了几件衣裳，还有快收尾的织给亲家母的毛线活儿，女儿买给自己的动都没动的貂绒毛线，叫了个三轮车一起搬到租屋门口，这才给女婿打电话。女婿一脸愧疚的表情，闷头将东西搬进屋里。一切收拾妥了，陈小凤才给女儿打电话："别怪祁兵，我和你们一起住了这么些年，也想清静清静了，反正隔得近，过来过去的都方便……"

女儿在电话里头哭，陈小凤安慰了一阵，总算是安妥了。她知道女儿心疼她，可她也不能让女儿女婿为难。一个人搬出来，嘴上说没事，可孤零零面对满屋子的陌生情况，原本觉得圆圆满满的日子突然间有了个豁口，冷风飕飕地直往里灌。她对自己说，没事没事，过过就习惯了。什么样的日子不能习惯呢。原来她以为离了老赵就没法过了，不也一样走过来了？

朱春花连着去了两次孤儿院。小花病了，拉肚子，发烧，吃了药安静地躺在床上。朱春花坐在床边握着她的小手，这孩子长得像她女儿，眉毛像，鼻子像，就是嘴巴薄一点小一点，上嘴唇上有个小豁口。她给小花剪了齐流海，小花捂住嘴笑的时候，那样子就更像了。

也是宋羽将她引到这里来的。对宋羽，她有说不出的感激。这个高高瘦瘦的女孩，恐怕是她见过的最固执的人。第一次出现在她家门前时，她还以为宋羽是个没毕业的大学生。说实话，她不明白宋羽为什么要帮她，她们无亲无故，仅仅因为报上的一条报道，宋羽就慷慷慨慨地伸出了手。她在心里怀疑过她，警惕过她，拒绝过她，每天报纸上有多少关于上当受骗的报道啊，如果不是宋羽一次次主动来找她，固执地要帮她，这根线肯定早断掉了。人这辈子遇到那么多人，有多少不是擦肩而过或者半途断掉了。后来她才知道，宋羽创办这个"幸存者联合会"，是因为她失踪的男友。

在一次独自出行后，男友再没了任何消息。宋羽尝试过千百种方式寻找他，在一切可以登载寻人启事的媒介发布消息，不放过任何可能的线索，跟踪每一条户外路线的信息，追问任何一个可以联系上的人。可是没有，那个活生生的人像是水汽蒸发了一样，再无任何消息。人们有很多种猜测，小宋却只相信一种：他迷路了，他正在这世界的某个角落，他需要她的召唤。

这些年，她从未放弃过对他的召唤。陆续地，也收到了一些反馈的信息，有热心人寄来照片，或发来邮件，在QQ上留言，比如，在某个偏僻小镇突然降临的一个陌生背包男人，路途上孤独行走的年轻男人，坐在路边喝啤酒的有着满面络腮胡子的男人，打扮怪异的独宿在大桥下的男人，昏迷在路边的戴墨镜的男人……不是，他们都不是宋羽要找的人。

宋羽一度陷入崩溃的边缘，他一定知道她还在傻傻地等他，为什么不发来一丝消息，为什么那次出行前不告诉她去向，甚至没有告诉她为什么要独自上路。她想不明白。乔医生告诉她："助人自助，你如果真的想坚持到有他消息的那一天，就去帮助别的需要帮助的人……"

"幸存者联合会"首先在网络上诞生，有人因为好奇来叩门，有人因为无聊来探听，有人因为恶作剧来骚扰，还有人攻击这是一个伪装的以卖淫为盈利目的的"性联"，表面堂皇内里肮脏，风风波波，宋羽都承受住了。网络太过虚幻，她开始在身边寻找那些需要帮助的人，从报纸上寻找线索，她遭到过拒绝，猜疑，辱骂，被人叫神经病，可最终，还是有那么几个人选择了相信她。八年来，来一些，走一些，最后就剩下这固定的几个姐妹，她们抱成团取暖，感受彼此的体温和心跳，如同没有血缘的亲人。

从孤儿院回来的时候，朱春花去批发市场买了两斤毛线，想拜托陈小凤给小花织一套毛衣裤，前年织的那件毛衣已经吊在孩子腰上了。她告诉小花，有个阿姨正在帮你联系一家医院，可以免费为你治疗兔唇，只需要做个简单的手术就可以了。曾经，她和小花说，兔唇是特别的标记，只有很特别的孩子才能拥有，你是被上天选中的孩子，你应该骄傲。可是小花睁大眼睛："阿姨，上天为什么选中我？我想和别的孩子一样……"

乔医生说，每个人都是被上天选中的，否则他就不会来到这人世。我们要做的，就是骄傲地看待自己，接受自身的残缺，接受生活的残缺，接受命运的残缺。可是，朱春花不知道该怎么告诉小花这些，也许要等她走过了足够长的岁月,经历了足够多的人事,才能明白这一点吧。

元旦,宋羽提议就在她的工作室来一次聚餐。大家各展手艺,做一道拿手菜,再焖个鸡汤就足够了。

她和关一芹负责采买,陈小凤和朱春花负责收拾。她特地准备了两把剪刀。每次聚餐都是这样。从那个夜晚后,朱春花就不能碰刀了,任何一种形式的刀,可以看,却不能触碰,手会在瞬间抖得厉害,抖得她仿佛将失去对整个身体乃至生活的控制。

朱春花吃过很长一段时间素,后来在医生的建议下才恢复了有限的荤食。她可以灵活地用剪刀将肉剪成片状、丁状,鸡鸭剪开肚腹整只烹煮,鱼也用剪刀剖腹刮鳞,用剪刀剪断蔬菜梗,水果洗干净了直接吃。她证明了没有刀一个人完全可以生活。

关一芹这段日子显得有点神秘,每天穿一身粗棉布中式衣裤,里面塞进了毛衣和薄羽绒内胆,撑得衣服蓬蓬鼓鼓的,看起来有点别扭,可她固执地不肯换装。随身听里放的是一段古琴曲。问她最近在忙活什么,穿越到古代了吗,她含笑不语。问紧了,咯咯咯一串笑:"过些日子,过些日子吧,我会让你们大吃一惊的。"

她练习的事,没告诉关宇。她要让关宇惊喜。她也没有告诉"幸存者联合会"的姐妹们和她在空巢协会的同伴们,这一次她含住了劲,要给大家一个完完全全、结结实实的惊喜。

她从包里拿出三瓶红酒,一一摆在桌子上。"来,今天一醉方休。"

"你家关宇呢,你醉了,他可怎么办啊?"

关一芹使劲绞扭着瓶塞:"他爸接去了。"

"他爸?"几个人都愣住了。

"咯咯咯,你们以为关宇是树缝里蹦出来的,还是外星人送来的?他当然有爸爸了,只不过这王八蛋一见儿子长得不利索,三岁了连个爸妈都不会叫,吓得躲没了影,等关宇十岁了,才不知从哪个旮旯里钻出来,说什么良心发现,他这些年运气好赚大发了,想用钱补偿孩子,我不要,我那套房子的租金够我们母子过了,我大大气气地指着他鼻子让他滚,"关一芹丢下开了半拉的瓶塞,站到屋中央,端起架势,"你不马上、赶紧、立刻给我滚的话,信不信我把你的鼻子剁下来!咯咯咯,结果他丢下一扎钱落荒而逃。今天这酒，就是用那王八蛋的钱买的，不喝白不喝。”

“那……”

“他偷偷去学校看关宇，我装不知道，毕竟是父子，不为了他也为了关宇，这口气我可以忍。大气吧，我这疯婆子，咯咯咯。”

“你们离了？”

“没，好几年连个人影子都找不着，怎么离？不过我知道，他早有了人，男人啊，不像女人，一个人哪里活得了？不说那王八蛋了，来，我们干杯，为无限无限美好的新一年！”

几只红盈盈的酒杯，在空中撞击出清脆的声响。几个女人直喝得满面酡红，闹腾出一屋子的暖意。

冷不丁地，关一芹伸过酒杯和宋羽的重重一碰：“小宋啊，我为你遗憾的不是别的，不是什么让时光倒流，也不是什么奇迹出现，而是，如果今天有一个孩子陪在你身边，可能一切都会不一样。不一定更好，但，也不一定更糟，呵呵，我是这么想的。新生命可以让你忘记一切伤痛！”

“关姐突然变得这么郑重其事，倒吓了我一跳。”宋羽淡淡一笑，将半盏红酒一饮而尽。关一芹还想说什么，被陈小凤用目光制止了。每个人都有她不愿触碰的地方，旁人最好的呵护方式是尊重。

“小宋，你看，这么些年，一直想说谢谢你！”朱春花举起酒杯。

“朱姐，啥都不用说。小花的事联系得差不多了，正好一家医院有个公益项目，过几天就有确切消息了。”

“小宋，我口拙，但心里明白，这么些年，你对得起他了，往前看吧，像你和我们说的，日子是往前的不是往后的……”

“朱姐，我都明白，可人有时候理智是一回事，感情是一回事……”宋羽说不下去了，一甩头，“来，干杯！”

几只酒杯碰贴在一处。

“我，我今儿唱个歌吧，小时候在乡下听阿嬷唱的。睡不着的时候，我就会自己给自己唱，今天我就献个丑吧，代表和大家说一声‘谢谢’。”朱春花满面羞红，腰背缩得更紧了。

噼噼啪啪的掌声响过，屋里静了。一线天籁般的清音响起。

“哦——依诶——依耶——细仔诶——，哦——依诶——依耶——

细仔诶……”

关一芹沮丧地坐在草地上，散落一地的树枝被月光勾出明明暗暗的轮廓线，像散碎开来的某种庞大动物的残骸。三个月了，她还一直在失败。每一根树枝的成功落定背后都是上百上千次坍塌。从一根树枝到十三根树枝全部稳妥地就位，她知道自己还有漫长的路要走，只是不知道能不能成功走到头。

羽毛一次次无声地坠落到地面。她的肩背酸痛得厉害。有一些瞬间，她真想砸烂这些树枝，她完全可以放弃，为什么要为难自己？可是每当看到关宇盯着视频的眼神，她心里那个埋藏了很多年的奢念，就情不自禁地伸了伸头。这辈子，她会有那样的福气吧。

像是为自己打气，每次关宇观看视频时，她都会按下暂停键，在关宇抗议的哇哇声中，郑重其事地看着关宇的眼睛，对他说："如果，妈妈也可以这样，将它们一个一个搭起来，让这片羽毛飞到半空中，你要对我说'妈妈，棒'，'妈妈，棒'！记住了吗？"关宇依然哇哇地叫着，关一芹坚持着，"要对我说'妈妈，棒'，'妈妈，棒'！记住了吗？"仿佛是听懂了，又仿佛不明所以，关宇突然将头点得像栽葱一样，嘴里嗯嗯嗯嗯个不停。关一芹这才欢喜地点下播放键，关宇马上沉浸在了视频的情境中。

不管关宇是不是真的明白了，他猛点头的样子还是给了关一芹很大的鼓舞，她又有了气力去完成每晚的练习。三根、五根、七根……她似乎摸到了一点窍门，关键是找到每根树枝的平衡点在哪儿，摸熟了自然就了然于心。可是今晚，很不顺利，她已经尝试了十八次，总是迈不过第七根这个坎。她抬头看着天上的月亮，月亮无辜地看着她。算了吧，今天就到这里。她安慰自己。可是一转念，她又赌气似的站起身来，将树枝一一归置妥当，重新从第一根开始了。

不知不觉，晨雾弥漫了整个操场。关一芹看得见一团团雾气在她的指缝、胳臂、树枝间流转，她仿佛登临了某处山巅，四周一片白茫茫云海。终于，第八根树枝支撑了五秒钟，当她用脚尖勾起第九根时，树枝猛烈地一颤，哗啦啦一串响，羽毛在空中划了两弯弧线飘落在地上。关一芹深吸一口气，已经五点半了，她弯腰收拾起树枝，一一搬进体育用品室。踩着满天满地的雾气往回走。

雾真浓啊，让一切都变得模糊也柔和了。又一天开始了。

开楼道铁门时，关一芹仿佛听到一串熟悉的嗯嗯啊啊声，吓了一跳。看看四周，白茫茫一片，凝神再听，静悄悄的。她摇摇头，听习惯了关宇的声音，她经常会产生幻听。打开门，她放轻步子上楼，屋门半掩着，心里哐啷一下，疾步奔进去。关宇的被子半拖在地上。一摸，床上已经凉透了。

她奔进每个房间，没有，都没有。她转身冲下楼，雾气将外面的世界变成了混混沌沌的一体。她冲进这白茫茫里，大声叫："宇儿，宇儿……"

街上没有一个人影，关一芹的心凉得像一坨冰，声音里渐渐带了哭腔。这孩子，不好好在被子里待着，跑哪去了？她在门前的马路上奔过来奔过去，到处都是白茫茫、空荡荡的，像此刻她的大脑。叫声渐渐招来了一个人、两个人，都是住在附近的邻里，都知道关宇，大家分头去找，有人建议打110。

电话刚拨通，有人叫起来："这里，在这里！"众人奔过去，关宇蜷缩在路边的草丛里，一丛绿化带的后面，嘴里发出哝哝囔囔的声响。他睡着了。

关一芹扑过去，使劲拍打关宇的肩膀，关宇懵懵懂懂地睁开眼睛，愣了一刻，哇一声大哭起来，一反身扑进关一芹怀里，把她抱得紧紧的，嘴里发出一串咿咿呀呀嗯嗯啊啊声。

关一芹的身子还在颤抖个不停，她拍抚着关宇的后背，眼泪滴在关宇的发丛里。"好了好了，妈妈在，妈妈在。"关宇哭得像个三岁的孩子，哇哇声里夹杂着含混不明的哼哼呀呀，忽然地，关一芹听到一声"妈——妈——"，带了撒娇的气息，但是很快，就被混沌的语流淹没了。她抬起头望着四周的目光，雾气中的一张张脸，想从这些脸上印证她刚刚听到的。可是，每一张脸都被雾气阻隔着，被泪水阻隔着，越来越模糊，越来越混沌。

她只好收回目光，紧紧盯着关宇黝黑的发丛，手臂搂得更紧了。后来，关一芹无数次地回想这一刻。她没想到，自己盼望了那么久的时刻会这样到来，带着大雾的混沌和苍茫。

女儿和女婿晚上手挽手进了屋，带来了刚上市的草莓和红彤彤的樱桃。女儿一在沙发上坐下来，就偎住陈小凤，抱紧她的手臂不放，摇啊摇晃啊晃的，仿佛回到了小时候的样子。"今天这是怎么了，发烧啦？"陈小凤笑望着女婿，小伙子脸上也有掩饰不住的喜色。

陈小凤抽出一只手，将叠得齐齐整整的毛衣搁到女儿手里："正好，给你妈妈的毛衣织好了。老人家怎么样了？""妈，这件你穿。你没发现吧，我拿给你的尺寸，你穿刚刚好，婆婆呢，要比你胖一圈。就怕您老惦记着给别人织，自己的就拖啊拖，我和祁兵才想出了这一招。是吧，祁兵？"

女婿腼腆地点点头："我妈说再住两天就回去，也是老家住惯了，家里还有那么多鸡鸭和满园子的菜等着她，她说人一忙起来就没事了，反而是闲着心里才空，才慌。而且……"小伙子拿眼瞅着女儿，女儿嫣然一笑，俯近陈小凤的耳朵。

仿佛一片羽毛拂动着耳廓。陈小凤听见女儿说："妈，我有了。"

演出十分精彩。关一芹成功搭起了所有的树枝。在她气定神闲堪称完美的表演最后，羽毛被轻轻揭下，整个树枝轰然坍塌。礼堂里传出一阵惊叹声，中间夹杂着关宇哇哇的兴奋大叫。

只是在演出一开始，出了点小小的意外。不过也只是很少一部分老师注意到了。当他们沉浸在肃穆的氛围中，张大嘴巴望着拿起羽毛的关一芹轻轻将它安放在一柄硕大的树枝上时，一个身影突然旋风般刮过他们身边。有人看清了那是一个女人，她拿手捂住嘴跌跌撞撞冲出了礼堂后门。

宋羽突然病倒了，感冒咳嗽发烧。关一芹、陈小凤、朱春花排了个值班表，轮流给她送饭，去医院陪护她。她们像照顾自己的孩子一样，小心翼翼地照顾她。关一芹特地买了一大束呈展翅欲飞状的天堂鸟花，金黄的色泽顿时改变了病房的光线和气息。

三十岁生日那天，宋羽已出院回到家。她收到了一份生日礼物。

一个扁扁无奇的信封躺在邮箱里，邮戳显示它来自西藏。打开来，里面有一封简短的信和三张照片。

宋羽看完信，迟疑良久才将照片翻过来。被踩得凌乱或是融残的雪地上，半掩半埋的，依稀是一副骨架。再细看，不是雪地，雪填平了沟壑，也遮蔽了现场，骨架似乎弯折成一个艰难的角度。让人无法在想象中还原它当初的样子；一个登山包的特写，即使从照片上看也能感觉出它枯硬的质感；一支长笛，木质，灰白色的背景，让它显出渊深的长度。

信的落款是张警官，陌生的笔迹和陌生的名字。

宋羽将照片看了又看，那支长笛，在它的尾端，像她知道的那样刻着他姓名的单字吗？还有，一片微微翘起的羽毛。那是她二十岁生日那天，逼着他去纹的，纹在他的右肩胛处，一片微微翘起的羽毛，仿佛正被她的呼吸吹动。

她看了又看。一遍遍告诉自己，即使是他，也找不到了。那片小小的羽毛，早已随着肉体风化，他，只剩一堆白骨。

三张照片在她手里辗转，她看了又看。终于，一声锐利的尖叫从她的身体内部搅裹着血肉冲决而出："为什么，为什么不告诉我你去了哪儿？为什么……"

（原载《长城》2015年第2期）